ORIANE OU LA CINQUIÈME COULEUR

Né au lendemain de la guerre, en 1946, Paul-Loup Sulitzer perd son père à l'âge de dix ans. Confronté à la solitude et au chagrin dans sa pension du lycée de Compiègne, Paul-Loup acquiert la rage de vaincre. Il écourte ses études et se lance rapidement dans la vie active. À dix-sept ans, en créant un club de porte-clefs, il suscite un véritable phénomène de mode. Plus jeune P.-D.G. de France à vingt et un ans, il entre dans le livre Guiness des records. Comme son père, qui avait réussi en partant de rien, Paul-Loup Sulitzer se lance dans le monde des affaires. Il devient importateur d'objets fabriqués en Extrême-Orient et est à l'origine de la « gadgetomania ». Très vite, il élargit sa palette d'activités et touche avec bonheur à l'immobilier. C'est à ce moment qu'il assimile les lois de la finance, se préparant à devenir l'expert que l'on connaît aujourd'hui.

En 1980, il invente le western économique, un nouveau genre littéraire, et écrit *Money* dont le héros lui ressemble comme deux gouttes d'eau. *Cash* et *Fortune* paraissent dans la foulée. Le succès est énorme : ses romans deviennent des manuels de vie pour des millions de jeunes en quête de valeurs positives et permettent à un très large public de comprendre l'économie de marché sans s'ennuyer.

Suivront de nombreux romans, qui sont autant de best-sellers : *Le Roi vert, Popov, Cimballi, Duel à Dallas, Hannah, L'Impératrice, La Femme pressée, Kate, Les Routes de Pékin, Cartel, Tantzor, Les Riches, Berlin, L'Enfant des Sept Mers, Soleils rouges, Laissez-nous réussir, Tête de diable, Les Maîtres de la vie, Le Complot des Anges, Succès de femmes, Le Mercenaire du diable, Crédit Lyonnais : cette banque vous doit des comptes, La Confession de Dina Winter, La Femme d'affaires, Dans le cercle sacré*. Il est également l'auteur du *Régime Sulitzer* et des *Dîners légers et gourmands de Paul-Loup Sulitzer*.

Paul-Loup Sulitzer a vendu à ce jour 35 millions de livres dans 43 pays du monde. Souvent visionnaire, toujours en phase avec son époque, il sait ouvrir les fenêtres du rêve et du jeu des passions humaines.

Paru dans Le Livre de Poche :

BERLIN
CARTEL
CASH !
LE COMPLOT DES ANGES
LA CONFESSION DE DINA WINTER
DANS LE CERCLE SACRÉ
L'ENFANT DES SEPT MERS
LA FEMME D'AFFAIRES
LA FEMME PRESSÉE
FORTUNE
HANNAH
L'IMPÉRATRICE
KATE
LES MAÎTRES DE LA VIE
LE MERCENAIRE DU DIABLE
MONEY
LE ROI VERT
LES ROUTES DE PÉKIN
SOLEILS ROUGES
TANTZOR
TÊTE DE DIABLE

PAUL-LOUP SULITZER

Oriane
ou la cinquième couleur

ROMAN

STOCK

© Éditions Stock, 2000.

Pour Delphine.
Pour James et Édouard,
mes deux fils adorés.

« Je me suis armé contre la justice. »

Arthur RIMBAUD,
Une saison en enfer

que faisait Isabelle ce matin-là à Paris, si près des locaux de la Galerie financière, une semaine après le suicide du magistrat Alexandre Leclerc, son mari, dans les environs de Libreville.

2

Comme toujours quand elle retrouvait son petit appartement, Oriane Casanove accomplit machinalement ses gestes de femme seule.

Elle se précipita vers son répondeur sans bien savoir qui elle espérait entendre, ouvrit une boîte pour sa chatte, et tira les rideaux du séjour afin de se soustraire aux regards insistants de son voisin d'en face, un médecin veuf qui avait par deux fois déjà essayé de l'inviter à dîner, en vain. Le voyant rouge du répondeur ne clignotait pas, personne n'avait cherché à la joindre. Cette lumière fixe était à ses yeux le signe de sa véritable solitude.

Oriane resta un moment dans la salle de bains à s'asperger le visage d'eau froide. À trente-quatre ans – elle était de seize mois la cadette d'Isabelle –, elle avait conservé son air d'éternelle étudiante, cette peau claire qu'encadraient de beaux cheveux auburn, ses yeux en amande qui exprimaient toujours une légère surprise, comme si l'existence n'avait jamais cessé de l'étonner. Ou de la décevoir.

Oriane jeta deux comprimés d'Alka-Seltzer dans un verre et attendit qu'ils aient fini de se dissoudre. Le pétillement l'apaisa. Elle but d'un trait, puis se repassa de l'eau sur la figure avant de s'asperger le cou avec son atomiseur Chanel. Il n'était que 2 heures de l'après-midi. Mais elle se sentait tout à coup tellement faible, comme si la vie la quittait à son tour, qu'elle se jeta sur le canapé du salon, dans la semi-pénombre des rideaux tirés. Elle essaya de ne penser à rien. Tout en s'efforçant de garder les yeux fermés, elle ne put arracher de son esprit le tailleur d'Isabelle maculé de sang. C'est la sonnerie du téléphone qui la délivra de ce cauchemar éveillé. Le répondeur se mit en marche. Elle reconnut aussitôt la voix de son patron, le juge Gaillard.

– Oriane, je viens seulement d'apprendre la nouvelle par votre assistante. Surtout n'hésitez pas à m'appeler au bureau dès que vous serez rentrée, ou même chez moi ce soir. Allez, petit soldat, tenez bon, votre vieux Léopold est là. Je vous embrasse.

Léopold Gaillard, c'était plus que son patron. C'était son modèle, l'incarnation de la justice humaine. À l'approche de la retraite, ce magistrat, discret mais intraitable face au pouvoir, avait sollicité la jeune femme de venir travailler à ses côtés. D'emblée elle avait accepté. Qui aurait refusé la chance de poursuivre les délinquants en col blanc, les intouchables de la République, en équipe avec ce juste parmi les justes, qui tenait l'argent pour la tare de nos sociétés modernes ? Mais, assez vite, Oriane s'était aperçue que même Léopold Gaillard n'avait pas toujours les coudées franches. Il avait dû agiter la menace d'une démission pour obtenir de la Chancellerie des bureaux décents et quelques ordinateurs, un fax et même des photocopieuses... S'il avait défrayé la chronique, quinze ans plus tôt, en démantelant plusieurs réseaux de financement occulte des formations politiques d'extrême droite, il n'avait pas obtenu le même succès quand il s'était attaqué aux représentants de la bourgeoisie en place, aux corrompus de la vieille industrie démocrate-chrétienne et à ses ramifications politiques.

Oriane avait perçu chez Léopold Gaillard un début de renoncement, la perte progressive du feu sacré qu'elle essayait de ranimer en multipliant les actions d'éclat. Mais le scepticisme de son mentor avait fini par entamer son moral, et elle se mettait à son tour à douter de l'efficacité de la justice. Il restait entre eux une véritable complicité nourrie d'affection, et quand Me Casanove, le père d'Oriane, était mort au cours de l'été précédent, la jeune juge, dans un élan filial, s'était rapprochée davantage encore de Léopold Gaillard.

Elle attendit la fin du message sans décrocher. Elle n'avait pas la force de parler, épuisée, sonnée, prête à fondre en larmes, ou à crier, si violentes étaient les images qui continuaient de l'assaillir. Elle finit par s'assoupir une heure ou deux. Quand elle s'éveilla en sursaut, elle avait sur les lèvres le prénom d'Isabelle. Il fallait se rendre à l'évidence. Ce cauchemar était bien la réalité : elle avait assisté à l'assassinat de sa meilleure amie.

Oriane composa le numéro de son bureau et son assistante décrocha.

– Annie, c'est moi. Sur mon bureau, dans mon agenda bleu, regarde à la lettre T. Tu y es ? Bon, alors cherche à Thibault. Thibault Jean-Pierre, c'est ça. Donne-moi son téléphone. Merci.

Oriane nota le numéro sur la une d'un exemplaire du *Monde* puis appela aussitôt.

– Quai d'Orsay, bonjour, fit une voix au bout du fil.

– M. Jean-Pierre Thibault, s'il vous plaît.

– Il est en ligne. Vous patientez ?

– Oui.

La musique du *Professionnel* emplit le combiné. Oriane eut la brève vision de Belmondo. Elle se rappela qu'Alexandre Leclerc ressemblait un peu à Bébel quand il était jeune.

– Jean-Pierre Thibault, j'écoute.

– Jean-Pierre, c'est Oriane.

– Oriane! Quelle bonne surprise, comment va?

– Plutôt mal. J'ai besoin de ton aide. Tu as entendu parler de l'accident à Paris, ce matin? Cette femme qui a été percutée par un chauffard?

– Non, rien entendu. Tu sais en ce moment, on n'arrête pas de rédiger des notes sur l'Allemagne, avec cette histoire qui éclabousse le parti de Kohl.

– Écoute, je n'ai pas la tête à te raconter tout ça par le détail. J'ai simplement besoin d'un truc précis. Tu te souviens de ce juge français qu'on a retrouvé suicidé la semaine dernière sur la lagune de Libreville?

– Leclerc, c'est ça?

– Exact. La victime de ce matin, c'était sa femme. Et tous les deux étaient mes amis, mes amis les plus chers.

En prononçant ces mots, Oriane sentit sa voix se briser.

– Qu'est-ce que je peux faire pour toi?

La juge se ressaisit.

– Rien d'officiel. Juste un coup de main. Vous avez forcément un dossier sur les circonstances du décès d'Alexandre Leclerc au Gabon. Ce serait vraiment chic si tu me laissais le regarder une demi-journée. C'est étrange, ces deux morts successives, tu ne crois pas?

Il y eut un silence sur la ligne.

– Tu ne crois pas, Jean-Pierre?

– Sans doute, reprit le fonctionnaire du Quai d'Orsay. Je vais voir ce que je peux faire. Le Gabon, ce n'est pas ma zone, mais je connais bien Wilmetz, c'est lui qui a suivi ce dossier. Je te rappelle. Si c'est bon, je t'envoie un coursier dans une heure à la Galerie financière.

– Non, envoie-le chez moi, rue des Carmes.

– Tu habites toujours là-bas ?

– Tu vois, je cultive mes souvenirs, dit Oriane, en souriant.

Puis elle raccrocha.

Jean-Pierre Thibault avait bien connu son appartement de la rue des Carmes, du temps où ils étaient amants. Ça n'avait pas duré longtemps, elle en avait presque oublié le souvenir.

Elle alluma la télévision et attendit le journal de LCI. Les premières images étaient consacrées à l'allocution de l'ancien chancelier allemand devant le Bundestag, qui se défendait d'avoir touché des fonds pour son enrichissement personnel. Curieusement, le sujet sur l'accident boulevard des Italiens vint juste après, comme si les journalistes avaient inconsciemment établi un lien entre les deux affaires. Un témoin de la scène était interviewé, qui racontait comment un véritable bolide avait roulé sur la jeune femme : « C'était délibéré, affirmait le témoin, un jeune homme en costume sombre qui travaillait à la Bourse. Le type voulait vraiment se la payer. » Une femme en gabardine raconta l'arrivée en trombe de la grosse moto, la maestria du pilote qui avait arraché quelque chose à la femme étendue par terre, peut-être son sac à main ou un paquet. Évidemment, aucun numéro d'immatriculation n'avait été relevé. « On aurait dit une attaque d'extraterrestres », concluait la femme en gabardine. Sans transition, le présentateur passa aux résultats des matchs de championnat en première division de football.

Pour s'occuper les mains, Oriane attrapa l'exemplaire du *Monde* sur lequel elle avait noté le téléphone de Jean-Pierre Thibault. Les gros titres laissaient penser que les Français pourraient se rendre aux urnes plus tôt que prévu pour élire leur futur président. Un lien était établi entre cette échéance rapprochée et la tentation de certains partis de réactiver leurs sources de financement, notamment dans les États pétroliers du golfe de Guinée. Le journal signalait notamment l'« émirat noir » du Gabon. L'article, très informé, était signé Edgar Pinson, le meilleur investigateur du célèbre journal du soir.

On sonna à la porte. Oriane se leva d'un bond et colla son œil contre le judas. Elle tressaillit en distinguant un homme debout dans la pénombre, la tête prise dans un casque de moto aux reflets fluo. Aussitôt elle revit le motard du boulevard des Italiens qui avait dépouillé Isabelle de son mystérieux paquet.

– Qui est là ? fit Oriane sans ouvrir.

– Je suis le coursier du Quai d'Orsay. J'ai un pli pour Mme Casanove.

– Qui vous envoie ? demanda-t-elle, méfiante.

– M. Thibault, répondit l'homme dont la voix trahissait la jeunesse.

La juge ouvrit la porte et prit le dossier que le motard lui tendait. Il avait relevé sa visière de Plexiglas et la considérait avec étonnement.

– Excusez-moi, fit-elle, vous m'avez fait peur avec votre casque, et, comme vous n'allumiez pas la lumière du palier, je me demandais si...

Le coursier disparut comme il était venu. Oriane resta un moment immobile, les documents dans les mains. Puis elle s'assit sur le canapé du salon, les jambes en tailleur, et commença une lecture qui devait la laisser plus sonnée encore qu'après le drame du matin.

D'abord il y eut la photo, un cliché pris par un opérateur du ministère des Affaires étrangères, sur lequel Alexandre apparaissait souriant et digne dans un habit sombre rehaussé d'un col à jabot, élégant comme un ambassadeur. Une fiche signalétique indiquait les différents postes qu'il avait occupés outre-mer, depuis son départ en août 1994 pour le Tchad jusqu'à sa dernière mission au Gabon. La grande affaire d'Alexandre, Oriane ne l'avait pas oublié, c'était d'instaurer l'État de droit partout où les libertés étaient menacées. Jeune homme idéaliste, le juge Leclerc n'avait jamais envisagé de moisir dans une cour quelconque de métropole. Il lui fallait du mouvement et des horizons, mais surtout une existence en conformité avec les idées des Lumières dont il se sentait un lointain héritier, chargé d'apporter la paix aux peuples, de leur apprendre la loi, de les convaincre de la respecter, à commencer par leurs dirigeants. Alexandre Leclerc n'était pas un magistrat comme les autres. Au titre de la coopération, il avait multiplié les missions en Afrique noire, et c'est au cours d'un de ces voyages d'initiation qu'il s'était promis de revenir, plus tard, avec des moyens d'agir pour sortir ces populations de l'ignorance et de la discorde. Et ce moyen, croyait-il, c'était le droit. Après un diplôme d'économie du développement et une maîtrise de procédure judiciaire, il avait rejoint l'école de la magistrature à Bordeaux. C'est là qu'ils s'étaient tous connus, Isabelle, Alexandre, Oriane et Pierre-Alain, le beau Pierre-Alain qui avait fait tourner la tête d'Oriane avant de lui percer le cœur, mais ça, c'était une autre histoire.

Oriane examina attentivement le parcours d'Alexandre. Après N'Djamena, il avait rejoint l'ambassade de France à Bamako où il avait pris en charge l'établissement d'un code de bonne conduite pour le commerce des marchandises au sein de la zone franc – cacao, bananes, arachides. Puis il avait été nommé à Rangoon, en Birmanie, mais au bout de six mois, à sa demande, précisait le dossier, il avait voulu revenir en Afrique. On lui avait proposé le Gabon. Il avait accepté, sans enthousiasme apparemment, d'après ce que laissait entendre une note du chargé d'affaires à Libreville jointe à la fiche signalétique.

À mesure qu'elle tournait les pages, Oriane sentait monter le malaise.

– Ce n'est pas possible, murmura-t-elle en découvrant un télégramme adressé par le premier secrétaire de l'ambassade de France à Rangoon à son agent traitant du Quai, à Paris. La date était bien antérieure à la période où Alexandre Leclerc avait demandé à quitter la Birmanie.

« Cher collègue, disait cette brève correspondance, plusieurs sources autochtones, recoupées par le témoignage de deux industriels français dignes de foi, nous signalent les agissements pour le moins scabreux du magistrat Leclerc. Il apparaît qu'en l'absence de son épouse rentrée momentanément en France, il se livre à la débauche en compagnie de jeunes mineures, comme en témoigne aussi ce cliché pris dans une boîte "chaude" de la capitale. »

Oriane eut beau scruter l'image, elle distinguait bien un Blanc à la chemise ouverte, dansant frénétiquement avec deux filles, mais elle ne reconnaissait pas Alexandre. Une lettre anonyme reçue par l'ambassade de France, dont les lettres avaient été découpées dans les titres du *Rangoon Voice*, prétendait aussi que le juge Leclerc avait des aventures avec des hommes.

Oriane éprouva une nausée de dégoût. Comment Alexandre avait-il pu devenir cette loque amorale, lui qui adorait Isabelle et leur fils – comment s'appelait-il déjà ? David, c'était bien ça, David. Maintenant, il devait avoir quatorze ou quinze ans. Isabelle était encore étudiante à sa naissance. Oriane essaya de se souvenir. Depuis leur départ pour la Birmanie puis le transfert à Libreville, elle n'avait eu que très peu de nouvelles. Isabelle avait fait quelques mystères, prétendant qu'elle ne voulait pas trop lui parler au téléphone, mais c'était sa réserve habituelle qu'elle lui connaissait déjà du temps où elles fréquentaient les étudiants en médecine, à Bordeaux. Isabelle n'avait jamais parlé d'accroc dans leur couple, encore moins des frasques d'Alexandre qui plombaient son dossier.

Oriane se servit un fond de whisky et ferma les yeux quelques secondes. Elle se rappela que le couple avait décidé qu'ils passeraient ensemble une partie de juillet sur l'île de Ré. Ils avaient même chargé Oriane de s'occuper d'une location à Ars ou près du phare des Baleines, Alexandre y avait des souvenirs d'enfant, du temps d'avant le pont et de l'arrivée en force des hommes politiques. Oriane avait eu beau les prévenir que Ré, ce n'était plus un idéal de tranquillité, que le VIe chic et le XVIe snob s'y donnaient rendez-vous dans les petits restaurants de poisson ou sur les pistes cyclables, rien n'y avait fait. Alexandre ne changerait pas d'avis. « J'aurai des choses à te raconter », avait dit Isabelle à Oriane. Après deux ans sans se voir, cette phrase lui était apparue bien insignifiante, sauf le ton peut-être un peu affecté. La jeune juge l'avait mis sur le compte d'une fréquentation exagérée des cocktails d'ambassades.

Il lui fallut du courage pour aborder les circonstances exactes de ce que l'ambassadeur de France à Libreville appelait « le suicide de ce pauvre Leclerc ». D'après le récit détaillé du diplomate, Alexandre s'était montré ces derniers temps très agité, coléreux, agressif quelquefois, comme travaillé de l'intérieur par une force qui le dominait. Une note du médecin ajoutait que le magistrat souffrait de maux d'estomac et traversait sans doute une phase dépressive. Les noms de deux médicaments prescrits comme traitement étaient mentionnés. L'un d'eux, précisait le médecin, pris à dose excessive, pouvait développer des pulsions suicidaires.

Oriane était trop bouleversée pour déceler du premier coup ce qui clochait dans le récit de la disparition tragique du juge Leclerc. Il était parti seul de Libreville à bord de sa Range Rover, avait longé la piste côtière, puis s'était dirigé vers une lagune, non sans être passé dans une station d'essence pour remplir un jerrican de trente litres. Il avait avancé aussi loin que possible vers la mer avec son véhicule, mais celui-ci avait fini par s'enliser. Alexandre Leclerc avait alors continué à pied jusqu'à une petite éminence surplombant la plage, son jerrican à la main. Il s'était ensuite aspergé d'essence avant d'allumer la flamme de son briquet. Un pêcheur l'avait retrouvé inanimé le lendemain matin à l'aube, le tronc et les bras affreusement mutilés. Le soir même, l'institut médico-légal de Libreville avait conclu au suicide et délivré un permis d'inhumer. Le corps du juge avait été provisoirement gardé à la morgue car son épouse Isabelle s'était opposée à l'inhumation avant qu'il soit réexaminé par une commission d'enquête qu'elle pressait les autorités françaises de nommer.

– Pédophile, homosexuel, suicidaire ? Et puis quoi encore ! s'écria soudain Oriane en repoussant le dossier.

Chaque pièce était numérotée de 1 à 14. Elle s'aperçut qu'il manquait les numéros 7 et 8. De quoi s'agissait-il ? En annexe figurait un courrier écrit de la main d'Alexandre. Oriane reconnut aussitôt son écriture très fine et délicate, avec ses lettres hautes, son aisance naturelle à manier la langue. Dans cette brève correspondance où se lisait une certaine nervosité, Alexandre informait l'ambassadeur de France à Libreville de son intention de rentrer en France « pour convenances personnelles ». Cet envoi était daté du 26 mars, quarante-huit heures avant la mort brutale de son auteur.

3

Oriane aimait arriver la première au bureau. Une réelle excitation la gagnait l'hiver quand elle franchissait la porte du vieil immeuble de la rue des Italiens, ravalé et nettoyé au Karcher avec les deniers de la République afin de loger décemment les bataillons de la Galerie financière. « Pour traquer l'argent sale, il nous faut des locaux propres ! » avait plaidé Léopold Gaillard. Il avait fini par être entendu. Plus d'un commentateur avait relevé la singulière ironie du sort qui avait poussé la Chancellerie à récupérer les anciens locaux du journal *Le Monde* pour y loger les limiers de la Financière. Edgar Pinson exerçait désormais ses talents d'investigateur sur la rive gauche.

Oriane Casanove était devenue la maîtresse des lieux, réservant ses premiers sourires de la journée au gardien de l'immeuble qui avait vu tant de gloires de la presse passer devant ses yeux. Depuis plusieurs mois, les photographes de *Match* et des plus grands magazines avaient pris l'habitude de « planquer » rue des Italiens dans l'espoir de « shooter » la belle Oriane, surtout les jours où elle arrivait toute de rouge vêtue, frappant le sol d'un pas décidé avec les talons de ses bottes noires. Elle ne dédaignait pas les objectifs, tout en veillant à ne pas répandre d'elle une image de pétroleuse qu'elle n'était pas. « Si ces gens savaient ma vie », songeait-elle parfois, quand la rumeur lui attribuait fortune, amants et week-ends à Deauville, elle qui nourrissait seule une chatte asthmatique de quatorze ans et rêvait encore d'un prince charmant tendre et beau – mais pas trop – qu'elle aurait suivi au bout du monde, pour peu qu'il fût romantique et bien élevé.

Oriane gagna directement son bureau mais au moment d'y pénétrer, elle s'aperçut qu'un filet de lumière filtrait sous la porte vitrée de son patron. Elle regarda sa montre : à peine 7 heures et quart. Ce n'était pas dans les habitudes du juge Gaillard d'arriver si tôt. Oriane frappa. Une voix étouffée lui dit d'entrer. Le vieux magistrat était assis au fond de son fauteuil, un peu avachi, la tête dans les épaules, les paupières en capote de fiacre baissées sur ses yeux bleu délavé qui avaient impressionné tant de prévenus en presque quarante ans de carrière. Oriane comprit que le juge ne venait pas d'arriver. Son repaire empestait le tabac de pipe, sa cravate en bataille sur sa chemise écossaise plissée témoignait d'une nuit agitée.

– Asseyez-vous, fit-il en dévisageant la jeune femme. Je me suis payé une nuit d'interrogatoire, j'ai fait les questions et les réponses tout seul, comme un grand. Je me demandais : où va cette foutue justice si nous fermons les yeux devant la corruption qui s'étale à la une des journaux sans que nous puissions intervenir fermement ? Vous voyez le Cac 40, les plus beaux fleurons de notre économie ? Eh bien, je vous fiche mon billet que toutes ces belles et bonnes sociétés ont au moins une fois détourné de l'argent, utilisé des faux en écriture, dissimulé des revenus, ouvert des comptes numérotés, reçu et versé des dessous de table, acheté des fonctionnaires, des politiques, pourquoi pas des magistrats. Et nous, on nous installe comme des « cadors » dans un immeuble haussmannien où flotte l'ombre de Beuve-Méry, on nous cajole, on nous faxe et nous emaile, mais quand je mets la pression sur une banque un peu trop douce aux partis en place, la Chancellerie me rappelle mon âge et me suggère que l'heure de la retraite pourrait sonner bientôt !

Au milieu des paperasses qui encombraient le bureau du juge Gaillard, Oriane lut à l'envers les lettres inscrites au marqueur sur une grosse chemise verte : banque Ronald. Ce n'était pas un secret que depuis plusieurs mois, le juge Gaillard avait resserré ses filets autour de la banque de la place des Victoires, qui passait pour financer sans trop de contrôles plusieurs formations de la droite libérale et gaulliste. Une indiscrétion dans la presse financière avait laissé entendre que le célèbre magistrat avait identifié pas moins de cent soixante-quatorze holdings au-dessus de l'établissement dont le siège était domicilié au Vanuatu. Une délocalisation virtuelle qui donnait aux rapports annuels de la banque un léger parfum d'exotisme puisque les comptes étaient libellés selon la monnaie locale de cette ancienne possession britannique, jadis baptisée Nouvelles-Hébrides, le vatu. Parmi les clients privés de la banque Ronald figuraient quelques ministres en exercice, et un ancien Premier ministre.

– Que s'est-il passé ? demanda Oriane.

– Il s'est passé que, en vertu d'un article du nouveau Code pénal, je suis en droit de mettre en examen la banque Ronald en tant que personne morale. Et puisque ses murs ne peuvent pas parler dans l'enceinte de mon bureau, j'ai, d'après les textes, toute latitude pour mener mes investigations dans les locaux de ce noble établissement, même si l'aïeul de l'actuel président a son nom de famille gravé sous l'Arc de Triomphe. Vous me suivez, mon petit ?

– Je crois que oui, répondit Oriane qui éprouvait le besoin d'un café très serré.

– Alors, voilà, j'ai fait connaître hier matin à nos supérieurs mon intention de mettre en examen la banque et pas plus tard qu'hier après-midi un appel de la place Vendôme, mielleux à souhait, m'a signifié que je pouvais faire valoir mes droits à la retraite. Ils se croient tout permis, dans ces cabinets. Le nom de la banque Ronald n'a même pas été prononcé, mais j'ai très bien compris. Toute la classe politique en croque. Comme dit le vieux Ronald : « Ils viennent picorer dans mes petites poches. »

– Ses petites poches ?

– Oui, les tirelires qu'il a disséminées dans tous les paradis fiscaux de la terre. Le salaire d'un énarque de cabinet, vous savez, ça ne va pas chercher loin. Ils sont faciles à acheter, ces gars-là. Un virement en Suisse et les voilà ferrés. Nous sommes les derniers incorruptibles, Oriane, n'oubliez pas ça, mais la roue ne tourne pas pour nous. Regardez nos locaux : c'est une cage dorée. Combien avez-vous de dossiers en cours ?

– Près de quatre-vingts, monsieur.

– Et vous vous en sortez ?

– En ce moment, non. Il faudrait du renfort. Au moins une autre personne à l'instruction. Et je ne parle pas des assistants judiciaires. Que peut-on faire avec huit juristes, et seulement quatre policiers à la brigade ?

– Vous voyez bien, fit Léopold Gaillard en hochant la tête. Avez-vous entendu parler du conseiller Marchand ?

– Jérôme Marchand, celui de Bordeaux ?
– Oui. Il pourrait nous rejoindre prochainement. Je ne connais pas ses méthodes, mais il a été efficace depuis l'affaire de la caisse noire des Girondins de Bordeaux. Ce sera une recrue précieuse. Cependant, il ne faut pas se faire d'illusions, nos moyens resteront toujours dérisoires face aux criminels d'argent que nous poursuivons. Voyez, un tueur ou un voleur à l'étalage, notre société ne lui laisse aucune chance. Il paye. Mais ces types qui gagnent plus en un mois que vous pendant toute une année sinon deux ou trois, ils parlent, argumentent, temporisent, on les ménage et, résultat, ils nous baisent, Oriane, pardonnez l'expression. Mais qu'y a-t-il, mon petit ?

Oriane s'était mise à pleurer en secouant la tête.

– Pardon, s'excusa le juge Gaillard. Où ai-je la tête ? Je vous sabote le moral avec mes histoires alors que vous êtes dans la peine. Cette femme, hier, ce n'était pas l'épouse du juge Leclerc ?

Oriane acquiesça.

– Vous croyez qu'elle venait vous voir ?

– Je ne cesse de me poser la question, répondit Oriane en se reprenant. Mais j'ignorais qu'elle était à Paris. D'habitude, quand elle rentrait en France, elle me prévenait. On faisait toujours une journée de shopping dans les grands magasins. Quand j'ai appris la mort de son mari, j'ai aussitôt appelé chez elle à Libreville, mais elle était injoignable. Sa mère, qui vit sur le bassin d'Arcachon, ne répondait pas non plus. Elle était sans doute partie là-bas.

– Vous n'auriez pas dû venir aujourd'hui. Rentrez chez vous et dormez. Vous avez l'air encore plus chavirée que moi.

Oriane se demanda si elle devait avouer au juge Gaillard qu'elle avait consulté un dossier du Quai d'Orsay et qu'elle entendait mener discrètement une enquête parallèle sur ces deux disparitions. Elle fut tentée, mais se reprit aussitôt. Elle savait que son patron n'aimerait pas que, pour des raisons affectives, elle se plaçât dans une situation irrégulière. Elle décida d'agir par ses propres moyens, puisqu'elle avait assez de camarades de promotion dans la magistrature pour tenter de débrouiller cet étrange suicide à Libreville. Quant aux meurtriers d'Isabelle, c'était une autre affaire. Mais elle avait le sentiment que, si le juge Leclerc avait été assassiné, la piste qui naissait au Gabon la conduirait vers le chauffeur du bolide vert et le voltigeur à moto.

— Pas question de rentrer chez moi, dit Oriane en quittant le bureau de Léopold Gaillard. Vous, en revanche, vous feriez mieux d'ouvrir la fenêtre pour aérer tout ce tabac et d'aller vous défroisser dans un bain chaud. Tel que je vous connais, je suis sûre que vous n'avez pas prévenu votre épouse que vous aviez passé la nuit ici.

Le juge esquissa un sourire.

— Bien vu. Mais elle s'en doute.

Il la considéra avec insistance.

— Vous êtes une chic fille, Oriane.

— Ne me dites pas ça, c'est aussi ce que me répète un voisin qui veut m'épouser.

Elle referma la porte derrière elle et partit s'asseoir à son bureau. C'est à ce moment-là qu'elle remarqua un pli déposé à son nom sur son sous-main. L'enveloppe portait simplement la mention : Oriane Casanove, juge d'instruction à la Galerie financière. Elle reconnut aussitôt une note blanche, ces lettres informatives anonymes que les enquêteurs adressent régulièrement à leurs supérieurs pour faire le point sur des informations confidentielles liées à une enquête, à charge pour les récipiendaires de les détruire sitôt qu'ils en ont pris connaissance. Le texte n'était pas tapé à la machine, mais simplement manuscrit. L'écriture ne rappelait rien à Oriane.

Elle lut : « À votre avis, comment une jeune étudiante en lettres à la Sorbonne, de nationalité birmane, belle de sa personne et folle de Rimbaud, mais modeste titulaire d'une bourse de recherche, peut-elle occuper un somptueux appartement de la rue de la Pompe, au 96, deuxième étage, dont elle acquitte le loyer mensuel rubis sur l'ongle ? » C'était tout.

Elle relut plusieurs fois la note blanche avec lenteur, espérant découvrir un indice supplémentaire. Qui tenait la plume ? Que voulait-on lui faire comprendre ? Oriane se demanda s'il ne s'agissait pas simplement d'une de ces lettres anonymes dont son service était submergé, mais elle écarta très vite l'hypothèse. Cela ne ressemblait pas à une délation pure et simple, le ton était plus subtil, l'auteur suggérait un jeu de piste, une énigme.

En s'arrêtant sur la nationalité de la jeune femme mentionnée, Oriane eut la conviction que son correspondant masqué lui parlait à mots couverts du juge Leclerc et d'un épisode en Birmanie qui n'avait pas trouvé sa place dans le dossier du Quai d'Orsay. Avant de retourner celui-ci à Jean-Pierre Thibault, Oriane prit soin de faire une copie de chacune des pièces. Elle se garda de l'appeler pour lui demander s'il savait pourquoi manquaient les documents 7 et 8. Trop de curiosité risquait d'attirer l'attention. Elle écrivit même un mot à son ancien amant pour dire que tout cela ne lui avait pas appris grand-chose et que les hommes étaient décidément capables de singulières turpitudes. Peut-être se sentirait-il visé du même coup, lui qui avait quitté Oriane de manière si indélicate...

4

Les bureaux de la Galerie financière s'étaient remplis. Écoutant les conseils de la jeune femme, le juge Gaillard avait regagné ses pénates. Oriane partit se chercher un café au distributeur du premier étage. Quand elle revint dans son bureau, Annie l'attendait.

– L'audition avec le patron des cimenteries a été remise à ce matin 9 heures, lui apprit-elle.

– Très bien. Savez-vous qui était le coursier de service tôt ce matin ?

– Robert. Il me semble l'avoir vu au bistrot en arrivant tout à l'heure.

– À l'occasion, dites-lui que je voudrais lui parler.

Oriane se plongea dans la presse du matin. On parlait bien sûr de l'accident de la veille, et les articles insistaient sur la lâcheté du chauffard qui s'était enfui dans Paris après son méfait, sans avoir le courage de se constituer prisonnier. Un appel à témoin avait été lancé, mais aucune piste sérieuse ne semblait tenir debout. Dans *Le Monde*, Edgar Pinson était le seul à établir le lien entre l'identité de la victime et les faits survenus une semaine plus tôt à Libreville. La juge se demanda comment l'enquêteur avait pu recueillir cette information car, à sa connaissance, le Quai d'Orsay était resté des plus discret sur cette étrange disparition.

Soudain une silhouette s'encadra derrière la porte vitrée du bureau d'Oriane.

– Entrez, Robert !

C'était un jeune homme de vingt ans, maigre comme un clou, grand de taille et coiffé en brosse, qui préférait sillonner Paris à bicyclette plutôt que de rivaliser avec les scooters de ses collègues. Il portait un pantalon qui s'arrêtait aux genoux, laissant voir de formidables mollets fuselés et durs comme du bois, qu'Oriane s'amusait parfois à tâter avec une moue admirative.

– C'est vous qui avez apporté ça ? fit-elle en montrant le pli qui contenait la note blanche.

– Oui, fit le cycliste. En réalité, on nous a appelés hier après-midi, vous étiez partie.

– Qui a appelé ?

– Je ne sais pas, c'est Annie qui m'a dit qu'un pli pour vous attendait à l'accueil du Conseil d'État.

– Du Conseil d'État ?

– Oui, j'en suis sûr, derrière le Palais-Royal. Vous auriez vu à quelle allure j'ai traversé la rue de Rivoli. Je parie que j'allais aussi vite que les pros du Tour dans l'étape des Champs-Élysées.

– Je n'en doute pas, répondit Oriane en esquissant un sourire. Merci, Robert.

Pendant que le jeune homme dévalait l'escalier, la juge se demanda bien qui au Conseil d'État avait pu l'alerter.

Il lui restait à peine une heure avant l'arrivée de Charles Boutin et de son avocat. Elle décida qu'elle en savait assez sur ce dossier pour ne lui consacrer que quelques minutes avant le rendez-vous. Devant la charge de travail que lui réservait la Galerie financière, Oriane avait appris à exploiter chaque minute et à dilater le temps le plus possible. Les trente-cinq heures lui faisaient hausser les épaules. Chaque semaine, elle travaillait le double, sans compter les week-ends, et une partie des vacances. Elle entrait dans la catégorie des « workalcoholics » de façon tout à fait consentante. Un allégement de son travail l'aurait ramenée trop cruellement au vide de son existence.

Oriane mit en route son ordinateur et alluma un moteur de recherche sur le net. Les pages jaunes étant apparues sur son écran, elle tenta de visualiser l'adresse du 96, rue de la Pompe. Apparut l'image fixe d'un immeuble haussmannien en pierre de taille. Le deuxième étage offrait une large façade percée de cinq fenêtres surplombant un balcon abondamment fleuri. En cliquant sur chaque fenêtre, elle put virtuellement pénétrer à l'intérieur de l'appartement. Ce n'étaient que moulures et dorures, cheminées monumentales, lustres d'apparat et miroirs de Bohême. L'appartement était présenté non meublé, avec mention du nom de la société gérante : Agev. La juge prit note et cessa sa recherche. Annie entra dans le bureau, contrariée.

– C'est Boutin et son avocat, ils sont déjà là.

Ils avaient plus de vingt minutes d'avance. Si Oriane n'aimait pas qu'on soit en retard, car elle voulait maîtriser elle-même l'horloge, elle détestait aussi qu'on se présente aux convocations en avance, comme si on voulait la prendre en otage dans son bureau.

– Je les recevrai à 9 heures.

– Mais hier ils ont attendu plus de deux heures avant qu'on les prévienne que tout était annulé. M. Boutin n'a pas l'air du genre à aimer poireauter...

L'assistante d'Oriane se tordait les doigts. C'était une petite blonde très sophistiquée qui aimait plaire à tout le monde et montrait sa bonne volonté en portant des jupes très courtes. On lui prêtait des aventures à chaque étage et même parmi les coursiers. Oriane se demanda si Robert lui avait déjà fait la cour ou plus encore, puis elle se sermonna intérieurement : quelle importance ?

Elle s'empara du dossier des cimenteries et reprit les points controversés concernant la comptabilité des trois derniers exercices. Quand Charles Boutin et son avocat eurent enfin accès à son bureau, ils ne cachèrent pas leur exaspération. Oriane Casanove, au téléphone, s'informait des horaires d'une pièce de théâtre qui se jouait depuis un mois à l'Odéon. Pendant que le P-DG des Cimenteries de l'Ouest examinait de près ses ongles parfaitement coupés, Oriane appela aussi la boulangerie de la rue Taitbout afin de commander ses fameux sandwichs au saumon frais et aux cornichons molossols. Elle s'excusa pour son faux bond de la veille, mais compte tenu des circonstances... Passèrent encore cinq bonnes minutes et, quand elle posa enfin ses yeux noirs sur Charles Boutin, elle lut dans le regard de l'homme comme une envie de l'étrangler. L'entretien se déroula pourtant de manière courtoise. L'avocat intervint avec toute la rondeur voulue pour expliquer les provisions exceptionnelles constituées par les cimenteries au cours des derniers exercices afin de se prémunir contre les risques de non-paiement dans les pays du Maghreb et en Pologne.

– Vous comprenez, plaidait-il, ces pays ont le droit de se développer, mais jusqu'à présent, compte tenu de la confusion politique, ils laissent plus souvent des ardoises que des bénéfices.

Le visage d'Oriane s'était fermé.

– J'entends bien, maître, mais ces provisions qui représentent parfois plus du tiers de l'exercice annuel, ce sont autant de profits non déclarés au fisc.

– C'est trop fort! explosa Charles Boutin. On nous demande de prendre des risques, de pousser les chances de la France sur les marchés difficiles, d'agir en pionniers, et voilà une petite juge de rien du tout qui vient nous donner des leçons!

– Modérez vos propos, riposta Oriane, si vous ne

voulez pas découvrir dès ce soir les charmes de la Santé. J'ai de quoi vous coffrer si vous continuez de jouer au malin, monsieur Boutin.

L'avocat fit signe à son client de se calmer. Il savait de quoi la juge était capable. La liste était déjà longue de ces capitaines d'industrie qu'elle avait étrillés dans les douze mètres carrés de son bureau, les interrogeant plus durement qu'au quai des Orfèvres, de sa voix un peu rauque de fumeuse, n'offrant jamais ses sandwichs avant la cinquième ou sixième heure d'« entretien », et n'hésitant pas à entamer des digressions sur l'éducation des enfants ou les avantages comparés du diesel et de l'essence sans plomb, pour ensuite mieux fondre sur sa proie. « Oriane m'a tuer », avait écrit le patron des Lunetteries Desjoyaux dans une chronique restée célèbre à la une des *Échos*. L'homme d'affaires méridional avait dû avouer quelques maquillages de comptes et des transferts douteux de capitaux vers une filiale imaginaire d'Antigua. La juge, après deux journées d'audience terminées au petit matin, lui avait conseillé de changer de lunettes, à l'avenir, pour mieux voir où il plaçait son argent. Il avait écopé d'une peine avec sursis assortie d'une amende très lourde qui avait mis en danger la survie même de sa société. Sa hantise de devoir licencier son personnel n'avait pas ému la juge outre mesure. Elle avait calmement expliqué que le travail n'était pas sacré au point de se fonder sur la malhonnêteté...

Quand elle en eut fini avec Charles Boutin après lui avoir signifié sa mise en examen, Oriane se rendit au sous-sol dans la salle de tir des policiers en civil de la brigade financière. Là où autrefois tournaient les rotatives du journal du soir, étaient alignées de petites cibles à hauteur d'homme et des silhouettes en carton rigide représentant des athlètes en différentes positions : debout, accroupis, de profil. Le juge Gaillard avait dû se battre pour obtenir que ses policiers disposent sur place d'un centre d'entraînement avec stand de tir, espaliers et agrès. À la Chancellerie, on avait d'abord argué que ces hommes étaient là pour épauler les magistrats dans leurs enquêtes judiciaires, qu'il ne s'agissait pas de cow-boys ni de tireurs d'élite, mais d'officiers assermentés chargés d'effectuer des perquisitions, des contrôles d'identité ou de patrimoine dans le cadre des commissions rogatoires. En principe, ils devaient même agir sans armes. Mais le juge Gaillard avait su rappeler plusieurs cas où ses policiers avaient dû défourailler leur manhurin à toute vitesse pour rester en vie. « Les hommes d'affaires emploient des hommes de main », avait déclaré gravement Léopold Gaillard au président du tribunal pour qui les incursions de la justice financière dans les entreprises relevaient d'une dégradation des mœurs et d'un abaissement regrettable du « capitalisme à la papa », celui des deux cents familles et du charbonnier maître chez soi. Il est vrai que le président Paillot descendait par sa mère d'une grande famille de la meunerie qui possédait des moulins sur la Seine jusqu'au Havre. On n'était pas habitué, dans ces milieux-là, à régler les contentieux autrement qu'en famille, et l'expression « gagner du blé » prenait un sens très précis qu'on n'aimait guère expliciter à des étrangers, même munis des autorisations de la République, venus réclamer un peu de transparence, le cas échéant un pistolet au poing.

Oriane aimait bien « ses » policiers. Ils lui servaient à l'occasion de gardes du corps quand un industriel proférait dans son bureau ou même par voie de presse quelque menace sur le thème machiste de ces juges en jupon qui mériteraient deux paires de claques ou une bonne fessée. Elle n'hésitait pas non plus à recourir aux costauds de la brigade quand les photographes se faisaient trop pressants et lui volaient son image comme à une star du grand écran ou de la chanson. Depuis qu'elle avait jeté en prison, sans ménagement, l'ancien P-DG de la Régie des eaux, Alphonse Dallongeville, Oriane était la proie des téléobjectifs, et une rumeur qu'elle jugeait fantaisiste disait qu'il existait dans le milieu un contrat sur sa tête. Elle ne sortait plus qu'affublée de grosses lunettes noires qui complétaient son look de vamp. Les hommes de la brigade gardaient discrètement un œil sur elle.

Ce jour-là, ce n'était pas un tireur que cherchait Oriane, mais un œil de lynx.

– Gaël est arrivé? s'enquit-elle auprès de l'armurier.

– Il est sous la douche, attendez-le ici, il n'en a pas pour longtemps.

Gaël Le Balc'h, c'était le prodige de la brigade. Un jeune type sorti de l'école de police avec les meilleures notes, très bien éduqué, jamais un mot plus haut que l'autre, un sourire franc, les traits réguliers, et un don exceptionnel : Le Balc'h était un physionomiste hors pair. Il lui suffisait d'avoir vu un visage une fois pour pouvoir le reconnaître entre mille. À son arrivée à la brigade six mois plus tôt, Oriane avait découvert cette particularité sur sa fiche transmise par le ministère de l'Intérieur. Très vite, elle avait compris le parti qu'elle pouvait en tirer. Pendant six semaines, elle avait fait suivre au jeune policier une formation intensive, qui consistait à apprendre par cœur les visages du Gotha de la finance et de l'industrie en France, puis dans les principaux pays de l'Union européenne. C'est ainsi que Gaël Le Balc'h était devenu un *Who's Who* ambulant, capable de mettre un nom sur le visage de tout patron de grosse entreprise, mais aussi sur un anonyme fondé de pouvoir dont Oriane lui avait un jour montré une diapo ou remis une photo tirée d'un magazine financier. Pour rester dans le coup, Gaël lisait régulièrement les pages « stratégie » des hebdomadaires, où étaient publiées en chapelet les « bobines » des principaux dirigeants de société, avec leurs réseaux, les proches, les bras droits, confidents et hommes – ou femmes – à tout faire...

Gaël Le Balc'h se fendit d'un large sourire. Il avait les cheveux encore mouillés et dégageait un discret parfum d'eau de toilette.

– Je vous emmène prendre un café, lança la juge.
– C'est un enlèvement ?
– Oui, dit-elle en souriant, avec demande de rançon à vos parents si vous n'obtempérez pas !

Ils traversèrent le boulevard des Italiens et s'installèrent à la terrasse du Gramont. Oriane eut un geste de recul en revoyant le lieu où Isabelle avait été sauvagement renversée, mais elle prit sur elle et dissimula son malaise. C'était une leçon du juge Gaillard : ne jamais montrer la moindre faiblesse. À côté d'eux, de jeunes traders commentaient bruyamment la séance de Wall Street, attablés devant de copieuses entrecôtes marchand de vin. Ils avaient passé la nuit devant leurs écrans à arbitrer comme des fous des IBM contre des Amaron.com, et leur excitation à parler de leurs plus-values nocturnes avec des airs d'enfants gâtés exaspérait Oriane. Dans ces moments-là ses origines provinciales ressortaient. Elle pensait à son père, le vieil avocat Casanove, qui avait passé sa vie à militer au sein de la Ligue des droits de l'homme, usant prématurément ses forces à préparer ses plaidoiries durant des nuits entières pour tirer de prison ceux qu'il appelait les « victimes du système », et négligeant trop souvent de réclamer des honoraires.

– À 11 heures du matin, on ne me ferait pour rien au monde avaler un morceau de viande, se contenta de dire Oriane.

– Le marché ouvre l'appétit, on dirait, lança Gaël en désignant leurs voisins.

– Installons-nous dans un endroit plus isolé, j'ai à vous parler d'une mission délicate.

Ils se déplacèrent de quelques tables.

– De quoi s'agit-il ? demanda le policier, qui alluma une cigarette.

– Je ne peux pas vous donner de détails pour le moment. Sachez simplement qu'il s'agit d'une enquête qui me touche de près, et je vous demande la plus grande discrétion. Je ne sais pas à qui nous avons affaire, il faut donc être prudent et ne pas parler à vos collègues de ce que je vous demande. J'ai prévenu votre chef que j'avais besoin de vous pendant quarante-huit heures pour remettre à jour le trombinoscope des dirigeants de groupes publics, contentez-vous de cette explication. Personne ne doit se douter de ce que vous allez faire pour moi.

– Vous m'intriguez, Oriane. Des ennuis ?

– Je ne sais pas encore. Deux de mes meilleurs amis, un magistrat et sa femme, ont été assassinés. Il semble que quelqu'un veuille me mettre sur la voie mais je ne sais pas qui ni pourquoi. Je sais simplement qu'il faut planquer devant le 96, rue de la Pompe et savoir qui vit là, une jeune femme birmane d'après mes indications, et surtout qui lui rend visite. Vous avez en mémoire des milliers de visages. Il me suffirait que vous en reconnaissiez un pour que le tableau s'éclaire un peu. Pour le moment, je suis dans le noir complet. Je compte sur vous, Gaël.

Le policier acquiesça en silence.

– Qui vous dit qu'un de mes « clients » se rend sur les lieux ?

— Rien. Seulement l'intuition. Il faut être riche pour s'offrir un tel standing. Cette jeune Birmane étudie à la Sorbonne l'œuvre de Rimbaud.

— En effet, admit Gaël, c'est un peu léger. À moins que la petite n'ait mis la main sur le trésor du poète.

— Quel trésor ?

— Vous savez, Oriane, Rimbaud n'a été poète qu'entre dix-sept et dix-huit ans. Le reste de sa vie, il a été trafiquant. Il a vendu des armes et a piqué dans les caisses des comptoirs d'Aden. On dit même que son trésor serait planqué dans la ferme de sa mère du côté de Charleville.

— Vous en savez, des choses, pour un policier !

— Ne vous moquez pas, Oriane. *Une saison en enfer* a été mon livre de chevet quand j'avais quinze ans.

— Je savais bien que les policiers étaient toujours d'anciens rebelles, plaisanta la juge.

Ils burent leur café. Une longue journée commençait à la Galerie financière. Un industriel de la pâte à papier attendait dans le bureau d'Oriane pour s'expliquer sur une prise de participation douteuse dans une imprimerie du Panamá.

5

— Rien ne colle, songea Edgar Pinson en relisant ses notes dans son bureau. Edgar Pinson n'était pas homme à lâcher prise. Quand il tenait une affaire, il la tirait de l'ombre avec le mordant d'un chien de chasse rapportant une proie à son maître. Son maître à lui était une maîtresse : l'information.

Dans les interviews qu'il donnait parfois à ses confrères au lendemain d'un scoop mémorable, il en parlait avec un mélange de mystère et de respect, comme si le devoir d'informer, dans une démocratie moderne, l'emportait sur tous les autres droits accordés aux citoyens.

Il n'était pas facile de cataloguer Edgar Pinson parmi les journalistes d'investigation de la presse française. Il tenait à la fois de Rouletabille et d'Arsène Lupin, de Blaise Cendrars pour le goût des voyages lointains, et aussi d'Albert Londres pour cet art qui lui était propre de « tremper la plume dans la plaie ». Aucune famille politique n'avait pu se l'annexer car il tapait tantôt à gauche, tantôt à droite, et il suffisait qu'on lui prêtât une sympathie à l'égard d'un camp pour le voir aussitôt se dédouaner en « sortant » une affaire où se trouvaient éclaboussés les imprudents qui croyaient s'être attiré sa complaisance.

Son passé politique était neutre, on ne lui connaissait pas d'appartenance, ni gauchiste ni libérale. « La seule carte que j'aie jamais possédée est ma carte de presse », disait-il à qui voulait l'entendre. Il mettait un point d'honneur à écrire pour tous sans être l'homme de personne. Depuis la fin du giscardisme et tout au long des années Mitterrand, des affaires Fontanet et Boulin aux scandales qui avaient ébranlé la République de gauche, prise la main dans le sac pour de vulgaires délits d'initiés et autres enrichissements suspects, Edgar Pinson s'était mis du seul côté qui le motivait : les lecteurs et, au-delà d'eux, les électeurs.

Dans toute la presse parisienne, il était le seul journaliste que la mort du juge Leclerc puis celle de son épouse avaient fortement intrigué. Trois jours avant l'étrange accident de la circulation qui avait coûté la vie à Isabelle Leclerc, Edgar Pinson s'était rendu sur les lieux du prétendu suicide de son époux, sur la côte gabonaise. Après une enquête fructueuse au-delà de ses espoirs, il était rentré à Paris la veille de son rendez-vous avec Isabelle Leclerc. Si la jeune femme, le matin de sa mort, marchait en direction de la rue des Italiens, ce n'était pas pour rencontrer sa vieille amie Oriane Casanove. Elle savait qu'Edgar Pinson l'attendait, car elle devait lui remettre des documents susceptibles de l'aider à mettre en lumière une vérité qu'on étouffait. Dans son esprit, le siège du *Monde* était toujours dans le quartier de l'Opéra. Elle n'aurait pas imaginé qu'un journal aussi prestigieux pût rencontrer des problèmes de trésorerie, liquider son siège historique et déménager du côté du jardin du Luxembourg. Le journaliste l'avait attendue impatiemment, puis avait appelé à son hôtel. On lui avait dit qu'elle était sortie tôt le matin. Il s'apprêtait à partir quand un « urgent » tombé sur le fil de l'AFP lui avait appris le drame.

– Rien ne colle, se répéta Edgar Pinson.

Et il commença à pointer ce qui, justement, ne collait pas. D'abord, les circonstances du drame. D'après le gérant du dépôt d'essence, dix kilomètres avant le lieu du « suicide », le juge Leclerc n'était pas seul dans sa voiture. « Ils étaient au moins trois en comptant le juge », avait-il précisé avec aplomb. Il y avait même un gradé, peut-être un capitaine, d'après ses galons d'épaulette, mais, là, le gars n'était pas bien sûr. Pouvait-on se suicider « accompagné » ? Puis il y avait ce témoignage d'un pêcheur qui se trouvait sur les lieux quand la police avait emporté le corps. Edgar Pinson avait pu le convaincre de répondre à ses questions sous couvert d'anonymat. Ils avaient marché presque une heure dans le sable jusqu'à la cabane du bonhomme. C'était un vieux qui avait connu les Français, autrefois. Il montra même une carte postale de Paris au journaliste qui le félicita en souriant. Le pêcheur ne voulait pas d'ennuis, mais d'après lui, plusieurs détails « clochaient ». « Tu vois patron, avait-il confié à Pinson, les journaux ils ont dit que ce M. Leclerc, il s'était aspergé d'essence et puis pfuit ! il avait dévalé le talus jusqu'à la plage. Moi, j'ai déjà vu des types s'immoler, ils deviennent des torches vivantes et il ne reste plus qu'une carcasse calcinée. Pardonne ces détails, patron, mais le monsieur il était brûlé aux bras et au ventre, ah oui, salement brûlé, là, mais le reste de son corps il était intact comme une peau de bébé, alors ou on se brûle, ou on se brûle pas, mais pas à moitié, ça non... » Edgar Pinson avait noté à toute vitesse sur son carnet car il n'avait pas sorti son magnétophone, histoire de ne pas effaroucher son précieux témoin.

– Et puis, avait continué l'Africain, quand tu deviens toi-même le feu, le sol où tu passes recueille ta chaleur. Or moi je me suis approché quand ils ont dégagé le corps. Je peux te dire qu'il n'y avait aucune trace, comme si on l'avait amené là déjà cuit, pour faire, comment vous dites chez vous, de la mise en scène, c'est ça ?

– C'est ça, avait répondu Pinson en hochant la tête.

Avec ce témoignage, le reporter n'avait pas de quoi rédiger un papier, même en s'appuyant sur des citations anonymes. Mais d'autres faits ne manquaient pas de l'intriguer. Aucune information judiciaire n'avait été ouverte pour « recherche des causes de la mort », comme c'était pourtant la règle en cas de disparition d'un fonctionnaire à l'étranger dans le cadre de son travail. Et parmi les objets rendus à sa veuve, comble de l'ironie du sort, il y avait le briquet du juge, un briquet dont la gaine de plastique était contre toute attente restée intacte.

Edgar Pinson s'alluma une cigarette et reprit une nouvelle fois la lecture de ses notes quand le téléphone sonna. C'était Valentin, l'un de ses contacts au CAP, la cellule de prospective du Quai d'Orsay. Les membres du CAP étaient recrutés par des voies parallèles à la haute fonction publique. On y trouvait des professeurs, des hommes de terrain, parfois des aventuriers, des fous de géopolitique capables de tenir un stylo aussi bien qu'un fusil, de tenir leur langue, aussi. Mais grâce à son magnétisme, Edgar Pinson s'était tissé au fil des années et des coups un réseau hors pair dans toutes les institutions de la République. Il tendait ses fils et ses collets comme un braconnier madré, puis attendait. On l'appelait souvent. On lui donnait un os à ronger. Après, c'était à lui de jouer. Il arrivait que des sources malintentionnées cherchent à le manipuler en l'entraînant sur de fausses pistes. Mais il savait s'arrêter à temps et se montrait impitoyable pour ceux qui tentaient de l'abuser. Tôt ou tard, il le leur faisait payer de la pire manière, publiquement, par voie de presse. C'est dire si Edgar Pinson n'était pas seulement admiré. Il était craint aussi. Quand on l'appelait, on devait savoir que ce n'était pas pour rien. Comme les bons chiens de chasse, il était doté d'une mémoire infaillible. Et il se souvenait des traîtres plutôt deux fois qu'une.

– Valentin. Je peux te parler ?

– Non, fit Pinson, rendez-vous à l'endroit habituel dans une heure. C'est possible ?

– Entendu.

Ils raccrochèrent. Outre que Valentin était un faux nom, Pinson se méfiait du téléphone depuis qu'il avait été écouté sept mois durant par les services du ministère de l'Intérieur à l'époque de la reprise des essais nucléaires dans le Pacifique, au début du septennat de Jacques Chirac. Pinson se méfiait du pouvoir, de tous les pouvoirs. Peut-être devait-il à cette méfiance d'être toujours en place. D'être toujours en vie.

L'endroit habituel était un café dans la cour carrée du Louvre. On y contemplait la grande pyramide et Pinson trouvait dans le spectacle de cette transparence un réconfort et un bien-être plus grand que s'il eût dévalé quelques marches pour admirer le sourire de la Joconde. « Voir la société de la base au sommet, voilà le rêve du journaliste que je suis », déclarait-il quand on l'interrogeait sur cette allégorie de la pyramide aux parois de verre. Pinson était un petit homme très chauve qui huilait son crâne les jours de grand soleil, au visage anguleux barré par une large moustache rousse qu'il aimait lisser avec une petite brosse à manche d'ivoire, la seule préciosité que lui connaissaient ses confrères, avec son goût prononcé du subjonctif qu'il employait y compris pour dénoncer les margoulins de la pire espèce. Il portait en toutes saisons un imperméable de toile légère et un chapeau mou qu'il préférait aux parapluies, pour garder les mains libres si le besoin d'écrire une idée ou un indice s'imposait. On l'eût volontiers pris pour un détective privé ou pour un inspecteur genre Columbo, et cela lui plaisait de lire la surprise sur le visage de ses interlocuteurs quand il avouait – mais l'aveu n'était pas son genre – qu'il était journaliste, au *Monde* de surcroît.

L'entretien avec Valentin dura tout au plus cinq minutes, le temps de vérifier quelques détails sur l'information livrée par sa source. Le dossier du juge Leclerc avait été sorti des archives du cabinet durant une demi-journée. Il était passé entre les mains d'une magistrate de la galerie financière nommée Oriane Casanove. Le dossier était revenu en fin de soirée. Il manquait deux documents dans ledit dossier. Valentin n'avait pu savoir si ces pièces étaient manquantes au départ du Quai ou au retour du dossier.

– Qu'en penses-tu ? avait demandé Valentin, excité.

– Rien, répondit Edgar Pinson en regardant dans le vide, rien du tout.

En réalité, le journaliste s'inquiéta tout de suite, pour cette juge qu'il ne connaissait pas. « Si Valentin sait que le dossier a fait un aller-retour chez elle, songea-t-il, d'autres le sauront forcément. » Il serra la main de Valentin en le remerciant, puis, pensif, retourna au journal et se remit à lire ses notes, mais une pensée le tarabustait. Il se dit qu'il avait bien fait de ne pas montrer un intérêt trop vif pour cette affaire de dossier.

6

À partir de 6 heures du soir, les bureaux se vidaient à la Galerie financière. C'est alors qu'Oriane se jetait plus avidement encore dans le travail, pour ne pas entendre que son assistante allait rejoindre son fiancé, que le policier en faction à l'étage partait récupérer ses enfants à l'école de la rue du Helder, pour ne pas entendre cette voix, à l'intérieur, qui lui disait : et toi, ma pauvre fille, avec tous tes dossiers, te voilà bien seule. Souvent elle était la dernière à quitter les lieux. La porte principale était fermée. Elle devait passer par les sous-sols et sortir par une issue interdite au public.

Depuis toujours Oriane travaillait lentement. Elle avait besoin de se laisser envahir par une affaire, d'en être pleinement imprégnée. Là où d'autres de ses collègues avaient fait le tour d'une question en quelques heures, il lui fallait plusieurs journées, parfois davantage, avant de se sentir à l'aise, en pleine possession de ses moyens. Non qu'elle fût laborieuse et encore moins sotte. Au contraire, l'intelligence d'Oriane Casanove était un scalpel. Elle voyait tout, elle voyait même trop, comme si une force mystérieuse l'avait douée d'un sixième sens tenant tout à la fois de la lucidité exacerbée, de l'art de disséquer, d'éplucher, pour mieux terrasser quiconque croyait pouvoir jouer avec elle au plus malin. Elle n'était pas pour rien une joueuse d'échecs redoutée, capable de calculer à l'avance plus d'une dizaine de coups. En reine jalouse de son territoire, elle adorait l'idée de mettre les rois en échec dans ce monde en noir et blanc des affaires.

Ce soir-là, elle s'était fait monter une pizza pour ne pas avoir à sortir du bureau. Il faisait nuit noire et, subitement, elle n'avait pas eu envie de rentrer chez elle, de retrouver son appartement de la rue des Carmes où elle laissait toujours l'entrée allumée, ainsi que la grosse lampe du salon, pour ne pas avoir cette impression de grande solitude quand elle ouvrait sa porte. Cela lui valait des notes d'électricité dignes d'une véritable famille avec enfant, mais elle s'en moquait; tout valait mieux que le noir glacé des lieux d'où la vie s'est retirée. Pierre-Alain, son amour de jeunesse, avait un temps partagé son existence rue des Carmes, mais cette vie remontait très loin, à l'époque où ils ne se quittaient pas, Alexandre, Isabelle, Pierre-Alain et elle. Depuis, elle avait changé la disposition des meubles, les meubles eux-mêmes, mais elle ne pouvait pas s'empêcher, certains soirs, de voir encore déambuler la silhouette de ce jeune homme qui avait pris son cœur sans qu'elle en guérisse vraiment.

Vers 9 heures du soir, le gardien de nuit l'appela sur son poste pour signaler l'arrivée du livreur de pizza.

– Encore du travail, madame la juge ? fit le jeune homme en habit rouge en poussant la porte vitrée.

– Vous voyez, Thierry, la justice suit son cours jour et nuit.

– Je vous ai fait ajouter des câpres et des anchois, je sais que vous aimez ça.

– Merci beaucoup, vous allez me donner envie de rester dîner tous les soirs au bureau.

La juge glissa une pièce dans la main du livreur qui descendit en sifflotant par les escaliers. Oriane sortit de son tiroir l'Opinel de son père, un gros Opinel de taille dix que M. Casanove utilisait déjà quand elle était enfant, à Limoges. Elle se souvenait des fêtes des Rois. Il arrivait avec une grosse galette et dépliait la lame de son couteau en tâtant doucement la frangipane pour ne pas heurter la fève. Elle se découpa une bonne part de pizza qu'elle mangea lentement, d'un air absorbé.

Les pensées se bousculaient en désordre dans son esprit. Elle se demanda si elle était vraiment contente que le conseiller Marchand vienne renforcer le pôle financier. Il paraissait tellement imbu de lui-même et autoritaire ! Après tout, elle avait appris à ne pas juger les gens sur leurs apparences, et sans doute avait-il les qualités requises pour démêler les dossiers complexes en souffrance.

Les rondelles de tomate étalées sur le fromage à pizza firent surgir à son esprit la vision du sang sur le tailleur d'Isabelle, et cette image, la fatigue aidant, envahit toute la pièce comme un tableau hyperréaliste. Oriane s'arrêta net de mastiquer et détourna le regard. Quand elle eut fini de manger, elle s'essuya les doigts et les lèvres avec une serviette en papier, puis attrapa son agenda.

Le lendemain était prévue l'audition d'Eddy Lazzano, le gérant d'un bateau de luxe qui avait manifestement déduit des impôts de sa société le montant de travaux somptuaires effectués sur son yacht. Elle avait déjà eu l'occasion d'interroger ce Lazzano, mais elle n'était pas allée au bout du dossier. Il lui manquait des éléments et, surtout, elle s'était sentie touchée par ce Méridional chaleureux qui racontait ses histoires avec une faconde et un semblant de bonne foi dignes des pagnolades du Vieux-Port. Oriane avait hésité à porter l'estocade du premier coup car, inconsciemment, elle avait envie de revoir Lazzano. La femme, pour une fois, l'avait emporté sur la juge.

Elle relisait ses conclusions provisoires sur cette affaire de yacht quand une silhouette s'encadra dans sa porte vitrée. Elle n'avait reçu aucun appel du gardien de nuit et, pourtant, un homme se tenait là, derrière le verre fumé. Le cœur d'Oriane se mit à cogner dans sa poitrine. Plus personne n'était resté à l'étage, elle en était sûre. Il était maintenant presque 11 heures du soir. Les bruits de voitures de plus en plus espacés montaient du boulevard. Elle avisa son tiroir mais, à la différence des héros dans les films policiers, elle n'avait aucune arme. Il se passa quelques secondes qui lui semblèrent une éternité avant qu'une voix chaleureuse lance :

– N'ayez pas peur, madame Casanove, je suis Edgar Pinson, l'ancien habitant des lieux.

– Edgar Pinson, le journaliste ?

Le petit homme chauve et moustachu entra dans le bureau et offrit à Oriane son plus beau sourire.

– Avec mes excuses pour cette intrusion, mais il faut être prudent quand on va au-devant d'un magistrat. C'est parfois une manière d'aller au-devant des ennuis.

– Je vous remercie, fit Oriane un peu sèchement, moins à cause des propos du reporter que de la peur qu'elle éprouvait encore après sa soudaine apparition. Comment diable êtes-vous arrivé jusqu'ici ? Personne ne m'a signalé votre venue. Et d'abord, je ne vous connais pas.

Edgar Pinson prit un petit air marri. S'il n'aimait pas jouer les stars de la presse, il appréciait qu'on le reconnaisse dans les lieux du pouvoir et jusque dans les cafés d'étudiants. La juge ne regardait donc pas les journaux télévisés ni les émissions d'actualité ? Il y apparaissait souvent, avec ses pulls noirs à col roulé et sa calvitie poudrée afin, disaient les maquilleuses pour plaisanter, qu'il ne soit pas trop brillant à l'image. Devant le regard suspicieux d'Oriane, Edgar Pinson tendit sa carte de presse qu'elle examina soigneusement avant de la lui rendre sans un mot.

– Je n'apprécie guère ces méthodes, fit-elle enfin, avec une douceur dans la voix qui démentait la fermeté du propos. Vous avez chloroformé le gardien ou quoi ?

– Calmez-vous, c'est ridicule ! fit Edgar Pinson en essayant de garder un ton cordial. N'oubliez pas qu'avant vous, dans ces mêmes lieux, nous avons fabriqué un journal chaque jour pendant près d'un demi-siècle. La mémoire des lieux, ça existe, ça laisse des traces.

– Vous avez un passage secret ? demanda Oriane sur le mode ingénu.

– Vous ne croyez pas si bien dire. Une sorte de soupirail qu'on attrape à l'ancien étage des éditorialistes et qui donne directement dans le sas de sortie du parking, juste derrière le pâté de maisons.

La juge écarquilla les yeux.

– Vous voulez dire qu'on peut entrer à la Galerie financière en passant par le parking de la rue du Helder ?

– « On » ne peut pas. Moi, je peux. Et je suis sûrement le seul à Paris. Voyez-vous, il fut une époque où chaque ligne que j'écrivais sur le Front national m'attirait des menaces de mort. Les nervis de Le Pen m'attendaient en bas de l'immeuble pour en découdre à coups de batte de base-ball. Il fallait bien trouver une solution. C'est un de nos hommes à tout faire qui m'a aménagé cette porte de sortie. Rassurez-vous, il était brésilien et il est rentré dans son pays depuis quatre ans. Seul lui et moi savions. Un secret, mieux vaut ne pas trop le partager pour qu'il reste un secret. Surtout dans un journal.

– Je comprends, fit-elle en esquissant un sourire. Vous m'avez fait sacrément peur. La prochaine fois, je préférerais que vous me préveniez de votre visite. Mais qu'êtes-vous venu faire ? Et comment saviez-vous que je serais là si tard ce soir ?

– Vous me sous-estimez. Je savais où est votre bureau : c'était le mien, avant ! J'ai tout simplement vu de la lumière. Quant à ce qui m'amène...

Edgar Pinson s'interrompit. Il demanda à la juge l'autorisation de vérifier son téléphone. Oriane acquiesça et le regarda avec curiosité dévisser une partie du combiné dont elle n'aurait jamais douté qu'elle pouvait se démonter. Pinson passa sous le bureau, inspecta les branchements, eut la vision rapide mais très nette des jambes d'Oriane, de très belles jambes fines, bottées de noir.

– Ça vous prend souvent ?

– Excusez-moi, j'ai fini par prendre des habitudes de flic. Les grandes oreilles, les bretelles, j'en vois partout.

– Vous voulez dire les micros comme dans *James Bond* ou *Mission impossible* ?

– Exactement, oui, admit-il en souriant. Mais tout est en ordre. J'en viens au fait. D'après mes informations, vous vous intéressez au dossier Leclerc.

Une expression de surprise passa sur le visage d'Oriane.

– Rassurez-vous, je suis un journaliste discret. Moi aussi, j'enquête sur cette affaire. Je peux même vous dire qu'Isabelle Leclerc devait me rendre visite au journal le matin de son assassinat.

– Vous parlez d'assassinat...

– Ce n'en est pas un ?

– Si, sans aucun doute, fit Oriane. Mais continuez.

Edgar Pinson lui expliqua la confusion d'adresse, puis exposa par le menu les fruits de son enquête sur le terrain.

– Voyez, je joue cartes sur table avec vous. Je peux vous aider. Mais il faut que vous agissiez de votre côté pour vérifier mes intuitions. Je pense que le juge Leclerc a lui aussi été tué par des gens qu'il gênait. Si nous connaissons les mobiles du meurtre, on pourra remonter aux commanditaires.

– Vous allez trop vite, répondit Oriane. Il faut d'abord démontrer qu'il ne s'est pas suicidé. Ce ne sont pas les témoignages d'un pêcheur qui...

Le visage d'Edgar Pinson s'éclaira. La juge mordait.

– Justement. Vous pouvez vous arranger pour lancer une procédure sur laquelle, moi, je n'ai pas de prise.

– À savoir ?

– Il faudrait que des magistrats reprennent l'enquête à zéro. Qu'un expert médical détermine les causes exactes de la mort. J'oubliais un détail que m'a livré le pêcheur : à l'endroit où le corps a été retrouvé, il n'a pas vu de traces de calcination, mais des taches sombres. C'était du sang. Il était sûr de lui. Je m'en souviens, il m'a dit que c'étaient les mêmes taches que lorsqu'il coupait la tête des thons sur le sable.

Oriane réfléchissait.

– En tant que magistrat financier, je ne vois pas comment je pourrais procéder à une réouverture du dossier sans attirer l'attention de ma hiérarchie.

Edgar Pinson réagit en homme de réseau qu'il était.

– Certes, mais vous connaissez du monde. Il y a bien un ancien condisciple de la magistrature qui vous rendra ce service, vous n'aurez aucun mal à le convaincre, avec vos propres doutes et les éléments que je vous ai donnés. N'est-ce pas ?

Oriane rencontra le regard du journaliste, un regard clair, lumineux, bien droit, encadré par ce front large qui donnait envie de lui faire confiance.

– Je vais voir ce que je peux faire, dit-elle, partagée entre son envie d'aller plus loin et son malaise à la perspective d'entamer une action parallèle, étrangère à ses attributions légales. Mais ne s'était-elle pas juré de faire la lumière sur la disparition tragique de ses amis de jeunesse ?

Edgar Pinson lui tendit sa carte avec un numéro de téléphone inscrit à la main.

– Pour les appels urgents, je préfère que vous utilisiez ce numéro, c'est mon portable.

Il allait disparaître quand la juge le retint encore une minute.

– Vous me montrerez votre passage, un jour ?

Le journaliste parut réfléchir.

– Non, finit-il par dire, je ne préfère pas.

Oriane prit un air pincé.

– Et pourquoi donc ?

– Je le vous montrerai seulement si je vous sens en danger. Inutile de vous inquiéter inutilement. Si je vous indique le chemin, vous ne pourrez pas vous empêcher d'imaginer que quelqu'un vous poursuit. Vous savez, ce n'est pas aussi rassurant qu'on pourrait croire, de connaître un passage dérobé. Ça donne parfois l'impression d'être seul au monde, vous comprenez ?

– Oui, je comprends.

Elle le laissa partir sans insister. Elle lui indiqua seulement qu'Alexandre et Isabelle Leclerc étaient ses amis. Il lui répondit qu'il avait déjà consulté la liste de la promotion d'Oriane à l'École nationale de la magistrature. Les Leclerc y figuraient tous les deux. Ils s'étaient mariés l'année du diplôme. Isabelle apparaissait sous son nom de jeune fille – Mlle Ballencourt –, puis sous son nom de femme à partir du printemps 1985.

Oriane tendit l'oreille un long moment après qu'Edgar Pinson se fut glissé dans le silence de l'immeuble endormi. Elle eut beau écouter avec une extrême attention, elle n'entendit aucun bruit de pas, aucun écho, pas même le souffle d'un homme qui emporte son secret avec lui.

7

Ce soir-là, Gaël Le Balc'h se serait bien passé d'aller se planter devant l'immeuble du 96, rue de la Pompe. Manchester affrontait Leeds en finale de la coupe d'Angleterre, et le policier avait quitté à regret son loft du boulevard Montparnasse après avoir pris soin de programmer son magnétoscope sur l'heure du coup d'envoi.

Rien ne prédisposait ce grand garçon sage au visage limpide à entrer dans la police, pas plus qu'il n'avait été dans sa jeunesse un passionné de ballon rond. Originaire des Côtes-d'Armor, il avait grandi bercé par les exploits de l'enfant d'Iffiniac, Bernard

Hinault, et il avait passé bien des étés en culotte courte à souffrir sur le vélo trop grand de son frère aîné dans les rampes, redoutables pour les mollets, de sa Bretagne natale. Mais, en 1998, ses dons de physionomiste avaient été mis à profit par les organisateurs du Mondial. Délaissant pour une saison le Gotha des affaires, il s'était mis dans le crâne les fiches signalétiques de plusieurs centaines de hooligans fichés dans toute l'Europe, en particulier en Angleterre, des furieux connus depuis la catastrophe du Heysel mais aussi des têtes brûlées du PSG. C'est ainsi qu'il en était venu à s'intéresser au ballon rond. Le jeune homme avait suivi tous les matchs de l'équipe de France jusqu'à la finale éblouissante du grand stade de Saint-Denis. Ses talents avaient fait merveille sur les téléviseurs de contrôle filmant en temps réel toutes les entrées des supporters. Grâce à lui, plusieurs individus dangereux armés de pieds-de-biche dissimulés sous leurs blousons ou dans les drapeaux nationaux avaient été appréhendés avant l'accès aux tribunes. Il était même capable de donner leur nom et parfois leur âge. À sa mémoire visuelle s'ajoutait une prodigieuse mémoire des patronymes. Son œil était infaillible pour qui était entré une fois dans le champ de son regard.

Gaël Le Balc'h n'aimait pas le XVIe arrondissement, ses grandes avenues vides et froides, ses arbres trop bien rangés, ses cafés sans âme qui ressemblaient à des décors désertés par la vraie vie. Il avait bien fait d'attacher un parapluie sur le porte-bagage de son scooter. À peine avait-il traversé la Seine en direction de la Maison de la Radio qu'un petit crachin se mit à mouiller la chaussée. Quand il se planta à contrecœur devant le 96 de la rue de la Pompe, une véritable averse tombait à la verticale. Il était sûr qu'il ne pleuvait pas sur la rive gauche.

S'il n'avait pas été désigné expressément par Oriane Casanove, Le Balc'h aurait sans doute fait une entorse au règlement et poussé jusqu'au seul bistrot ouvert à deux pas, le temps que la pluie se calme, histoire de voir quelques images du match et de manger un morceau. Mais, pour Oriane, il ne se permettait aucun écart. Depuis son arrivée à la brigade, elle s'était montrée envers lui d'une disponibilité sans pareille, l'aidant à trouver un appartement, lui donnant mille conseils pour se meubler, l'adresse d'un bon tailleur et même celle de quelques lieux branchés pour une jeunesse qu'elle ne fréquentait plus que de loin. Comme il se perdait en remerciements, elle lui répondait toujours, qu'elle savait ce que c'était d'arriver de sa province sans connaître personne à Paris, hormis les collègues de bureau déjà confits dans leur routine. Le Balc'h avait senti une femme forte et blessée en même temps, un tempérament redoutable, un de ces animaux sauvages que le contact des humains a endurcis sans jamais entamer leur cœur. Oriane Casanove était aux yeux du policier débutant un être d'autant plus protecteur que personne, sans doute, n'avait su la protéger. Il ne se sentait pas de taille à jouer ce rôle, mais il se faisait un point d'honneur, lorsqu'elle réclamait ses services, de la satisfaire au mieux.

Il pensait à tout cela quand une décapotable très XVIe arrondissement – une Triumph bourrée d'options, il avait vu la même dans *Automobile Magazine* – se gara devant le 96. Malgré l'obscurité, il put entrevoir brièvement le visage du chauffeur au moment où la lumière du plafonnier s'éclairait tandis qu'il ouvrait la portière.

« La juge a du nez », songea Le Balc'h en reconnaissant aussitôt cet homme massif à la tignasse de mauvais garçon, mais très élégant dans son costume croisé : le fameux Octave Orsoni dont on voyait souvent la photographie, en second plan, lors de la signature des gros contrats pétroliers de la Française des hydrocarbures. Le bonhomme sortit prestement de son véhicule et d'un pas souple que ne laissait pas prévoir sa corpulence, il sonna. Il tenait à deux mains un gros bouquet de fleurs. Quand la porte s'entrouvrit, il la poussa d'un coup d'épaule et pénétra dans le vestibule. Se rendait-il au deuxième étage chez la belle et mystérieuse Birmane dont avait parlé Oriane ? La réponse ne tarda pas. Deux des cinq fenêtres de la façade sur la rue s'illuminèrent et Le Balc'h eut tout loisir de voir assez distinctement une jeune femme aux cheveux de jais, très longs dans le dos et déployés comme un éventail, s'occuper elle-même du bouquet offert par l'homme des pétroles. La jeune femme s'approcha ensuite du balcon, scruta la rue quelques instants avant de refermer la fenêtre.

« J'ai l'impression que c'est fini pour ce soir », soupira intérieurement le policier. Il était 22 heures passées. On devait être aux premières minutes de jeu de la deuxième mi-temps. Quand la maîtresse des lieux avait laissé entrevoir son intérieur, Le Balc'h avait compté au moins trois convives à part Orsoni, mais ils se tenaient en retrait, et le physionomiste, malgré tous ses talents, n'avait pu déchiffrer leurs traits. Par acquit de conscience, il resta encore un moment sur les lieux, se réservant de se renseigner sur les Birmanes en vue à travers le monde. D'après ce qu'il avait pu apercevoir de celle de la rue de la Pompe, elles offraient un physique intéressant, très typé et joliment cuivré, d'un exotisme torride pour un jeune homme venu des Côtes-d'Armor.

Depuis l'installation de la Galerie financière dans le quartier de Drouot, Oriane avait tenu à initier Le

Balc'h aux objets de style, pensant que, s'il était capable de reconnaître des visages, peut-être ses dons allaient-ils jusqu'à mémoriser les choses de valeur, celles qui font l'objet de trafics fructueux à travers le monde et qui se retrouvent toujours, tôt ou tard, aux murs ou dans le mobilier d'un richissime industriel. Il avait un peu peiné au début, mélangeant les styles et les époques. Oriane n'avait pas insisté mais c'est lui qui, finalement, s'était pris au jeu. Il assistait régulièrement aux ventes de Drouot, s'intéressait aux liquidations de collections privées d'art classique XVIIIe ou de meubles Boulle. Il avait un faible pour les éclairages anciens qu'il savait dater avec une rare précision. C'est ainsi que, faute de pouvoir décrypter les visages trop lointains qui se dessinaient dans le cadre éclairé de l'appartement, Gaël Le Balc'h s'amusa à détailler ce qu'il pouvait d'un lustre à huit lampes en bronze doré sur lequel il crut deviner, en incrustation, la présence de masques, d'espagnolettes et de feuillages. S'il ne se trompait pas, les lustres et les candélabres devaient peser au bas mot quelque six millions de francs. Une évaluation qui laissait augurer du reste tenu à distance de son regard curieux.

Comme le policier s'apprêtait à faire redémarrer son scooter, il remarqua du mouvement au deuxième étage. Une lumière s'éteignit, une autre s'alluma aussitôt, en direction de la porte d'entrée, supposa-t-il. Le Balc'h attendit. Un petit homme sanguin enveloppé dans un manteau de fil gris clair ne tarda pas à sortir de l'immeuble. Il tenait à la main un porte-documents et semblait perplexe. Il piétina quelques instants sur le trottoir, sortit son portable et composa un numéro. Il patienta un moment jusqu'à ce qu'un taxi vienne s'immobiliser à sa hauteur.

– Et de deux, fit Le Balc'h tout haut en se frottant les mains, surpris de sa découverte. Quand la juge saura ça !

Oriane lui avait recommandé de ne pas hésiter à l'appeler chez elle s'il trouvait une piste intéressante. Le policier traversa la Seine, roula jusqu'au boulevard Saint-Germain, ralentit devant les cafés, puis finit par se garer. Il se commanda un croque-monsieur dans une brasserie de la rue de Buci en regardant les dernières images du match. Il crevait de faim. C'était plus fort que lui, même quand il n'était plus en service, il ne pouvait s'empêcher de scruter les gens pour vérifier s'ils n'appartenaient pas à ses « têtes », un peu comme les imitateurs s'essaient à une voix dont ils ont gardé les intonations dans l'oreille. Il était près de minuit. Le Balc'h hésita à téléphoner chez Oriane. Sûrement dormait-elle. Il se demanda si quelqu'un lui faisait l'amour, quelquefois, et qui. Cette pensée le quitta aussitôt, comme s'il avait manqué de respect à la juge en l'imaginant dans les bras d'un homme. Il se dit que sa découverte pouvait bien attendre le lendemain et il termina son croque-monsieur.

8

Qui pouvait sonner si tôt ? Oriane alluma sa lampe de chevet. Il n'était même pas 7 heures. Elle se mit une seconde dans la peau des personnes qu'elle perquisitionnait quelquefois dès l'aube et admit qu'elle préférait être chasseur que proie. Elle ne bougea pas de son lit et attendit. Un autre coup de sonnette retentit, plus long cette fois. Le jour se levait à peine. Elle passa un peignoir couleur corail et serra une ceinture d'éponge sur ses reins.

– Qui est là ? demanda-t-elle d'une voix méfiante en se plantant derrière la porte.

– Je suis David, madame.

– David ? Je ne connais pas de David.

Elle s'était approchée de l'œilleton et essayait de discerner son interlocuteur. Mais la lumière du palier était éteinte et elle ne vit qu'une forme sombre. La voix était celle d'un jeune homme.

– Si, vous me connaissez. David, vous savez, le fils d'Isabelle.

Son sang ne fit qu'un tour. Quinze ans de sa vie filèrent d'un coup : bien sûr, le fils d'Isabelle et d'Alexandre Leclerc, né l'année du diplôme, à Bordeaux, un mois à peine après l'examen. Ils avaient bien calculé leur coup. Oriane se souvenait du jour où son amie était revenue de la consultation universitaire. « Je suis enceinte, je suis enceinte ! » s'était-elle écriée, folle de joie. On était le 14 février, à l'époque de la Saint-Valentin. Ils avaient dîné tous les quatre dans un restaurant des Chartrons, sur les bords de la Garonne – Alexandre et Isabelle rayonnants, Oriane, et Pierre-Alain qui ne parlait que de lui, de ses relations, de son avenir. Déjà il projetait de renoncer à la magistrature pour entrer au barreau et faire des affaires, du « business », comme il disait. Il était beau, sûr de lui, dégageait une telle assurance qu'Oriane se sentait forte auprès de lui, sans mesurer encore combien il la tenait dans son ombre.

– David ? répéta Oriane intriguée.

Elle entrouvrit sa porte en laissant le crochet de sécurité. Un coup d'œil lui suffit pour savoir que le petit ne mentait pas. Son visage était la synthèse parfaite des traits marqués de son père et des formes plus douces de sa mère, avec ce sourire charmant que contredisait une expression d'anxiété dans le regard.

– Entre vite, fit-elle.

Elle le prit contre elle, le serra un long moment. Il se laissa faire sans broncher. Plus tard, il lui avoua qu'il n'arrivait plus à pleurer. La juge mit de l'eau à chauffer et conduisit le garçon au salon.

– Comme tu as changé! Je ne t'avais pas revu depuis tes sept ou huit ans, l'été précédant votre départ pour le Tchad.

Prononçant ces mots, Oriane se mordit les lèvres. Fallait-il qu'elle évoquât de but en blanc ces années où David vivait une vie forcément heureuse et douce avec ses parents, les êtres les plus attentifs et passionnés qu'elle avait connus en dehors de son propre père?

– Quel âge as-tu, David?

– Bientôt seize ans, Oriane. Merci de m'avoir ouvert. J'avais peur que tu ne me reçoives pas.

Le tutoiement spontané la toucha. Elle se souvenait de la première fois qu'un enfant l'avait arrêtée dans la rue et l'avait vouvoyée pour lui demander l'heure. Elle avait balbutié en regardant sa montre, atterrée à l'idée qu'elle pouvait déjà être vieille.

– Où habites-tu maintenant? demanda la juge.

– Je suis chez mes grands-parents sur le bassin d'Arcachon.

– Ils savent que tu es ici?

– Oui. Enfin, oui et non. Je leur ai dit que je devais passer deux jours chez des amis de mon père qu'on a connus à Libreville, mais en réalité, je suis venu directement ici.

Oriane partit à la cuisine et revint avec deux tasses de café sur un petit plateau de nacre. Elle ne pouvait détacher ses yeux de ce visage volontaire et presque adulte, que les malheurs endurés avaient comme figé dans un masque digne. David parlait sans émotion apparente, même si au fond de lui tout était prêt à craquer. Mais ce n'était pas le moment : quelque chose en lui devait sentir qu'il lui fallait rester fort et maître de ses émotions avant de laisser s'ouvrir les vannes remplies de son chagrin, un jour, plus tard, quand il serait seul et qu'il aurait tout en main pour accomplir son travail de deuil. Le jeune homme aspira quelques gorgées de café. Sans se faire prier, il raconta à Oriane ce qu'il savait. La juge retrouva ses réflexes de magistrat professionnel et lui demanda un instant, le temps d'attraper son bloc-notes et un stylo.

– Je préférerais que tu ne notes rien, observa David.

Oriane crut entendre son père, les intonations d'Alexandre, et cette survivance à travers la voix de son fils lui remua le cœur.

– Comme tu veux, David. Je t'écoute.

Il inspira profondément et commença par ce qui lui pesait le plus lourd sur le cœur.

– Mon père, on a dit des horreurs sur lui. Que c'était un pédé, qu'il trompait maman avec des filles et des garçons, qu'il était dépressif, qu'il buvait. Tout ça, c'étaient des mensonges. Moi, je sais bien qu'il n'était pas comme ça. Il avait des soucis, c'est vrai.

– Tu sais quel genre de soucis ?

– Je crois que tout a commencé quand on était en Birmanie. Mais j'avais douze ans, on ne me disait rien et je m'occupais surtout de ma collection de timbres. Ils ont des timbres magnifiques, là-bas, avec des éléphants, et des dessins de stupas, des bouddhas. Moi, je collectionnais les stupas.

« Je me souviens qu'un jour il est rentré à la maison, l'air complètement défait. Jamais je ne l'avais vu dans cet état. Je crois que c'était la première fois que tout son corps exprimait comme un sentiment de peur. Maman m'a dit d'aller dans ma chambre. J'ai essayé d'écouter à travers la serrure de la porte, mais mes parents sont sortis dans le jardin et quand ils m'ont appelé pour le dîner, papa était très détendu, il avait l'air soulagé. Il m'a souri et, le soir, on a fait une partie de dominos. La nuit, j'ai eu du mal à m'endormir car je ne pouvais m'empêcher de revoir son visage qui n'était pas comme d'habitude. Je l'ai entendu marcher sur la véranda. Je me suis levé et je l'ai rejoint sur la pointe des pieds. Il s'était allumé une pipe et fumait tranquillement. Quand il m'a vu, je me suis aperçu qu'il rangeait précipitamment un papier dans la poche de sa robe de chambre. Je n'ai rien dit. Il m'a caressé les cheveux et m'a expliqué que, quelquefois, la vie des grandes personnes était très compliquée et qu'il lui arrivait de regretter le temps où lui aussi collectionnait les timbres, surtout ceux des colonies avec les tirailleurs sénégalais et les joueurs de football.

« Deux ou trois jours plus tard, maman m'a dit qu'on allait sûrement quitter Rangoon. J'ai été étonné car nous n'étions qu'en février et jusqu'ici, mes parents avaient toujours fait coïncider leurs changements d'affectation avec le calendrier scolaire. Mais je n'ai pas posé de questions. Un mois plus tard, on est arrivés à Libreville. Papa semblait calme mais, depuis l'épisode de Birmanie, j'ai toujours eu l'impression qu'il prenait sur lui.

— Bois ton café pendant qu'il est encore chaud, fit Oriane. Et ne parle pas si vite. J'ai tout mon temps.

David remercia. Elle l'entendit déglutir. Sa gorge se serrait à l'instant d'évoquer des événements plus récents.

— Il y a quelques semaines, mon père est rentré du bureau en plein milieu de la journée. Maman était partie en brousse car elle s'occupait d'un dispensaire avec les membres de l'Unicef. J'étais tout seul à la maison. Papa est entré dans ma chambre. J'ai senti qu'il voulait me dire quelque chose. Il s'est approché tout doucement et m'a souri. Il m'a dit qu'il était fier d'avoir un fils comme moi. Je ne savais pas pourquoi il me disait ça car mes résultats scolaires, ces derniers temps, n'étaient pas vraiment fameux, et j'avais fait perdre mon équipe au championnat de foot. J'étais goal, j'avais laissé passer un ballon trop facile à arrêter. Mais je crois que mon père ne pensait pas à tout ça. Il devait croire qu'il pouvait me faire confiance, me dire des choses de grand et, là, je sais qu'il avait raison.

« Il m'a parlé comme à un adulte, je n'ai pas tout compris, mais j'ai retenu l'essentiel. Il m'a expliqué qu'il avait mis le nez dans une affaire qui était comme un secret d'État, une chose qui pouvait gêner les hommes au pouvoir en France et peut-être dans d'autres pays. C'était d'après lui quelque chose de très grave, qui se passait entre la Birmanie et la France. Mais le Gabon aussi était dans le coup. Il m'a remis une enveloppe cachetée en me disant que, s'il lui arrivait des ennuis, maman et moi devrions la remettre à ses supérieurs du ministère de la Justice, mais surtout pas aux responsables du ministère des Affaires étrangères, car il n'avait plus confiance en eux. Tu crois que ce sont eux qui l'ont tué ?

Oriane secoua la tête.

– Je ne sais pas, David. Tu ne crois pas qu'il s'est, enfin...

– Suicidé ? Jamais de la vie ! protesta le garçon. Maman a refusé qu'il soit enterré. Elle ne m'a pas donné de détails, mais, quand elle a téléphoné à ma grand-mère, la semaine dernière, elle a dit qu'il avait des blessures bizarres à la tête et qu'on ne retrouvait plus à l'hôpital certaines radios faites juste après sa mort.

— Ta mère savait que tu avais ces documents ?

— Non, je le lui ai dit après. Elle les a pris. On a ouvert l'enveloppe tous les deux. On espérait trouver une explication, quelque chose qui nous aurait permis de voir clair. Mais c'était incompréhensible, des tableaux de chiffres, sans doute des sommes d'argent, avec des noms de personnes, des noms de sociétés aussi. Maman avait peut-être deviné de quoi il s'agissait, je sais qu'elle m'a dit d'oublier tout ça. J'ai compris qu'elle ne voulait pas donner ces documents à des représentants de l'État français.

— Pas même à la justice ? interrompit Oriane.

— Non, je ne crois pas. Elle m'a dit que seule une campagne de presse pourrait nous sauver. Elle avait sans doute raison. Le jour où elle a été renversée, elle devait rencontrer un journaliste très connu pour ses enquêtes.

— Je sais, fit Oriane, je l'ai vu. Malheureusement, les documents n'ont pas été retrouvés sur elle.

— Tout cela est ma faute, répéta tristement David. Si je ne les lui avais pas donnés, elle serait sûrement encore vivante. Après tout, je me fiche pas mal de leurs histoires. L'important, c'était mes parents...

Oriane se rapprocha de David et lui attrapa les mains.

— Écoute-moi. Si ton père était fier de toi, c'est qu'il savait que tu irais jusqu'au bout. On est là ce matin à parler d'eux. S'ils nous voyaient, je suis certaine qu'ils seraient très heureux et rassurés. Je te fais la promesse qu'ils ne seront pas morts pour rien. Ce que tu me dis est précieux pour faire avancer mon enquête. Je tâcherai de faire vérifier à Libreville cette disparition de radios dans le dossier médical d'Alexandre. Quant aux documents dérobés à Isabelle, la partie s'annonce plus difficile. Dans ce que tu as lu, tu n'as pas retenu un nom familier, un détail qui t'a intrigué ?

David fronça les sourcils.

– Il me semble que pas mal des noms mentionnés étaient italiens, finissant par *i* ou par *o*, mais les prénoms étaient français. J'en ai remarqué un, celui d'un gars qui s'appelait Ange...

Oriane en déduisit que les réseaux corses d'Afrique avaient sans doute manœuvré. Restait à savoir lesquels, et pour quel mobile.

Le jeune homme se tut, comme anéanti d'avoir autant parlé. Sa mère lui avait dit qu'en cas de coup dur, il pourrait toujours contacter Oriane, qu'il pouvait lui faire confiance. C'est pourquoi il s'était livré sans retenue.

– À la maison de Rangoon, il y avait une photo de toi, reprit-il quelques instants plus tard, d'une voix différente, presque enfantine.

– Une photo de moi ? fit la juge, intriguée.

– Oui, en réalité vous étiez quatre, vous deviez avoir une vingtaine d'années. C'était dans un jardin avec un lac et des cygnes. Vous étiez attablés devant des verres avec des pailles. Il y a mon père et ma mère, un autre homme et toi. C'est une photo en noir et blanc, mais on te reconnaît très bien.

– Mon œil ! dit Oriane en souriant, c'était il y a plus de quinze ans. Sais-tu ce qu'est devenue cette photo ?

Le garçon fouilla dans son sac à dos. Il ouvrit un bloc-notes de sténo et le cliché tomba aux pieds d'Oriane. La juge eut un frémissement en reconnaissant la joyeuse scène : quatre jeunes gens qui avaient la vie devant eux, « immortalisés » par un photographe ambulant du jardin public à Bordeaux. C'est vrai qu'elle n'avait pas changé, Oriane, avec son teint clair, ses cheveux tirant vers le roux, cette figure mutine. Elle se souvenait parfaitement de cette journée du printemps 1984.

Isabelle rayonnait car elle attendait David.

Alexandre, avec son air d'être toujours ailleurs, ne parlait que de l'Afrique, ce jour-là. Il projetait d'y partir en vacances dès l'été suivant et Isabelle lui répondait : « Voyons, tu n'y penses pas, avec un nourrisson. – Et alors ? lui avait-il opposé avec son sourire désarmant d'homme confiant dans l'existence, il y a bien des bébés, là-bas. Nous irons sur le fleuve Niger, chez les Touareg, nous boirons du lait de chèvre et du thé à la menthe. » Isabelle avait marché un moment avant de comprendre qu'il plaisantait. Elle le croyait toujours, c'était sa manière de l'aimer. Ils avaient prévu de s'épouser, et ça c'était vrai, avant la naissance de l'enfant.

Quant à Oriane, elle était encore sous le charme de Pierre-Alain, à cette époque. Cela lui fit un choc de revoir brusquement ce visage sorti de l'oubli. Non qu'elle ne s'en souvînt plus. Mais l'homme qu'il était devenu, qu'elle croisait parfois dans les salles d'audience, elle à l'instruction, lui comme défenseur des requins de la finance, cet homme portait aujourd'hui sur le visage une certaine lourdeur, comme les stigmates de sa corruption qu'elle soupçonnait totale. Comme elle avait cru en lui, pourtant, comme elle avait été subjuguée par ce visage pur qu'il avait à vingt ans, son regard direct, la douceur de sa voix qu'il savait affermir quand il le fallait... On lui annonçait un grand avenir au barreau. Ses parents, de riches propriétaires du Médoc, l'avaient élevé comme un petit dieu unique – il n'avait ni frère ni sœur –, dans la certitude de son génie et d'une réussite exemplaire. Mais, à vingt ans, le jeune homme était intimidé par les femmes, et Oriane offrait tous les gages d'une initiation tranquille.

Venue de Limoges, de manières simples et directes héritées de son père, le bon Me Casanove que tout le Limousin adorait pour sa faconde et ses honoraires modestes, Oriane avait été élevée dans les livres par sa mère qui n'avait rien lu depuis Proust, mais connaissait toute l'œuvre du « petit Marcel », y compris le goût des madeleines qui s'effilochent et les douleurs du temps qui passe. Entre la virtuosité verbale de son père et les silences inspirés de sa mère, la jeune femme avait grandi comme une plante douce et vivace, aimant l'ombre mais avide de lumière. Pierre-Alain lui était apparu comme la lumière.

Oriane rendit la photographie au jeune homme et se leva brusquement. Trop d'émotion, soudain. Elle lui proposa un petit déjeuner dans la cuisine.

– Je te laisse te servir, tu trouveras tout ce que tu veux sur la table.

Elle l'abandonna un moment et courut s'enfermer dans sa salle de bains. Là, elle étouffa ses pleurs dans une grosse serviette de coton. Elle avait lutté pour ne pas s'effondrer devant David, lui qui montrait tant de courage, tant de retenue face au malheur qui l'accablait. Que pleurait-elle, Oriane ? Leur première jeunesse évanouie, un amour enfui, ce couple merveilleux que la mort avait cruellement, injustement frappé ? Injustement, c'était le mot. Et elle, Oriane Casanove, savait ce qu'il lui restait à faire. L'amour, elle l'avait compris douloureusement, n'avait pas voulu d'elle. Mais la justice, d'autres l'avaient compris à leurs dépens, pouvait compter sur son indomptable énergie. Si ses amis avaient été victimes de criminels, les criminels paieraient.

La juge prit une douche rapide, se maquilla les yeux un peu plus qu'à l'accoutumée, puis passa un tailleur. En ouvrant son agenda, elle s'était souvenue qu'elle avait une audience avec Eddy Lazzano. Elle était bien décidée à être belle, aussi. Cela lui fit une drôle d'impression d'entendre du bruit dans sa cuisine, comme si un homme vivait avec elle, prenant son petit déjeuner tranquillement. Elle éprouva une sorte de vertige, le poids de sa solitude qui lui était soudain révélé par le tintement d'une petite cuiller dans un bol de faïence. Sa mère et Marcel Proust l'avaient bien élevée dans la nostalgie des moments perdus.

9

À peine descendue du taxi qui la déposait chaque matin à la hauteur de la librairie del Duca, Oriane vit courir vers elle Gaël Le Balc'h.

– Je vous attendais, fit le jeune homme avec une joie non feinte.

– Je vous ai fait manquer votre match, hein ? lui lança Oriane sur un ton faussement confus.

– Ce n'est rien, répondit le policier. On peut dire que vous avez du nez, sauf votre respect.

Oriane sourit. Ils marchèrent jusqu'à l'immeuble de la Galerie financière. L'air était frisquet, Oriane songea qu'elle ne s'était pas assez couverte. « Ça t'apprendra à vouloir jouer les coquettes », se dit-elle.

– Alors, racontez-moi cette mystérieuse Birmane.

– Sur elle, je ne sais rien de plus. Mais ses fréquentations ne manquent pas d'intérêt, croyez-moi. Des messieurs bien plus vieux qu'elle, qui pourraient être son père ou même son grand-père. En premier, j'ai formellement reconnu Octave Orsoni.

– Le grand manitou de la Française des hydrocarbures ?

— En personne, avec sa tignasse épaisse et son air de vieux briscard. Pas l'air commode, le bougre.

— Oui, approuva Oriane, mais un as des affaires. Vous savez, Gaël, c'est peut-être triste à dire, mais s'il n'y avait pas des types de sa trempe, la France pourrait aller se rhabiller, je ne parle pas de football mais de gros marchés. Car Orsoni ne vend pas que du pétrole. Avec ses réseaux, il sert de fusée porteuse à la plupart des géants de notre industrie pour vendre des Airbus, des TGV, des barrages, que sais-je encore.

— Vous l'admirez? fit Le Balc'h en écarquillant les yeux.

— Non! Mais je suis réaliste. Ces types-là se battent sur les marchés mondiaux. Indirectement, des milliers d'emplois dépendent d'eux. Pour ça, je tire mon chapeau. C'est autre chose de savoir s'ils sont corrompus ou criminels!

— Je préfère ça, souffla le policier, soulagé.

— Un autre client? demanda la juge.

— Et non des moindres! La première fois que je l'ai vu, c'était dans votre bureau.

Les sourcils d'Oriane se soulevèrent.

— Un P-DG que j'ai fait coffrer?

— Pas encore. Je vous laisse deviner?

— Non, je n'ai pas le temps pour les devinettes. Je reçois Eddy Lazzano dans un quart d'heure.

— Le type du *Massilia*?

— Tout juste, je vois que vous lisez aussi *Gala*.

— Non, lui, c'est un héros de mon père, un ancien champion de moto, un type épatant, vous savez. J'ignore s'il s'est rendu coupable d'abus de biens sociaux, mais c'est toujours lui qui détient le record du tour lancé en 300 cm^3 au Castelet.

Oriane fut sensible à l'admiration du policier pour Lazzano.

— Alors, insista-t-elle, ce nom?

– Charles Boutin, madame la juge.

Le Balc'h prononça ces mots, « madame la juge » avec une grande douceur, comme si quelque chose dans le visage d'Oriane s'était fait vulnérable et tendre, comme si, derrière la carapace de la magistrate, il avait aperçu de façon furtive la fragilité qu'elle tentait sans cesse de masquer.

« Si j'avais su plus tôt, se dit-elle, je l'aurais interrogé sur sa présence rue de la Pompe. » Il devait revenir la semaine suivante pour une nouvelle audience à propos de la comptabilité de ses cimenteries. Elle ne manquerait pas de le questionner sur les soirées de la belle Birmane.

Avant l'arrivée de Lazzano, le juge Gaillard passa une tête dans son bureau.

– Je voulais juste vous dire : ça y est, c'est au *Journal officiel*. Le conseiller Marchand nous rejoint au début du mois. Nous verrons ensemble sur quels dossiers on peut l'aiguiller, ce n'est pas le travail qui manque.

Il disparut. Oriane eut le pressentiment qu'une page allait se tourner à la Galerie, que peut-être elle ne serait plus la meilleure. Cette perspective ne la tourmentait pas outre mesure. Ce qui lui importait, c'était d'être la préférée. Elle aurait fait n'importe quoi pour garder cette place dans le cœur du juge Gaillard. Quand son assistante annonça l'arrivée d'Eddy Lazzano, elle eut du mal à dissimuler son trouble sous le masque sévère de la magistrate pointilleuse.

Lazzano était arrivé sans avocat.

– Pourquoi un avocat ? commença-t-il en la regardant droit dans les yeux. Je ne suis pas un malfaiteur. Il y a un malentendu, je me suis dit : je vais revoir ce juge et m'expliquer d'homme à homme avec lui et...

Il eut un sourire.

– Enfin, c'est une expression, vous comprenez.

Il avait sur la langue un léger zézaiement qui eut raison d'Oriane Casanove. Il ne ressemblait pas à un play-boy, ni à un de ces riches yachtmen dont les palaces flottants amarrés à Antibes, sur le quai des milliardaires, servaient d'attrape-filles. Le teint mat, les cheveux noirs semés de mèches blanches, un regard tendre qui pouvait imperceptiblement se durcir, Lazzano était un homme svelte, mince, aux fines attaches, avec de longues mains d'artiste. À la différence de bien des Méridionaux, il ne portait ni bracelet en or ni lunettes de soleil remontées à la racine des cheveux. Il brassait des affaires, arrangeait des contacts, gérait des biens pour des propriétaires fortunés qu'agaçaient les paperasseries. Grâce aux contacts qu'il avait noués au cours de sa vie sportive et dans le milieu du négoce des grains où il avait exercé ses talents d'« arrangeur », Eddy Lazzano semblait connaître tout le monde et tout le monde le connaissait. En revanche, et Oriane ne l'ignorait pas, on ne lui savait pas de femme attitrée, pas d'épouse ni de petite amie. Il préservait bien son jardin secret. La juge se disait qu'il cachait peut-être seulement sa solitude.

– Je vais vous parler d'amour, lança Lazzano.

Oriane sursauta.

– Mon amour pour un bateau merveilleux, reprit-il d'un air gentiment canaille. Un bijou. Un lévrier des mers. Un jour que j'accompagnais mon ami Janvier, le roi du poulet, aux Marquises, j'ai vu cette épave, je vous jure, c'était une épave, sur un quai de l'oubli. Six mois de plus, il aurait coulé corps et biens. Un quatre-mâts de soixante-dix mètres ! Dans ce pays, on est vraiment les champions pour abandonner ce qu'on a aimé. Je ne vais pas vous raconter l'histoire du *France* ! Le *Massilia* allait mourir. Je l'ai racheté pour rien à la famille d'un vieux loup de mer qui s'était offert cette folie, mais n'avait rien fait pour l'entretenir, tant il préférait la bouteille à tout ce qui flotte sur l'eau. Après, il fallait bien que je trouve un mécène. Je n'avais pas les millions de francs pour les travaux que méritait ce voilier sublime.

– Ce mécène, vous l'avez trouvé ?

– Oui, j'y reviendrai plus tard. Mais écoutez-moi. Imaginez l'émotion des employés du port quand j'ai fait rapatrier le bateau à Marseille. Un an d'activité pour le chantier naval. On a tout refait. C'est maintenant un navire de croisière merveilleux. Si j'osais, je vous proposerais de venir naviguer ne serait-ce qu'une journée, de vous reposer dans une des cabines tapissées d'alcantata, de marcher pieds nus sur le ponton de teck.

– Du teck, de l'acajou, du marbre de Carrare, vous n'y êtes pas allé un peu fort ? fit Oriane en se forçant à reprendre son rôle.

Déjà elle rêvait de partir en Méditerranée, dans les calanques, écouter ce merveilleux conteur. Mais elle prenait des notes scrupuleusement sans rien laisser paraître de son émoi. Sans doute avait-il remarqué qu'elle avait parfois le regard dans le vague, qu'elle avait rougi quand il avait dit : « Je vais vous parler d'amour. » Il avait perçu l'attention qu'elle portait à ses mains, à sa manière d'être, de bouger, de parler de cette voix musicale qu'il semblait avoir empruntée aux bonimenteurs d'Orient. Mais en fait Lazzano ne poursuivait qu'un but : échapper aux accusations de fraude fiscale et d'abus de biens sociaux lancées contre lui. Séduire était sa manière de convaincre.

– Je vais vous montrer des photos, fit-il en sortant une chemise de son cartable de cuir fauve.

Il chaussa des lunettes à verres en demi-lune et lui tendit une à une les figures de sa passion.

– Le voilà aux Marquises, vous voyez un peu l'état, je ne vous ai pas menti. Ici, l'arrivée à Marseille. Celle-là, c'est le début des travaux sur le radoub. On voit les côtelettes du *Massilia* : il méritait sacrément de se remplumer, non ?

Oriane nota qu'il en parlait comme d'un enfant abandonné qu'il aurait recueilli à l'agonie. Elle se demanda s'il avait des enfants. Elle pensa sans bien savoir pourquoi qu'il serait probablement un bon père, à la fois drôle et ferme, comme l'avait été le sien.

– Je vous ai gardé le meilleur pour la fin, dit-il en tendant à la juge un cliché plus grand que tous les autres, pris par un photographe de mode.

C'était une vue de la salle de réception située sur le pont arrière du voilier. De part et d'autre et jusque sur l'escalier à vis, avaient été disposés des mannequins de bois, chacun vêtu d'une robe de soirée magnifique prêtée par les plus grands couturiers du moment, Dior, Saint Laurent, Balmain, Gaultier.

Oriane scruta attentivement la photo tandis que Lazzano continuait de parler. Elle capta les mots fête, renaissance, bonheur, mais elle n'écoutait plus. Une robe très sobre, toute simple, en fil de soie, une robe qui lui irait si bien, figurait sur la droite au premier plan. Oriane rendit la photo d'un geste un peu trop brusque. Elle savait l'effet que venait de produire sur elle cette magnifique parure. Si Isabelle avait été encore en vie, elle l'aurait appelée de suite pour lui dire : « Tu sais, Isa, cette robe, elle me donne une envie folle de me marier. »

Tâchant de retrouver ses esprits, la juge fit ce qu'elle savait le mieux faire : dire le droit, l'inflexible droit.

– Monsieur Lazzano, quand bien même vos arguments « sentimentaux » seraient susceptibles de me toucher, il n'en reste pas moins que sur dénonciation du fisc, et après saisie de la commission des infractions fiscales du ministère des Finances, une enquête a été ordonnée par le parquet de Paris sur la gestion du *Massilia*, et qu'agissant sur commission rogatoire les policiers de ma brigade ont effectué une perquisition au siège de votre société. Là, ils ont trouvé un certain nombre de documents prouvant de façon manifeste que ce navire, qui bénéficie du statut de la marine marchande et n'acquitte donc aucune des taxes sur les marchandises transportées ni sur le gazole, ce navire n'a en réalité effectué aucune croisière payante au cours des trois derniers exercices.

– Mais je dois vous dire que...

– Laissez-moi aller jusqu'au bout, s'il vous plaît. La TVA ne vous a pas été appliquée selon les règles normales de l'usage d'un navire à des fins de plaisance. J'ajoute que vous avez déduit de vos bénéfices le montant des travaux réalisés pour la remise à neuf du bâtiment, soit une somme totale avoisinant les cent millions de francs. Autrement dit, ces travaux ont été d'un coup de baguette magique transformés en pertes fiscales, vous exonérant de l'impôt sur la fortune et autres taxes liées à la navigation.

Lazzano accusa le coup mais n'en laissa rien paraître, redoublant au contraire de charme et de gentillesse.

– Vous savez, il m'aurait été facile d'immatriculer le *Massilia* sous pavillon de complaisance et de n'avoir à ce titre aucun compte à régler avec les autorités françaises. Si j'ai refusé cette facilité, c'est que j'ai un certain sens des responsabilités vis-à-vis de mon pays. C'est un chantier naval français qui a transformé cette épave en splendide navire, sans que nous sollicitions la moindre subvention. C'est très rare, croyez-moi ! Je me suis plié aux lois nationales en entretenant un équipage permanent de quatorze marins. Quant au statut commercial, vous savez comme moi que la loi oblige les bateaux de plus de cinquante mètres de long à l'adopter d'office. Vous voulez que je vous parle de la main-d'œuvre exploitée de façon éhontée sur les bâtiments naviguant sous pavillon de complaisance ?

Sans jamais s'énerver, maître de ses paroles comme de ses gestes, Lazzano avait un peu durci le ton, ce qui convenait à Oriane. Elle retrouvait ainsi ses réflexes de juge face à un homme d'affaires madré qui essaie de l'embobiner.

– J'entends bien, monsieur, mais je lis les magazines sur papier glacé. Était-ce nécessaire, cette débauche de marbre, ces salles de bains à rideaux de soie et robinetterie dorée, ce salon de coiffure à bord ? Et la salle à manger d'entreprise, quelle est son utilité puisque le *Massilia* n'a pas servi dans le cadre de vos affaires ? Je ne parle pas du bureau luxueux orné d'un paysage de Dufy, ni de la commode Boulle du salon.

– Débauche de marbre, vous exagérez, madame la juge. L'épaisseur de la pierre n'est que de cinq millimètres, pour des raisons de poids. Quant au reste, j'ai exécuté les désirs de mon mécène.

– Parlons-en de ce mécène. J'aimerais bien savoir de qui il s'agit. Il n'apparaît jamais dans les documents que nous avons trouvés.

Pour une raison qui ne serait compréhensible à Oriane que bien plus tard, Lazzano attendait cet instant. Mieux, il l'espérait. Pourtant il n'en montra rien. Il prit au contraire un air préoccupé, comme ennuyé à l'idée de placer dans l'embarras un autre que lui dans ce qu'il continuait à présenter comme une histoire d'amour entre ce bateau et lui. Le mécène, même s'il avait fourni l'argent, ne pouvait en aucun cas se substituer à lui comme chevalier servant du *Massilia*.

– Vous ne voulez pas me donner son nom ? fit Oriane en laissant planer dans sa voix une imperceptible menace.

– Ce n'est pas ça, répondit Lazzano. Vous savez, on n'est pas nécessairement en contact avec des personnes physiques. Dans ce cas précis, c'est une société de gestion de biens domiciliée au Luxembourg, mais tout ce qu'il y a de plus honnête, s'empressa-t-il d'ajouter, qui a financé les travaux sur le navire.

– Son nom ? insista la juge.

– Elle s'appelle l'Agev, mais il s'agit d'une structure anonyme, ne vous attendez pas à trouver un nabab avec un gros cigare et des liasses de dollars en guise de pochette à sa veste.

– Je verrai moi-même ce que je trouverai, fit Oriane d'un ton plus cassant qu'elle n'aurait voulu.

La jeune femme était surtout sous le choc de ce qu'elle venait d'entendre. L'Agev, n'était-ce pas le nom de la société immobilière qui gérait l'appartement de la belle Birmane, rue de la Pompe ? Un flot de questions envahit son esprit. Qui était l'auteur de la note blanche qui l'avait mise sur la piste birmane ? Qui était le meurtrier d'Alexandre et d'Isabelle ? Et si ce Lazzano, tranquillement assis en face d'elle, avait eu du sang sur les mains ? Elle frémit à cette idée, elle qui, quelques minutes plus tôt, s'imaginait à bord d'un bateau de luxe, occupée à écouter ses belles histoires.

Il se dressa vivement, lui tendit une main sèche qu'elle serra avec poigne et un peu de dégoût, se reprochant ses penchants pour cet homme. Décidément, elle avait encore besoin de bonnes leçons de vie, pensa-t-elle en le regardant s'éloigner. Elle ne lui avait fixé aucun autre rendez-vous, mais elle savait qu'ils n'avaient pas fini de se revoir.

10

Le juge Alain Natanski était connu au Syndicat de la magistrature pour sa permanente bonne humeur et ses épaisses moustaches noires en crocs de boucher qui lui donnaient un air faussement sévère, immédiatement démenti par des yeux rieurs. Oriane l'avait connu au début des années 80 quand ils étaient tous deux étudiants en droit à la faculté d'Assas. Lui était le petit-fils d'un émigré polonais qui avait fait fortune dans le Sentier avant d'être emporté dans la rafle du Vél'd'Hiv. Son père, Stéphan, avait été un brillant ingénieur atomiste décoré de la Légion d'honneur pour ses recherches nucléaires avant d'être victime d'une sombre affaire d'espionnage dans les années de la guerre froide, à l'époque de Brejnev. Accusé d'avoir facilité la transmission de documents ultraconfidentiels de l'autre côté du rideau de fer, on l'avait retrouvé un matin, inanimé dans son laboratoire. Sa veuve n'avait pas pu voir son corps sous prétexte de secret-défense, et elle avait vécu la double tragédie de perdre brutalement son mari sans pouvoir étreindre une dernière fois sa dépouille.

Derrière ses blagues et ses calembours, Alain Natanski cachait sans doute une faille immense laissée par un père parti le matin au travail pour n'en plus jamais revenir, sali de surcroît par cette méchante rumeur de trahison, lui qui aimait la France plus que tout et tenait les communistes pour des criminels.

Trois jours plus tôt, quand Oriane Casanove l'avait appelé pour lui demander un service spécial, « hors procédure », comme elle avait dit, il s'était demandé ce que la jeune femme pouvait avoir en tête. Il la tenait pour une magistrate intègre, incapable d'une action tordue ou même occulte. Il fallait bien qu'il soit arrivé quelque chose de grave pour qu'elle prenne le risque de l'alerter de cette manière. Voilà à quoi pensait Alain Natanski quand le vol UTA Paris-Libreville du lundi amorça sa descente sur les pistes gabonaises. Le Boeing déchira l'air tiède de l'Afrique dans le cri aigu de réacteurs.

Dès l'ouverture des portes, le juge Natanski respira à pleins poumons l'air iodé chargé d'humidité et d'un léger parfum de café. Officiellement, il était là pour participer au symposium organisé par les États de la zone franc sur l'harmonisation des règles de droit entre les différents pays membres. Il s'agissait de jeter les bases d'un code commercial commun. Une armada de juristes français s'était déplacée pour initier leurs homologues africains, au nom de l'histoire, de l'entraide et des intérêts bien compris à fort relent d'hydrocarbures. Oriane avait demandé à être informée de toutes les manifestations qui pouvaient être organisées entre Paris et le Gabon impliquant la justice française. On lui avait signalé ce symposium, et elle avait perçu comme une chance de lire le nom d'Alain Natanski dans la liste des participants.

Oriane savait comment il réagirait quand elle lui apprendrait la mort suspecte du juge Leclerc et de sa femme. En prenant un café dans le quartier de l'Opéra, elle lui avait parlé de cet homme idéaliste et juste, de son fils à qui elle n'avait pu donner la moindre explication ni surtout le moindre espoir de découvrir la cause de la disparition si dramatique de ses parents. Natanski l'avait écoutée sans un mot. Au fil du récit, il avait abandonné son air facétieux. Oriane avait respiré un grand coup après cette entrevue difficile et décisive, puis elle était repartie soulagée vers la Galerie financière. Elle savait que Natanski serait l'homme de la situation si on espérait éclairer ce qui pouvait l'être du décès d'Alexandre Leclerc.

Dès son arrivée, le juge français rejoignit les délégations au palais des Congrès de Libreville. Un ordre du jour lui fut distribué ainsi qu'un épais dossier dans lequel figuraient les documents de travail, un badge nominatif, un carton d'invitation pour une soirée de gala et un plan de la capitale. Les choses sérieuses ne commenceraient que le lendemain. Il descendit à son hôtel situé sur le front de mer, fit un brin de toilette et demanda au chauffeur qui lui était affecté le temps du symposium, de lui montrer la ville.

C'est ainsi qu'après un tour édifiant au milieu des immeubles modernes, des banques et des marchés, il se retrouva devant les portes de l'institut médico-légal. Le badge distribué aux participants du symposium constituait un sésame suffisant. Le président gabonais s'était répandu sur les ondes, plusieurs jours durant, pour que la population et les administrations facilitent le travail des invités étrangers, afin que leur séjour dans l'« émirat noir » soit aussi agréable que fructueux. Alain Natanski fut reçu par le directeur Jean-Pierre Lubungo, un familier du palais présidentiel, qui connaissait tout de la France, y compris et peut-être surtout les noms des joueurs de l'équipe championne du monde de football.

– Mais que diable êtes-vous venu faire dans cet institut ? demanda le directeur après un long développement sur les malheurs de l'équipe du Gabon dans les phases éliminatoires de la coupe d'Afrique.

– M'acquitter d'une dette d'amitié, répondit Natanski, soulagé d'en arriver au fait.

Avec un art consommé de la comédie, il lui dit combien dans sa jeunesse il avait été lié à ce pauvre juge Leclerc dont il avait appris la mort brutale. Il tenait à lui rendre un dernier hommage et à dire une prière devant sa dépouille pour honorer sa mémoire.

– Je comprends, fit Lubungo. Le musulman que je suis s'incline devant votre digne démarche. Je vais vous faire conduire au funérarium.

Il composa un numéro sur la ligne intérieure puis raccrocha. Un ventilateur brassait l'air. Les deux hommes se regardèrent en silence.

– Une triste affaire, conclut sobrement le directeur de l'institut.

Un jeune Africain en blouse blanche entra dans le bureau après avoir frappé deux coups. Lubungo s'adressa à lui dans une langue incompréhensible pour le juge. Il répondit de même puis s'adressa à Natanski.

– Si vous voulez bien venir avec moi, monsieur.

Ils descendirent un long escalier étroit éclairé par de faibles ampoules nues. L'homme en blanc ouvrit un sas et poussa la porte épaisse d'une immense chambre froide. Là, ils se trouvèrent face à plusieurs rangées de tiroirs.

– Je suis le Dr Dialo, fit l'Africain. Ce n'est pas moi qui ai examiné votre ami, mais je sais qu'il est mort en s'immolant par le feu.

Natanski ne répondit pas. Dialo attrapa la poignée du tiroir et le fit venir à lui d'un geste rapide. Le visage était déjà déformé mais semblait intact, en tout cas exempt de brûlures. En s'approchant discrètement du crâne, le juge aperçut nettement une ecchymose, la trace d'un coup qui avait abîmé le cuir chevelu. Un peu de sang avait coagulé à cet endroit, visible malgré les cheveux. Mais ce qui frappa d'abord Natanski, ce fut une corde de chanvre noir placée autour du cou du défunt. Le Dr Dialo parut lui aussi très surpris, mais ne broncha pas. Et, quand le juge réclama une explication, son interlocuteur ouvrit des yeux incrédules, se saisit de l'objet et le scruta avec perplexité.

Natanski profita de cet incident pour demander d'un ton neutre à voir le rapport du médecin légiste. Le Dr Dialo eut une seconde d'hésitation, puis l'invita à le suivre. Ils remontèrent d'un étage et pénétrèrent dans la salle du secrétariat de l'institut.

– Asseyez-vous, dit l'Africain.

Natanski prit place dans un petit canapé de cuir pendant que son guide ouvrait et refermait d'épais classeurs. Il revint avec un air désolé.

– J'y pense maintenant : tout a été transmis aux autorités de votre pays. Nous n'avons rien gardé, sinon la fiche d'enregistrement. Mais elle ne donne aucun détail particulier.

– Il est question de cette corde noire ?

– Ça non, monsieur, c'est un vrai mystère, répondit le Dr Dialo, le regard fuyant comme s'il avait affaire à un effet de magie échappant à sa science, une histoire de Blancs dont il ne voulait pas se mêler.

Le juge Natanski se fit reconduire à son hôtel où il prit un peu de repos en songeant à ce qu'il venait de voir. Il décida qu'il ne demanderait rien à l'ambassade de France et se remémora les propos d'Oriane Casanove. Peut-être des individus dangereux, prêts à tout, se cachaient-ils dans l'ombre pour empêcher la vérité d'éclater. Mais quelle vérité ? Il était allongé sur son lit, l'esprit divaguant dans une demi-torpeur quand il entendit comme un glissement furtif du côté de la porte. Il ne se leva pas immédiatement, d'autant que le voyage en avion et le manque de sommeil ajoutés à l'éprouvante visite de la morgue l'avaient épuisé. Il s'assoupit vaguement, mais les images qui occupaient son cerveau étaient si horribles – où se mélangeaient le visage déformé de Leclerc et celui de son propre père – qu'il lutta inconsciemment contre un sommeil profond qui l'aurait livré à ses démons.

Alain Natanski se leva, encore hébété. Il alluma une lampe de chevet, puis se dirigea vers le minibar. Il décapsula une bouteille d'eau minérale gazeuse qu'il vida par petites gorgées. Soudain, il avisa un pli glissé sous la rainure de la porte. Il pensa à ce bruit furtif qu'il avait entendu un peu plus tôt. « Retrouvez-moi ce soir à 6 heures au bord de la piscine de l'hôtel, près du plongeoir », disait le mot écrit d'une écriture presque enfantine, en tout cas très appliquée. Pas de signature. Natanski le relut plusieurs fois et se demanda s'il n'était pas subitement tombé dans une aventure digne de James Bond.

Comme tous les habitués de l'Afrique, il avait pensé à prendre un maillot de bain et une crème solaire. À 6 heures, le soleil avait sérieusement baissé d'intensité. Le juge s'enduisit malgré tout la nuque et les épaules de crème solaire par simple précaution et descendit à la piscine. Il n'eut aucun mal à reconnaître l'auteur du bref message. À une table située derrière le plongeoir, installé devant un jus d'ananas, l'attendait le Dr Dialo. Il était vêtu d'un magnifique boubou bleu ciel aux lisérés rouge et or, et portait sur la tête un tissu de toile claire. L'air grave, l'homme dissimulait mal une certaine nervosité, bien qu'il parlât lentement, en détachant bien chaque syllabe.

– Merci d'être venu, monsieur Natanski. Depuis votre visite à l'institut au début de l'après-midi, je me fais un sang d'encre. La corde autour du cou de ce malheureux Leclerc, vraiment, ça ne va pas du tout, c'est le signe d'une puissance maléfique. Nous autres disons en Afrique : « Qui voit le serpent noir ne verra pas le soir. »

– Vous croyez à ces dictons, vous, un médecin formé aux disciplines scientifiques et rationnelles ? s'étonna le juge français.

– N'oubliez pas qu'un Africain reste un Africain, et un Africain de la forêt comme moi ne peut oublier les ténèbres d'où il vient. Nos vies sont jalonnées de signes.

Natanski sourit.

– Que voulez-vous me dire, docteur Dialo ?

– Ceci, monsieur le juge. Je ne sais pas si c'est l'amitié qui a vraiment motivé votre venue à l'institut et votre demande spéciale concernant la dépouille de votre collègue Leclerc. Mais moi, Dialo, je ne veux pas être poursuivi par les sortilèges qui accompagnent le mensonge.

– Qui a menti ?

– Moi, monsieur, par omission. Je ne vous ai pas dit qu'en réalité le dossier a disparu. On n'en a plus trouvé aucune trace le lendemain des prises de radio et des conclusions de nos experts. Un Blanc est venu, je pense qu'il a tout emporté.

– Vous connaissiez cet homme ?

Dialo se tut.

– Allez, Dialo, pressa Natanski. Vous avez commencé, allez jusqu'au bout.

Le médecin jeta un regard circulaire autour de la piscine et parut un peu soulagé.

– L'homme était un fonctionnaire de l'ambassade, pas un chef, un exécutant. Il a demandé à voir mon patron. Je crois qu'il était porteur d'un mot de l'ambassadeur de France en personne. Je n'étais pas là ce jour-là. D'après un de mes collègues, on lui a remis le dossier. Mais moi je l'avais lu et j'y avais trouvé une chose très bizarre, voyez-vous. C'est pourquoi cette corde noire, vraiment...

Il fit claquer sa langue contre son palais en aspirant de l'air.

– Quelle chose bizarre ?

– On a dit que le bonhomme Leclerc s'était fait flamber lui-même avec de l'essence et un briquet. Un de nos médecins a suivi en France un stage de pneumologie dans un grand hôpital de votre pays. Il a eu à examiner le corps de M. Leclerc. Selon lui, si Leclerc avait brûlé comme on l'a prétendu, ses poumons seraient devenus comme des conduits de cheminée.

– C'est-à-dire ?

– À l'intérieur il y aurait eu de la suie, des traces de combustion.

– Et il n'y en avait pas ?

Dialo fit non en secouant la tête lentement de gauche à droite. Maintenant qu'il avait parlé, il paraissait soudain plus léger, comme délivré d'un poids qui écrasait sa conscience.

– Dites-moi, monsieur le juge, vous étiez vraiment un ami d'Alexandre Leclerc ?

Natanski alla au-devant du regard de Dialo en le fixant intensément. Il avait appris depuis toujours à juger les hommes en scrutant leurs yeux, et il s'était rarement trompé. Celui-là lui paraissait honnête et intègre, à moins que, terrifié par la peur d'un terrible châtiment, il ne se fût forcé malgré lui à dire la vérité.

– Non, répondit Natanski après une hésitation, non, il n'était pas mon ami, mais je crois qu'il est en train de le devenir.

11

Oriane avait accepté à contrecœur de participer à cette rencontre entre magistrats, policiers et légionnaires. Si un jour on lui avait dit qu'elle devrait plancher devant une assemblée d'hommes en képi blanc pour leur parler des nouvelles formes de délinquance et des liens entre les affaires et le terrorisme, elle serait restée sans voix. Et pourtant c'était bien elle, la fille de Raymond Casanove, antimilitariste, pacifiste et membre du Mouvement de la paix, qui, depuis près d'une demi-heure, infligeait un exposé de droit à cet aréopage de jeunes hommes au crâne rasé, que l'État, depuis les attentats islamistes survenus dans les grandes villes, intégrait dans son dispositif de sécurité « Vigipirate ».

C'est à la demande du juge Gaillard que la jeune femme avait pris, à l'aube, un avion spécialement affrété par le ministère de la Justice pour rejoindre Aubagne. Ce nom évoquait pour elle Marcel Pagnol et ses chères collines, les senteurs de la Provence, les sauterelles et les grillons. Elle n'imaginait pas qu'Aubagne était aussi le QG de la Légion étrangère. Du petit avion qui l'avait amenée en Provence en compagnie d'une délégation de magistrats et de fonctionnaires du ministère de l'Intérieur, elle avait pu assister, juste avant l'atterrissage, à un étrange spectacle. À l'écart des pistes, au bord d'un plan d'eau, des dizaines d'hommes à la peau très mate se faisaient bronzer sur le ventre, dans un parfait alignement, leurs fesses nues formant, vues de haut, une ligne claire et continue au centre de cet ensemble pain d'épice. Oriane gardait encore cette image à l'esprit lorsque, quelques heures plus tard, elle s'était retrouvée à la table de ces hommes silencieux, taillés à coups de hache, dont les regards convergeaient vers elle.

Auprès d'un colonel de la Légion aux manières policées, Oriane avait découvert la camaraderie virile et discrète de ces soldats sans nom, peu expansifs, qui répondaient fermement d'un simple « parce que » si on leur demandait pourquoi ils s'étaient engagés. Le colonel, qui se faisait appeler Gilbert, parlait avec nostalgie et fierté de ses barouds, de la figure du beau légionnaire et des noms illustres de la compagnie, de Blaise Cendrars au peintre Nicolas de Staël, de Pierre Ier de Serbie à Cole Porter, tous anciens de la Légion. Il citait cette phrase d'Ernst Junger, qui avait lui aussi compté parmi les héros de cette institution : « Vous pouvez tranquillement vous choisir un nouveau nom, si l'ancien ne vous plaît pas. »

Ce soir-là, dans ce sanctuaire de la Provence, où de jeunes hommes tondus de frais parlaient de très anciennes batailles au Mexique ou en Crimée, au Tchad et en Indochine, Oriane Casanove se sentit soudain à l'aise, comme en sécurité dans sa vie de femme, entourée de militaires dorés à point qui chantaient des chansons tristes où il était question d'une terre perdue à Sidi-Bel-Abbès, de frères d'armes morts au feu, d'honneur et de courage. Chaque visage cachait un passé douloureux, une rupture, des drames familiaux, des chagrins d'amour et des délits inavouables que la Légion se chargeait d'effacer pour mettre chacun sur le même pied face au danger.

– Savez-vous, madame la juge, quelle est l'une de nos grandes fiertés ? demanda le colonel.

Évidemment, Oriane l'ignorait.

– Le jour du défilé du 14 juillet, lorsque les régiments arrivent à la hauteur de la Concorde, tous se scindent en deux pour contourner la tribune présidentielle. Tous, sauf nous, car, voyez-vous, la Légion marche en bloc, elle ne se divise jamais.

– Je vois, fit Oriane.

– Maintenant, madame la juge, si vous n'y voyez pas d'inconvénient, je pense que vous devriez aller prendre du repos. Nous vous avons préparé une petite surprise pour demain matin au lever du jour. Et c'est Imre qui sera votre chevalier servant, il viendra cogner à votre porte à 6 heures moins le quart.

– Une surprise ? demanda la jeune femme vaguement inquiète.

Elle dévisagea Imre, un superbe Hongrois de vingt-quatre ans qui s'était engagé dans la Légion six mois plus tôt. Il lui sourit de ses dents toutes blanches qui brillaient dans son visage buriné par le soleil.

– Il comprend très bien le français, précisa le colonel. Nous l'avons formé dans notre centre de Castelnaudary. Il connaît les quatre cents mots de base pour se débrouiller. En plus, il pige vite et il a des manières avec les dames. C'est un vrai professionnel qui sait aussi démonter et remonter son arme dans l'obscurité la plus complète. Demain donc, réveil matinal, toute votre délégation sera de la fête. Vous nous avez donné quantité d'informations sur le droit, le terrorisme, les affairistes véreux. Il faut bien qu'on vous apprenne quelque chose en échange, non ?

– Il s'agira de quoi ? insista Oriane, toujours méfiante.

– D'un baptême, répondit le gradé en clignant de l'œil en direction de ses hommes.

– Quel genre de baptême ?

– Disons en plein ciel avec un grand drap qui s'ouvre, vous me suivez ?

91

– Oui, très bon, parachute ! s'esclaffa Imre.

– Vous n'avez rien à craindre, rassura le colonel. Vous sauterez attachée à ce grand gaillard, qui vole comme un oiseau. Filez vite dormir.

Oriane salua et quitta le mess, partagée entre l'angoisse et l'excitation à l'idée de sauter en parachute avec cet homme aux très fines attaches, dont le corps brun révélait la jeunesse. Elle rejoignit sa chambre dans un bâtiment neuf adossé à la colline. C'était une pièce aux murs chaulés de blanc, avec un lit de fer étroit et une petite table rectangulaire sur laquelle une main attentionnée avait déposé un vase garni de fleurs des montagnes. Une odeur de lavande imprégnait les draps et sur sa table de chevet elle trouva une histoire de la Légion qu'elle entreprit de feuilleter avant de s'endormir. Au fond d'elle-même, elle était émue par l'engagement de ces hommes, venus de partout en vagues successives selon les époques de répression dans leur pays. Un gradé avait rappelé ce principe de la Légion : on y acquiert la nationalité française non par le sang reçu, mais par le sang versé.

À cette évocation de sang versé, Oriane n'avait pas pu s'empêcher de penser à Alexandre et Isabelle Leclerc. Elle le savait en partant pour cette brève parenthèse à Aubagne : ces morts la poursuivraient aussi longtemps qu'elles resteraient impunies. Pour Oriane, la justice était son baroud, son épreuve du feu. Elle lâcha son livre et dormit d'un trait jusqu'à l'aube. Aucun cauchemar, aucune vision ensanglantée ne troubla son repos.

Comme prévu, c'est Imre qui vint cogner à sa porte. Il était 6 heures du matin. Le jeune légionnaire lui avait laissé un quart d'heure de rab et, en prime, il déposa sur sa table un petit déjeuner brûlant, café fort, pot de lait frais, toasts et marmelade avec cuiller et couteau en argent. Les légionnaires ne possédaient rien en propre sauf leur courage et, certains soirs, leurs gros coups de cafard. Mais la Légion, elle, savait mettre les petits plats dans les grands, avec sa vaisselle de style.

Les « novices » se retrouvèrent au lever du jour sur le terrain d'aviation. Des instructions leur furent données sur les opérations en vol et le déroulé du saut. Ils répétèrent quelques gestes simples : arrimage du parachute, libération de la corolle de toile. L'officier instructeur précisa que, de toute manière, le vol de chacun serait doublé d'un légionnaire.

– Vous vous accrocherez ainsi, fit-il en faisant sortir du rang Imre et Oriane.

Il boucla une large sangle de cuir, à la hauteur des reins, autour de la juge et du jeune légionnaire hongrois, celui-ci plaquant sa poitrine contre le dos d'Oriane et la serrant dans ses bras. Elle sentit contre elle ce corps ferme et vibrant qui la dépassait de vingt bons centimètres, mais ne broncha pas, se laissa faire en fermant les yeux. À son grand étonnement, elle n'avait pas peur de sauter. Cette perspective lui procurait même une certaine excitation. Pour une rapide répétition, ils se jetèrent en tandem sur un tapis de mousse en imitant le saut de l'ange, fléchirent les genoux, amorcèrent une roulade.

– Parfait, dit l'instructeur. Maintenant, le « pépin ».

– Quel pépin ? s'inquiéta Oriane.

– Le parachute, lui répondit Imre. Le ventral, le dorsal. Les sangles.

Le légionnaire harnacha la jeune femme, vérifia que tout était en place. C'était l'heure. Ils prirent place dans un gros Transall, chaque novice accompagné de son légionnaire. Imre, visiblement, connaissait plus de quatre cents mots de français. Lorsque l'avion eut décollé, Oriane eut la surprise de le voir sortir de sa poche ventrale un volume de Saint-Exupéry dans la Pléiade. Il s'absorba dans sa lecture. « Le saut dans quarante minutes, fit le soldat, vous pouvez dormir encore. » Mais Oriane était bien réveillée. Elle ne voulait rien perdre de ce moment insolite où elle montait au ciel auprès d'un légionnaire qu'elle suivrait ensuite dans le vide, avec la confiance des femmes qui préfèrent toujours l'espoir à la résignation. Elle se remémora ce qu'avait dit l'instructeur : le saut ne durait que six à sept minutes, mais en chute libre, pendant cinquante secondes, ils tomberaient à plus de deux cents kilomètres à l'heure...

Un membre de l'équipage venait d'ouvrir la carlingue. L'air s'engouffra en sifflant dans l'habitacle. Imre se leva et tendit une main à Oriane. Il se plaça derrière elle et attacha la sangle autour de leurs reins, comme ils l'avaient fait au sol au moment de la démonstration. Ils s'assirent au seuil de la porte, les jambes ballant dans le vide, Oriane sur les genoux d'Imre. Elle sentait son corps plus fortement qu'au moment des essais au sol, sans doute à cause de l'altitude et de la vitesse de l'avion, qui faisaient trembler jusqu'aux mots qu'ils essayaient de prononcer.

Enfin ils sautèrent. Les joues d'Oriane se gonflèrent tels de petits ballons. Elle se sentit aussitôt d'une légèreté inouïe, tourbillonnant dans l'air, et découvrit en accéléré, sous les grosses chaussures qu'on lui avait prêtées, une terre ronde couturée de champs multicolores.

– Attention, freinage ! hurla soudain Imre.

Oriane ressentit immédiatement un coup brusque, une sorte de rappel brutal, comme si le parachute en s'ouvrant s'était accroché à une branche céleste invisible.

Pareils à deux siamois suspendus dans les airs, ils descendaient lentement. Leur vitesse était réduite à vingt kilomètres à l'heure. De ses longues mains sûres, Imre tirait sur les cordages du parachute, tantôt à droite, tantôt à gauche, orientant la fabuleuse corolle pour s'approcher au plus près du point de chute prévu, un pré d'herbe épaisse où ils n'allaient pas tarder à se poser. Oriane se sentait littéralement transportée, comme extirpée de son corps, tout en éprouvant des sensations précises et fortes. Longtemps elle se souviendrait de ce bel animal qui avait sauté avec elle, de sa force paisible, de sa douceur et de sa souplesse. Quand ils étaient encore très haut, elle s'était demandé si l'exemplaire de la Pléiade était toujours dans la poche d'Imre. Lui traversa l'esprit cette vision de Saint-Ex, sans doute figurait-elle dans les pages en papier bible : « L'amour [...], c'est regarder ensemble dans la même direction »...

Ils roulèrent-boulèrent sans dommage dans l'herbe et, sitôt debout, regardèrent en direction du ciel. Ils avaient été les premiers à sauter de l'avion. Les suivants arrivaient peu à peu, agitant les mains et lançant des cris de joie. Oriane éprouvait un léger tournis. Lorsque Imre détacha la sangle qui les avait unis durant cette éternité de sept minutes, elle eut comme un pincement au cœur, une fugace envie de pleurer qu'elle chassa d'un sourire. Imre aussi souriait. Ils rejoignirent un camion militaire bâché qui les mena jusqu'au quartier général. À peine avaient-ils posé le pied à terre qu'une fanfare se déclencha sous leurs yeux, une centaine de musiciens aux instruments rutilants, fifres en tête et pavillons chinois, tambours à la hauteur du genou et grenade à sept flammes bien en vue. La plupart portaient le fameux képi garance équipé d'un protège-nuque, et les plus grands évoquaient la silhouette de Gary Cooper dans *Beau geste*. Les sapeurs, reconnaissables à leur barbe en éventail, leur tablier de cuir et leur hache, fermaient la marche. Pour la première fois de sa vie, Oriane se sentit émue par un défilé de soldats. Au moment de quitter Aubagne, quelques heures plus tard, elle s'arrangea pour s'installer dans l'avion du retour à une place sans voisin. Elle voulait garder pour elle les images inoubliables d'altitude et de chute libre, et les sensations que lui avait causées un félin nommé Imre. Elle finit par s'assoupir et dans les bribes de rêves qui lui restèrent à son réveil, le visage de Lazzano s'était insidieusement substitué à celui du beau légionnaire...

12

Ce devait être une séance calme à l'Assemblée nationale. Comme tous les mercredis, jour des questions orales et des retransmissions télévisées, les députés de l'opposition s'employaient à taquiner le gouvernement, qui sur la lenteur des indemnisations après les dégâts de la grande tempête de décembre 1999, qui sur l'aménagement de la taxe foncière en zone déshéritée. Certains mettaient la barre plus haut, réclamant un réseau Internet équivalent en province et à Paris. À travers les interventions des élus, la France républicaine se donnait l'allure d'un village, avec ses préoccupations de clocher, ses jalousies et ses ambitions moyennes. Ignorant les critiques de leurs adversaires politiques locaux, les députés qui montaient au créneau sous l'œil des caméras justifiaient leur présence – jugée souvent excessive par leurs électeurs – dans la capitale. Dans ce théâtre de la représentation nationale, ils donnaient le sentiment de défendre leur circonscription. La règle du jeu était entendue et nul ne semblait devoir trouver à y redire. Aux ténors de la politique les grands problèmes, et le clientélisme bien compris aux sans-grade qui d'ordinaire, ne voyaient guère plus loin que leur fief.

Le banc du gouvernement, ce jour-là, était clairsemé. Si le Premier ministre faisait acte de présence, on ne trouvait pas d'autre gros calibre que le ministre de la Défense, averti d'une question sur la suppression du service national. Ni le ministre de l'Économie, Marc Penot, retenu à une pré-réunion du G7, ni Pierre Dandieu, le ministre de l'Industrie, ne prenaient part à la séance. C'est ce que remarqua sans tarder le député de l'opposition Gilles Brizard quand il se leva pour apostropher le gouvernement sur une question inscrite *in extremis* à l'ordre du jour, mais qui, par une manœuvre du groupe libéral, se trouva « remontée » dans le premier tiers du débat. Le président de l'Assemblée attendit que le ministre des Armées ait fini de s'exprimer sur le service des jeunes appelés pour demander à Gilles Brizard de poser sa question. Dans la torpeur générale, le nom du député de la Vienne suscita un sursaut d'intérêt. Gilles Brizard était un de ces élus de droite entrés au Palais-Bourbon au lendemain de la dissolution décidée par Jacques Chirac, avec le sentiment amer d'avoir été floués. À trente-six ans, ce catholique pratiquant, marié et père de trois enfants, s'était fait remarquer par ses positions dures à propos du Pacs ou de la pilule du lendemain. Mais il cachait une passion, celle de la géopolitique et du droit des peuples, qui le rapprochait curieusement de certains élus communistes avec lesquels il n'hésitait pas à donner de la voix contre la nouvelle majorité sociale-démocrate qui conduisait le pays. Sur ce terrain, le libéral Brizard était une manière de tiers-mondiste un peu primaire, qui agitait le fanion des droits de l'homme comme les dames patronnesses leurs ombrelles. Bon orateur, il savait se servir d'une voix bien timbrée, un tantinet nasale, qui passait à merveille dans l'hémicycle.

À l'annonce de son nom, le chef du gouvernement leva le nez et fronça les sourcils.

– Monsieur le Premier ministre, commença Gilles Brizard, je voudrais attirer votre attention sur les risques que vous prenez à encourager certaines de nos sociétés nationalisées à investir dans un pays mis en coupe réglée par une junte militaire, je veux parler de la Birmanie.

Le Premier ministre se tourna vers son ministre de la Défense.

– Savez-vous si Dandieu doit venir ? J'aurais aimé qu'il puisse répondre. Et qu'est-ce que c'est que cette question, elle n'était pas prévue ! Faites quelque chose, essayez de le trouver sur la ligne ministérielle.

Le patron des armées se précipita dans les coulisses de l'assemblée pour tenter de joindre Pierre Dandieu, lequel était introuvable. Son directeur de cabinet fit entendre que M. Dandieu ne disait pas toujours où il allait, ce qui était son droit absolu vu le train d'enfer auquel le soumettait le Premier ministre. Suivirent quelques considérations sur la liberté des gens et les rythmes infernaux dans les palais de la République, au moment où l'on nous bassinait avec les trente-cinq heures.

– Ça va, ça va, fit le ministre de la Défense. Si vous avez de ses nouvelles, dites-lui qu'il rapplique dare-dare à l'Assemblée ou qu'il me rappelle sur mon portable, au moins pour élaborer quelques éléments de réponse. La Birmanie, c'est lui, non ?

– Tout dépend, fit la voix au ministère de l'Industrie. Que dit le Quai ?

– Vous savez bien que le Quai ne dit jamais rien.

– Dans ce cas, désolé, je fais au mieux.

Quand le ministre revint dans l'hémicycle, les députés faisaient claquer leurs pupitres en exécutant une espèce de ola. Les députés de la majorité tentaient de faire taire Gilles Brizard qui accusait le gouvernement d'être le complice des bourreaux.

– J'apprends de bonne source qu'une centrale nucléaire devrait prochainement être livrée aux sanguinaires de Rangoon pour un montant de douze milliards de francs, avec subventions et facilités de paiement à l'appui, attaqua de plus belle l'élu de la Vienne. Comment pouvons-nous favoriser une telle opération alors que dans cette même enceinte, il y a tout juste trois mois, nous avons reçu une représentante d'Aung San Sun Kyi, cette jeune femme prix Nobel de la paix et néanmoins prisonnière des militaires birmans ?

L'auditoire s'était tu. Le Premier ministre, apparemment dépassé, jetait des regards pressants en direction de ses collègues et de la porte par laquelle aurait pu entrer soit son ministre des Finances, soit le patron du Quai d'Orsay, soit encore le plus brillant d'entre eux, dont la voix mélodieuse et flûtée agissait comme un hypnotiseur sur ses interlocuteurs, Pierre Dandieu. Mais le chef du gouvernement était seul. Et c'est seul qu'il dut répondre sur un dossier qu'il maîtrisait mal. Être attaqué sur sa gauche par un libéral bon teint : la mésaventure était désagréable. D'autant qu'à plusieurs reprises il avait demandé à ses collaborateurs de vérifier les accusations d'atteinte aux droits de l'homme proférées contre la Birmanie. D'importantes discussions gazières étaient en cours. France-Atome attendait comme pain bénit ce contrat pour une, voire deux centrales nucléaires. Il fallait bien connaître son Machiavel pour conduire la politique économique, sinon que resterait-il de l'expansion si on ne traitait plus avec les États voyous, la Russie, la Chine tachée de sang à T'ien an Men, ou la Birmanie tortionnaire des musulmans et des minorités ?

Le Premier ministre tenta une réponse apaisante, répétant à plusieurs reprises que son gouvernement allait réexaminer ce dossier afin d'évaluer si oui ou non la France ruinait son image et son honneur en apportant à la Birmanie – pas seulement à ses généraux, mais aussi à son peuple – les bienfaits de l'énergie nucléaire.

– Les gouvernants passent, mais les populations demeurent, essaya-t-il d'argumenter. Faisons aujourd'hui le bilan de nos politiques de boycottage en Afrique du Sud. L'apartheid a globalement disparu avec l'avènement de Mandela. Mais qu'avons-nous laissé aux populations noires et à leurs actuels gouvernants ? Un pays délabré, une industrie obsolète dotée d'équipements vieillots. Ainsi, nous avons alourdi le fardeau de ce jeune pouvoir en ne lui donnant pas les infrastructures dont il aurait eu besoin dès son installation, en lui faisant payer les fautes de ses prédécesseurs. Et c'est à cause de cette insuffisance que maintenant l'Afrique du Sud menace de rebasculer dans le régime de violence et d'apartheid qu'elle avait cru fuir. Réfléchissez à cela, monsieur Brizard.

Des applaudissements soutenus éclatèrent sur les sièges de la gauche, mais le Premier ministre n'avait rien fait d'autre que limiter les dégâts. Déjà les journalistes accrédités au Palais-Bourbon avaient prévenu leurs rédactions. Le gouvernement était en difficulté sur un dossier sensible, il fallait demander aux spécialistes de sortir le dossier de la centrale birmane, interroger des spécialistes de la junte, des opposants. Dans la salle des colonnes, les caméras de télévision attendaient Gilles Brizard qui se mit à donner interview sur interview, dont une très cinglante que la chaîne LCI, avide de petites phrases assassines, commença à diffuser dès son journal continu de 18 heures.

Le Premier ministre quitta le Palais-Bourbon furieux, refusant de répondre à la moindre question, avec le sentiment d'avoir été roulé. Comment Brizard avait-il pu être aussi précis sur la Birmanie ? Et qui l'avait autorisé à aborder ce sujet sans qu'aucun des membres du gouvernement soit prévenu ? Ah ! les faux-semblants de la cohabitation ! Tandis que les flashs radio parlaient déjà d'une atmosphère de crise, le chef du gouvernement cherchait partout Dandieu, en qui il avait toute confiance, pour le tirer de ce mauvais pas. Mais Dandieu restait introuvable.

À peine revenu à son bureau de Matignon, le chef du gouvernement reçut un coup de fil assez sec de l'Élysée. Le Président en personne souhaitait un communiqué immédiat annonçant la suspension de négociations industrielles et commerciales avec la Birmanie. Une heure plus tard, le communiqué tombait sur les téléscripteurs de l'AFP. La fusée Brizard avait atteint son but.

Au même moment, dans le splendide appartement du 96, rue de la Pompe, Octave Orsoni ne détachait pas l'œil de la télévision, insensible aux caresses qu'une Birmane peu farouche lui distribuait généreusement. C'était Suy, la jeune sœur de

Shan, maîtresse des lieux. À Paris depuis quelques mois seulement, elle participait avec son aînée à l'entretien des lieux. Elle payait aussi de sa personne, comme en témoignaient les liens familiers qui s'étaient noués avec Orsoni. Il passa une main dans ses cheveux qu'il ramena en arrière, puis se servit un scotch. Sourire aux lèvres, il se laissa glisser au fond du canapé de velours que la jeune femme occupait déjà dans toute sa longueur.

– Des problèmes ? demanda-t-elle dans un français typé qui ne ressemblait à aucun accent connu.

Orsoni sourit.

– Des problèmes pour les autres, c'est-à-dire plus d'argent pour nous, ma jolie.

– Je ne pas comprendre...

– Oh, mais c'est très bien comme ça, fit-il d'un air polisson. Quand les autres ont des problèmes, Octave est là pour les arranger, mais qui dit arrangement dit grosse monnaie, vois-tu ?

Et il fit un signe non équivoque en frottant le pouce contre l'index. Son téléphone portable se mit à sonner. Il reconnut tout de suite la voix de son interlocuteur.

– Oui, dit-il, je sais, j'ai tout suivi à la télé. Le communiqué de Matignon ? Oui, c'était prévisible. Bon, je suppose que nos amis ne vont pas tarder à se manifester. Ah, ils vous ont déjà appelé ? Il est plus prudent que je sois leur contact, je dis ça pour vous, vous comprenez ? Bien, très bien. Il faut les laisser un peu dans leur jus, un peu de pression, ce n'est jamais mauvais pour entamer de nouvelles discussions, pas vrai ? On va peut-être doubler la mise, si on s'y prend bien. Tripler, vous croyez ? Que le dieu du commerce vous entende. Notre petite soirée poésie tient toujours ? Alors, parfait, nous vous attendons comme d'habitude, 21 h 30. Nos deux ravissantes se sont surpassées.

La communication s'acheva.

– C'est un acompte ? demanda-t-il à Suy quand elle ôta son soutien-gorge pour qu'il caresse ses seins.

En guise de réponse, elle lui donna le reste.

13

Olivier Castries était un de ces capitaines d'industrie aux idées de progrès, arrivés aux affaires dans les années 80 avec l'ambition d'abattre le mur de l'argent et d'abolir les privilèges des deux cents familles pour tenter d'instaurer une forme mixte du capitalisme, guidé par l'État mais géré au service du plus grand nombre, dans le sens d'une plus grande éthique et d'un véritable partage des profits. Il s'était vu confier dès 1982 la direction d'une grande entreprise fraîchement nationalisée, France-Atome, dont il avait perdu la présidence au moment de la première cohabitation de 1986. Il avait repris son poste en 1988 après la réélection du président Mitterrand. Dans l'intervalle, et à l'image de la gauche gouvernante, il avait perdu pas mal de ses illusions sur l'éthique en économie. Désormais, il cherchait surtout à s'assurer des gages de bonne gestion auprès des grandes places financières contaminées par la mondialisation. Remercié en 1995, il était revenu une fois encore deux ans plus tard à la tête de France-Atome, mettant à profit la victoire des socialistes pour se rappeler au bon souvenir de Matignon.

Cet après-midi-là, comme tous les mercredis, il avait fait tranquillement son parcours de dix-huit trous au golf de Saint-Nom-la-Bretèche, heureux de retrouver son swing après les ennuis de dos qui l'avaient empoisonné tout l'automne et une partie de l'hiver, l'obligeant à avancer l'opération d'une hernie qu'il repoussait depuis au moins deux ans. Il prit une bonne douche et une rapide collation au club-house, puis somnola tranquillement au bord de la piscine, bercé par le bruit régulier des battements de pieds d'une nageuse blonde qui enchaînait les longueurs de bassin.

Olivier Castries avait un autre motif de satisfaction. Au terme de longues négociations qui l'avaient initié au milieu fascinant des intermédiaires chinois et des émissaires secrets proches du pouvoir, il était maintenant assuré de vendre deux centrales nucléaires aux autorités birmanes. Du moins le croyait-il car, à cette heure de la journée, Gilles Brizard n'avait pas encore lâché sa bombe. C'est la vision de cette nageuse blonde crawlant à ses pieds qui avait ramené Olivier Castries au souvenir des négociations birmanes. À chacune de ses visites secrètes à Rangoon en compagnie de deux de ses cadres soigneusement choisis pour leur entière discrétion, leur goût de l'argent et leur « réalisme », les négociateurs birmans avaient su agrémenter ses séjours de la présence de naïades expertes dans des exercices étrangers à la finance. Aussi se souvenait-il d'une étreinte particulièrement passionnée dans la villa qu'il occupait sur les hauteurs de la ville, sur un matelas installé au bord d'une piscine où se baignait nue une fille de vingt ans, capable de se servir de son corps avec un art consommé, où se mêlaient sensualité et douce perversité.

Insensiblement, Olivier Castries avait glissé vers ce qu'il convient d'appeler la corruption, un mot qui continuait de le choquer puisque, se disait-il en son for intérieur, il agissait pour l'intérêt de la nation, pour l'emploi, pour l'image d'une France conquérante sur les marchés mondiaux, et respectée en conséquence. Sans publicité aucune, le site prévu pour l'installation des centrales avait été dégagé par les forces birmanes, avec l'assistance d'experts de France-Atome. Quelques feuilles d'opposition et un rapport d'Amnesty International avaient émis l'hypothèse que France-Atome avait de la sorte prêté la main à la junte dans ses opérations de nettoyage ethnique et de persécution religieuse, mais aucune preuve n'accompagnait ces accusations. Castries avait veillé à la mise sous cloche du territoire en question, et aux journalistes qui, de temps à autre et précautionneusement, l'interrogeaient sur ses projets en Birmanie, il répondait que ce chantier, s'il devait voir le jour, ne serait pas un deuxième pont de la rivière Kwaï.

À plusieurs reprises, le dossier avait été suspendu côté birman. Les militaires de Rangoon trouvaient le projet trop cher, se plaignaient d'un manque de devises et de la mise au ban de la société financière internationale. Chaque fois, Olivier Castries avait fait appel à un intermédiaire recommandé par le cabinet du ministère de l'Industrie, un certain Octave Orsoni. Ce Corse, qui avait largement dépassé l'âge de la retraite, avait régné plus de trente ans durant sur les affaires pétrolières de la Générale des hydrocarbures, d'Afrique en Extrême-Orient, en passant par la Patagonie et les salles de trading de Genève. À son contact, le patron de France-Atome avait mesuré combien il avait encore à apprendre de la diplomatie secrète qui précède la signature des grands contrats. Il avait appris aussi comment se pratiquait le partage des commissions, et comment répondre aux demandes de paiement en faveur de dirigeants birmans, mais aussi à celles de sociétés *off shore* représentant les intérêts de certains partis politiques de la majorité comme de l'opposition. « Quand on veut gagner au tiercé, lui avait un jour soufflé Orsoni, il faut miser sur tous les chevaux. »

Achetant la force de conviction des uns, le silence des autres, Olivier Castries avait atteint un stade au-delà duquel il n'était plus question d'idéal ou d'éthique. Seul comptait le retour sur investissement. On n'avait plus qu'à regarder droit devant soi, sans s'arrêter aux « dégâts collatéraux » causés par de telles pratiques. Quant à l'examen de conscience, mieux valait l'oublier.

En réalité, Castries avait rarement eu affaire à Orsoni. Celui-ci avait entrepris seul plusieurs voyages en Birmanie aux frais de France-Atome. Puis il avait demandé des émoluments importants dès que la situation s'était débloquée à Rangoon. Leurs contacts avaient été le plus souvent téléphoniques. Depuis trois mois, Castries n'avait plus besoin de ses services et peut-être même, inconsciemment, avait-il oublié son existence, tant l'âme humaine est prompte, lorsqu'un succès se présente, à se l'attribuer sans partage. Les propos de Gilles Brizard allaient pourtant obliger Olivier Castries à plus de lucidité, tout au moins à un effort de mémoire.

Il était en voiture sur l'autoroute A14 quand un flash de France-Info lui apprit l'incident survenu à l'Assemblée et la réaction de Matignon gelant tout projet avec la Birmanie. La sueur perla à son front. La gorge sèche, il déboucha une bouteille d'eau minérale avec les dents, sans lâcher son volant. Il sortit à la Défense et prit immédiatement la direction de la tour France-Atome, derrière le Cnit. Il fit garer son auto par le voiturier et monta directement au trente-sixième étage. « Trente-sixième dessous », murmura-t-il entre ses dents. Il s'enferma seul après avoir donné la consigne à sa secrétaire de ne le déranger sous aucun prétexte. Il avait fait une partie de golf désastreuse, supposa la jeune femme. Castries avait pris goût à la triche, et il n'aimait pas perdre.

Peu à peu, il évaluait les conséquences d'une annulation pure et simple des engagements pris. Il pensa aux sommes qu'il avait lui-même touchées, directement sur un compte numéroté au Luxembourg. Une partie avait été dépensée pour la réfection de son château du Languedoc. Une autre servait à entretenir Pénélope, sa maîtresse, qu'il avait logée dans un somptueux trois-pièces donnant sur les Invalides. Une sueur froide le fit frissonner. « Et s'ils me demandent de rendre l'argent ? » pensa-t-il en tapotant le marbre de son bureau. Les intermédiaires chinois qu'il avait rencontrés à deux reprises n'avaient rien de gentils bonzes. Il les devinait capables de lâcher quelques tueurs habiles à travers le monde si d'aventure un plaisantin prétextait des facéties de son gouvernement pour manquer à la parole donnée. Chinois comme Birmans seraient probablement insensibles à l'argument des droits de l'homme qui, comme la baguette et le béret, passaient pour une résurgence archaïque de la vieille France.

Les hommes d'Orsoni connaissaient bien les habitudes d'Olivier Castries. Ils savaient notamment que le mercredi il restait tard au bureau pour rattraper les heures passées au golf. Puis il descendait vers 21 heures au drugstore des Champs-Élysées où il dînait d'une entrecôte-frites en épluchant la presse économique. Malgré son abattement, le patron de la firme nucléaire ne changea rien à son rituel. Il essaya de joindre un conseiller au cabinet du ministre de l'Industrie, mais, comme le téléphone sonnait dans le vide, il préféra sortir plutôt que de se ronger les sangs dans cette tour qu'il n'avait jamais aimée, perdue au milieu d'autres tours comme au cœur d'une forêt de totems.

Quand il pénétra au drugstore par la porte à tambour, Olivier Castries nota qu'on faisait la queue devant la librairie. Un auteur à succès dédicaçait son dernier livre, *L'Asie à deux cents asa*. Il haussa les épaules et s'installa à sa table préférée, un guéridon surélevé face à la verrière, d'où il aimait regarder les jolies filles qui sortaient de casting chez Publicis. Castries passa sa commande, puis retomba dans sa déception et ses craintes. Si une enquête était diligentée, c'en serait fait de sa réputation, de l'estime de ses proches, du respect de ses pairs. En ouvrant *Le Figaro*, il tomba sur un portrait pleine page de la juge Oriane Casanove.

— Il ne manquerait plus qu'elle s'intéresse à la Birmanie, celle-là, fit-il entre ses dents.

À mesure qu'il lisait l'article consacré à la « pasionaria » de la Galerie financière, le patron de France-Atome se décomposait. Le journaliste rappelait le « tableau de chasse » de la jeune femme, ses perquisitions spectaculaires au domicile des anciens dirigeants du Lyonnais, les mises en examen de plusieurs hommes d'affaires, et non des moindres, parfois incarcérés pour ce que Castries et d'autres de son espèce avaient considéré comme des broutilles. Un passage retint plus particulièrement son attention : « Je ne ferai jamais rien qui puisse entraver l'action de l'État », déclarait-elle après avoir insisté sur l'indigence des moyens humains et techniques consentis à ses services. Castries poussa un petit soupir de soulagement. « Cette histoire de centrale en Birmanie, pensa-t-il, si ce n'est pas l'intérêt de l'État, je me fais évêque ! » Puis il détailla longuement le visage d'Oriane Casanove, du moins ce qu'elle en avait montré au photographe : des traits d'une grande finesse, un nez droit, des pommettes hautes et un menton très volontaire. Manquait l'expression du regard masquée par de larges lunettes noires. Castries supposa que ce regard-là devait être terrible. Il se demanda s'il serait capable, le cas échéant, de la séduire. D'après ce qu'il venait de lire, il s'agissait à coup sûr d'une incorruptible.

Après un verre de gaillac, Olivier Castries se sentit tout d'un coup plus à l'aise. Sortant de sa bulle, il regarda autour de lui. L'homme qui lui faisait face, à quelques mètres, ne lui était pas inconnu. Il lui adressa un signe, auquel l'autre répondit sans bouger. Au moment où il réglait l'addition, Castries le vit s'approcher de lui et il lui demanda la permission de s'installer une minute.

– On se connaît, n'est-ce pas ? fit le P-DG en essayant de se rappeler où il avait vu ce visage.

C'était un homme d'environ quarante-cinq ans, d'allure avenante et svelte, un sourire franc accroché aux lèvres.

– Bien sûr, monsieur Castries. Si je vous dis : le salon nautique ?

– Attendez, le salon nautique, je... Ah, oui, c'est vous.

L'homme sourit de plus belle.

– Vous y êtes ?

– Et comment, que j'y suis.

À son tour Castries montra une joie sincère et lui tendit une main chaleureuse.

– Il me semblait bien vous avoir reconnu, tout à l'heure, mais, pardonnez-moi, j'avais l'esprit ailleurs et je ne pouvais pas mettre un nom sur votre visage. Le salon nautique, bien sûr. Comment va votre patron, ce cher et mystérieux M. Orsoni ?

– Parfaitement bien, toujours occupé à mille projets. Je pense qu'il mourra à la tâche. Dans son genre, c'est un chef de bande : à la façon de Molière, il tombera un soir avec le rideau, en pleine représentation.

Castries apprécia l'image.

— Vous êtes un poète !

— Nous le sommes tous un peu dans ces métiers.

L'homme d'Orsoni fixait le patron de France-Atome avec l'instinct du chasseur qui a tout son temps et sait que, tôt ou tard, sa proie lui reviendra. Ils vidèrent la bouteille de gaillac et commandèrent deux armagnacs.

— Vous ne pouvez pas mieux tomber, lança enfin Castries. Orsoni est-il à Paris ?

Son interlocuteur fit mine de réfléchir. Castries était suspendu à ses lèvres.

— Oui, je crois. En tout cas, il était là hier. À ma connaissance, il n'a pas de voyage prévu d'ici la semaine prochaine.

— C'est parfait. Pensez-vous que je pourrai le rencontrer d'ici là ? Je ne sais pas si vous avez suivi les péripéties du jour, mais ça barde pour nos projets en Birmanie.

— J'ai entendu la nouvelle aux informations, répondit l'homme avec l'air détaché de celui qui vit un peu en retrait du monde. Je ne vous promets rien, mais je ferai mon possible pour que vous voyiez Orsoni, ne serait-ce qu'un moment.

Ils trinquèrent.

— Vous pouvez dire que vous êtes apparu à propos ! s'exclama Castries. Vous êtes familier des lieux ?

— Je recrute les plus jolies filles que je trouve pour les inviter sur mon bateau ! lança l'homme.

— Vous m'avez l'air d'un sacré farceur !

L'homme se leva. Il tendit une carte de visite portant deux numéros griffonnés à la main.

– Mais c'est moi qui vous appellerai, précisa-t-il aussitôt.

Castries lut le nom de l'envoyé de la providence.

– Merci, monsieur Lazzano !

Sa voix se perdit dans le brouhaha du drugstore. L'écrivain à succès qui venait de terminer sa séance de dédicace appela les serveurs : il avait faim.

14

Depuis combien d'années Oriane n'était-elle pas allée dans une fête foraine ? Les installations de la foire du Trône avaient migré pour le printemps dans les jardins des Tuileries et, lorsque Alain Natanski s'était manifesté à son retour de Libreville, elle lui avait donné rendez-vous, sans bien savoir pourquoi, au pied de la grande roue. Avait-elle encore envie de sensations aériennes après son mémorable saut en parachute ? Ils avaient fixé 3 heures de l'après-midi mais, comme elle n'avait pris aucun déjeuner, elle était arrivée très en avance, se promenant au milieu des rangées d'attractions et retrouvant ses repères de petite fille en humant le parfum de sucre chaud des barbes à papa et des pralines grillées. Justement, c'est à son père qu'elle pensait en regardant les autos tamponneuses, le tourniquet des balançoires et le train fantôme. Quand elle était enfant, c'est toujours lui qui l'emmenait au manège, et elle aimait le regard tendre qu'il posait sur elle quand, assise sur un cheval de bois, elle tentait d'attraper la queue du Mickey. Elle se dit que, depuis, jamais un homme ne l'avait regardée avec cette tendresse gratuite, mais peut-être ne savait-elle pas voir...

Elle se laissa convaincre de jouer à la loterie. À sa grande surprise, elle décrocha même le gros lot, une énorme peluche vert et rose aussi laide qu'imposante. Il lui fallut un art exceptionnel de la persuasion pour dire au forain qu'elle ne pouvait pas l'emporter, qu'elle avait un rendez-vous très important à deux pas. Le forain la considéra avec étonnement et regret.

– Vous n'avez pas d'enfants ? demanda-t-il innocemment.

– Non, répondit Oriane d'un ton sec.

Sans le vouloir, le brave homme avait touché un point douloureux. C'est du moins ce qu'elle pensa devant sa réaction qui la surprit elle-même. « Le temps va trop vite, Oriane, se dit-elle. Parmi tous les petits qui courent et piaillent dans cette fête, aucun n'est à toi, et pas la moindre trace du père qui pourrait remédier à ce manque. »

Quand Alain Natanski se présenta aux abords de la grande roue, Oriane était devenue d'une humeur excécrable. Le juge s'en aperçut et, pour détendre l'atmosphère, il lui tendit un paquet de pralines qu'elle prit sans un mot, avec un demi-sourire poli. Ils entrèrent dans la file d'attente. Le ciel de Paris était tout bleu, comme lavé, brillant et propre. Ils prirent place dans une nacelle et, en quelques secondes, se retrouvèrent suspendus dans les airs. La roue s'immobilisa sur les hauteurs, Oriane jeta un coup d'œil dédaigneux vers le sol. Elle avait vu mieux, plus impressionnant, en tout cas, mais elle n'avait pas envie d'en parler. À quoi bon ? Natanski meublait la conversation en racontant par le détail ses découvertes gabonaises.

– Une corde de chanvre noir ? s'exclama Oriane. Mais qui a pu se livrer à une telle mise en scène ?

– En tout cas, pas le Dr Dialo. Je t'assure, sans mauvaise plaisanterie, qu'il a vraiment pâli.

Oriane se tut. Elle contempla la tour Eiffel au loin, et le dôme des Invalides dont l'or brillait sous le soleil. À son retour d'Aubagne, elle avait trouvé un mot de David. Il était reparti chez ses grands-parents, sur le bassin d'Arcachon. Il la remerciait de l'avoir pris au sérieux car, à force de se cogner contre la « vérité officielle » au sujet de la mort de son père, il avait eu l'impression de devenir fou. Depuis, Oriane éprouvait comme une sensation de malaise sans pouvoir s'en expliquer les raisons. C'est en voyant Natanski qu'elle eut la réponse. Elle avait laissé partir David sans l'éclairer. Elle détestait ce sentiment d'impuissance.

Une surprise l'attendait à la Galerie financière. Une mauvaise surprise. De toute façon, elle n'espérait rien de bon dans cette période où tous les fondements de son existence semblaient se dérober. Le juge Gaillard la fit appeler dans son bureau. Un petit homme bedonnant aux cheveux ras était déjà installé dans un fauteuil, face au patron. Il ne se leva pas quand Oriane entra, se contentant de lui tendre une main molle qu'elle serra sans conviction. D'emblée, le conseiller Marchand lui déplut. Pendant que le juge Gaillard faisait les présentations, elle examina sans aménité ce type coincé qui ne cessait de se passer les doigts dans les cheveux et de décroiser les genoux, tout en parlant sur un mode ampoulé, répétant avec trop d'emphase combien il était fier de rejoindre cette prestigieuse maison.

– Prestigieuse peut-être, releva le juge Gaillard, mais encore bien dépourvue de moyens et de véritable influence, comme vous pourrez vite vous en rendre compte.

– Excès de modestie, répliqua le petit homme en produisant un rire de chaîne rouillée.

Il se tourna vers Oriane.

– J'ai lu les portraits flatteurs mais ô combien justifiés que vous consacre la presse, fit-il tout sucre. Je suppose qu'il y a là bien des vérités, même si vous et moi savons que les journalistes ont parfois tendance à romancer pour faire sensationnel et édifier leurs lecteurs.

– Ce que nous obtenons ici, répondit Oriane – je parle de l'amélioration progressive de nos conditions matérielles –, c'est au prix d'une lutte sans merci avec la Chancellerie. Quant au fond des choses, c'est encore pire. On nous accuse de nous appuyer sur les médias. Peut-être, mais sans eux, nous serions parfois obligés de renoncer à toute investigation chez les puissants, je ne parle même pas de poursuite. Plus les dossiers sont gênants, moins ils avancent. Or nous n'héritons que de dossiers très dérangeants pour ceux qui sont censés nous défendre face à l'exécutif.

Muet, le juge Gaillard assistait à l'échange entre sa protégée et la nouvelle recrue. Il espérait qu'une certaine émulation favoriserait le travail de la brigade, mais devant ce chat et ce chien de faïence, il faillit regretter d'avoir sollicité du renfort. De toute manière, le sort en était jeté.

– Vous occuperez le bureau voisin du mien, lança-t-il à Marchand.

Oriane foudroya son patron et sortit en frappant des talons, sans un regard pour son nouveau collègue.

Sur son bureau, son assistante avait posé un logiciel accompagné d'un petit mot laissé par l'ingénieur informatique des services de l'instruction.

– Ils sont venus ! s'écria-t-elle.

– Oui, fit Annie. Vous aviez même rendez-vous avec le technicien à 15 heures, mais j'ai vu sur votre agenda que vous n'aviez rien noté à cette heure-là.

Ce rendez-vous lui était complètement sorti de la tête. Elle se retint d'avouer qu'à 3 heures de l'après-midi, elle était dans la grande roue de la fête des Tuileries, un paquet de pralines à la main.

– On va voir tout de suite si cet outil est performant, décida la juge.

Elle introduisit la disquette dans son ordinateur et attendit qu'elle se conformât. Après plusieurs minutes, une série de nouvelles icônes apparut sur son écran. Elle cliqua sur la rubrique « casier », censée regrouper toutes les sociétés ayant été condamnées à des amendes pour fraudes diverses au cours des dix dernières années. Oriane inscrivit en lettres majuscules le sigle de l'Agev et attendit. Ce ne fut pas très long. Sous le nom indiqué, le logiciel cracha une colonne d'inculpations tournant autour de commissions pétrolières frauduleuses sur des contrats pétroliers au Gabon. Les dates correspondaient à des années électorales en France, ce qui ne sauta pas immédiatement aux yeux d'Oriane. Chaque affaire litigieuse s'était terminée par un non-lieu en faveur d'un certain Aldo Capelle, citoyen suisse-italien gestionnaire de l'Agev. Quant à la société, elle était domiciliée au Grand-Duché du Luxembourg.

Oriane lança une copie-papier du chapitre « Agev ». Elle allait se lever pour la réceptionner à l'imprimante installée dans le couloir – l'engin faisait un tel vacarme que personne n'en voulait dans son bureau –, lorsque le téléphone sonna. C'était Edgar Pinson. Il lui demanda simplement si elle comptait rester tard à son bureau. À sa réponse affirmative, il raccrocha sans commentaires. Il restait trois pralines dans le sachet qu'Alain Natanski avait donné à Oriane. Elle en prit deux d'un coup qu'elle croqua bruyamment si bien qu'au moment où le conseiller Marchand entra sans frapper dans son bureau, elle fut incapable de prononcer un mot, le temps de se débarrasser de sa bouchée. Décidément, ce jeune loup plutôt gras avait de drôles de manières. Elle manqua de s'étouffer et toussa bruyamment, les yeux pleins de larmes.

– Excusez-moi, fit Marchand d'un air sincèrement désolé. J'aurais dû frapper. Je passais dans le couloir quand j'ai entendu ce papier qui sortait de l'imprimante. J'ai vu que la commande venait de votre ordinateur.

– Vous avez vu ça où ? demanda Oriane de plus en plus furieuse.

– Là, c'est écrit Casanove, sur l'en-tête, au-dessus d'Agev.

Oriane lui arracha le papier des mains et lança un « merci beaucoup » propre à congeler un chaudron bouillant. Marchand se retira sur la pointe des pieds, laissant une odeur tenace dans la pièce.

« En plus, se dit-elle, j'ai horreur de son eau de toilette. »

Oriane demeura un bon moment la tête entre les mains, les coudes plantés sur sa table de travail. Depuis l'assassinat du couple Leclerc, elle avait dépensé beaucoup d'énergie pour essayer de démêler les mobiles qui se cachaient derrière de tels actes. Elle n'y voyait pas encore clair, même si son esprit commençait à établir des liens entre la Birmanie et le Gabon, un appartement de luxe occupé par une jeune Birmane et un as des affaires pétrolières. Mais le tableau n'était pas complet. Que venait faire l'Agev dans tout ça ? Qui se cachait sous le nom d'Aldo Capelle ? Existait-il vraiment ?

« Voilà par où j'aurais dû commencer », se dit-elle.

Oriane attrapa l'annuaire de la justice européenne et y chercha le nom du magistrat chargé des affaires financières au Grand-Duché du Luxembourg. C'est ainsi qu'elle put adresser un e-mail au juge Lambrechts, lui demandant d'entrer en contact avec elle par messagerie pour un dossier de la plus haute importance.

La nuit était tombée. Le juge Gaillard passa brièvement la saluer, sans lui demander ce qu'elle pensait du nouveau venu. Elle finirait par s'y faire. Il la connaissait bien et avait prévenu Marchand : vous verrez, au bout de quelques jours, quelques semaines au maximum, c'est elle qui vous emmènera déjeuner. Marchand n'avait pas eu l'air convaincu. Surtout, il ne semblait pas avoir envie de telles relations. La situation de guerre froide posée dès la première seconde semblait lui plaire. Mieux, il paraissait y puiser un curieux plaisir.

Le juge Gaillard se contenta de faire observer qu'Oriane n'était pas obligée de passer ses nuits au bureau, ce qui eut le don de faire enfin sourire sa jeune collègue. Il se doutait bien qu'elle ne travaillait pas sur les dossiers urgents de la brigade, même si elle devait bientôt rendre des comptes, entre autres sur l'affaire des fausses factures découvertes dans la comptabilité des établissements Loupd'mer, une grosse affaire de produits surgelés. Mais Oriane ne pouvait s'empêcher de ne voir là que du menu fretin à côté des requins qui naviguaient impunément en eaux plus profondes, où le sang tenait lieu de tapis rouge.

– Décidément, je ne m'y ferai jamais !

La jeune femme lâcha le stylo qu'elle tenait et réprima un petit cri. Edgar Pinson se tenait debout devant elle, la moustache en bataille, toujours vêtu de ce même imperméable vert, élimé aux manches, qu'il devait garder en toute saison.

– Mille excuses, c'est plus fort que moi : voir sans être vu et apparaître quand on ne m'attend plus.

– Détrompez-vous, monsieur le journaliste. Je savais que vous viendriez. J'ai un peu de jugeotte et votre coup de fil de tout à l'heure était assez clair. Simplement, j'espérais que d'une manière ou d'une autre vous sauriez vous annoncer car, en ce moment, je suis légèrement saturée, question surprises.

Edgar Pinson répondit par un sourire confus. Il referma la porte derrière lui et s'assit face à Oriane, qui lui parla aussitôt de l'affaire Leclerc, dont elle n'omit aucun détail. Pinson notait en silence avec une rapidité déconcertante.

– Vous arrivez à vous relire ? demanda Oriane en jetant un œil perplexe sur ses gribouillis.

– Ne vous en faites pas, répondit-il. Je me relis parfaitement, et, avantage important, je suis le seul à pouvoir le faire. Mes notes sont inutilisables par quelqu'un d'autre que moi.

– Ça, fit-elle, je veux bien vous croire.

Quand elle eut terminé son récit, elle fit promettre au journaliste de ne rien publier pour l'instant.

– Mettez-vous à ma place, expliqua-t-elle. Je sais que vous êtes un excellent chasseur de scoops. Mais si vous tirez trop tôt, on fera fuir le gros gibier que nous traquons. Vous savez, sous des dehors sensibles et peut-être trop affectifs pour cette profession, je suis un juge assez méticuleux, réputé pour ses méthodes. Je trace des cercles concentriques autour de mes cibles. Puis peu à peu je les resserre.

Pinson hocha la tête.

– C'est entendu. J'accumule. On verra plus tard. Si la bête n'a pas encore montré son nez, il me semble en tout cas savoir dans quel milieu elle évolue, poursuivit le journaliste.

– Toujours le même, risqua Oriane : nos amis les industriels.

– Je ne crois pas.

La juge manifesta son étonnement. Orsoni, s'il avait quelque chose à voir dans toute cette histoire, n'était-il pas le type même de ces parrains du patronat animés par un esprit mercenaire et mercantile, ces chefs de bande fréquentant les grands comme les petits malfrats, ou encore les exécuteurs de contrats ?

Edgar Pinson avança une autre hypothèse.

– Reprenons quelques données. 1. Votre ami Alexandre Leclerc a été en poste en Birmanie et au Gabon. 2. Octave Orsoni est un roi du pétrole qui a sévi en Asie et en Afrique pour le compte de la Générale des hydrocarbures. 3. Il est de notoriété publique que le pétrole constitue le nerf de la guerre dans toutes les compétitions électorales. Il sert à truquer en Afrique. Chez nous, il paie les meetings, les affiches, la communication à grande échelle.

– Jusqu'ici, je vous suis, dit Oriane. Mais où voulez-vous en venir ?

– À ceci. Il existe un lien que je ne comprends pas encore entre les affaires birmanes, le Gabon et la France. Il semble que quelqu'un l'avait décelé, et il l'a payé de sa vie : c'est votre ami Alexandre Leclerc. S'il a transmis des informations à son épouse, il lui a en même temps fait courir un risque mortel. Je ne vous fais pas de dessin. Si nous trouvons la nature de ce lien triangulaire entre les trois pays, nous aurons bien avancé. Je sais simplement que le président du Gabon craint d'être lâché par la France comme l'a été Mobutu, et qu'il est prêt à se montrer généreux pour se protéger. Et chez nous, j'espère que je ne vous apprends rien, on parle de remaniements ministériels et même de présidentielle anticipée. L'histoire du quinquennat est une poudre aux yeux pour nous enfoncer dans le crâne l'idée qu'il faudra voter bientôt. C'est là que je reviens à Orsoni. N'oubliez pas : c'est un parrain. Il mise sur les meilleurs candidats au poste suprême. Il n'est ni de droite ni de gauche, il est du côté des vainqueurs.

— Quels seraient les favoris en cas de présidentielle ?

— C'est encore tôt pour le dire, mais j'ai ma petite idée. Nul doute que, le moment venu, Orsoni saura choisir, lui aussi. Pour l'instant, les pompes à fric sont réamorcées. C'est toujours la même chose à l'approche d'une échéance. En Afrique, on refait marcher les machines à sous, les réseaux corses s'activent, on blanchit au casino, on dérive deux ou trois cargaisons pétrolières, on fait financer par la France des grands travaux en les surfacturant et le trop-versé est partagé entre les potentats locaux et les formations politiques de l'ancienne métropole.

— Dites-moi, coupa Oriane, c'est une vraie leçon de choses !

— De vilaines choses, oui.

— Qu'avez-vous l'intention de faire ?

Le journaliste parut réfléchir.

— Je dois exploiter un contact à Bruxelles la semaine prochaine. Je vous tiendrai au courant et, en tout état de cause, je n'écrirai rien sans vous en avertir.

— Une filière belge ?

— Non. Un ancien membre de la sécurité du président gabonais. Il est en exil et demande l'asile politique. D'après mes contacts, il a des informations précises sur la fin du juge Leclerc.

Oriane tressaillit. Edgar Pinson prit congé d'elle discrètement, la laissant perdue dans ses pensées. Elle se demanda si elle aurait la force de rentrer chez elle. La vie était si lourde à porter, tout à coup...

Sa messagerie e-mail lui signala l'arrivée d'un courrier. Elle cliqua aussitôt pour en prendre connaissance. C'était son confrère Lambrechts, du Luxembourg, qui lui faisait part de ses regrets. Il ne pouvait pas collaborer avec elle sur le dossier de l'Agev, faute de mandat lancé par le ministère français de la Justice et d'accord officiel signé des autorités de son pays.

– Dire qu'on a fait l'Europe ! soupira Oriane.

Elle éteignit son ordinateur et appela un taxi à la borne. L'ascenseur avait gardé l'odeur tenace du parfum de Marchand. Elle préféra descendre à pied.

15

Olivier Castries trouva une place pour garer son auto à l'entrée de la rue de la Pompe. Il manœuvra, éteignit son cigare et verrouilla ses portières. Puis il se rendit à pied au 96. Il faisait encore jour, mais des éclairages très puissants illuminaient les fenêtres du deuxième étage, comme pour une réception mondaine dont il aurait fallu signaler le caractère exceptionnel.

– Vous sonnerez à l'interphone au nom de Shan, avait indiqué Lazzano.

L'intermédiaire avait tenu sa promesse : Orsoni donnait une petite réception et réserverait un quart d'heure à un aparté avec le patron de France-Atome. Subjugué, Castries pénétra dans la salle de réception. Une jeune femme de petite taille, aux yeux noirs comme ses cheveux, lui prit son manteau et il se retrouva au milieu d'une immense salle de réception délimitée par quatre immenses cheminées sous lesquelles un homme à cheval aurait pu s'abriter sans baisser la tête. D'immenses lustres de Murano équipés d'une multitude de larmes de cristal jetaient sur le parquet flambant de cire un éclat presque aveuglant. De gros bahuts de chêne, des tables d'acajou, des fauteuils profonds et des vases de fine porcelaine aux motifs précieux constituaient un décor impérial. Une main tendit à Castries une coupe de champagne. Une dizaine de personnes conversaient tranquillement, les hommes endimanchés et réservés, les femmes plus expansives, riant fort, comme si la perspective d'une soirée inhabituelle dans ces lieux de rêve les ramenait à l'âge des contes de fées et des princes charmants. Debout, près d'une fenêtre d'où il guettait la rue, Lazzano semblait se tenir en retrait de l'agitation. Castries lui trouva même un air sombre et pensif. Mais son interlocuteur du drugstore, sitôt après l'avoir aperçu, lui décocha son magnifique sourire.

– Je suis très heureux, fit Castries en s'approchant de lui. Merci mille fois.

– Je vous avais promis que je ferais mon maximum. Octave ne va pas tarder. Ces soirées poésie, il y tient beaucoup.

– De la poésie ? s'étonna le P-DG. Mais de quoi s'agit-il ?

– Chaque convive apprend quelques poèmes et, au fil de la soirée, les déclame à l'auditoire. Nous avons aussi prévu des lectures sur le poète de notre choix. Nous en changeons à peu près chaque trimestre. En ce moment, voyez-vous, nous avons jeté notre dévolu sur Rimbaud. Les dames présentes ici ce soir en sont folles.

– Ces jeunes femmes sont-elles aussi des « poétesses » ?

Castries avait désigné les deux Birmanes : Shan,

dans un habit rouge quasi transparent qui laissait voir des jambes parfaites, et Suy sa cadette, aux traits moins fins mais dont la bouche, Orsoni n'aurait pas dit le contraire, dégageait une provocante sensualité.

– Vous ne croyez pas si bien dire. Cette merveille en soie écarlate peut réciter *Une saison en enfer* sans la moindre erreur – vous savez : « Un soir j'ai pris la beauté sur mes genoux, et je l'ai insultée »... Quant à sa sœur, elle est arrivée il y a seulement quelques semaines en France, mais je suis sûr que, d'ici l'été, elle aussi connaîtra « son » Rimbaud presque aussi bien que nous.

Shan se dirigea vers eux et dit un mot à l'oreille de Lazzano, qui hocha la tête et fit signe à Castries.

– Orsoni nous attend dans un endroit tranquille, venez avec moi.

Ils traversèrent une enfilade de pièces toutes éclairées *a giorno*, puis pénétrèrent dans un large couloir tapissé de miroirs. Tout au bout, ils s'arrêtèrent devant une porte capitonnée de cuir noir. Elle s'ouvrit sur la forte carrure d'Octave Orsoni qui achevait tranquillement une réussite.

– Je la termine avant la tombée de la nuit, fit le Corse de sa voix de basse. Superstition idiote. Le général de Gaulle est mort comme ça, devant une reine ou un as de pic, à Colombey. Il ne les avait peut-être pas vus venir ! Non que je me prenne pour le Général, Bonaparte suffit à mon panthéon, je veux dire Napoléon !

Il serra la main à Castries et lui désigna un fauteuil. Lazzano resta debout.

– Ne perdons pas de temps, commença Orsoni. Cette affaire de centrales paraît en effet mal engagée pour le moment, mais la roue tourne encore. D'abord, le gouvernement regardera à deux fois l'annulation pure et simple d'un marché qui peut s'élever au bas mot à vingt milliards de francs si l'on table sur deux centrales. Je vous rappelle que nous sommes en période électorale et que...

— Bien sûr, coupa Castries. Mais ce Gilles Brizard semble prêt à aller jusqu'au bout.

— Nous le savons. Rassurez-vous, il risque aussi d'être pris au piège de sa fougue.

— Que voulez-vous dire ?

— Une idée comme ça, répondit Orsoni en souriant d'un air énigmatique.

Le parrain corse fouilla dans un tiroir d'où il sortit la copie d'un protocole d'accord signé huit mois plus tôt à Rangoon. Il le lut en silence, puis le rangea.

— Écoutez, reprit-il. Je vais œuvrer pour réparer cette anicroche. À partir de maintenant, il faut que vous me laissiez seul maître de la négociation, tant avec le gouvernement français qu'avec les Birmans.

— Avec les Birmans aussi ?

— C'est évident. Nous ne sommes plus dans l'économie du développement. Le dossier, cela ne vous a pas échappé, a pris un tour purement politique. Ce ne sont pas vos négociateurs financiers qui seront efficaces à ce niveau-là.

Castries, l'air résigné, songeait à Marc Terreneuve, l'homme qui gérait ce dossier depuis le début au sein de France-Atome. Comment allait-il lui annoncer que rien n'était perdu mais qu'on se passerait de lui pour continuer ?

— Et la partie gabonaise ?

— Les Gabonais, je m'en charge aussi, évidemment, répliqua Orsoni.

Et, sans laisser à Castries le temps de réagir, il ajouta :

— Mon intervention, vous vous en doutez, n'est pas gratuite. Ma société demande une commission équivalente à dix pour cent du contrat final dans sa fourchette haute.

– Dix pour cent de vingt milliards ?
– Vous comprenez vite, nota Orsoni aimablement.

Lazzano quitta la pièce et rejoignit les amis de la poésie.

Dehors, sur le trottoir des numéros impairs, Gaël Le Balc'h faisait les cent pas en surveillant discrètement la porte d'entrée du 96. Il se préparait à partir : il tenait son information du soir puisqu'il avait vu Orsoni arriver vers 8 heures, puis Castries sonner un peu plus tard. Un moment, il avait craint d'être repéré, car un homme, resté près d'une fenêtre, semblait surveiller la rue, et il avait eu l'impression que ses allées et venues l'intriguaient. Le Balc'h était trop loin pour reconnaître Lazzano.

« Orsoni et Castries, belle affiche, songea le jeune policier. Oriane sera contente. »

Il monta sur son scooter et démarra en trombe. Au premier croisement, il manqua se faire renverser par une magnifique Facel-Vega qui filait à toute allure. Le style du chauffeur le fascina. Il portait un chapeau et une cape à la manière d'Aristide Bruant, un foulard rouge et des lunettes sombres, ce qui devait expliquer sa conduite approximative à cette heure de la soirée. Le temps de faire demi-tour, la Facel-Vega avait filé. Le Balc'h se demandait s'il devait poursuivre. Il ralentit, hésita, puis remit pleins gaz. Bien lui en prit. Il retrouva la belle auto garée sur un bateau juste devant le 96. Quand il leva les yeux vers la porte d'entrée, il n'eut que le temps d'apercevoir une cape noire s'engouffrant dans le vestibule, et une mèche de cheveux argentés échappée d'un chapeau d'artiste. Il essaya de se remémorer le visage du conducteur si furtivement aperçu. Il lui disait très vaguement quelque chose, mais la rencontre avait été trop brève. Il décida d'attendre sur place, et d'abord nota le numéro d'immatriculation du véhicule. Un numéro suisse surmonté de l'écusson de la ville de Genève. Les lignes pures de ce bolide fait pour la vitesse et le plaisir de la conduite, le tableau de bord phosphorescent incrusté du compte-tours, du compteur, du manomètre d'huile et du thermomètre d'eau, deux places devant, une derrière : l'ensemble était parfait. Son propriétaire aurait pu lui raconter que ce modèle de 1956 avait été dessiné par Jean Daninos, le frère de Pierre – célèbre auteur des *Carnets du major Thompson*. Il aurait évoqué sa légende, le couple Deborah Kerr et Maurice Chevalier immortalisés dans cette voiture de luxe pour le film *Count your Blessings*. Car ce visiteur du soir garé – en infraction – devant le 96, rue de la Pompe était un orfèvre, il aimait les belles voitures comme probablement la compagnie des belles femmes.

Gaël Le Balc'h eut la tentation de verbaliser, de sonner chez la Birmane pour demander si cette auto appartenait à quelqu'un de chez elle. Mais il y renonça avec sagesse, craignant d'attirer inutilement l'attention. Et qui sait si quelqu'un ne l'avait pas déjà repéré, plus tôt dans la soirée ? Il se rappela les consignes d'Oriane, inspirées d'Edgar Pinson : voir sans être vu.

– Voilà Arthur ! s'écria Shan qui se précipita vers le mystérieux visiteur aux tempes d'argent, à qui elle donna une douce accolade avant de retirer délicatement sa cape et son chapeau.

Lazzano repartit en direction du bureau d'Orsoni.

– La soirée poésie va pouvoir commencer, souffla-t-il discrètement. On vous attend.

Castries prit congé. Dans le vestibule, au moment de récupérer son manteau, il s'attarda un moment devant la cape et le chapeau qui n'étaient pas à cette place à son arrivée. À qui pouvaient-ils appartenir ? Derrière la porte de la salle de réception à présent fermée par de ravissants volets de bois couleur ciel, il entendit une voix d'homme réciter un sonnet d'Arthur Rimbaud, une voix qu'il connaissait, il l'aurait juré. L'entretien avec Orsoni avait été rude et, s'il ressortait avec l'assurance que le problème serait réglé, il savait qu'il lui restait à affronter son propre état-major. Décidément, l'existence n'était pas un fleuve tranquille quand on jouait avec le feu. Sa curiosité pour l'homme à la cape s'émoussa, balayée par la perspective des épreuves qui l'attendaient dès le lundi au siège de France-Atome.

Chacun déclama son poème avec grâce et légèreté. Mais à ce jeu, « Arthur » était de loin le plus à l'aise. Il semblait rompu au jeu des mots comme à celui de la séduction, et les femmes qui l'entouraient le buvaient des yeux. Si Shan était sa maîtresse attitrée, la jeune Birmane était assez partageuse pour que la plupart de ces soirées raffinées se transformassent en parties fines dans les chambres cossues du 96, les couples se formant et se défaisant au gré des penchants du moment. Mais il était encore trop tôt pour ces plaisirs de la chair que les convives s'ingéniaient à retarder le plus possible afin d'en accroître le désir.

À la faveur d'une pause, Orsoni entraîna « Arthur » et Lazzano vers son bureau, où ils s'isolèrent pour faire le point de la situation. C'est surtout Orsoni qui parla, Arthur se contentant d'écouter. Le bonhomme, en dépit de son allure théâtrale, n'était pas du genre à parler pour ne rien dire. Lazzano l'observait, souriant chaque fois qu'Arthur cherchait son approbation du regard. Mais sitôt l'attention du poète détournée de lui, Lazzano posait sur l'homme un œil glacial et noir, comme s'il représentait un mauvais souvenir. Ils se servirent un whisky avant de se lancer dans quelques calculs compliqués où il était question de comptes de compensation, d'opérations triangulaires et de sociétés écrans dont ils commencèrent à imaginer les noms, comme de futurs parents choisissent le prénom de leurs enfants à naître.

– Savez-vous que Rimbaud était un fou de rébus et d'anagrammes ? lança Arthur. Tenez, un exemple. On a dit que le jeune homme avait caché huit kilos d'or dans sa ceinture à son retour du Harar. Vous noterez que le H correspond à la huitième lettre de l'alphabet, et que le 8 correspond précisément au département des Ardennes. Ce n'est pas tout : dans Harar, vous avez à deux reprises le A et le R qui sont les initiales du poète. Quant à la ceinture, elle correspond sans aucun doute au mur érigé autour de la ferme de sa mère dans les Ardennes. Enfin, si vous ne voyez pas un lien direct entre Aden et Ardennes...

Lazzano et Orsoni ne purent s'empêcher de saluer cette prouesse de l'esprit que leur interlocuteur compléta par quelques interprétations subtiles données par les figures divinatoires du tarot de Marseille.

– On pourrait s'amuser aussi à baptiser nos sociétés en fonction d'anagrammes et de calembours, pour la beauté du geste, un peu comme je l'ai fait avec l'Agev qui, à l'envers, donne la deuxième partie du nom de ma voiture. Vega, la quatrième des étoiles les plus brillantes du ciel.

– Tiens, fit Orsoni, je n'y avais jamais pensé.

La porte capitonnée s'ouvrit. Shan et une de ses charmantes invitées exprimèrent leur impatience.

– Il est temps, messieurs. Nous avons baissé les lumières. Il ne manque plus que vous.

Ils se levèrent sans se faire prier. Seul Lazzano demeura en retrait. Il ne goûtait guère ces plaisirs frelatés qu'il jugeait sans intérêt puisque sans lendemain. Il s'installa dans un fauteuil du petit salon et alluma la télévision. La chaîne Eurosport diffusait en différé les éliminatoires de la coupe de l'America. Le sommeil vint le cueillir, tandis qu'un immense spi se déployait sur l'écran.

Quand le personnage coiffé de son chapeau d'artiste sortit de l'immeuble du 96, sa cape bien ajustée sur les épaules, Gaël Le Balc'h piquait un peu du nez sur la selle de son scooter. En réalité, c'est le démarrage de la Facel-Vega qui le tira de sa torpeur. Un démarrage souple, tout en délicatesse. Il était près de 3 heures du matin. Paris était presque désert. Le policier prit l'auto en chasse, à bonne distance afin de ne pas éveiller l'attention du conducteur. Mais quand, après plusieurs détours, il s'aperçut qu'ils étaient revenus rue de la Pompe, Le Balc'h comprit que le drôle de personnage avait remarqué la présence du scooter dans son sillage. La Facel-Vega accéléra soudain brutalement et se dirigea vers les larges avenues du bois de Boulogne. Le Balc'h eut du mal à garder le contact, d'autant qu'il craignait à tout moment que s'ouvrent devant lui les portières de voitures garées en double file, dont les chauffeurs mataient les belles de nuit. Il le perdit tout à coup dans le secteur des jardins de Bagatelle, comme si l'auto s'était évaporée, toutes lumières éteintes, par un chemin secret. Le policier jura, puis fit demi-tour. Il avait bien mérité d'aller dormir. Le lendemain, il lancerait des recherches sur l'identité du propriétaire du véhicule. Les visiteurs du 96, rue de la Pompe étaient en tout cas des gens bien étranges, et peu respectueux des limitations de vitesse : la Facel-Vega avait sûrement dépassé les cent trente kilomètres à l'heure. Son pilote était un fameux conducteur. Ou complètement inconscient.

16

Comme c'était son habitude, Oriane Casanove fut la première à arriver à la Galerie financière. Elle vérifia que son nouveau collègue n'était pas déjà installé devant un dossier : non, la lumière était éteinte dans le bureau voisin de celui du juge Gaillard. Oriane sourit et se dirigea vers le distributeur de café. Les lieux lui appartenaient. Il était à peine 7 heures du matin et seuls les informaticiens s'activaient dans leur local pour régler certains détails des nouveaux logiciels d'instruction assistée par ordinateur. À peine entrée dans son bureau, Oriane repéra une enveloppe brune, sans doute déposée par un coursier, car n'y figurait aucun tampon. Elle la décacheta avec son coupe-papier : c'était encore une note blanche écrite de la même façon que la précédente, toujours aussi anonyme mais en apparence très informée. Oriane se réserva de vérifier plus tard auprès des coursiers d'où provenait le pli.

« Oriane Casanove, vous êtes la juge qu'il nous faut pour nettoyer l'État », commençait l'auteur. Sur une page pleine, il lui rappelait ses « faits d'armes » les plus audacieux, de la mise en examen des patrons du Lyonnais et de ses filiales à ses investigations pointues dans la comptabilité de plus d'une cinquantaine de grosses sociétés françaises, tant privées que publiques, qui avaient débouché sur une série de condamnations sans sursis pour recel d'abus de biens sociaux, maquillages de résultats, fraudes au fisc, trafics d'influence et corruptions d'agents de l'État. Le ton de la lettre était modéré. Il ne s'agissait pas de l'œuvre d'un fan ou d'un désaxé obsessionnel. Oriane comprit qu'elle avait affaire à un homme du sérail, sans doute empêché d'agir en raison de sa position, dont la démarche consistait à lui dire : vous avez pénétré un domaine nouveau, vous avez repéré des criminels d'argent. Maintenant, tirez vos conclusions et montez d'un cran le niveau de responsabilité. C'était à ses yeux le sens de la formule « nettoyer l'État », car, dans le milieu des chefs d'entreprise, Oriane avait déjà fait pas mal de ménage, même si, elle en était consciente, son action relevait parfois du châtiment de Sisyphe plutôt que des travaux d'Hercule.

La juge laissa un moment vagabonder son esprit. Le Palais-Royal, tout proche, abritait la Comédie-Française. Elle imaginait un sociétaire, aigri et lucide, témoin du gaspillage des deniers publics, jouant le soir *Le Cid* ou *Le Médecin malgré lui*, puis se transformant au matin, dans la torpeur de sa loge, à la petite aube, en justicier masqué adressant sa lettre à la juge comme Cyrano s'adressait à Roxane par la voix d'un simple soldat. Voilà des années qu'Oriane n'était plus allée à la Comédie-Française. Décidément elle passait à côté de beaucoup de choses à force de regretter de devoir les faire seule. Elle avait gardé de sa vie provinciale cette idée un peu simple et sûrement très fausse que les bons moments n'étaient dignes d'être vécus qu'à condition d'être partagés. C'était sa conception de l'amour, c'est dans cet état d'esprit qu'elle s'était jetée à corps perdu de la carlingue d'un avion. Mais ici, à Paris, elle se sentait comme une réserve d'amour en souffrance et l'idée de se trouver seule là où l'on se rend en couple ou en famille la vidait d'avance de ses forces, lui ôtait toute sa bonne humeur.

Elle lut et relut la lettre. C'était comme un palmarès, une incitation à accepter un grand rôle. Retombant sur ses pieds, Oriane pensa qu'un tel envoi, s'il provenait encore du Palais-Royal – et pourquoi pas ? –, était l'œuvre d'un conseiller d'État. Elle n'en connaissait aucun personnellement, mais il y avait dans ces lignes cette grâce naturelle, un peu désuète et désenchantée de ces grands commis de l'État qui ont vu le droit devenir le terrain de jeu des margoulins de haut vol. Depuis que Mitterrand avait fait de Tapie un ministre, on ne s'étonnait plus de rien, mais il restait quelques gardiens du temple bien décidés à guérir la France, y compris par un remède de cheval, de cette maladie corruptrice qui sinon allait bientôt faire d'elle une véritable république bananière.

– Allô, les coursiers ? Ici la juge Casanove, le pli que j'ai trouvé sur mon bureau en arrivant ce matin, il venait d'où ?

Une voix lui donna la réponse qu'elle attendait.

– Très bien. Merci. Au fait, j'ai vu un scooter accidenté devant le garage, ce matin, c'est quelqu'un de chez vous ?

– Non, fit la voix. C'est l'engin de M. Le Balc'h.

– Le Balc'h ? Mais que lui est-il arrivé ?

– Je crois qu'il s'est à moitié endormi sur son scooter. Il n'était pas fier, je vous jure. Il vous racontera ça lui-même !

Oriane se sentit rassurée. Ce n'était sûrement pas bien grave. On frappa à sa porte. Un coursier entra et lui tendit une autre enveloppe brune.

– Vous avez un amoureux, au Palais-Royal ? plaisanta l'homme. C'est un peu sec, ces plis marron. Il pourrait au moins vous envoyer des fleurs. Faites-lui savoir que dans nos porte-bagages on peut caser de beaux bouquets.

– Je n'y manquerai pas !

Oriane décacheta ce nouvel envoi. Cette fois, la cible était nommément désignée, et la juge sentit son sang se vider.

« Savez-vous que cet Eddy Lazzano est un sacré cachottier ? Je ne vous parle pas de ses exploits de motard qui pourraient le ranger parmi les suspects capables d'avoir dérobé les documents de cette pauvre Isabelle Leclerc quand elle gisait devant votre immeuble. Sachez que Lazzano ne se refuse rien. Le *Massilia* quand il est en mer. Un pied-à-terre de tout confort au 96, rue de la Pompe. »

Elle n'en croyait pas ses yeux. Lazzano chez la Birmane ! Et pourquoi pas son amant ? Oriane s'étrangla de rage. Lui qui lui avait presque tiré des larmes en racontant comment il avait arraché le *Massilia* à un destin d'épave sous-marine. Et la moto ? Était-il possible qu'il ait joué les voltigeurs au-dessus du cadavre encore chaud d'Isabelle ? Elle se leva et ouvrit l'armoire où étaient rangées les fiches signalétiques des personnes passées dans son bureau comme témoins, prévenus ou condamnés. La chemise « Lazzano » n'était pas très épaisse. Il apparaissait sur une photo prise dans une réception officielle en costume croisé sombre et chemise à col très blanc. L'ensemble faisait ressortir son teint hâlé. Il adressait à l'objectif un regard franc et rieur. Un autre cliché tiré du magazine *Voiles et Voiliers* le montrait sur le pont du *Massilia,* en short blanc et polo rouge, avec des yeux d'enfant qui vient de voir passer le père Noël. Oriane retrouva cette expression qu'il avait eue dans son bureau lors de son interrogatoire. Une forme de sincérité, de simplicité aussi, une chaleur vraie qui ne collait pas avec les accusations en provenance du Palais-

Royal. En allant se servir un autre café, elle tomba sur le juge Gaillard.

– Oriane, je me fais un peu de souci pour vous. Vous avez le visage de quelqu'un qui dort quand il y pense, mais qui n'y pense pas beaucoup.

– Le travail, monsieur, une somme de travail.

– J'entends bien. Mais quel travail ? Le dossier de fausses factures des sociétés de distribution d'eau n'a pas avancé depuis huit jours. Vous m'aviez pourtant promis de vous y plonger, si j'ose dire.

– Je m'en occupe, mentit-elle. Enfin... je vais vite m'y remettre.

Le juge la considéra avec bienveillance.

– C'est la mort de vos amis qui vous tarabuste, je me trompe ?

Oriane eut l'impression de fondre. Face au juge Gaillard, elle se sentait comme devant son père : elle n'arrivait jamais à lui cacher longtemps ce qui la préoccupait. Mais tout cela fonctionnait à demi-mot, sans s'expliquer vraiment, et elle aimait que ce fût ainsi.

– Si vous préférez, je passe le bébé à Marchand, il n'arrête pas de me demander du boulot. Quel bûcheur, je vous assure !

Oriane eut une réaction d'orgueil blessé.

– Pas question ! Les fausses factures sur la flotte, c'est moi. Je ne me suis pas colletée durant trois mois leurs sbires qui entravaient chacune de mes démarches pour laisser le meilleur à Marchand. Maintenant que les portes sont ouvertes sur leurs archives, je ne vais pas me gêner pour y mettre le nez.

– Très bien, très bien, fit Gaillard pour la calmer. Je préfère ça. Mais prenez soin de vous, tout de même.

La jeune femme était déjà revenue dans son bureau dont la porte claqua bien fort derrière elle.

Quand Gaël Le Balc'h y frappa, elle était de nouveau souriante.

– Vous avez eu un accident? demanda-t-elle en voyant son poignet bandé.

Le jeune homme piqua du nez.

– Vous êtes au courant?

– C'est-à-dire que la roue de votre scooter, en bas, raconte pas mal de choses, mais je n'ai pas les détails. Rien de méchant?

– Non, un moment d'inattention et, hop, j'ai pris un trottoir. Mais rassurez-vous, ça ne s'est pas passé rue de la Pompe. Là-bas, j'ai été très discret. C'est en arrivant chez moi que j'ai fait ce vol plané. Ma roue a pris une flaque d'huile, à 3 heures du matin, ça ne prévient pas.

Le Balc'h raconta toute sa soirée : l'arrivée d'Orsoni, puis celle de Castries. Et enfin l'entrée en scène rocambolesque de la Facel-Vega et de son conducteur fantasque. Il ne s'étendit pas sur la poursuite avortée dans le bois de Boulogne. Oriane écoutait silencieusement, prenait des notes et traçait sur une feuille à part de curieuses flèches comme pour mieux visualiser le jeu de piste dans lequel elle s'était plongée. Puis elle tira de son sous-main une photo de Lazzano qu'elle montra au policier.

– Et celui-là, vous l'avez vu?

Le Balc'h attrapa le cliché et le détailla.

– Non, pas vu.

– Vous êtes sûr? fit Oriane.

– Oui, certain. Je m'en souviendrais. On se souvient d'une gueule pareille, n'est-ce pas?

– Sans doute, répondit la juge en piquant un fard, comme si la remarque anodine de Le Balc'h l'avait dévoilée. Et vous avez une idée de ce qu'ils fabriquent, rue de la Pompe?

– Hier, il y avait un flot de lumière, des dames en

tenue légère que je ne qualifierais pas de putes, mais peut-être de créatures frivoles, un peu excentriques, sûrement aisées. Quand Castries a quitté les lieux, il semblait à la fois soucieux et dérouté, comme sous l'effet d'une mauvaise surprise.

Oriane alluma une cigarette.

– Vous savez, le patron des cimenteries que vous aviez vu là-bas la première fois ?

– Oui, Charles Boutin.

– Voilà. Je l'ai appelé à son bureau hier matin, je lui ai posé une seule question : « Qu'alliez-vous faire tel jour à telle heure au 96, rue de la Pompe chez de ravissantes Birmanes ? » Il a éclaté de rire. Il m'a dit qu'il participait avec quelques vieux amis à des soirées poésie qu'ils avaient inaugurées du temps de l'X. Je lui ai cité le nom d'Orsoni, il n'a pas du tout été surpris. Il a précisé que lui était seulement de passage, alors qu'Orsoni avait sûrement une attache de cœur dans cette maison. C'est bien dit, non ? Nos industriels ont de ces délicatesses pour parler de leur libido ! J'ai quand même appris quel était le poète au programme du moment. J'aurais dû m'en douter, vu les études que suit la petite Birmane.

– Rimbaud ?

– Gagné.

17

10 heures du soir sonnèrent au clocher de l'église Saint-Paul. Le conseiller Marchand avait dîné au bistrot La Tartine, engloutissant plusieurs assiettes de terrine et de cochonnaille arrosées d'un médoc

qui lui rappelait son Sud-Ouest. Depuis un mois qu'il vivait à Paris dans un petit appartement du Marais, il n'avait encore jamais dîné chez lui. Il préférait l'ambiance des estaminets sans prétention et le vendredi, en bon catholique qu'il était resté, il s'offrait un poisson chez le Niçois de la place Sainte-Catherine. Sa femme, professeur de sciences naturelles au lycée Montaigne de Bordeaux, ne l'avait pas suivi dans ses nouvelles aventures. Il rentrait donc chaque week-end dans leur propriété de Floirac, de l'autre côté de la Garonne. Ses quatre enfants lui faisaient fête et il s'en occupait jusqu'au dimanche soir où toute la famille l'accompagnait gare Saint-Jean jusqu'à sa voiture de TGV.

Dès sa sortie de l'École de la magistrature au début des années 80, la vie du conseiller Marchand avait été réglée comme du papier à musique. Il s'était marié bourgeoisement avec une femme du cru, solide et nature, peu impressionnable comme le sont en général les professeurs de sciences du secondaire. Les enfants étaient nés à intervalle de deux ans chacun. Et comme madame avait décidé que son mari n'était qu'un panier percé, piètre gestionnaire et de plus étourdi au point de perdre ses chéquiers Dieu seul savait où, elle était devenue la banquière de la maison. Il ne s'occupait d'aucune facture de gaz ou d'électricité, ne possédait ni chéquier à son nom et surtout pas de carte bleue. Elle lui donnait de l'argent à la demande et les années bordelaises s'étaient écoulées de la sorte, dans une forme de tutelle dominatrice que le conseiller avait acceptée avec un curieux bonheur, comme une économie de soucis.

Évidemment, la vie à Paris avait perturbé ce fonctionnement de collégien attardé. Le loyer de son appartement était directement prélevé sur le compte de sa femme et, pour le reste, elle lui calculait en début de semaine une somme en liquide qu'il s'efforçait de ne pas dépasser. Il eut tôt fait de mesurer combien la vie parisienne et les exigences nouvelles qui l'accompagnaient dépassaient les maigres largesses de son épouse. Pas mal de grands patrons qu'il avait harcelés avec méthode pour leur faire avouer des caisses noires et des biens cachés auraient souri s'ils avaient su que le conseiller dépendait du bon vouloir de sa femme pour s'offrir ses paquets de cigarettes et autres friandises moins avouables.

Mais c'était ainsi et quand, ce soir-là, le juge Marchand vêtu d'une veste de cuir noire un peu grande pour lui se dirigea vers un des cafés gays de la rue du Temple, il se dit que sa vie serait plus confortable s'il pouvait disposer de sommes plus généreuses. L'idée lui était bien venue d'ouvrir un compte sans en parler à sa femme. Mais avec quoi l'aurait-il alimenté puisque la totalité de ses revenus, y compris ses primes de déplacement, était virée à Bordeaux ?

Depuis trois soirs, Marchand avait une affaire avec un jeune garagiste aux biceps dignes de Schwarzenegger. C'était un gosse gentil, un peu canaille : Lucas. Le juge était fou de son corps et il enrageait de ne pouvoir lui offrir le moindre cadeau. Quand il l'aperçut au fond du café, attablé avec ses amis en tee-shirts moulants et cheveux ras, il ressentit une vive émotion. Avec ses cheveux blonds, Lucas était un vrai Casque d'or, beau comme le prince Éric, dont Marchand, dans sa jeunesse, dévorait les aventures héroïques et ambiguës. Ils vidèrent bière sur bière jusqu'à plus de minuit, puis sortirent prendre l'air sur le trottoir. Des couples d'hommes s'enlaçaient doucement dans la pénombre, certains s'embrassaient, d'autres riaient fort et regardaient les automobilistes qui se risquaient dans cette rue étroite livrée aux gays.

– Ce soir, c'est l'anniversaire de Tomy, chuchota Lucas à l'oreille de Marchand.
– Tomy ? Qui c'est ?
– Le patron du café.
– Tu aurais dû me le dire, j'aurais apporté quelque chose, fit le juge un peu gêné.
– Penses-tu, c'est juste pour te dire qu'on va rester un cercle de fidèles, ce soir, et on va bien rigoler. Il a prévu du champagne et des petits biscuits roses, délicieux.

Marchand jubilait d'avoir été si vite adopté par cette famille du Marais. Ils burent encore, chantèrent. On s'embrassa beaucoup, on se caressa tout au long de cette nuit folle. Tomy avait tiré le rideau de fer, qu'il ne rouvrit que le matin au passage des éboueurs. Marchand était littéralement grisé. Il se souvenait vaguement que des flashes avaient crépité dans la nuit et il demanda à Lucas s'il pourrait avoir quelques photos de cette mémorable soirée.

– Sois tranquille, tu en auras, lui avait répondu le jeune homme en riant bruyamment.

Marchand rentra chez lui se changer, prit d'abord une douche, puis se rasa. Il passa autour de ses yeux de la crème hydratante afin d'en masquer les cernes. Une fois prêt, il partit en sifflotant prendre un bus pour le quartier de l'Opéra. Quand il arriva à la Galerie financière, la juge Oriane Casanove était déjà au travail.

18

– Cette fois, monsieur Lazzano, renoncez à me mener en bateau.

La juge avait son regard des mauvais jours, le masque impénétrable, les traits tendus. Elle fumait cigarette sur cigarette, et coupait la parole sans cesse à Eddy Lazzano. Pendant que le prévenu, convoqué la veille au soir pour le matin, tentait de lui expliquer les raisons de sa présence au 96, rue de la Pompe, Oriane se sentait une nouvelle fois flouée par l'existence, sans n'avoir rien pourtant à reprocher à personne. Après tout, elle avait projeté sur Lazzano des pensées qui lui appartenaient en propre, et le beau yachtman du *Massilia* était sans doute à mille lieues d'imaginer qu'en cette juge intraitable qui lui menait la vie dure palpitait un cœur d'amoureuse. « Voilà ma vie, se dit Oriane, me consumer pour des types beaux et sans morale qui se font aimer de femmes aussi belles et amorales qu'eux... » Elle eut une pensée pour le couple que formaient ses parents, pour Alexandre et Isabelle Leclerc, pour tous ceux qui s'étaient trouvés sans se chercher, dont l'équipage s'était fait sans heurt, naturellement, avec le bonheur à la clé. Comment s'y prenait-elle, Oriane, pour toujours regarder dans la mauvaise direction, convoiter l'impossible ou l'improbable, risquer sans cesse de se briser contre les cœurs coupants ?

Ce fut plus fort qu'elle, il fallut qu'elle pose la question :

– Cette Birmane, elle est votre maîtresse, avouez-le ?

Lazzano prit un air surpris qu'elle interpréta comme une manœuvre de sa part.

– Pas du tout, madame la juge. Je n'ai pas de « maîtresse », comme vous dites. Cette femme est ravissante, mais la beauté n'est pas le critère qui guide mes choix sentimentaux, excusez-moi. Je trouve votre question déplacée, car je ne vois pas en quoi elle intéresse notre affaire. Sachez toutefois, puisque cela semble avoir de l'intérêt pour vous, que je vis avec deux passions : la mer et ma moto. J'ai perdu ma femme il y a deux ans et, depuis, je vis seul dans son souvenir. C'était une femme admirable, discrète et généreuse, pas sophistiquée du tout, vous comprenez... Une femme nature, comme on dit chez nous. Elle vivait pour son jardin et, si j'ose m'exprimer ainsi, pour moi.

– Je vous demande pardon, fit la juge, une seconde attendrie. De quoi est-elle décédée ?

– Cancer.

Il y eut un silence dans le bureau. Oriane Casanove décida de revenir sur le terrain le plus strict de son enquête. Une fois de plus, elle lui demanda quelles étaient ses relations exactes avec Octave Orsoni, ce qu'il savait de l'Agev qui finançait cet appartement de luxe. Elle lui demanda aussi ce qu'il faisait au jour et à l'heure où Isabelle Leclerc avait été renversée sur la route avant qu'un motard ne s'empare de documents précieux qu'elle détenait à propos d'une affaire « gênante pour certaines personnes » – ce fut ainsi qu'elle présenta les choses.

Embarrassé par ces questions et voyant que toute tentative de séduction ne servirait à rien, Lazzano resta muet.

– Je voudrais appeler mon avocat, se borna-t-il à dire.

– Pas maintenant, répliqua Oriane.

– Vous ne trouvez pas que cet entretien a déjà beaucoup duré ? explosa Lazzano. Voilà plus de quatre heures que je suis dans votre bureau, vous ne m'avez proposé ni un verre d'eau ni un café, je ne parle même pas d'un sandwich. C'est ça, vos méthodes de cow-boy, madame la juge ? Quelle satisfaction tirez-vous à emmerder un type comme moi qui gagne sa vie honnêtement ? Ce n'est pas ma faute si vous ne comprenez rien à l'économie et si vous voyez le mal derrière chaque opération qu'on ne vous a pas expliquée à l'école. Vous savez, la vie serait trop simple et bien fade si elle se résumait à vos articles de procédure et à vos petites robes strictes de vieille fille !

L'amour-propre d'Oriane ne fit qu'un tour.

– Dispensez-vous de porter la moindre appréciation sur ma manière de m'habiller. Je suis probablement moins vulgaire que vos petites mains birmanes puisque nous ne travaillons pas sur le même trottoir. Ici, c'est la justice qui passe, pas l'amour tarifé !

– Je ne vous permets pas ! s'emporta Lazzano.

Visiblement, elle l'avait blessé. Il la fixa bien en face entre ses paupières plissées. Elle se sentit soulevée par ce regard bleu. Elle aurait aimé lui dire le contraire, qu'elle ne le prenait ni pour un escroc et encore moins pour un criminel, qu'elle adorerait le connaître, sortir avec lui un soir à Paris pour dîner et peut-être même pour danser. Qu'il lui raconte ses exploits à moto, qu'il lui parle de sa femme, qu'il lui dise s'il avait des enfants, s'il avait envie d'elle. Manifestement, le moment était mal choisi et Oriane dut se contraindre à entendre de dures vérités :

– Madame la juge, continuait Lazzano sans la quitter des yeux, vous prétendez m'apprendre la vie et me dicter des règles de conduite, me remettre dans le droit chemin en me forçant à vous avouer des choses que je ne sais pas, comme si j'étais un grand manitou des affaires qui tient le monde dans ses mains, qui décide à sa guise qui doit vivre ou mourir, qui doit gagner ou perdre. Sachez que j'en suis loin. Mon père était un modeste pêcheur en Méditerranée, qui se levait chaque jour à 3 heures du matin pour aller lancer ses filets. Quand il ne rapportait rien, il s'engageait sur les bateaux des autres ou travaillait dans la pêche industrielle pour un salaire que je n'ose même pas vous dire tant il était misérable. Mais au moins il le gagnait. Plus tard, il a inventé un procédé de congélation du poisson qui a donné à son affaire un formidable essor. Depuis, ces méthodes ont été considérablement modernisées mais, à l'époque, dans les années 70, c'était un pionnier dans ce domaine. Nous avons vécu plus à l'aise avec son argent honnêtement gagné. Jusqu'au jour où on lui a cherché des noises à propos de règlements sanitaires. Il n'avait jamais empoisonné personne mais, tout d'un coup, deux personnes sont décédées prétendument après avoir mangé des poissons congelés chez lui. Procès, mise à l'index, faillite. Mon père s'est donné la mort un matin dans son hangar, avec un couteau à déglacer le poisson. Deux jours plus tard, son concurrent le plus direct, qui avait ses entrées dans les ministères et à Bruxelles, a racheté toutes les installations. Elles étaient en parfait état et on n'a plus jamais parlé d'empoisonnement. Tout cela pour vous dire, madame Casanove, que ce n'est pas vous qui allez m'apprendre mon devoir ni la morale des affaires. Moi, j'ai eu la chance de m'en sortir car je me suis fait des amis dans tous les milieux. Mais toutes ces heures que nous perdons dans votre bureau, vous feriez mieux de les passer à traquer les gros qui passent largement au-dessus de vos filets, ou en dessous. Sauf votre respect, madame Casanove, plutôt que d'inquiéter les bons pères de famille qui se décarcassent pour s'en sortir, vous devriez vous attaquer aux vrais puissants. Mais là, vous n'avez pas le courage, vous tremblez face à eux.

– Assez! coupa Oriane d'une voix autoritaire. Ce que vous dites est parfaitement injuste et vous le savez. Toute la presse dit que je dérange l'establishment, vous ne lisez pas les journaux sur votre bateau, monsieur Lazzano. Vous voulez que je vous dise combien j'en ai mis au trou, des puissants?

– Je voulais vous mettre en colère, rétorqua Lazzano, pour que vous ressentiez un peu ce qu'on ressent quand on se fait attaquer à tort.

– Eh bien, vous avez réussi. Inutile d'appeler votre avocat. Suffit, la comédie. Je vous coffre. Ce soir, vous dormirez à la Santé.

Lazzano pâlit.

– Vous plaisantez?

– J'en ai l'air?

Deux policiers de la brigade l'encadrèrent. Discrètement, Oriane fit signe qu'on lui évite l'humiliation des menottes.

19

Au téléphone, l'homme n'avait rien dit de son identité, sauf : « Je suis M. Octave. » Le conseiller Marchand avait noté l'adresse de leur rendez-vous, dans un café de Montparnasse, scrupuleusement mais d'une main mal assurée, avant de faire répéter à deux reprises l'heure convenue. « J'y serai », avait-il jeté nerveusement dans le combiné avant de raccrocher, le cœur battant, la poitrine comprimée par l'inquiétude.

Dire qu'il avait fait confiance à cette petite frappe de Lucas ! La veille déjà, il avait trouvé bizarre l'accueil reçu chez Tomy. Quand il avait demandé au patron s'il n'avait pas vu son beau blond, le gars s'était marré, puis il avait apostrophé un groupe de musclés qui vidaient des monacos en suçant bruyamment leurs pailles.

– Le monsieur a perdu sa blonde !

Les gars lui proposèrent en rigolant une brune comme lot de consolation. Marchand s'était forcé à sourire, mais le cœur n'y était plus. Il ne connaissait pas le nom de famille de Lucas ni son numéro de téléphone. Il lui avait seulement dit qu'il travaillait dans un garage de Suresnes, mais Marchand les avait tous appelés de son bureau et aucun n'employait de jeune blond prénommé Lucas.

C'est en arrivant le lendemain matin à la Galerie financière qu'il avait eu le choc de sa vie. Sur son bureau l'attendait une enveloppe matelassée qu'il s'était empressé d'ouvrir, croyant reconnaître l'écriture de son ami. C'était elle, en effet. À l'intérieur, trois photos de la soirée d'anniversaire chez Tomy le montraient dans une position non équivoque : l'une dans un bouche à bouche éperdu avec Lucas, une autre la main dans son pantalon ; sur la dernière il se faisait caresser les fesses par un gros déménageur qui simulait la sodomie.

– Nom de Dieu ! jura Marchand entre ses dents.

Le mot qui accompagnait les images était écrit aussi de la main de Lucas : « Si tu veux éviter un "outing" qui serait lourd de conséquence dans ton travail (je ne parle même pas de tes têtes blondes et de leur maman tranquillement installées en

Gironde), tu ferais bien de donner un petit coup de main à un certain Octave qui t'appellera sans tarder. Baisers fougueux. Lucas. »

Sur le coup, le conseiller Marchand fut pris d'un mouvement de panique. Il pensa à ouvrir la fenêtre pour se jeter dans le vide, puis il essaya de rassembler ses esprits. Comment avait-il pu tomber dans un pareil piège ? Dire qu'il regrettait de ne pouvoir offrir de cadeau à ce soi-disant jeune garagiste... Toute la journée il attendit un signe du fameux Octave. Il avait caché les clichés dans sa serviette en cuir, fermée par un code secret, au cas où une main malveillante se serait insinuée jusque dans son bureau pour dérober ces preuves si compromettantes. Pris de paranoïa aiguë, il surveillait chaque mouvement dans les couloirs, essayant de deviner sur les visages de ses collègues s'ils avaient été prévenus de son inconduite. Deux secrétaires qui pouffaient près de la machine à café furent gratifiées d'un regard où se mêlaient méfiance et inquiétude. Mais non, tout semblait normal autour de lui. Même la juge Casanove, bien lunée pour une fois, lui avait adressé un amical bonjour, lui demandant s'il avait besoin de quelque chose au Palais de justice puisqu'elle s'y rendait. Il avait balbutié un : « Non, merci » pâteux, conscient de ne pas améliorer sa réputation de personnage coincé et un brin sournois.

La journée s'écoula sans que nul vît sortir le conseiller Marchand de son bureau. À aucun moment il ne transféra sa ligne vers son secrétariat. Cela lui valut de répondre à quantité d'importuns qu'il s'arrangeait d'ordinaire pour ne pas prendre, des délateurs anonymes, des types affolés qui braillaient dans le combiné que leur dossier était en instance et qu'ils ne voulaient pas aller en prison. À sa grande surprise, il reçut aussi un appel de sa femme, elle qui ne cherchait jamais à le joindre au bureau. Probablement surprise de tomber directement sur lui, elle ne reconnut pas immédiatement sa voix, si bien qu'elle se présenta : « Je suis Mme Marchand, j'aurais voulu parler à mon mari, le conseiller Marchand... » Cette voix sonna étrangement à l'oreille de Marchand, comme si on lui avait parlé de quelqu'un d'autre. Il répondit platement : « C'est moi... » Sa femme lui donna des nouvelles des enfants, lui demanda le temps qu'il faisait à Paris, l'avertit qu'elle avait pris deux places pour un concert Berlioz donné le week-end suivant sur les quais de Bordeaux, dirigé par leur ami Alain Lombard. Ils iraient ensuite souper dans un nouveau restaurant place du Marché-des-Grands-Hommes. Marchand écoutait, ponctuant chaque annonce d'un : « Parfait, c'est très bien », pressé qu'il était de raccrocher.

Après plusieurs appels sans importance qu'il expédia sans autre forme de procès, le téléphone résonna une nouvelle fois dans son bureau. Il eut l'intuition que c'était lui. Sa voix se fit aussitôt doucereuse et soumise. Alors qu'il avait un timbre plutôt sec et grave, il adopta un ton suave, à la manière d'un petit garçon pris en faute qui cherche à se faire pardonner, ou à plaire. Le rendez-vous était fixé à deux pas de la gare Montparnasse : M. Octave prenait un TGV.

À l'heure dite, Marchand s'assura qu'il n'oubliait rien et descendit l'escalier en quatrième vitesse. Il héla un taxi libre et, pendant le trajet, essaya de parcourir la dernière édition du *Monde*, mais il sentit tout de suite venir la nausée. Lire en voiture ne lui réussissait pas, et cette rencontre le tourmentait au point de lui tordre le ventre.

– Je crois que nous allons nous entendre, fit l'homme qui se présentait sous le nom d'Octave en le priant de s'installer sur la banquette en face de lui. Oh, vous savez, je ne vous juge pas, commença-t-il, même si les juges méritent parfois d'être jugés, mais c'est une autre histoire. Que vous couchiez avec qui bon vous semble m'est égal. Enfin, cela me serait égal si vous ne travailliez pas auprès de ce Saint-Just en jupon qui commence à nous agacer sérieusement avec ses enquêtes parallèles.

Marchand se sentit un peu rasséréné lorsqu'il comprit que ses « propres agissements » n'intéressaient pas directement son interlocuteur.

– Quelles enquêtes parallèles ? Je ne sais pas de quoi vous voulez parler. Je suis là depuis trop peu de temps et on ne peut pas dire que mes relations avec la magistrate Casanove soient idylliques. C'est une chienne de justice, elle mord jusqu'au sang et on dirait qu'elle prend plaisir à punir. Je ne devrais pas vous le confier, mais je crois qu'il lui arrive d'outrepasser ses droits au cours des audiences. Elle intimide, menace et crie – parfois, je l'entends jusque dans mon bureau – pour obtenir des aveux. Elle ne cogne pas, mais je la trouve pire qu'un flic de commissariat.

M. Octave sourit.

– En tout cas, je puis vous assurer qu'elle met son nez dans une affaire qui ne la regarde pas. Vous avez entendu parler de la mort accidentelle du juge Leclerc, à Libreville, la sombre histoire d'un dépressif qui a mis fin à ses jours parce qu'il n'assumait pas ses mœurs... enfin, vous voyez...

Marchand détourna le regard.

– Mais peu importe, poursuivit l'autre. Nous savons qu'elle demande des dossiers, qu'elle a même dépêché un magistrat à Libreville pour y effectuer en toute illégalité un complément d'enquête sur la mort de ce juge, alors même que son suicide a été établi par une commission *ad hoc*.

Je ne sais pas quels poux Oriane Casanove nous cherche dans la tête, mais dites-vous bien que nous pourrions lui faire passer un mauvais moment en dehors de toute procédure légale, nous aussi.

– Je vois, acquiesça Marchand, comme si cette perspective ne lui déplaisait pas.

– Alors je vous propose un marché. Je vous rends la trace de vos sottises dans le Marais – j'ai la pellicule sur moi – et nous n'en parlons plus. En échange, vous vous efforcez de savoir ce que cherche exactement Oriane Casanove, et surtout vous tentez de la freiner dans ses élans. J'imagine qu'il y a bien d'autres chats à fouetter à la brigade financière, pour qu'elle ne perde pas un temps précieux à poursuivre des fantômes, pas vrai ?

– Si, approuva Marchand, qui ne pensait qu'à récupérer la pellicule.

M. Octave sortit de sa poche un petit tube noir et une enveloppe.

– Tenez, fit-il, c'est pour vous. Ce rouleau est le seul qui a été pris, parole d'homme. Et n'en veuillez pas à Lucas, au fond, c'est un sentimental, il vous aime bien, vous savez.

– Je pourrai le revoir ? risqua Marchand.

– Si vous retournez chez Tomy demain soir, vous avez de bonnes chances de le trouver. Mais ne me le crevez pas, j'ai encore besoin de lui. Quant à l'enveloppe, j'ai pensé que cinq mille francs en liquide, ça vous permettrait de bien finir la semaine. Je connais la pingrerie des femmes bien élevées, souffla-t-il en lui lançant un clin d'œil. Entre hommes, il faut bien s'aider.

Marchand avait déjà fait disparaître le rouleau de pellicule au fond de sa poche. L'enveloppe restait là, sur la table du café, entre son verre de bière et la soucoupe où M. Octave avait laissé un généreux pourboire. Le Corse prit un air détaché et demanda au garçon s'il vendait encore des cigarettes, maintenant que les tribunaux américains avaient donné un coup de matraque en condamnant les fabricants à des milliards de francs de dommages et intérêts.

– Vous parlez d'une justice, lâcha-t-il à mi-voix en regardant Marchand. Au pays de la liberté d'entreprendre! Si nous suivons l'Amérique sur cette voie, ça va bientôt être gai, la France.

Il proposa des Gitanes filtre et des Marlboro light. M. Octave prit un paquet de chaque marque et régla avec un billet de cinq cents francs.

– Rendez-moi sur cent.

– Merci beaucoup, monsieur, fit le serveur, avec un sourire.

Quand le regard d'Octave Orsoni revint vers la table, l'enveloppe aux cinq mille francs avait disparu.

– Je crois que vous êtes un type raisonnable, dit-il à Marchand en lui tendant la main.

Le conseiller se leva. Avant de partir, il demanda où il devrait le joindre.

– Ne vous occupez pas de ça, mon cher. L'essentiel, c'est que, nous, nous soyons toujours en mesure de vous trouver. Et pour nous, c'est un jeu d'enfant.

Marchand descendit la rue de Rennes en sifflotant. Il avait repéré des pantalons sexy en diable dans une boutique près de la Fnac. Il décida sans tarder d'étrenner sa bonne fortune à la santé de la juge Casanove. Plus tard le soir, il se demanda comment Octave et ses hommes pouvaient être aussi bien informés sur ses habitudes. Cette question le tarauda loin dans la nuit, mais c'était trop tard, il avait déjà dépensé une bonne partie de sa première avance sur le chemin de la corruption.

20

L'*Étoile du Nord* entra en gare de Bruxelles-Midi, à tout juste 10 heures du soir. Edgar Pinson somnolait encore à sa table du wagon-restaurant. Il avait copieusement dîné : entrecôte au roquefort et pommes sautées, tarte aux pommes à pâte fine nappée de crème fraîche. Pour rien au monde il n'aurait réservé une place dans le Thalys. Ces nouveaux trains rapides et aseptisés où l'on ne prend le temps de rien l'exaspéraient. De même que cette clientèle toute lisse et cravatée qui jouait du portable ou de l'ordinateur sans jamais se préoccuper du temps qu'il faisait dehors ou de la tranquillité des autres. Sous ses dehors un peu austères, le reporter était un bon vivant qui appréciait les vins millésimés et les cigares. Il s'était ce soir-là privé de ces montecristos qu'il aimait tant, de peur d'importuner ses voisins.

Le rendez-vous qui l'attendait dans les salons de l'hôtel Métropole était d'importance. Il sortit un petit calepin noir et dressa un pense-bête des questions qu'il voulait élucider. En règle générale, il n'avait pas à se servir de ses notes, gardant toujours à l'esprit le fil de ses enquêtes. Mais il pouvait arriver qu'un de ses interlocuteurs, trop malin pour lui répondre directement, l'entraînât habilement tout à fait ailleurs. Son calepin noir était alors le point fixe qui lui évitait de se noyer dans des interviews-fleuves.

À ses débuts, Edgar Pinson avait beaucoup exploré le continent africain. On lui devait l'un des premiers reportages « à charge » contre le maréchal Mobutu et surtout contre la politique française au Rwanda. Il avait démontré le degré d'affairisme qui empoisonnait les relations de Paris avec ses anciennes colonies, du Cameroun à Madagascar, du Tchad au Zaïre, devenu Congo démocratique sans que le peuple ait eu jamais à se prononcer. Régulièrement invité à s'exprimer sur les ondes de Radio France Internationale, il était devenu la bête noire des ambassades, multipliant les accusations de corruption ou de laisser-faire avec les potentats locaux.

Pinson connaissait bien le Gabon depuis qu'une longue enquête sur le trafic de drogues dures venues d'Amérique du Sud lui avait révélé que l'Afrique francophone côtière servait de plaque tournante aux « fourmis » colombiennes. Aussi avait-il noué, comme à son habitude, des liens étroits avec les opposants de toutes sortes, associations humanitaires, mais aussi congrégations religieuses et industriels honnêtes lassés de voir des marchés leur échapper faute de pouvoir verser des pots-de-vin ou de bénéficier d'appuis politiques à Paris. Depuis plusieurs mois maintenant, l'antichambre du palais présidentiel à Libreville recevait des émissaires de France, représentant les partis au pouvoir ou rêvant de l'être. Le président ouvrait chaque fois sa cassette, s'assurant des intentions des uns et des autres à son égard, car la cohabitation multipliait les occasions. Le pétrole devait en toute logique servir à rémunérer les bonnes volontés. En contrepartie de quoi, le chef de l'État gabonais entendait éviter le sort d'un vulgaire Mobutu, renversé brutalement un beau matin. Donnant donnant.

L'homme qui attendait Edgar Pinson dans les salons de l'hôtel Métropole était rompu depuis longtemps à ces jeux cyniques où l'amitié s'exerce un sourire aux lèvres et, le cas échéant, un couteau entre les dents. Il avait longtemps dirigé la garde présidentielle composée de Marocains, d'Israéliens et de Gabonais. Lui était un Marocain de Casablanca qui ne quittait pas ses lunettes à verres fumés. Il avait fui Libreville, persuadé qu'il en savait trop et qu'on chercherait un jour à l'éliminer. Après un crochet par l'Italie et Amsterdam, il était entré en Belgique sous une fausse identité, mais il souhaitait régulariser sa situation et pouvoir s'établir en France avec un statut de réfugié politique.

En le voyant, Edgar Pinson eut l'impression de rajeunir de dix ans. Ce visage, il l'avait vu aux Comores, du temps où Bob Denard jouait les douairières du président Abdallah. S'il n'avait pas une mémoire des traits aussi aiguë que le policier Le Balc'h, Pinson pouvait se vanter de rarement oublier quiconque avait croisé sa route à titre professionnel. Autant il avait parfois du mal à reconnaître ses propres confrères dans les couloirs du journal ou à la cafétéria, ce qui lui valait une réputation injustifiée de type imbu et hautain, autant les membres de son réseau informel de « contacts » étaient photographiés une fois pour toutes.

– On se connaît, fit discrètement Pinson. Vous étiez le commandant Mourad, aux Comores.

– Exact. Mais oubliez. Je ne suis plus personne, pour le moment.

Pinson se dit que le bonhomme n'avait pas changé. Pas une once de graisse, la figure toujours taillée à la serpe, les cheveux noir corbeau, ce maintien droit de militaire que l'on reconnaissait immédiatement en dépit de l'habit civil.

– Par quoi on commence ? demanda le journaliste.

– D'abord, je vous campe le décor. Ensuite, j'en

viens à l'information qui vous intéresse. Après, je vous dis ce que vous me devez.

Pinson sourit.

– Je ne paie jamais un tuyau, vous ne l'avez pas oublié ?

– Qui vous parle d'argent ? Vous savez bien à quoi je fais allusion. Un papier en bonne et due forme des services de l'immigration, une sécurité discrètement assurée le temps de se faire oublier, croyez-moi, ça n'a pas de prix.

– J'avais compris. Je pourrai vous citer ?

– Oui, si vous ne donnez aucune indication sur notre pays de rencontre.

– Soyez tranquille, fit le journaliste. Je connais mon métier. Maintenant, à vous.

Le militaire marocain s'assura qu'aucune oreille indiscrète ne traînait – vieux réflexe d'agent de renseignements, superflu dans ces lieux surtout fréquentés par des artistes et des nostalgiques des palaces d'antan, de l'époque où l'on pouvait voir les jambes des femmes à travers les grilles ajourées des ascenseurs.

– On spécule beaucoup au Gabon sur des élections présidentielles anticipées en France. Ces histoires de quinquennat qui assommaient tout le monde chez vous semblent avoir repris de l'actualité. Vous connaissez les Africains, et leur éternelle appréhension de colonisés : quand ça change en France, ils ont peur que ça change chez eux. Allah soit loué, on a le pétrole. Avec ça, on est les rois. On peut montrer les dents, menacer de fermer les robinets. Vous les verriez, vos respectables élus, quand ils arrivent au palais. Le Président est petit de taille, eh bien, je vous jure, on dirait qu'il les domine tous de la tête et des épaules. Parmi les clients les plus intéressants, il y a Octave Orsoni. Vous connaissez ?

– Oui, répondit Pinson, mais je vous écoute, car je crois que vous en savez plus que moi sur l'oiseau.
– Oui, un drôle d'oiseau. Si je vous dis que Max Orsoni, l'ambassadeur de France au Gabon, est son cousin germain, vous devinez qu'on est comme en famille. Octave Orsoni s'est montré très généreux avec les Gabonais depuis environ six mois. Construction d'écoles dans la brousse, chantier du nouveau pont sur l'Ogooué, équipements informatiques livrés au ministère de l'Intérieur pour mieux truquer nos propres élections – pardon, je parle comme si j'étais moi-même un Gabonais, voyez-y un attachement à mes anciennes fonctions... Sur le coup, je n'ai pas réagi. J'ai pensé qu'il s'agissait de ces petits cadeaux qui entretiennent l'amitié. Puis le palais a pris une décision que j'ai d'abord trouvée amusante. Figurez-vous qu'un matin, sur le port de Libreville, nos douaniers ont mis la main sur près d'un millier de machines à sous usagées en provenance de Las Vegas via Miami. Eux qui croyaient trouver de la coke, ils ont été bien ennuyés. L'affaire est remontée au Président qui s'est plusieurs fois exprimé en personne pour interdire les jeux de hasard dans ce pays. Or, à ma grande surprise, il a autorisé l'entrée de cette quincaillerie. Elle a été entreposée un mois durant sous les hangars des docks. Puis on a vu fleurir partout dans les cités, et pas seulement à Libreville, des paradis du jeux dont les attractions phares étaient surtout ce qu'on appelle en Amérique des bandits manchots. J'ai su que la gestion de ces établissements a été confiée aux frères Caroli qui, si cela vous a échappé, sont intimement liés aux cousins Orsoni. Je connais mal le maquis corse, mais leurs liens remontent à la génération des grands-parents maternels. À peine cette affaire de jeux avait-elle éclaté que les Gabonais ont appris l'ouverture pro-

chaine de bureaux de paris sur les chevaux. Les tiercés d'Auteuil et de Longchamp offerts à de pauvres Gabonais qui ne connaissent rien aux canassons ! J'ai trouvé ça un peu fort et plutôt louche, d'autant que, officiellement, le Président continuait ses diatribes contre ceux qui flambent l'argent du foyer dans des entreprises douteuses et risquées. Un soir, je me promenais dans la rue des serpents, à Libreville.

– La rue des serpents ?
– La rue des filles, si vous préférez. Vous passez et elles vous sifflent comme des serpents. Ne me dites pas que vous n'y êtes pas allé traîner au moins une fois quand vous étiez un véritable « Africain »...
– Je ne me souviens pas, dit sèchement Pinson, peu porté sur la gaudriole.
– Peu importe. Je me suis arrêté devant un bâtiment flambant neuf à l'enseigne verte du pari mutuel. Des terrassiers finissaient de poser du carrelage de grès blanc. Un gars s'inquiétait parce que, disait-il, les chevaux vont glisser s'ils courent là-dessus. Et l'autre rigolait en essayant de lui expliquer qu'ici, ce n'était pas le champ de courses mais l'endroit où l'on prenait les paris. À la même période, j'ai appris que le président du Cameroun venait d'autoriser l'ouverture de casinos. Alors j'ai eu comme une étincelle. Si les pompes à fric étaient ouvertes partout, c'est qu'il y avait de la campagne politique dans l'air. Il fallait lever un maximum de fonds, et au plus vite. Au Cameroun, c'étaient les Caroli qui étaient à la manœuvre, pour le compte d'Orsoni.
– L'ambassadeur ?
– Non, monsieur Pinson, son cousin.

Le journaliste s'arrêta d'écrire et se frotta le menton.

– Qu'Orsoni soit un parrain corse, fidèle en amitié et habile en affaires, je veux bien. Mais vous n'allez pas me faire croire qu'il veut devenir président de la République française !

Le militaire partit d'un éclat de rire.

– Certainement pas. Le bonhomme roule pour quelqu'un.

– Pour qui ?

– Là, cher Pinson, c'est à vous de le découvrir, car je n'en sais rien. Orsoni est trop malin pour s'afficher avec quiconque. Quand il vient au palais à Libreville, il s'arrange toujours pour ne pas rencontrer les émissaires des différents courants. Il a quelque chose de gaullien dans son attitude : « Je me situe au-dessus des partis. » Je peux simplement affirmer ceci : Orsoni a collecté beaucoup d'argent. Par ailleurs, sans qu'il y ait nécessairement un lien, nous avons vu plusieurs représentants du Rassemblement démocratique, le parti des Guibert, Josse, Dandieu, Fronsac, toutes ces figures du centre gauche qui doivent nourrir, j'imagine, de grosses ambitions.

Pinson continuait de noter. Le militaire s'interrompit. Puis reprit.

– Voilà pour le contexte. Maintenant, j'en arrive à ce qui me semble plus précieux pour vous, je veux dire exploitable par un journaliste de votre acabit qui tend ses lignes un peu partout. Cela remonte exactement au 12 mars dernier, dans les jardins de l'ambassade de France à Libreville. Notre Président avait été convié à une fête en l'honneur du Dr Schweitzer à l'occasion de la sortie d'un film sur le grand sorcier blanc, comme on l'appelait à Lambaréné. J'avais assisté à la projection dans un salon de l'ambassade, puis l'ambassadeur avait fait quelques pas pour se dégourdir les jambes en compagnie du Président et d'Octave Orsoni, qui se trouvait de passage. Je suivais à deux mètres, comme le veut le règlement de la garde rapprochée. Son Excellence paraissait ravie, et son contentement ne semblait pas lié au film très caricatural que nous avions vu, et qui présente le personnage de Schweitzer comme une sorte de saint, sans la moindre allusion à la brutalité qu'il était capable d'exercer sur ses « disciples ». Non, autre chose mettait Orsoni de bonne humeur. « Le cas du juge fouineur est réglé, a-t-il murmuré. Tout est en place pour l'opération Gabir. » Sur l'instant, je n'ai pas réagi à ces propos. J'essayais de concentrer mon attention sur les arbres et les bosquets des jardins, ainsi que sur les fenêtres de la résidence de l'ambassadeur. C'est toujours des hauteurs que vient le danger. « Aucun témoin ? » demanda Max Orsoni, l'autre. Son cousin martela triomphalement : « Au-cun. Et pas un soupçon à craindre : on lui a fait une solide réputation de pervers. C'est à peine si on ne lui a pas rendu service en se débarrassant de lui ! » Notre Président n'a pas bronché, il a simplement assuré que, de son côté, tout était prêt pour la triangulaire. Au début, j'ai pensé à un jeu électoral. Puis j'ai fait comme vous, je suppose, j'ai décortiqué les mots, j'aime bien les décortiquer, c'est un passe-temps sensationnel, comme les grilles de mots croisés, vertical, horizontal... Justement, c'est la position horizontale du juge français qui m'a intrigué. J'avais su à son arrivée au Gabon qu'il venait de Birmanie. Alors le mot « Gabir » m'a forcément fait penser à Gabon et Birmanie. Voilà les deux premiers sommets du triangle. Il en manquait un.

– La France, coupa Pinson.

– Bravo, monsieur le journaliste. La Corse, les Orsoni, c'est la France, non ?

– Si, admit le reporter.

– Alors, à vous de jouer. Quant à mes papiers...

– Vous pouvez compter sur moi. Je ne suis pas

un ingrat. J'ai des amis à l'Intérieur. Je saurai quoi leur dire.

Ils se séparèrent à minuit passé. Pinson sortit marcher sur la Grand-Place de Bruxelles. La ville était déjà plongée dans une semi-torpeur. Il croisa un couple qui sortait en riant d'un café, mais il n'y prêta pas attention. Son esprit était tout entier absorbé par cette question : qui se tenait derrière Orsoni, c'est-à-dire au-dessus ?

21

Oriane n'était pas habituée à boire de l'alcool. Sans doute son estomac n'était-il pas armé pour ingurgiter plus d'un verre de vin rouge, à condition de manger en même temps, puis de finir sur un verre d'eau ou un thé. C'est pourquoi la soirée qu'elle passa le lendemain de son entretien avec Lazzano resterait marquée d'une pierre noire dans ses souvenirs.

Elle avait commencé seule, chez Boris, à vider consciencieusement de petits verres de vodka, du bout des lèvres au début, puis cul sec à la fin. Elle avait avalé quelques amuse-gueules et une mince tartine de caviar beluga, mais cela n'avait pas suffi pour la lester. Quand elle était arrivée au bar à vin de la Contrescarpe, la juge avait enchaîné sur un solide sandwich au fromage, mais avait fini aussi par vider une bouteille de vin rouge à force de remplir et d'avaler comme une mécanique ses verres ballons, sous le regard intrigué du patron. Elle était ressortie droite comme un i, puis avait traversé à pied la place du Panthéon.

Une fois chez elle, Oriane se fit couler un bain brûlant dans lequel elle resta longtemps. Elle se retint de vomir, avala deux Alka-Seltzer et s'autorisa à pleurer, sans raison ou plutôt avec toutes les raisons du monde. Elle était seule ce soir, comme tous les autres soirs, et l'homme qui lui avait fait battre le cœur, elle l'avait mis en détention provisoire avec le sentiment du devoir accompli. En sortant de son bain, Oriane se planta nue devant la glace qui couvrait tout un pan de mur et se regarda sans aménité. Elle se sentait belle, pourtant, encore jeune, avec la poitrine parfaite de ces femmes qui n'ont pas connu la maternité, la peau ferme et douce. Elle s'essuya délicatement une jambe après l'autre, manqua de trébucher. Qu'est-ce qui lui avait pris de boire autant ? Elle serra ses tempes entre ses deux mains pour apaiser la douleur de son crâne, puis finit par passer un peignoir et vint s'effondrer dans le canapé du salon.

Là, elle avisa le voyant rouge de son répondeur qui clignotait. Elle avait deux nouveaux appels. Le premier la fit grimacer. Toujours ce voisin qui proposait une date pour un dîner. Un soir, elle avait eu la faiblesse d'aller chez lui voir sa collection d'ex-libris. Elle y avait pris un certain intérêt, mais le type était ennuyeux à mourir. Il parlait de son ex-femme comme d'une icône, ce qui n'était pas des plus adroit en la circonstance, déshabillait Oriane des yeux tout en se montrant excessivement prévenant. Elle avait compris que c'était un monsieur à pantoufles et manies, dont la « grosse situation », comme il disait, ne l'empêchait pas d'avoir des goûts étriqués, pas un grain de fantaisie, de la gentillesse à revendre. Il n'était pas mal physiquement, mais mou, et Oriane n'avait jamais eu envie de lui. Elle effaça son message et écouta le suivant : « Si vous m'avez reconnu, appelez-moi demain. Je serai à Paris. »

Ce fut tout.

Oui, bien sûr, elle l'avait reconnu, le fameux reporter du *Monde*. Il n'était pas du tout son genre, avec ses grosses moustaches et sa calvitie de boule de billard. Mais il dégageait une telle énergie qu'elle ressentait pour lui une vive sympathie.

Oriane alluma machinalement son poste de télévision. Le dernier journal de la nuit venait de commencer sur une chaîne du câble. Quelle ne fut pas sa surprise lorsqu'elle vit s'incruster sur l'écran le visage du député de l'opposition Gilles Brizard. Un petit film d'amateur, mais parfaitement réalisé, le montrait en compagnie non équivoque dans la rue de Rivoli, puis place Vendôme, à la devanture des meilleurs bijoutiers, avec une jeune femme très brune dont l'identité était révélée comme un coup de théâtre aux téléspectateurs. Cette ravissante créature répondant au nom de Shan, expliquait le présentateur, n'était autre que la fille aînée de Sang Pu No, l'un des chefs les plus redoutés de la junte birmane. Oriane attrapa aussitôt son téléphone et, sans se soucier de l'heure, composa le numéro de Le Balc'h. Le jeune policier regardait une rencontre de rugby sur Eurosport. Quand il reconnut enfin la voix de la juge, il zappa sur la chaîne d'infos et tomba sur la fin du sujet. L'écran affichait une image fixe de Gilles Brizard et de son « amie ». À la séance de nuit où les députés examinaient un projet d'alliance européenne en matière aéronautique, le ministre de l'Industrie Pierre Dandieu savourait modestement le camouflet infligé au jeune parlementaire fougueux qui avait voulu donner au gouvernement des leçons de morale économique.

– M. Brizard nous dira peut-être dès demain à cette même place que sa vie privée n'intéresse que lui. J'en conviens, il s'agit là d'un respect élémentaire des libertés. Mais quand un élu de la République prétend que ladite République est menacée par une alliance avec un régime que, sur la foi de rapports contestables et biaisés, il juge scandaleusement autoritaire, et que nous retrouvons ce même personnage offrant des bijoux somptueux – signe de son bon goût –, à une ressortissante de ce même régime, et non des moindres, il faut admettre, chers collègues, que les climats du cœur sont bien variables, et que la raison s'égare parfois là où les sentiments divaguent.

Les propos du ministre furent salués de rires et d'applaudissements dans les rangs clairsemés de ceux qui avaient sacrifié leur tranquillité à ce débat technique sur l'avenir de l'industrie nationale.

– Il est brillant, ce Dandieu, fit Le Balc'h.

– Je m'en fiche, répondit Oriane. Vous avez vu la fille, la Birmane ?

– Bien que la photo soit mauvaise, non seulement je l'ai vue, mais je la reconnais. Ça va vous faire plaisir. C'est votre cliente de la rue de la Pompe.

– Merci ! s'exclama Oriane. Si vous étiez près de moi, je vous embrasserais.

Elle éteignit toutes les lumières, sauf une petite veilleuse au coin de son lit, et se coucha avec un sentiment de soulagement. Pour l'heure, elle se sentait incapable d'analyser les conséquences des événements de la soirée. Elle se dit seulement que Lazzano, tel qu'elle croyait le connaître, n'aurait jamais été l'amant d'une fille publique, fût-elle birmane. Cette pensée fit naître un sourire sur son visage douloureux, et elle s'endormit dans un souffle lourd d'alcool.

22

En arrivant au dépôt de la prison de la Santé, Lazzano n'avait pas encore pris la mesure de ce qui lui arrivait. Un policier lui fit vider ses poches, donner sa monnaie, sa carte bancaire et même son téléphone portable, car la juge Casanove avait fait préciser que sa mise en détention provisoire était notamment motivée par une nécessité de quarantaine visant à l'empêcher de communiquer avec quiconque, et le cas échéant à le protéger d'un danger extérieur. Cent fois au cinéma, Lazzano avait vu ces scènes où les caïds sont enfermés derrière les barreaux, délestés de tout ce qui les singularise, y compris de leurs lacets de chaussures au cas où les traverserait l'idée d'étrangler un gardien, voire de se pendre eux-mêmes. Ces derniers mois, par simple curiosité et aussi parce qu'il y voyait le signe d'une injustice, le gérant du *Massilia* avait lu les témoignages accablants de VIP envoyés sans autres formes de procès en prison par la juge Casanove et ses pairs de la Galerie financière. S'il n'avait jamais éprouvé de sympathie particulière pour Loïk Le Floch-Prigent, Pierre Botton, Bernard Tapie ou Maurice Bidermann – ces gros poissons pêchés par les juges –, il n'avait pu que s'apitoyer sur le sort qui leur avait été réservé. Malgré les égards accordés à leur statut social, ces hommes avaient été brisés par la détention, par ce qu'ils avaient vu et entendu, même si leur fortune ou quelques amis bien placés leur avaient valu d'échapper à la promiscuité sordide des détenus, aux viols nocturnes et aux tentatives de chantage. Mais ils avaient connu les invasions de cafards, les odeurs pestilentielles, la nourriture immangeable, sans parler des cris de détenus, au plus noir de la nuit ou au petit matin, dont la raison était facile à deviner : la sodomie, les bagarres ou les tentatives de suicide, parfois réussies, meublaient le quotidien des prisons françaises.

Depuis maintenant deux jours et deux nuits, Lazzano croupissait dans une cellule de huit mètres carrés meublée d'un simple lit en ferraille, d'une tinette au coin et d'une table minuscule où il prenait ses repas, si on pouvait appeler repas cette soupe épaisse qui sentait la nourriture pour chien ou autre chose d'encore moins ragoûtant. Le premier soir, il avait dormi dans une cellule à quatre. Les autres l'avaient regardé de travers. Ils n'étaient visiblement pas du même monde. Lazzano n'avait pas fermé l'œil, craignant qu'à l'extinction des feux ils se jettent sur lui. Informée du sort qui lui avait été réservé, la juge Casanove avait exigé qu'il soit transféré au plus tôt dans une cellule individuelle, ce qui avait été fait dès le matin.

Lazzano avait passé cette nuit sans sommeil à tenter de s'échapper par la pensée. Il s'était mentalement transporté en Méditerranée, pour refaire le parcours qu'il aimait tant le long des calanques de Marseille, ou s'embarquer en direction de Corfou. Cette évasion ne l'avait apaisé qu'un moment car les bruits du dehors le perturbaient. D'abord, une bande de fêtards qui passait, dans la rue, trouva drôle de gueuler qu'ils leur souhaitaient de rester à l'ombre le plus longtemps possible. Des caillasses volèrent même en direction des fenêtres de la prison. Il s'ensuivit une quasi-émeute, car les prisonniers s'étaient massés aux barreaux pour insulter ces saligauds qui venaient les provoquer jusque dans leur repos. Plus tard, quand le calme fut revenu, une bagarre éclata dans une cellule voisine de celle occupée par Lazzano. Un « pointeur » – ainsi appelle-t-on les violeurs – avait été coincé par deux colosses qui voulaient se le farcir à tour de rôle. L'homme poussait de tels cris qu'on aurait cru à la mise à mort d'un goret.

Régulièrement, des gardiens ouvraient l'œilleton de sa cellule, allumaient une lumière violente, puis éteignaient. Sur le matin, deux brancardiers traversèrent les couloirs ventre à terre. Un détenu avait avalé des lames de rasoir et une fourchette. Il risquait l'hémorragie interne, il n'y avait pas une minute à perdre. On entendit la sirène de l'ambulance. Lazzano se demandait si le jour finirait par se lever.

Une fois transféré dans une cellule individuelle, il put réfléchir à ce qui lui arrivait. Pour la première fois de sa vie, on le privait de ce qu'il avait de plus cher : sa liberté – sa liberté de bouger, d'aller où bon lui semblait, et cela sans aucun autre motif que les soupçons d'une juge hystérique et bornée. Allongé sur son lit, il essaya de fermer les yeux. Il se vit jeune homme fonçant sur les pistes du Castelet, au Bol d'or, sa moto lancée à près de deux cents à l'heure. Puis son visage s'assombrit car venait de lui apparaître brièvement, comme dans un songe éveillé, le visage de son père. Les Lazzano étaient-ils promis à l'injustice de père en fils ? Dire que les assassins de cet homme qui avait été son dieu quand il était enfant, couraient toujours ! Quand il pensait « assassins », il savait de qui il parlait. Certes, M. Lazzano père n'avait eu besoin de personne pour se percer le cœur avec un couteau pointu et tranchant. Mais Eddy savait que ce geste était dû à la pression de rapaces sans scrupule. Ces rapaces, il les connaissait bien. Au moins un. Un personnage en vue. Un personnage fascinant dont il se jurait bien qu'il finirait un jour derrière les barreaux, peut-être ici même, dans ces cellules de la Santé, sordides et mangées par l'humidité. Mais pour l'instant, ce criminel aux mains blanches respirait à l'air libre pendant que lui, Lazzano, croupissait dans cette cellule.

Pour retrouver un peu de calme, il entrouvrit sa fenêtre et se mit à faire des exercices de gymnastique. Il commença par des flexions des jambes, puis entama une série d'abdominaux. À presque cinquante ans, Lazzano avait un physique de jeune homme. L'effort lui était naturel, son cœur battait lentement, ses muscles étaient harmonieux et fuselés. Il commença de transpirer. Des bribes de pensée lui traversaient l'esprit. Comment sortir d'ici ? Quand pourrait-il parler à son avocat, comme il l'avait demandé ? (On lui avait promis sa visite dès le début de l'après-midi.) Qui s'occupait du *Massilia* ? Et la presse, s'était-elle faite l'écho de son arrestation ? Pour des raisons qui le regardaient en propre, il n'aurait pas aimé attirer l'attention d'Orsoni. Il avait su gagner la confiance de ce vieil ours sympathique et bougon. Il n'était pas question de perdre tout son crédit pour une ridicule histoire de présomption plus ou moins inventée par une magistrate.

Quand il eut terminé ses exercices, Lazzano essaya d'alerter les gardiens : il voulait prendre une douche.

– On est pas au hammam, ici, lui balança une figure carrée apparue dans la petite lucarne grillagée qui trouait la porte de sa cellule. Les douches, c'est le mardi et le vendredi.

– Et on est quel jour, aujourd'hui ? demanda Lazzano d'une voix blanche.

Le gardien avait déjà refermé la lucarne. Sans

gant ni serviette, Lazzano n'eut pas d'autre choix que de se laver au robinet de son lavabo où ne coulait que de l'eau froide couleur de rouille, conséquence de la vétusté des canalisations. Il s'aperçut qu'évidemment il n'avait pas de savon. Il se frotta énergiquement les aisselles et le torse, puis le haut du cou. Il s'essuya avec son maillot de corps, puis passa directement une chemise. Il se demanda comment il tiendrait plus de vingt-quatre heures dans ces conditions. Mais une clé tourna dans la serrure. On venait le chercher pour la promenade. Il refusa de s'y rendre tant qu'on ne lui aurait pas donné du savon, du shampooing, et une serviette. Le même gardien lui rétorqua que la Santé n'était pas plus un hôtel qu'un hammam. Lazzano éprouva le besoin de lui mettre son poing dans le nez mais, heureusement pour lui, il sut se contenir.

C'est l'après-midi seulement qu'il fut autorisé à cantiner. Un gardien plutôt jovial lui proposa des produits alimentaires et sanitaires, des barres au chocolat, des biscuits et de la bière, des brosses à dents avec du dentifrice, de petites serviettes-éponges et des pantoufles. Lazzano remarqua que les prix étaient trois fois plus élevés que dans la moindre épicerie du monde « libre », mais il ne discuta pas.

– Combien as-tu en liquide ? demanda le drôle de marchand.

– J'ai laissé plus de deux mille francs au dépôt. J'ai aussi une carte bancaire.

– Alors, pas de problème, je me servirai directement. Si tu veux qu'un détenu vienne te faire le ménage, c'est possible, ça coûte quatre-vingts francs l'heure.

– Quatre-vingts francs ?

– Oui, ça sert à un fonds de péréquation pour les taulards qu'ont rien du tout, tu comprends.

Lazzano accepta. Après tout, mieux valait être dans le propre si cette plaisanterie devait durer. D'autant que de gros moutons de poussière s'accumulaient au pied de son lit et dans les recoins.

Quelques minutes plus tard apparut un malabar armé d'un balai, d'un seau, d'une serpillière, d'une éponge, et dûment surveillé par un gardien. Lazzano partit pour la promenade. Un immense grillage recouvrait toute la cour et il eut beau se casser la nuque, le ciel n'apparaissait jamais que par fragments, comme si une immense passoire avait été posée pour empêcher les détenus qui se seraient senti pousser des ailes, de s'envoler. Comme tout le monde, Lazzano avait en tête les exploits de quelques risque-tout qui s'étaient tirés en jouant les filles de l'air avec un complice en hélicoptère. Mais ici, un hélico se serait encastré avant même d'avoir pu hameçonner sa proie. Aux barreaux des cellules pendaient des pelures d'orange qui tenaient lieu de désodorisant là où les tinettes débordaient d'excréments. Le grillage suspendu était parsemé de morceaux de pain jetés aux oiseaux, de canettes et même parfois de vêtements envoyés là sans raison. En réalité, c'était une poubelle qui encombrait le ciel de la prison.

De retour dans sa cellule, Lazzano apprécia le sol lavé et l'odeur de propre. Il s'allongea sur son lit, les mains derrière la nuque, et examina le plafond. Il n'avait pas de radio, pas de journal, rien. Depuis quand était-il resté plus d'une journée sans rien faire ? Le travail était son seul credo. Il vivait le téléphone à l'oreille, pilotait sa moto, enchaînait les rendez-vous, les contacts, les petites vies à l'intérieur de la grande, comme il disait. Depuis ses quatorze ans, âge où il avait commencé sur les marchés au poisson de Marseille, il avait compris que les vacances, c'était bon pour les autres, mais sûrement pas pour les types de sa trempe. Après le décès d'Odette, son épouse, il s'était lancé à corps perdu dans ses passions : le bateau, la vitesse.

Puis lui était remontée cette fameuse affaire qui avait tué son père. Il atteindrait dans six mois à peine l'âge qu'avait ce dernier lorsqu'il avait commis ce geste fatal. Odette n'était plus là pour le dissuader de s'engager sur les terrains dangereux. Elle savait peu de chose, mais elle avait compris que l'adversaire de son mari était une sorte d'intouchable, assuré de protections financières et même politiques. Il ne lui avait jamais dit de qui il s'agissait, estimant que moins elle en saurait, plus elle serait en sécurité. « Ces gens-là ne font pas de sentiment. Si toi tu en fais, tu es mort », lui avait-il simplement confié un jour. Elle n'avait pas posé de questions mais son sang s'était glacé. Elle lui avait fait promettre qu'il ne tenterait rien de dangereux. À l'époque, il avait promis. Maintenant qu'il était seul à conduire sa vie, il n'avait plus rien à perdre. Quand il repensait à ce drame qui avait marqué son enfance, même là au fond de sa cellule, il savait qu'il ne lâcherait pas.

Plusieurs indices lui laissaient penser que cette juge était peut-être plus fine qu'il ne l'avait cru, aveuglé de colère. D'abord, il avait pu obtenir un entretien avec Me Lacassagne, son avocat, qui était venu lui rendre visite peu après la fin de la promenade. Ce dernier avait commencé par le rassurer en lui disant que le dossier à charge contre lui était très faible : quelques babioles liées aux taxations du *Massilia*. Il lui apprit surtout qu'Oriane Casanove se préoccupait personnellement de son sort à la Santé, qu'il lui devait d'avoir changé de cellule. Enfin et surtout, elle avait fait savoir à l'avocat que, si elle maintenait la détention, c'était aussi pour le protéger de circonstances dangereuses. Elle n'en avait pas dit davantage, mais ces informations rassuraient un peu Lazzano. Du reste, quand il se remémorait ses deux audiences avec la juge, il avait l'impression qu'elle lui avait manifesté un intérêt plus personnel, qu'elle n'était même peut-être pas indifférente à son charme. La presse la présentait comme une magistrate d'une rigueur absolue, insensible à la personnalité qui lui faisait face, taillant son chemin sans états d'âme pour trouver la vérité qu'on s'ingéniait à vouloir lui cacher. Pourtant, à leur deuxième entretien, elle avait plusieurs fois perdu le fil de ses questions, elle lui avait demandé de répéter des éléments tout simples. Il avait surpris dans son regard une expression rêveuse quand il avait raconté par le menu l'acquisition rocambolesque du *Massilia*.

Au cours de la troisième audition, songeait encore Lazzano, Oriane Casanove s'était montrée au contraire tellement agressive que c'en était suspect. On aurait dit qu'elle voulait lui faire payer quelque chose, une manière de déception rentrée. Un sentiment inavouable ? Pour sa part, la juge ne lui avait pas déplu, même si l'idée ne lui avait encore jamais traversé l'esprit de séduire une femme de loi...

23

L'opération fut montée dans la discrétion la plus absolue. Oriane avait pris sa décision la veille au soir et alerté une équipe de quatre policiers attachés à la brigade financière, dont Gaël Le Balc'h.

Quand le petit convoi s'ébranla à l'aube pour opérer ce « transport de justice », la juge Casanove ne savait pas encore exactement ce qu'elle cherchait. Une intuition la guidait. Elle n'avait pas alerté le conseiller Marchand, qu'elle avait surpris une fois rôdant près de son bureau et semblant écouter une conversation téléphonique qu'elle avait avec un officier de la PJ. Marchand s'était étonné à plusieurs reprises que le dossier des fausses factures sur l'eau avance si lentement. Elle avait le sentiment désagréable d'être surveillée par un type soucieux de faire du zèle. « Il me flique », avait-elle dit au juge Gaillard, qui était parti d'un grand éclat de rire. « Mais non, Oriane ! avait répondu le vieux magistrat. Au contraire, il vous renifle, il s'intéresse à vous, il est confondu d'admiration. Je vous assure, il me l'a avoué l'autre jour. Il se durcit parce qu'il vous sent lointaine et un peu méprisante. » Oriane avait haussé les épaules, incrédule. « Je vous dis, moi, que ce type n'est pas net. Il ferait mieux de travailler ses propres dossiers au lieu de regarder dans mon assiette pour voir comment les miens progressent. »

Était-ce d'avoir mis Lazzano à l'ombre ? Oriane était à prendre avec des pincettes, ou plutôt à ne pas prendre du tout. La pantalonnade de ce pauvre Gilles Brizard avec la belle Birmane avait beau être ridicule, elle avait éprouvé un accès de jalousie à l'égard de cette vamp asiatique. Et si une voiture de police roulait tôt ce matin en direction de la rue de la Pompe, l'existence trouble de cette jeune femme y était évidemment pour beaucoup. À personne Oriane n'aurait avoué ce sentiment trop féminin...

La voiture banalisée traversa les avenues désertes du XVIᵉ arrondissement. Les kiosques à journaux n'étaient pas encore ouverts. Il serait bientôt 6 heures du matin. Rue de la Pompe, l'auto se gara sur le bateau où quelques soirs plus tôt avait stationné la Facel-Vega. Le chauffeur éteignit le moteur. Une belle journée s'annonçait à Paris. À la radio, un monsieur météo à la voix chantante du Midi serinait aux auditeurs que mai serait un mois quasi estival. Comme le jingle annonçait le flash d'information, les policiers ouvrirent les portières et s'effacèrent devant Oriane. C'est elle qui appuya sur la sonnette. D'abord deux petits coups brefs. Puis, comme aucune réaction n'était perceptible, elle insista longuement.

Au bout de quelques minutes, ils entendirent une fenêtre s'ouvrir au deuxième étage. Une jeune femme en robe de chambre, les cheveux noirs en bataille, se pencha au-dessus du balcon.

– Qui êtes-vous ? fit-elle d'une voix inquiète.

– Juge Casanove, répondit Oriane. Vous n'avez rien à craindre, ces messieurs sont de la police. Ouvrez, s'il vous plaît.

– La police ? Mais, c'est que... je suis toute seule.

Oriane jubila intérieurement. Elle songea qu'elle aurait tout loisir pour fouiller cet appartement.

La porte d'entrée s'ouvrit.

– Vous veillerez à ce qu'elle ne passe aucun coup de fil, dit la juge à l'un des policiers.

Ils pénétrèrent dans l'immense vestibule. Comme si elle avait reçu des invités, la jeune Birmane alluma tous les lustres et ce fut feu d'artifice. Deux hommes commencèrent à inspecter consciencieusement les tiroirs du bureau Empire et les rangées d'une monumentale bibliothèque.

– Je vous fais du café ? demanda la jeune maîtresse des lieux.

– Volontiers, fit Le Balc'h, qui avait pour consigne de ne pas la quitter d'une semelle.

Il la suivit dans la cuisine pendant qu'Oriane s'attardait devant un mur de livres au salon d'apparat. Depuis toujours Oriane aimait les livres. Dans leur maison de Limoges, c'était le seul luxe auquel avaient sacrifié ses parents. De vieilles éditions originales de grands classiques, des rangées de « Pléiade », des beaux livres illustrés racontant de lointains voyages dans l'Afrique coloniale ou en Terre de Feu. Et surtout toute la *Recherche* de Proust en volumes reliés pleine peau, une folie de sa mère. La composition hétéroclite de la bibliothèque qu'elle avait sous les yeux étonna Oriane. Sans aucune logique de classement, les lexiques franco-anglais de termes pétroliers côtoyaient des ouvrages d'art sur les statuettes équestres de Birmanie ; deux ou trois ouvrages d'Arthur Rimbaud se trouvaient noyés au milieu d'une ribambelle de *SAS*. Sur une autre étagère figuraient des biographies d'hommes d'État africains à côté de bandes dessinées, *Tintin*, *Gai Luron*..., des best-sellers traduits de l'américain et des histoires à l'eau de rose de la collection Harlequin. Tout cela formait un mélange bizarre qui laissait perplexe sur les occupants de ces lieux somptueux.

– Venez voir, madame la juge, fit discrètement un policier en s'approchant d'Oriane.

Elle le suivit au fond d'un couloir jusque devant une porte capitonnée de cuir noir tendu par des clous de cuivre à tête large. Ils entrèrent. Une odeur de tabac froid, du tabac de pipe, les saisit aussitôt. C'était une pièce feutrée, avec d'épais tapis au sol, des fauteuils de cuir, une vitrine éclairée de l'intérieur par de minuscules spots qui distinguaient dans la pénombre des figurines d'ébène. Il régnait dans cette pièce une atmosphère un peu inquiétante, à cause des rideaux – de lourdes tentures rouge et noir –, à cause aussi de la présence de ces masques africains aux expressions déroutantes.

– Regardez ce que j'ai trouvé, fit le policier en

ouvrant les tiroirs d'un semainier d'acajou dont il avait manifestement forcé la serrure.

La juge posa les dossiers qu'il lui tendait sur le bureau et commença à les examiner. Il s'agissait de différentes factures pour des travaux réalisés dans l'appartement occupé par la jeune Birmane. Réfections de cheminées, pose de toile murale, transformation des trois salles de bains, installation de lustres Véronèse, mise en place d'un système de projection vidéo.

Oriane s'arrêta sur ce dernier détail.

– Vous avez vu une salle de projection quelque part ?

Le policier réfléchit.

– Non, dit-il, à moins que cette porte, derrière vous...

Oriane se retourna. C'était une petite porte basse peinte en noir. Elle actionna la poignée : la porte était fermée à clé.

– Je vais chercher la jeune femme, elle nous ouvrira, suggéra le policier.

– Attendez, je finis de jeter un œil là-dessus.

Oriane éplucha tout le dossier. Les factures concernaient bien l'appartement. Elle regarda si les pièces relatives à son acquisition figuraient dans une des chemises, mais elle ne trouva rien. En revanche, une lettre manuscrite sans en-tête adressée à M. Octave Orsoni constituait un élément nouveau. C'était une lettre toute simple du président gabonais, qui remerciait son cher et fidèle ami Octave pour les quelques jours qu'il avait passés dans cet appartement. « Jamais je n'ai possédé un si beau joyau à Paris », se réjouissait-il au milieu de formules alambiquées exprimant sa gratitude. Oriane se demanda si le joyau en question était Shan la Birmane. Elle eut la réponse un peu plus loin : le président n'était pas propriétaire de la jeune femme, mais des trois cent quatre-vingts mètres carrés de la rue de la Pompe, pour lequel il signalait avoir viré la somme convenue sur le compte de l'Agev.

– Vous me mettrez les scellés sur tout ça, dit Oriane en s'adressant au policier. Après, on s'occupe de la salle vidéo.

– Bien, madame la juge, répondit le policier, qui paraissait s'amuser.

Il s'exécuta en un tournemain puis usa d'un passe pour faire céder la porte noire.

– J'ai compris que vous préfériez ne pas alerter la jeune dame à propos de cet endroit, fit-il avec un clin d'œil.

– Ce qui est bien chez vous, c'est que vous me comprendriez même si j'étais muette.

Un bruit sec signala que la serrure venait de céder. Ils se regardèrent. L'obscurité était totale.

– Il faudrait une torche, fit le policier. Restez là, je vais en chercher une dans la voiture.

Il disparut. Oriane demeura plantée au seuil de l'antre noir. Quand son regard se fut accoutumé à l'obscurité, elle distingua la masse plus claire d'un canapé lit et en face, sur le mur opposé, un grand écran blanc. Il n'y avait apparemment aucun lustre au plafond. Elle passa la main autour de la porte. La mur était molletonné, revêtu d'une tenture noire très épaisse qui insonorisait la pièce. Le policier revint, précédé d'un puissant faisceau lumineux.

– Quel endroit ! s'exclama Oriane.

– On se croirait chez Gainsbourg, rue de Verneuil, ajouta le policier.

– Chez Gainsbourg ? Vous y êtes déjà allé ?

– Oui, et même plusieurs fois, répondit-il un peu gêné de s'être mis involontairement en avant. Quand j'étais au commissariat du VIIe, il venait boire le coup avec nous de temps en temps. Un type très sympa, vous savez. Quelquefois, quand il avait un peu « chargé la mule », je le raccompagnais chez lui. Tout y était noir.

Oriane Casanove n'aurait jamais pensé qu'un de ses policiers ait pu partager la moindre complicité avec l'homme « à la tête de chou »...

Le faisceau de la lampe tomba sur un interrupteur nacré.

– Voilà! s'écria-t-elle.

Elle appuya. Sans succès. Le policier s'approcha.

– Il ne faut pas appuyer mais tourner dans ce sens, comme ça, vous voyez?

Et, en effet, la lumière se fit. Un variateur permettait d'en régler l'intensité. Le bouton commandait en réalité plusieurs petites lampes semées comme des fleurs aux quatre coins de la pièce. Ils virent, scellé au plafond, un appareil de projection sophistiqué, équipé de trois tubes de verre, l'un bleu, un autre vert, le troisième rouge, orienté vers l'écran blanc qu'avait aperçu Oriane dans l'obscurité. Près du canapé, des dizaines de cassettes vidéo s'empilaient, certaines à même le sol, d'autres rangées sur les étagères d'un meuble noir rempli de disques compacts.

– Vous allez me prendre tout ça aussi, fit la juge.

Elle s'assit sur le canapé. Sans avoir touché à rien, elle se trouva tout à coup projetée en arrière. Le canapé était en train de se déplier sous elle pour former un vaste lit moelleux. Oriane réprima un cri, puis se mit à rire. C'est la première fois qu'elle riait depuis le drame de la rue des Italiens.

– Excusez-moi, fit-elle au policier qui tentait de replier le canapé.

– C'est pas grave. Si on ne peut plus rigoler pendant le travail!

La juge prit une cassette au hasard parmi le tas répandu sur la moquette. Il y avait des films de kung fu, quelques cassettes X, des enregistrements dûment étiquetés, avec mentions manuscrites : « Chantier pont Ogooué » ; « Plateformes brut golfe de Guinée ». L'une d'elles attira particulièrement son attention. Elle portait une simple inscription sur un morceau d'adhésif : « Gabir ».

– Vous sauriez vous servir de cet engin ? demanda-t-elle au policier.

Il sourit.

– Ne me dites pas que Gainsbourg..., insinua-t-elle.

– Non, répondit-il. Mais mon beau-frère...

– Je vois. Ne me racontez pas votre vie, coupa Oriane.

Un sifflement se produisit, puis l'écran s'illumina. Le policier introduisit la cassette dans un magnétoscope et manipula quelques touches sur un clavier. Très vite apparurent des images qui représentaient une vaste clairière dans une forêt équatoriale. Le commentaire indiquait que cette zone pacifiée de la Birmanie accueillerait prochainement les centrales nucléaires françaises offertes par le Gabon.

– Offertes par le Gabon ? répéta Oriane. Bon, arrêtez-moi ça. On embarque le tout. Je pense même que Mlle Shan va connaître les délices d'une audience à la Galerie financière.

À la demande de la juge, un fourgon de police se présenta devant le 96, rue de la Pompe afin de charger les documents et les cassettes vidéo saisis dans l'appartement. Oriane but un café dans le salon d'apparat. Shan avait été prévenue qu'elle devrait la suivre. Elle n'avait opposé aucune résistance, se contentant d'aller se changer. « Vous savez, avait-elle dit, je ne suis que la locataire. » Oriane avait souri sans répondre. Avait-elle cet air d'adorable ingénue quand elle avait attiré dans sa toile le député Gilles Brizard ?

– Tout est prêt, annonça l'un des policiers.
– Vous avez déposé les scellés sur les objets ?
– Parfaitement.
– Alors on y va, fit la juge en se levant.

Au total, les dossiers et cassettes récupérés à l'appartement remplissaient une dizaine de cartons de déménagement. Oriane donna instruction aux policiers de les entreposer au cinquième étage, dans une petite annexe vide depuis le transfert des fournitures de la brigade au rez-de-chaussée. Le Balc'h fut chargé de veiller à la manœuvre.

– Vous déménagez ?

Cette voix dans le dos d'Oriane Casanove, au moment où elle regagnait son bureau en compagnie de la jeune Birmane, c'était celle du conseiller Marchand.

– Non, pas encore, fit-elle sans se retourner. Je range.

Et elle lui ferma la porte au nez sans plus de détails.

Elle n'avait jamais vu Shan autrement que sur quelques images furtives à la télévision. Le Balc'h lui en avait fait une description très professionnelle. C'est maintenant qu'elle pouvait vraiment se rendre compte de son incroyable beauté. En s'installant derrière son bureau, Oriane se sentit presque intimidée par cette femme qui lui semblait soudain si jeune. Shan dégageait une sensualité qui devait lui valoir une cour innombrable de soupirants. Ce qui frappait d'abord, c'était son parfum. Une odeur de poivre et de fleurs, fraîche et attirante. Oriane dut se l'avouer : on avait envie de la respirer. Shan s'était vêtue très simplement d'une sorte de sari sombre qui mettait en valeur la lumière de son visage au teint mat et animé par des yeux très noirs. Le temps d'aller en voiture à la Galerie financière, Oriane avait mentalement listé toutes les questions qu'elle voulait lui poser. Mais à présent que la jeune Birmane se trouvait en face d'elle, la juge ne savait plus par quoi commencer. En réalité, ce n'était plus la juge Oriane Casanove qui s'employait à élucider les activités souterraines des habitants du 96, rue de la Pompe. C'était une femme n'osant s'avouer que son cœur et peut-être son corps avaient chaviré pour un homme, qui demandait en silence à une autre femme les secrets de sa séduction naturelle. Pendant plusieurs minutes, Oriane détailla Shan, sa coupe de cheveux, le grain de sa peau, une véritable soie, pensa-t-elle. Si elle avait osé, elle lui aurait demandé de se lever, de marcher, de bouger devant elle. Son téléphone sonna, qui la ramena à la réalité. C'était Le Balc'h.

– Tout est en ordre là-haut, déclara le policier physionomiste. Autre chose pour ce matin ?

– Non, répondit Oriane. Merci. Restez discret et prudent. Nous ne sommes pas au bout de nos peines.

– Soyez tranquille. Bonne chance. Ne soyez pas trop dure avec elle. C'est une gamine. J'ai l'impression qu'elle ne doit pas comprendre ce qui se passe chez elle. À mon avis, ce serait plutôt une potiche, vous voyez ce que je veux dire, une belle potiche, évidemment.

– C'est aussi ce que je pense, répondit Oriane. Ne vous inquiétez pas ; quelques questions et elle rentrera chez elle bien vite.

Oriane proposa un café à Shan.

– Il ne sera pas aussi bon que le vôtre, précisa-t-elle, mais il se boit...

La jeune femme déclina l'offre. Pour la première fois, la juge la sentit sur ses gardes.

– Je voudrais savoir qui vit dans cet appartement, mademoiselle, en dehors de vous.

La Birmane marqua un silence.

– Ma jeune sœur est là depuis le début de l'année. C'est tout.

– Mais qui paie le loyer ?

– Je ne sais pas. Je crois que l'appartement appartient à M. Orsoni, qui est un ami de ma famille. Je l'ai connu quand j'étais enfant, il venait souvent à Rangoon. Mais il n'habite pas là. Il y a juste gardé un bureau et, de temps en temps, il me demande d'organiser une réception pour des hommes d'affaires de passage. C'est comme ça que je paye mon loyer.

Oriane s'empêcha de sourire. Elle ne lui demanda pas si elle usait aussi de ses charmes pour s'acquitter des charges de gaz et d'électricité.

– Parlez-moi des habitués. M. Orsoni, et qui d'autre ?

– Je ne sais pas. Il y a beaucoup d'allées et venues. Les gens passent des coups de téléphone. Ils donnent des rendez-vous au salon d'apparat.

– Je vois. Et la salle de projection ?

– Quelle salle de projection ?

– Allons, mademoiselle. Derrière le bureau de M. Orsoni. Il y a un équipement vidéo et même un canapé assez drôle qui se transforme en lit quand on s'assoit dessus...

– Je ne suis jamais allée dans le bureau de M. Orsoni, répondit Shan sans ciller ni montrer le moindre trouble. L'appartement est très grand, vous savez. Je n'ai pas besoin d'y aller.

– Il aurait pu vous y inviter...

Le visage de la jeune femme se ferma. Sans insister, la juge ouvrit un tiroir devant elle d'où elle sortit une photo qu'elle conservait là sans autre raison que de la regarder furtivement, de temps en temps. La photo d'Eddy Lazzano, souriant, sur le pont du *Massilia*.

– Et lui, vous le connaissez ?

Oriane avait hésité à poser cette question. Elle savait ce que savent toutes les femmes face à la maîtresse de l'homme qui tient leur cœur. Elle savait qu'elle saurait... à un rien, une fuite du regard, une mimique sur le visage, une fermeté trop appuyée pour nier le moindre lien.

– Oui ! s'exclama Shan d'un air soudain gai. C'est M. Lazzano, un homme très gentil, très culturé...

– Cultivé, vous voulez dire.

– C'est ça. Cultivé. On ne le voit pas souvent mais, quand il vient, nous passons de bons moments. On le voit surtout aux soirées de poésie. Il y a un autre personnage formidable qui se fait appeler M. Arthur, un homme très charmant aussi. Mais M. Lazzano nous quitte toujours vers minuit, car je crois que sa femme est malade et qu'il ne veut pas la laisser seule trop longtemps.

– Sa femme ? répéta Oriane en tressaillant. L'avez-vous déjà vue ?

– Jamais, répondit la jeune Birmane, mais il en parle avec beaucoup d'émotion et de tendresse.

La juge décida d'en rester là. Tout à coup, le doute s'était insinué en elle. Lazzano était-il veuf ? S'était-il inventé une épouse malade mais vivante pour garder de la distance avec l'univers d'Orsoni et ce fameux Arthur ? Mais dans ce cas, pour quelle raison ?

Oriane fit appeler un policier.

– Vous raccompagnerez mademoiselle rue de la Pompe.

Et se tournant vers Shan :

– Avez-vous prévu de voyager ces temps-ci ?

– Non, les examens approchent, je ne dois pas retourner dans mon pays avant juillet.

– Par mesure de sécurité, je demanderai au policier qui vous emmènera chez vous de prendre votre passeport.

La jeune Birmane ne broncha pas. Oriane la regarda se lever. Un souffle de sa fragrance poivrée vint jusqu'à elle. Elle se dit qu'elle avait bien des efforts à faire si elle voulait être une femme qu'on séduit plutôt qu'une femme qu'on craint.

24

Cette nuit-là, Eddy Lazzano eut du mal à trouver le sommeil. La nuit précédente, déjà, il s'était plusieurs fois réveillé en nage, au sortir de terrifiants cauchemars où il terminait embroché comme l'avait été son père, avec un couteau à fine lame et à double tranchant. Le matin tôt, il avait demandé à voir le médecin-chef pour obtenir des somnifères, mais on lui avait répondu que le médecin n'avait pas huit bras et qu'il avait autre chose à faire que de s'occuper de ses insomnies. Il avait renouvelé sa demande dans la journée, puis en début de soirée auprès des gardiens qui s'étaient relayés à son étage, sans plus de succès. C'est pourquoi il s'était couché abattu, miné par l'appréhension. En s'abandonnant au sommeil, il se livrerait aux vieux démons qui le poursuivaient depuis l'enfance, et que la prison avait libérés comme par un funeste sortilège. Allongé sur son lit, il laissa sa pensée vagabonder vers ses jeunes années, quand il rêvait à ce qu'il ferait de grand. À cette époque, sa vie portait un nom : Marseille. Des ruelles du Panier à la rade qu'il embrassait d'un seul regard en escaladant au pas de course les escaliers de Notre-Dame-de-la-Garde, de la criée tôt le matin aux bouillabaisses que préparait son père, le dimanche dans leur cabanon, avant leur promenade dominicale le long des calanques sur une petite yole, tout ce folklore ensoleillé, toute cette verve joyeuse et tendre appartenaient à jamais à sa vie heureuse. C'était avant la disparition tragique de son père, avant que l'enfant n'apprenne que la vie, c'était aussi l'injustice, la perte des êtres aimés.

Comme tous les soirs à cette heure tardive, des cris montèrent de cellules proches, des pleurs aussi. Des hommes appelaient leur mère, des criminels peut-être. La prison était une sacrée machine à broyer les plus coriaces, alors les sensibles comme lui...

Pour échapper à cette ambiance de cafard, il essaya de se programmer pour lui seul, par le jeu du souvenir, un concerto de Bach, un de ceux qu'il allait écouter enfant avec ses parents, dans l'église des matelots, à deux pas du Vieux-Port. Il ferma les yeux et tenta de toutes ses forces de se concentrer pour entendre cette musique qui l'avait tant apaisé, autrefois. Mais un long hurlement suivi d'une plainte lancinante coupa son effort. Il serra son oreiller sur sa tête, le plus fort possible. En vain. Vers 1 heure du matin, il finit par trouver un peu de repos. Les cauchemars s'étaient éloignés. Il naviguait sur un bateau, pas la yole de son père, peut-être le *Massilia*, et les paysages défilaient devant lui. Il reconnaissait la calanque de Port-Miou, puis celle de Port-Pin. Mais plus il allait et plus le ciel s'assombrissait. Au bord d'une petite plage, des hommes en noir lui faisaient signe de s'approcher pour regagner la terre ferme. Une tempête se préparait-elle ? Lazzano en avait essuyé de terribles, en Méditerranée. Il jetait l'ancre et mettait un canot à l'eau pour s'approcher des hommes attroupés sur le sable. Et là, on se saisissait de lui, on le menottait et, sans aucune explication, on lui montrait un bâtiment massif sur les hauteurs : la prison des Baumettes.

Lazzano se réveilla brusquement, encore en nage. Toutes les lumières étaient éteintes. Seuls résonnaient les pas des gardiens. Cette fois c'était décidé : il ne passerait pas une nuit de plus dans cet endroit. Il se leva et tâtonna jusqu'au lavabo. Là, il trouva un des rasoirs jetables qu'avait fini par lui vendre ce voleur d'« épicier ». Il le serra dans sa main et retourna se coucher. Sa décision prise, il s'endormit jusqu'à l'aube.

25

Le conseiller Marchand n'en croyait pas ses yeux. Au pied de son immeuble, alors qu'il s'apprêtait à prendre le bus pour rejoindre son bureau, le beau Lucas, sa tignasse plus blonde que jamais, l'attendait sur une magnifique moto violine. Marchand lui adressa un sourire auquel le jeune homme répondit.

– Tu m'attendais ?
– À ton avis ? Monte, je t'emmène faire un tour.

Marchand regarda sa montre.

– C'est que je n'ai pas beaucoup de temps, ce matin. On m'attend à la brigade. Une réunion importante.

Lucas fit comme s'il n'avait pas entendu.

– Allez, accroche-toi. Je connais quelqu'un qui t'attend aussi, et je crois que tu n'as pas intérêt à le faire lambiner, lui non plus. Dans la vie, il y a des priorités. Je serais toi...

Marchand comprit la menace à peine voilée. Son visage s'assombrit.

– Une minute, je téléphone à mon assistante.

Comme ladite assistante n'était pas arrivée au bureau, il lui laissa un message sur sa boîte vocale pour annoncer son probable retard. Il lui demanda par répondeur interposé de prévenir Gaillard et la juge Casanove, puis éteignit son portable.

– Allons-y, fit-il, résigné.
– Accroche-toi.

Marchand agrippa le jeune homme, et de sentir son corps sous son blouson de cuir le transporta littéralement. Il oublia qu'on allait sans doute lui demander des comptes. La veille, avant son départ de la brigade, l'information était revenue à ses oreilles qu'Oriane Casanove avait procédé à une perquisition. Mais il n'en avait pas su davantage et ne se doutait pas qu'elle avait tapé si près d'Orsoni.

– Où va-t-on ? cria Marchand dans le casque du motard.

– À la Défense.

Ils arrivèrent devant la tour France-Atome et, à l'accueil, Lucas demanda Octave Orsoni. On leur remit un badge. Ils passèrent un sas de sécurité, puis prirent place dans un salon, où bientôt une jeune hôtesse vint les chercher. Un ascenseur ultra-rapide les conduisit en une poignée de secondes au cinquante-sixième étage.

Au moment d'entrer dans le bureau d'Orsoni, Lucas tendit la main à Marchand.

– Bonne chance. Salut.
– Tu ne viens pas ?
– Non, à partir de maintenant, ça ne me regarde plus.
– Mais... tu ne m'attends pas ?
– Non. S'il le faut, Octave te donnera cent balles pour rentrer.

Marchand ravala l'humiliation et respira un grand coup. La porte venait de s'ouvrir. Il s'avança dans un épais nuage de fumée qui embrumait la vue en cinémascope sur la capitale.

– Asseyez-vous, fit Orsoni d'un ton rogue, et surtout ne vous excusez pas.

– M'excuser ? De quoi ?

Le géant corse se leva derrière son bureau et monta d'un ton.

– Vous vous foutez de ma gueule, Marchand ? Je vous offre un giton et de l'argent de poche, ce n'est pas pour rêvasser pendant vos heures de bureau. Un autre coup comme ça et je vous grille pour la vie, vous m'entendez ? Fini, Marchand, exterminée, la tapette à sa maman.

– Je vous en prie, ne soyez pas grossier. Expliquez-moi ce qui est arrivé.

– Il est arrivé, monsieur l'empoté, que votre juge Oriane Casanove s'est payé le luxe hier matin de perquisitionner au domicile d'une jeune femme dont je suis le tuteur à Paris. Dans cet appartement, j'ai un bureau avec des documents, des vidéos, toutes sortes de choses qui me servent dans mon travail, si vous voyez ce que je veux dire. Et la Casanove n'a rien trouvé de mieux à faire que de tout emballer. Je ne vous demande pas si vous organisez bientôt un vide-grenier, à la Galerie financière. Alors vous allez me faire le plaisir de la marquer à la culotte, la juge, même si ce n'est pas votre genre de beauté et que vous préférez les beaux militaires ou les mauvais garçons.

– C'était donc ça ! murmura le conseiller Marchand.

– Quoi, ça ?

– Hier matin, c'était un vrai déménagement. Les policiers ont monté plein de cartons dans les étages. Je comprends...

Orsoni leva les yeux au ciel.

– Vous savez ce qu'il vous reste à faire, Marchand.

– Mais, comment voulez-vous que...

– Débrouillez-vous. Dorénavant, je veux être tenu au courant de ce qu'elle fait, des pistes qu'elle suit. Je veux la liste de ses rendez-vous. Qui elle voit. À qui elle parle. Arrangez-vous pour détourner son attention, je ne sais pas, moi, faites tout pour la neutraliser. Mais attention : l'air de rien, soyez futé, je suis sûr que vous savez faire, il suffit de vouloir s'en donner la peine. Ah, j'oubliais. L'autre soir, pour l'anniversaire de Tomy. Notre photographe avait fait du noir et blanc et de la couleur. Ce qu'on vous a donné, c'est la couleur. Assez convaincant, d'ailleurs. Vous voulez voir en noir et blanc ?

– Vous êtes une ordure, Orsoni, articula Marchand.

– Je préfère être dans ma peau que dans la vôtre, monsieur le conseiller. Maintenant filez. Une voiture vous attend au pied de l'immeuble. Elle vous emmènera dans votre quartier. Ouvrez l'œil, cette fois.

Le juge sortit en chancelant, avec le sentiment d'avoir disputé un match de boxe sans avoir pu donner un seul coup. Sur le parvis, il regarda machinalement l'endroit où Lucas avait garé sa moto. Bien sûr, elle n'y était plus.

26

– Pinson à l'appareil.
– On peut se voir ?
– Vous voulez comme d'habitude, par mon chemin secret ?
– Non, dès ce matin.
– Dans ce cas, j'arrive. Disons dans une demi-heure au Café de Paris.
– Entendu.

Edgar Pinson et Oriane Casanove avaient adopté ce mode de dialogue codé, dont les éléments donnaient de fausses informations à qui aurait intercepté leur conversation. Ainsi une demi-heure devait s'entendre à l'envers, à savoir une heure et demie. Et le Café de Paris indiquait un rendez-vous à l'endroit où se cote le café à la Bourse de commerce de Paris, sous la grande coupole voisine des halles. Longtemps Edgar Pinson s'était intéressé au commerce mondial du robusta et de l'arabica. Il avait noué des liens solides avec les courtiers en « soft commodities », qui le renseignaient sur les récoltes, les risques de sécheresse ou d'inondation. Il s'était aperçu que, sous des dehors anodins, les courtiers savaient en réalité beaucoup de choses sur la situation politique des pays producteurs, en Afrique comme en Amérique du Sud. Beaucoup de ses informations sur d'éventuels coups d'État ou sur la négociation de contrats pétroliers, il les avait obtenues en gagnant la confiance des hommes de marché qui percevaient mieux que quiconque la circulation de l'argent.

Quand Oriane se présenta sous la coupole, c'était l'heure de cotation des robustas du Cameroun. Pinson avait pris place en retrait de la corbeille tendue de velours rouge. Assis derrière le téléscripteur qui crachait en continu les dépêches du fil « Afrique » de l'agence Reuters, il découpait des rubans de papier qu'il pliait soigneusement avant de les enfouir dans ses poches. Il y avait un peu de malice dans l'œil du journaliste qui regarda la juge Casanove s'approcher.

– Est-ce de voir ma tête qui vous amuse ? fit-elle sur un ton faussement enjoué qui cachait une sourde inquiétude.

Pinson rit franchement.

– Pas votre tête, non. Elle est très bien, votre tête, qu'allez-vous imaginer ?

Ses moustaches frémirent. Son œil pétillait. Mais il retrouva vite son sérieux. Il avait déjà constaté combien Oriane était susceptible.

– Dites-moi, je vous en prie, insista-t-elle. Quelque chose vous amuse, quand j'apparais ?

Elle semblait si sérieuse, si concernée, comme si l'avis du journaliste était pour elle capital, que Pinson, après s'être raclé la gorge, se jeta à l'eau.

– Je ne voudrais surtout pas vous froisser, car j'ai beaucoup de respect pour vous. J'imagine ce qu'il a dû falloir de ténacité, de travail et de talent pour arriver là où vous êtes et pour réussir à vous imposer dans un univers d'hommes d'affaires où le machisme est la règle. Mais...

Edgar Pinson s'interrompit. Quand Oriane l'avait appelé, une heure et demie plus tôt, était-ce pour échanger des informations sur leur enquête ou pour évoquer des questions plus intimes ? La rumeur des cotations du robusta formait un fond sonore continu. Le journaliste entraîna Oriane un peu à l'écart, sur une banquette du centre de documentation, où ils commandèrent deux cafés.

– Mélange Éthiopie-Madagascar, indiqua impérieusement Pinson au serveur.

– Pareil pour moi, dit Oriane.

Ils observèrent une minute de silence, le temps de maîtriser leur timidité. Puis, pressé par le regard de la juge, Pinson poursuivit.

– Je vous disais que j'admirais beaucoup votre parcours. Dans un monde d'hommes, je suppose qu'on ne réussit pas sans donner des gages d'une certaine poigne, à la limite de la virilité. Parfois je vous vois déguisée, enfin, je veux dire habillée comme un Zorro en jupons, avec vos bottes noires, votre « total look » qui intimide. Je sais que dans la magistrature, on est habitué aux déguisements, robe rouge, hermine et tout le tintouin. Mais je trouve que vous poussez un peu.

– Vous ne m'aimez pas en noir.

– Je n'ai pas dit ça. Si vous voulez faire un effet, vous réussissez votre coup. Mais ça agit aussi comme un repoussoir. On n'a pas envie d'approcher de vous, plutôt de fuir.

– Charmant ! C'est tout ?

– Vous voyez, vous êtes fâchée, vous allez m'en vouloir.

– Au contraire, ce que vous me dites m'intéresse terriblement. Vous ne savez pas à quel point. Mais aujourd'hui, je ne suis pas habillée en soldat justicier, et pourtant je vous ai vu sourire tout à l'heure. Par pitié ? Par moquerie ?

– On peut dire que vous n'avez pas les yeux dans la poche !

– Je suis payée pour ça.

Edgar Pinson inspira profondément, but une gorgée de café sans sucre et planta son regard dans celui d'Oriane.

– Au fond, tout cela ne me concerne pas. Je suis marié avec une femme que j'adore depuis plus de quinze ans et je ne fais pas partie de ces journalistes qui mesurent leur pouvoir au nombre de femmes séduites. Cela dit, je ne suis pas insensible à un certain charme, qui tient moins au physique qu'à un mélange de grâce, d'intelligence et de finesse. J'ignore tout de votre vie privée, et les articles que j'ai lus à votre sujet ne m'ont pas renseigné. Tant mieux d'ailleurs, car dès qu'on donne le petit doigt, certains paparazzi s'arrangent pour vous arracher le bras, de gré ou de force, jusqu'à vos photos de communiant ou au prénom de votre première fiancée. Vous vous protégez et vous avez raison. Mais, depuis que je vous connais, je me demande : comment peut-on avoir autant de charme et s'ingénier à le dissimuler avec une telle constance ?

Oriane était abasourdie.

– Mais je ne dissimule rien du tout !

– C'est ce que vous croyez.

Edgar Pinson avisa une grande paroi de miroirs qui entourait la salle des marchés.

– Venez, je vais vous montrer.

Le journaliste nota intérieurement qu'ils étaient loin des motifs officiels de leur entretien. Il s'amusa à imaginer un scénario fantaisiste : des espions auraient réussi à les pister jusqu'ici pour le compte d'une importante puissance politico-financière. Et leur rapport dirait comment le journaliste s'était vu interrogé par la juge sur les canons de la grâce féminine, lui aurait répondu en évoquant la taille de ses robes, et leur style. Les limiers auraient soupçonné que ces bavardages cachaient forcément autre chose, et ils se seraient trituré la cervelle pour interpréter le sens d'un commentaire sur l'ourlet, le décolleté ou le pantalon moulant...

Ils se plantèrent devant le mur-miroir.

– Excusez-moi, Oriane, mais vous vous habillez

comme une ex-Allemande de l'Est, façon sac de pommes de terre. Si je vous dis cela, c'est d'abord parce que vous insistez, mais aussi parce que vous êtes une jeune femme très désirable, bourrée de classe, qui en vertu de je ne sais quel décret de votre esprit tordu a décidé de se montrer sous un jour austère et, j'oserais dire, revêche.

Oriane se regarda de la tête aux pieds avec un air de léger dégoût.

– Cette robe qui descend presque jusqu'aux chevilles, sincèrement, c'est du mépris pour vous-même. Si vous aviez les jambes arquées, ou pleines de varices, ou des mollets comme des melons, je comprendrais, à la rigueur. Mais c'est tout le contraire.

– Vous avez déjà vu mes jambes? s'étonna Oriane.

– Pas vu, regardé en détail, un soir à la Galerie financière, vous étiez pour une fois en jupe courte avec des bas.

Oriane resta silencieuse, comme interdite devant son image.

– Et le haut? demanda-t-elle timidement.

– C'est-à-dire?

– Eh bien, la poitrine, les épaules, je ne sais pas, moi...

Edgar Pinson se frotta le menton.

– Là, fit-il fermement, c'est pire. Vous vous comprimez dans des chemisiers qui ressemblent à des bandages pour accidentés du torse. Rien ne respire, là-dedans. Je comprends pourquoi vous étouffez dans votre bocal de la Galerie financière. Si vous portiez des chemises en coton échancrées, ouvertes sur la gorge, ça irait déjà mieux. Vos épaules, c'est simple, on ne les voit jamais, alors que je les devine amples, larges. Vous vous recroquevillez, si je peux me permettre.

La juge accusa le coup. Sans un mot, ils retournèrent s'asseoir devant leurs cafés froids. Edgar Pinson s'en voulait : il était allé trop loin. Il regretta sa franchise, cette franchise qui lui avait toujours causé du tort, dans la vie. Enfant déjà, il disait ce qu'il pensait aux adultes, à ses professeurs. Ses parents avaient beau lui répéter que toutes les vérités ne sont pas bonnes à dire, il ne comprenait pas. Là se trouvait sûrement la source de sa vocation d'adulte : dire les vérités, justement quand elles ne sont pas bonnes à dire.

– Je vous remercie infiniment pour votre franchise, murmura enfin Oriane Casanove. Je crois qu'on ne m'a jamais parlé en ces termes et je vous en suis reconnaissante. Jamais je n'aurais pensé qu'on pouvait si bien déceler en moi cette espèce de fermeture au monde, de renoncement affectif.

– On ne voit que cela, confirma Pinson. Et je vous jure qu'on en a un peu le cœur serré. Ne vous méprenez pas, vous n'inspirez aucune pitié, au contraire. Mais on sent comme une armure autour de vous. D'ailleurs, le terme sentir est impropre.

– Impropre ?

– Oui, je veux dire que, même quand on est tout près de vous comme je le suis à cet instant, on ne sent rien. Vous ne sentez rien, Oriane. Une femme, on doit la respirer avant de la voir. Or il ne se dégage de vous aucun parfum, vous êtes neutre. Votre corps ne sent rien, votre coiffure est stricte, sans fantaisie. Vous recherchez la commodité, rien de plus. Surtout ne pas plaire...

Oriane sentit son nez la picoter, signe avant-coureur des larmes. Elle se bloqua immédiatement et décocha un magnifique sourire à Pinson. Elle avait bien entendu ses paroles, merci, mais vu l'heure, ils devraient peut-être revenir à leurs moutons. Il approuva, soulagé qu'elle ne réagisse pas plus violemment. L'esprit ailleurs, Oriane raconta sa perquisition chez la jeune Birmane et la découverte de la cassette vidéo où il était question d'une aide du Gabon à la Birmanie. Qu'en pensait-il ? Elle lui fit part aussi de la lettre dans laquelle le président de l'« émirat noir » remerciait Orsoni pour le choix et sans doute la décoration de l'appartement de la rue de la Pompe.

– Où sont tous ces documents ? demanda Pinson.
– En lieu sûr chez nous.

Le journaliste prit des notes sur un petit carnet puis leva les yeux vers le ciel de la coupole où montaient les voix des courtiers. Cette affaire sentait la corruption, le mélange des genres entre économie et politique, les jeux d'influence où se confondaient de prétendus intérêts de l'État avec les appétits personnels de quelques puissants.

– Soyez prudente, conseilla-t-il à la juge. Je ne voudrais pas vous inquiéter sans raison, mais je crois qu'il faudra bientôt que je vous montre le passage secret pour sortir de l'immeuble de la Galerie financière.

– Vous croyez ?
– Je le crains.

Ils se quittèrent sur ces mots. Dans la clameur du marché des robustas, Pinson n'entendit pas le « merci » qu'elle lui avait lancé.

27

Il était un peu plus de 11 heures du matin. Un vent tiède soufflait sur Paris. L'air était léger. Ce vendredi, un long week-end de mai s'annonçait, avec un lundi férié. Oriane ne savait jamais de quelle fête il s'agissait, car, ces congés, de toute façon, la laissaient toujours un peu angoissée à l'idée de devoir occuper ce temps vide. Au plus profond de l'hiver, elle se promettait des escapades au soleil, de brefs séjours dans le Sud ou sur les plages normandes. Puis, le moment venu, elle n'avait ni le courage ni l'envie de se réserver une chambre seule dans un hôtel, pour y côtoyer le spectacle des gens heureux et amoureux pendant qu'elle n'en finissait plus de remâcher ses illusions du temps où elle avait vingt ans. Encore quelques années et elle en aurait le double, quarante printemps qu'elle aurait vécus à l'économie, dans l'attente ou la frustration, dans l'obsession de ne pas se faire gruger par ces hommes sans parole qui peuplent le quotidien, malgré les sourires et la courtoisie qui enrobent les débuts.

Elle éprouva soudain une sorte de vertige. Le journaliste l'avait secouée plus profondément qu'elle ne l'avait cru sur le coup. Elle s'était vue dans toute sa sévérité, raide et froide, elle qui ressentait si violemment tous les élans de son cœur. Il est vrai que sa fonction n'avait pas contribué à développer son charme. Toujours coincée dans ses tailleurs stricts, aux coupes quasi masculines, Oriane pratiquait sans s'en rendre compte l'art du camouflage. Couleurs pastel ou passées, dégradés de gris et de beige, jamais de talons – sauf, Pinson l'avait remarqué, quand elle portait ses fameuses bottes noires –, jamais de maquillage, sauf un nuage de poudre sur le nez et les joues, quand elle s'était crevé les yeux, plusieurs nuits de suite, sur d'indigestes dossiers... La juge Oriane Casanove avait sérieusement besoin d'être « relookée », d'oublier son austérité sans craindre qu'une touche de couleur la fasse basculer *ipso facto* dans le camp des frivoles.

Elle décida de revenir à pied à son bureau en passant par les Grands Boulevards. Depuis combien de temps n'avait-elle pas regardé les vitrines des magasins de prêt-à-porter ? Depuis quand n'avait-elle pas poussé les portes d'un salon de coiffure à la mode, d'un institut de beauté ? Depuis quand Oriane ne s'était-elle plus sentie femme ? Ces questions la taraudaient au rythme de ses pas sur les trottoirs. Son regard s'attardait sur les belles jeunes femmes qu'elle croisait : pourquoi lui paraissaient-elles d'emblée si séduisantes, si naturellement gracieuses ?

Après Pierre-Alain, Oriane avait connu un brillant jeune homme qui travaillait dans les assurances, Olivier. Elle l'avait rencontré au cours d'un dîner chez des amis communs. Ils s'étaient revus, étaient allés au cinéma, au restaurant, s'étaient arrangés pour visiter quelques expositions au Grand Palais. Ils avaient fini par échouer dans le lit d'Oriane pour une nuit de folies. Pendant les six mois qu'ils avaient vécus ensemble, Oriane avait cru renaître : l'harmonie régnait de nouveau dans sa vie. Jusqu'au jour où Olivier lui avait annoncé qu'il ne reviendrait plus. Il avait rencontré une autre femme, il allait avoir un enfant avec elle. Oriane avait demandé des explications. Il s'était embrouillé. Elle comprit qu'il avait joué sur les deux tableaux depuis le début. Elle, Oriane, servait de femme subsidiaire, quand l'autre ne voulait pas de lui. Mais il l'avait déclaré sans ménagement : l'« autre » l'aimait, et il préférait être honnête avec Oriane. Elle avait apprécié ce sens bien particulier de la loyauté que pour sa part elle qualifiait de lâcheté sans nom. Elle avait souffert toute une année pour se remettre d'un tel revers, puis s'était construit une forteresse face aux hommes qu'elle attirait. Bien que son père fût encore de ce monde, elle n'avait pas osé lui parler de sa déception, de son incompréhension. Après tout, elle devait admettre qu'elle faisait partie des femmes qui attirent les hommes sans les retenir. Elle s'en était fait une raison, faute d'une raison de vivre. Ses combats judiciaires, le harcèlement des ripoux de haut vol étaient devenus sa croisade. Pour la mener, il lui fallait des tailleurs sombres, ne laisser rien voir de son corps, comme si le devoir l'avait à jamais emporté sur le plaisir et sur l'idée d'un bonheur à partager.

Comme elle s'attardait devant une parfumerie, sur le boulevard des Italiens, une jeune vendeuse s'approcha d'elle en souriant.

– Souhaitez-vous que je vous parfume ?

Oriane avait encore à l'esprit les propos d'Edgar Pinson : « Vous ne sentez rien. » Elle ne répondit pas mais se laissa guider par la jeune femme à l'intérieur du magasin. C'était comme si elle entrait dans un univers que volontairement elle n'avait jamais connu. Les flacons carrés ou ventrus remplis de leurs jus magiques formaient une féerie de couleurs claires et ambrées, comme des eaux-de-vie. Oriane frissonna. La vendeuse lui fit respirer les nouveautés de chez Guerlain au bout d'une petite tige souple. Elle huma les fragrances sucrées en fermant les yeux.

– Comme c'est frais !

La vendeuse sourit.

– Vous préférez les parfums chyprés ou ambrés ? demanda-t-elle.

Oriane se sentit bête.

– Excusez-moi, quelle est la différence ?

Ravie de pouvoir montrer ses connaissances, la jeune femme – elle ne devait pas avoir vingt ans – se mit en devoir de lui expliquer avec esprit et finesse la typologie des parfums, exemples à l'appui.

– Les ambrés, comme les musqués, sont plus forts, plus érotiques, plus femme femme, vous voyez. Ils ont du caractère. Imaginez que le musc est extrait des glandes d'un chevrotin en rut, et l'ambre prélevé dans les reins du cachalot. Mais une fois métamorphosés en parfums, ces extraits animaux ont une sensualité...

Pour preuve, elle aspergea Oriane à la naissance du poignet.

– Sentez.
– Qu'est-ce que c'est ?
– Musc et épices orientales. De la tubéreuse et une petite note sucrée, un soupçon de vanille.

Oriane respira longuement.

– Et les parfums chyprés ? demanda-t-elle.
– Leur essence est plus légère, plus discrète, ils laissent une trace incomparable et un peu mystérieuse, une touche féline, extrêmement féminine, conférée par la bergamote, la mousse de chêne et un peu de patchouli. Nous en avons d'excellents, parmi les meilleurs, qui viennent directement de chez l'Artisan Parfumeur.

Oriane acquiesça comme si elle connaissait parfaitement cette maison et suivit la jeune femme qui la conduisait avec délicatesse parmi les enivrantes merveilles. Tout à coup un effluve très typé lui fit pousser une exclamation. La vendeuse qui marchait devant elle se retourna.

– Vous avez vu quelque chose ?
– Non, répondit Oriane, je n'ai rien vu : j'ai seulement respiré. Un parfum qui me plaît beaucoup. Ça vient de par là, dit-elle en désignant les parfums de la maison Guerlain.
– Je crois savoir.

Elle revint sur ses pas et choisit une eau de toilette de Shalimar en atomiseur.

– C'est l'Orient sur la peau. Shalimar, en sanscrit, veut dire « temple d'amour », expliqua gracieusement la jeune femme.

Elle aspergea le cou d'Oriane, le creux à la naissance de la gorge, et les cheveux.

– Laissez-le prendre un peu. Tenez, donnez votre main, j'en imprègne un peu le creux du poignet, vous sentirez plus tard. C'est un grand classique, vous le portez à merveille. C'est drôle...

– Quoi ?

– Une idée... Excusez-moi, rien d'offensant, rassurez-vous.

– Dites-moi, insista Oriane, je vous en prie.

– C'est que... Lorsque je vous ai vue tout à l'heure devant la vitrine de la boutique, je vous ai trouvé l'air sévère et très triste. J'ai pensé que vous seriez heureuse d'être parfumée. Je sais que moi, quand je n'ai pas le moral, je me parfume, j'essaie de nouveaux jus, je me baigne dans une atmosphère légère de fleurs, de lis, de roses, de lilas. Ma sœur aînée a été opérée il y a six mois d'un cancer du sein. Tous les jours j'allais la voir à l'hôpital et je la parfumais. Croyez-moi si vous voulez, elle a guéri de manière spectaculaire. Son chirurgien m'a dit que ce que j'avais fait pour elle avait été aussi déterminant que son bistouri et que la chimie. Évidemment il exagérait, mais je suis persuadée que ces parfums ont aidé ma sœur à apprivoiser le milieu de l'hôpital avec ses odeurs d'éther et de médicaments. Mais pourquoi je vous raconte tout ça, moi ? Ah oui ! J'aurais voulu que vous voyiez votre visage quand vous avez respiré Shalimar. Je me suis dit que j'avais bien fait de vous entraîner à l'intérieur du magasin. Ce n'est pas une question de bénéfice. D'ailleurs, vous n'êtes pas tenue d'acheter quoi que ce soit, sentez-vous très à l'aise. Un de mes amis, coiffeur pour dames, me dit qu'il travaille dans l'attente d'une seule seconde : l'instant où la femme dont il s'est occupée s'aperçoit qu'il l'a rendue plus belle qu'avant. Voilà à quoi je pensais. Shalimar est transparent, mais il vous a embellie, parce que soudain vous vous êtes révélée à vous-même. J'ai souri parce que ça m'a fait penser à la chanson de Gainsbourg.

— Quelle chanson ? demanda Oriane, qui ne manqua pas de remarquer qu'on lui parlait de Gainsbourg pour la deuxième fois en quarante-huit heures.

— Je ne sais plus le titre, et ne me demandez pas de chanter, je suis une vraie casserole. Mais c'est une chanson très célèbre, une magnifique chanson. Elle parle d'une femme nue qui ne porte sur elle qu'un peu d'essence de Guerlain dans les cheveux.

— Je crois que je vois, mentit Oriane. Je vais acheter ce flacon. Avec un aspersoir, tant qu'à faire.

— Vous avez raison de vous faire plaisir, madame.

Elles se dirigèrent vers la caisse. La vendeuse lui confectionna un très bel emballage, comme pour un cadeau, fermé d'un ruban rouge qu'elle fit bonder avec une lame de ses ciseaux. Dans un sachet, elle ajouta plusieurs échantillons d'eau de toilette, de bains moussants et de shampooings parfumés au thé vert.

— Revenez quand vous voulez, proposa la jeune femme en remettant son paquet à Oriane. Si vous voulez, on s'amusera à vous parfumer en fonction du temps qu'il fait.

— Dehors ou dedans ? fit Oriane en désignant son cœur du doigt.

La vendeuse, un moment décontenancée, ne répondit pas de suite, puis elle sourit.

— Les deux. Même si je ne sais pas bien ce qu'il y a dedans.

— Rien, répondit Oriane comme pour elle-même. Je veux dire qu'il n'y a personne.

– Vous ne méritez vraiment pas ça, fit la vendeuse sur un ton péremptoire et offusqué. Allons, vous avez bien fait de vous parfumer.

Oriane sourit. La vendeuse prenait sa défense contre ce qu'elle estimait être une terrible injustice.

– Je voulais vous demander...

– Oui ?

– Vous m'avez parlé d'un ami coiffeur pour dames et...

– Bien sûr, je suis idiote, j'aurais dû y penser. Son salon est à l'Opéra, sur le boulevard des Capucines, à deux pas d'ici. Appelez-le de ma part, il s'appelle Claude. C'est un homme charmant. Je suis sûre qu'il fera des merveilles sur vous.

La jeune vendeuse lui donna une carte de la boutique sur laquelle elle inscrivit les coordonnées du coiffeur. Elles se saluèrent de la main. Quand elle se retrouva seule sur le trottoir, Oriane avait le cœur qui battait fort. Elle aurait eu envie de l'embrasser, cette petite. « Avec son CAP ou son diplôme à deux sous, elle en sait plus sur la vie que beaucoup d'autres », se dit-elle. Pourquoi s'était-elle laissée aller à des confidences auprès de cette inconnue ? Quelle mouche l'avait piquée pour qu'elle se mette à parler de ce qu'il y avait ou non dans son cœur ? En tout cas, elle avait suscité chez Edgar Pinson, puis chez la petite parfumeuse, des réactions inhabituelles. Au fond, Oriane savait bien qu'Eddy Lazzano avait pris une place qu'elle n'attendait pas, qu'elle n'espérait plus.

28

– Où étiez-vous passée ? J'ai laissé dix messages chez vous. Il faudrait penser à vous équiper d'un portable. J'étais tellement inquiète !

Annie, l'assistante d'Oriane Casanove, aux quatre cents coups, arpentait frénétiquement le bureau dans un état d'agitation inhabituel.

– Tout le monde vous a cherchée, continua Annie. Le juge Gaillard, le conseiller Marchand. Les policiers de la brigade s'apprêtaient même à lancer des appels à leurs collègues des commissariats car...

– Mais que se passe-t-il donc ? s'écria Oriane ahurie. Je ne peux pas disparaître deux heures sans qu'aussitôt ce soit l'alerte générale ?

– Ce n'est pas ça, répondit l'assistant. C'est à cause de votre prisonnier.

– Mon prisonnier ? Vous voulez dire Lazzano ?

– Oui. Il a été transporté d'urgence au Val-de-Grâce. Vous veniez tout juste de partir quand le médecin de la Santé a téléphoné. Il paraît qu'il s'est cisaillé les veines du poignet, et que ce n'était pas beau à voir. Heureusement, il serait tiré d'affaire, d'après les nouvelles qui nous sont parvenues de l'hôpital.

Oriane se laissa tomber lourdement sur sa chaise, les épaules basses et les bras ballants.

– Mon Dieu, murmura-t-elle, mon Dieu, dire que c'est moi qui...

– Ne vous frappez pas, madame la juge, vous ne pouviez pas prévoir.

Mais Oriane n'écoutait pas. C'était bien la preuve qu'elle n'aurait jamais dû l'enfermer aussi brutalement. Elle s'était trompée, lourdement trompée. La

Birmane n'avait-elle pas expliqué qu'il était aimable, mais ne restait jamais à leurs « réunions » ? Elle imagina Lazzano seul dans sa cellule, s'acharnant à s'ouvrir les veines du poignet pendant que, peut-être au même moment, elle recevait quelques atomes de parfum sur son poignet à elle...

– Où est-il ?

– Aux urgences, répondit l'assistante.

Oriane appela Gaël Le Balc'h. Son scooter étant réparé, il accepta de l'accompagner. Moins de vingt minutes plus tard elle franchissait l'accès principal du Val-de-Grâce. On la conduisit dans une chambre à deux lits. L'un était occupé par un jeune peintre en bâtiment qui avait chuté d'un échafaudage et gémissait sourdement. Dans l'autre était étendu Lazzano. La juge s'approcha lentement. Les yeux du blessé étaient clos mais quand il sentit la présence d'Oriane, il entrouvrit les paupières. Elle aurait tant voulu qu'il lui parle, mais aucune parole ne sortit de sa bouche. Son regard était lointain et froid, comme s'il l'accusait d'être la seule responsable de son geste. Oriane fit encore un pas. Un goutte-à-goutte diffusait une perfusion. Il était torse nu, ses bras fins et délicatement musclés allongés le long de son corps qu'elle devinait sous le drap blanc. L'interne de service passa rapidement vérifier les perfusions, regarder la courbe de température du peintre en bâtiment et le relevé de la tension de Lazzano.

– Vous êtes de la famille ? demanda-t-il à Oriane.

Cette question la prit au dépourvu.

– Non, pas exactement. Je peux vous voir un instant ?

Ils quittèrent la chambre.

– Je suis la juge Casanove. C'est sur ma décision que M. Lazzano était à la Santé.

– Je vois, déclara l'interne avec un regard compatissant derrière ses lunettes de métal à petits verres ronds.

– Pourquoi a-t-il été transporté ici ?

– D'après les ambulanciers, il n'y avait pas de sang de son groupe disponible à la prison. Et je crois qu'il en a perdu pas mal. On ne l'a trouvé qu'à 10 heures du matin, au moment de venir le chercher pour la promenade. Son geste remontait sûrement aux premières heures de l'aube, peut-être avant.

La juge s'étonna qu'aucun policier ne soit en faction dans sa chambre d'hôpital. Après tout, Lazzano était un détenu.

– Vu son état de faiblesse, il y avait plus urgent, fit remarquer le médecin.

– Évidemment, approuva Oriane. Réflexion de principe. Vous pensez qu'il sera rétabli dans combien de temps ?

– C'est un type solide. Il en a l'air en tout cas. Son cœur bat comme une horloge, de façon régulière et très lente. Nous allons le garder tout le week-end, lundi férié compris. Je pense que mardi matin vous pourrez le récupérer, mais je déconseille la cellule. C'est indiscret de vous demander ce qu'il a fait ?

– Rien, répondit Oriane en rougissant. Il n'a rien fait du tout. Je suis allée trop vite. Je crois qu'il a paniqué.

– De ce point de vue, je vous recommande la prudence. On ne sait jamais ce qui pousse un être humain à vouloir en finir. Et puis j'ai l'impression que cet homme est malin. S'il avait vraiment voulu réussir, il se serait ouvert plus franchement, croyez-moi. On dirait qu'il a calculé son coup pour provoquer un choc spectaculaire, tout en se laissant des chances de s'en tirer. Attention, je n'ai pas dit qu'il a fait ça pour rigoler.

– Je comprends, fit Oriane en ébauchant un léger sourire. Je peux retourner le voir ?

– Dix minutes, pas plus. Il est quand même sonné.

Elle poussa de nouveau la porte de la chambre. Lazzano s'était tourné sur le côté. Elle contourna le lit pour essayer d'attraper son regard. Il paraissait de nouveau dans un état de semi-léthargie.

– Écoutez-moi, lui dit-elle très doucement. Je suis vraiment désolée, je n'aurais jamais dû vous faire arrêter. J'ai été injuste et je m'en veux terriblement. Dès que vous serez sur pied, et le médecin m'a affirmé que c'était une affaire de quelques jours, vous rentrerez chez vous en homme libre.

Lazzano fixa les yeux sur Oriane. Ses lèvres bougèrent, mais le son qui en sortit était trop faible pour que la juge puisse l'entendre. Elle s'avança tout près de lui et le pria de répéter.

– Vous sentez très bon, réussit-il à articuler.

Avec un frisson, elle comprit que c'était pour lui qu'aujourd'hui elle était redevenue une femme.

29

Suy, la jeune sœur de Shan, ouvrit à Orsoni. Écartant ses cheveux d'une main, il l'embrassa dans le cou et la serra contre lui. La petite Birmane paraissait affolée.

– Ce n'est rien, rien du tout, la rassura le géant corse. Tonton Octave va arranger tout ça. J'en ai vu d'autres, tu sais, pendant la guerre. Tiens, dans ton pays, au moment de l'occupation japonaise. C'était le règne des traîtres, on ne prenait que des coups dans le dos. Alors tu sais, ce n'est pas cette juge un peu trop curieuse qui va nous empêcher d'être heureux!

Un sourire se dessina sur le visage de Suy. Elle n'avait pas tout compris des propos d'Orsoni, mais il semblait détendu et serein, et c'était ce qui comptait à ses yeux.

– Où est Shan? s'inquiéta-t-il.

– Dans son bain. La journée d'hier a été très dure pour elle.

– Je m'en doute. J'aurais bien voulu rentrer dès hier soir, mais les affaires me retenaient! Fais-moi un café, Suy, et viens t'asseoir près de moi. On attendra ta sœur tous les deux.

La petite s'exécuta sans attendre. Orsoni passa deux brefs coups de téléphone sur son portable, puis un troisième qui dura un peu plus longtemps.

– Rassurez-vous, répéta-t-il à son interlocuteur, il n'y avait rien de probant parmi les documents qu'elle a raflés. Non, aucune photo de nos soirées, aucune vidéo non plus. Nous sommes des professionnels, oui ou non? Nous ne serions pas assez bêtes pour nous faire prendre à nos propres jeux. Les factures de décoration? D'ici à ce qu'elle remonte à nous, nous serons réduits en poussière depuis longtemps. Sincèrement, cette affaire de centrales nucléaires est bien trop complexe pour une magistrate qui vient de découvrir depuis à peine trois mois l'existence des logiciels informatiques. Et puis, soyons sérieux, une société écran, à quoi sert-elle sinon à faire écran? Quand on en superpose sept, il y a de quoi devenir fou, non? Même moi, parfois... C'est ça. Très bien. On va la jouer très tranquille. Je suis de votre avis...

Orsoni parlait d'un ton mesuré, grave, très respectueux, non sans un soupçon de gouaille.

– Je compte sur vous pour notre prochaine soirée « poésie », termina-t-il.

Suy arrivait avec un plateau portant deux tasses de café fumant. Orsoni but la sienne en se brûlant la langue et en aspirant à grand bruit. C'est ainsi qu'il aimait le café. Puis il retira ses chaussures et s'allongea de tout son long sur le canapé de tissu greige.

– Suy, ma fille, quand tu auras terminé ton kawa, masse-moi le dos, et plus haut, dans le cou.

La jeune femme déboutonna la chemise d'Orsoni, puis le tourna avec autorité à plat ventre. Il sentit les mains délicates et expertes parcourir sa colonne vertébrale, puis s'écarter vers les omoplates avant de redescendre dans le creux des reins. Ces deux dernières journées avaient été éprouvantes pour le parrain corse. Il avait dû faire un aller-retour dans sa somptueuse villa hollywoodienne de Bonifacio, où il avait reçu pour une séance de discussions deux émissaires gabonais, un représentant de la junte birmane et un haut cadre de France-Atome. Le montage imaginé par Orsoni n'était pas si complexe qu'il voulait bien le laisser croire. Une aire de sûreté avait été aménagée par les autorités de Rangoon pour recevoir les semelles de deux centrales nucléaires d'une puissance record de trois cent mille mégawatts. L'industrie française était intéressée au plus haut point par la perspective de ce contrat, dans le contexte de démantèlement programmé des installations nucléaires en Europe. Mais la mise au ban de la Birmanie pour atteintes manifestes aux droits de l'homme isolait doublement le pays : ses recettes en devises ne lui permettaient pas de débourser les sommes exigées pour un tel investissement. Or les institutions financières des grands pays démocratiques n'étaient pas prêtes à avancer les montants requis pour s'offrir un nucléaire civil dont les spécialistes savaient qu'il pouvait constituer l'ébauche d'une véritable force de frappe atomique. C'est pourquoi Orsoni, soutenu par des appuis politiques solides qu'il gardait jalousement secrets mais qui lui assuraient écoute et respect de la part de ses interlocuteurs, ce malin d'Octave Orsoni avait conçu le principe du triangle : à chaque sommet de la figure géométrique somme toute élémentaire, il avait placé un nom. Un nom de pays. En A, la Birmanie ; en B, le Gabon. En C, la France. Au départ, pour s'amuser, au lieu de France, il avait écrit un simple prénom : Arthur. Puis il avait déchiré cette version peut-être dangereuse. Orsoni savait, depuis ses premières armes en Asie et en Afrique, dès les lendemains de la guerre de Corée puis de la décolonisation du continent noir, que la réussite venait à qui savait tenir sa langue et ne partager ses secrets qu'avec sa conscience. Ce qui avait germé dans l'esprit d'Orsoni, que la juge Casanove et le journaliste Edgar Pinson s'épuisaient à mettre en lumière, ressemblait à une règle d'arithmétique. La France fournissait des centrales à la Birmanie, qui ne pouvait pas les payer. Le Gabon réglait la facture à la place de la Birmanie. La France, en contrepartie, participait à la stabilité du pouvoir gabonais.

Et à la question subsidiaire : dans quelles poches allaient les milliards versés par Libreville pour le compte de Rangoon ?, la réponse était subtile : si France-Atome récupérait de quoi se rémunérer « honnêtement », une partie des sommes tombait dans un trou noir. Orsoni était un spécialiste du trou noir. Un magicien aussi. Du trou noir naissaient des villas avec piscine et dorures, des cadeaux aux femmes les plus somptueuses, l'entretien d'un réseau d'amis, tueurs ou gitons, le lien éminemment précieux avec des politiciens pleins d'ambition, qu'ils soient épris de poésie ou du pouvoir suprême, ou des deux à la fois.

Pendant les riches heures du gaullisme de réseaux, Orsoni avait œuvré exclusivement dans le sillage de Jacques Foyart et de ces fidèles qui mettaient les ex-colonies en coupe réglée au nom des libertés, de l'homme du 18 Juin et de la nécessaire survie après sa mort d'une machine à gagner les élections. Mais, après la déroute du giscardisme et l'arrivée au pouvoir des socialistes en 1981, Orsoni et ses pairs s'étaient souvenus qu'ils avaient aussi un cœur à gauche. Les différentes expériences de cohabitation avaient « corsé le jeu », comme se plaisait à le dire avec malice « Monsieur » Octave. À partir de cette époque, il avait tendu ses lignes dans toutes les eaux, continuant de pêcher les gros poissons, les amoureux de l'argent et du pouvoir. Il s'aperçut que la gauche n'en était pas dépourvue, et cette constatation le réjouissait. L'alternance politique et les accommodements au sommet de l'État lui avaient ouvert de nouveaux marchés. Il savait comment en profiter, quitte à s'éprendre de la poésie comme un prosélyte découvre sur le tard la grâce divine.

Lorsque Shan apparut, Suy était passée à un autre genre de caresses propres à détendre ce gros nounours d'Octave. Le corps nu sur le canapé était couvert d'une toison noire de la poitrine au nombril, et la jeune Birmane ondulait doucement sur lui en poussant de petits gémissements de plaisir. Shan sourit et, par-derrière, caressa les seins de sa sœur. Sans l'ôter, elle ouvrit sa jupe en portefeuille, sous laquelle elle ne portait rien. Puis elle chevaucha à son tour le corps massif d'Orsoni en se plaçant face à Suy, son sexe à portée des lèvres du colosse corse. C'est une figure à laquelle le trio était rompu depuis les années où « tonton Octave » sillonnait la Birmanie pour le compte de la Générale des hydrocarbures. Encore une manière de triangle. Le bonhomme éprouvait un plaisir chaque fois renouvelé à faire jouir ensemble les deux gamines, l'une avec sa bouche, l'autre avec son sexe dressé comme un stupa. Ils prirent ensuite une douche ensemble, et c'est seulement après leurs jeux érotiques qu'Octave Orsoni revint aux agissements de la juge Casanove. Il fit répéter à Shan les questions qu'elle avait posées, lui demanda comment elle avait répondu. Hocha la tête. Il savait bien qu'avec ce qu'elle s'était mis sous la dent, la juge n'avait pas de quoi nourrir son instruction. Qui allait soupçonner qu'une société Josette – du prénom de sa mère – dissimulait en réalité des comptes courants à son nom recevant les commissions versées après ses missions de bons offices à travers le monde ? La trace de cet argent était d'autant plus difficile à suivre, pour ne pas dire impossible, que la société Josette débordait de comptes de fondations bidon qui tenaient lieu de machines à blanchir ces sommes clandestinement gagnées.

Une fois rhabillé, parfumé et coiffé, Orsoni partit s'enfermer dans son bureau. Il y resta un long moment seul, à réfléchir sur la tactique à suivre. Ce jeu de chat et de souris avec la juge ne lui déplaisait pas. Il se sentait plutôt excité de la voir se cogner dans les décors, sans jamais approcher le cœur de cette affaire.

« C'est impossible à comprendre quand on n'est pas immergé dedans », se dit-il *mezza voce*, comme pour se convaincre. Il fit ensuite minutieusement le tour de son bureau, inspecta les tiroirs, le semainier. Tout avait été raflé, mais il ne semblait guère s'en émouvoir. Depuis plusieurs jours, il avait l'intuition que l'appartement du 96, rue de la Pompe était surveillé par la police. Shan avait remarqué certains soirs la présence d'un jeune homme en scooter jouant le rôle d'un amoureux transi attendant sa belle. Elle l'avait pourtant toujours vu arriver et repartir seul. Elle en avait conclu qu'il s'intéressait à elle, en tout cas aux va-et-vient qui animaient les lieux. « Peut-être a-t-il l'espoir de vous rencontrer, de vous aborder et de flirter, avait remarqué Orsoni. – "Flirter" ? avait demandé Suy. – Comme toi et moi », avait plaisanté Orsoni.

Au premier soupçon, il avait déménagé les documents compromettants pour les cacher dans une maison de campagne, à moins d'une heure de Paris. Le transfert avait eu lieu un matin de la semaine précédente. La perquisition ne l'avait donc pas inquiété. Il connaissait bien le droit et savait que des documents enregistrés ne constituent pas une preuve. Les factures telles qu'elles étaient rédigées n'avaient aucune valeur et embrouilleraient les enquêteurs plus qu'elles ne les renseigneraient. En pénétrant dans la pièce de projection, il fut cependant pris d'un doute. Un doute infime. Trois fois rien, mais il fallait quand même vérifier. Ç'aurait été trop bête. Tous les boîtiers vidéo contenaient des films, à l'exception d'un seul, qui renfermait en réalité une bande enregistrée sur laquelle le juge Leclerc, dans une longue confession, racontait les agissements d'Orsoni et de ses sbires en Birmanie comme au Gabon, pour le compte d'un homme politique dont il divulguait précisément le nom. Il indiquait par le détail la nature des documents dont il disposait, et les moyens de se les procurer au cas où il lui arriverait malheur. C'est en tombant sur cette bande qu'un homme de l'ombre, appartenant au réseau Orsoni, avait donné l'alerte à Paris. Il s'en était suivi les événements qui avaient tant choqué la juge Casanove, la liquidation de Leclerc puis de sa femme, et la subtilisation des documents.

Si les documents avaient tous été mis en lieu sûr, la cassette enregistrée était restée dans la salle de projection, à l'intérieur d'un emballage de film pornographique. Orsoni fut pleinement rassuré quand il vit que précisément les boîtiers des films X n'avaient pas bougé. Il savait dans lequel se trouvait la fameuse bande. Le titre évocateur – *Fais-moi tout* – était celui d'un film standard du porno : ni violence ni sentiment, mais du sexe d'un bout à l'autre, sur un scénario des plus plats réunissant toutes les occasions pour que les filles enlèvent leur culotte et leur soutien-gorge. Orsoni emporta la pile de cassettes X et la déposa sur le plateau de son bureau. C'est exprès qu'il avait laissé la confession du juge Leclerc au milieu de ces navets – l'endroit où on la chercherait le moins. Il avait eu raison. Oriane Casanove, dans un mouvement de dégoût et de pudeur offensée, avait dédaigné ces cassettes. Ordre avait été donné au policier de vérifier si elles ne contenaient pas de papier suspect glissé à l'intérieur, puis de les laisser sur place plutôt que de polluer les locaux de la brigade avec ces immondices pour détraqués sexuels.

Soudain, Orsoni sursauta ; il en manquait une. Il eut beau les passer l'une après l'autre en revue, *Fais-moi tout* avait disparu. Il rentra dans la salle de projection et alluma toutes les lumières, fit pivoter le canapé qui se transforma en lit avec un grincement d'acier, à l'aide d'une torche électrique inspecta dessous, dans les coins les plus sombres. Rien. Pour la première fois depuis bien longtemps, Orsoni se sentit oppressé. Il appela Shan et Suy qui le rejoignirent aussitôt. Voyant la contrariété sur son visage et trompées par la pile de cassettes porno entassées devant lui, elles proposèrent un autre câlin. Mais il commença par bougonner, puis d'un ton plus détendu s'exprima clairement :

– Il y avait dans cette pièce une cassette de film, *Fais-moi tout*. Tu t'en souviens, Suy, on l'avait regardée, toi et moi, un soir. Mais je l'avais sortie de son boîtier pour mettre une autre cassette à la place. Et je ne retrouve plus rien.

Les deux filles pouffèrent en se regardant.

– Quoi ? gronda Orsoni. Ce n'est pas drôle, vous savez.

– C'est que nous l'avons prise dans notre chambre pour la passer de temps en temps au magnétoscope. On apprend beaucoup, tu sais.

C'est Shan qui avait parlé. Suy approuvait de la tête.

– Mais, bougre de filles, je m'en fous, de ce film ! Je vous parle du boîtier avec l'affiche reproduite sur le dessus, le titre et tout le reste. Vous comprenez ? Le film, il n'était plus dedans.

– Mais alors pourquoi tu cherches la boîte puisqu'on te dit que le film est sûrement dans notre magnétoscope ? Je vais aller le chercher tout de suite.

– Décidément, tu ne comprends rien, explosa « tonton Octave », qui venait de perdre en quelques secondes sa rondeur de bon nounours. Puisque je te dis que ce n'est pas le film qui m'intéresse, mais la cassette qui a été mise à sa place par moi !

Shan écoutait attentivement et comprenait peu à peu qu'il se passait quelque chose de grave.

– Je crois que c'est un policier qui a pris la cassette, fit-elle. Quand je préparais du café dans la cuisine, j'étais surveillée par deux hommes qui obéissaient à madame la juge. Un autre est arrivé, il rigolait. Il a dit : « Regardez ce que j'ai trouvé. » Et c'était le boîtier dont tu parles. Moi, je ne me souvenais pas que tu avais changé la cassette. Ses copains se sont moqués de lui. Ils l'ont traité d'obsédé, mais il s'en fichait. C'est le titre qui lui plaisait, *Fais-moi tout*. Il a décidé de prendre la cassette et je ne l'en ai pas empêché. Quand la juge l'a vu avec ça, elle lui a demandé de tout laisser sur place. Après, j'ai vu qu'il s'était arrangé pour la mettre dans un des cartons qu'ils ont remplis de documents.

– Tu es sûre ?
– Oui, la photo sur le boîtier, on ne l'oublie pas.

Orsoni était abasourdi. « Si Arthur savait ça », se dit-il en essayant de garder son sang-froid. Par le passé, le Corse n'avait jamais fait de faux pas grave. C'était un homme minutieux et prévoyant, qui calculait à l'avance ses coups et les ripostes des adversaires. La perquisition, il l'attendait comme un remake de l'arroseur arrosé, une scène dont il aurait tiré les ficelles. Il devait admettre pourtant qu'il venait de perdre un point face à l'opiniâtre juge. Restait à savoir si dans tout le fatras inutile qu'elle avait emporté, elle avait mis la main sur le précieux enregistrement. L'heure n'était plus à se poser des questions. Il devait agir au plus vite, et seul. Pas question d'ameuter quiconque. Sauf un homme qu'il savait où trouver à cette heure-ci. On était samedi matin et, depuis quelques week-ends, le conseiller Marchand préférait profiter des bonnes fortunes du Marais plutôt que de regagner l'ennui familial et tranquille des bords de Garonne. Orsoni songea qu'il chargerait le beau Lucas de lui offrir un téléphone portable. Au moins, il le tiendrait par la patte, car le juge gay était pour l'instant un vrai courant d'air.

30

À la même heure ce samedi matin, la juge Casanove était loin de se douter que, parmi les cartons entassés dans une soupente de la Galerie financière et bouclés derrière une porte cadenassée, se trouvait peut-être, digne d'un vrai roman policier, la trame de l'énigme qui avait coûté la vie à ses deux amis. Elle n'avait pas eu de mal à obtenir rapidement un rendez-vous chez Claude, visagiste et coiffeur pour dames. Il lui avait suffi de signaler qu'elle était recommandée par la jeune vendeuse de la parfumerie Aphrodite pour se voir chaleureusement accueillie au téléphone par une voix d'homme. Il lui avait proposé 9 h 30, non sans lui préciser qu'il lui faudrait du temps. « La séance prendra bien trois heures », lui avait-il dit fermement. La vendeuse avait-elle donc fait d'elle une description apocalyptique ? Devait-on tout reconstruire, la remodeler entièrement ? Le patron du salon – c'était bien Claude qui lui parlait au téléphone – donna une réponse à son angoisse sans qu'elle ait rien demandé. « La première rencontre est pour moi capitale. J'ai besoin de vous observer et de vous écouter avant d'agir, même si vous parlez peu. Les silences, quand on sait les entendre, sont très instructifs. » Oriane avait fini par accepter et, lorsqu'elle poussa la porte vitrée boulevard des Capucines, elle ressentait des picotements d'impatience qui annonçaient une véritable métamorphose.

Dans son genre, Claude était un champion. Il ne ressemblait pas à ces coiffeurs branchés à longue mèche, régnant en dictateurs sur une cour de petites shampouineuses décoratives. C'était un homme assez grand et tout à fait chauve, au regard sans cesse en mouvement, un regard gris clair qui semblait boire les visages. Les murs du salon étaient sobrement décorés. On n'échappait pas aux sempiternelles photographies agrandies de coupes d'artistes. Mais Claude avait évité d'y ajouter ses propres trophées, malgré les innombrables victoires qu'il avait remportées dans les concours de coiffure à travers toute l'Europe. Sa victoire, se plaisait-il à dire, il la trouvait dans l'œil des femmes une fois ses ciseaux et ses brosses rangés. Ce n'était jamais une victoire à l'arraché. Plutôt en douceur et en persuasion. Claude avait pour principe que chaque femme était plus belle que l'image qu'elle avait d'elle-même.

Quand Oriane se présenta à lui, il lui demanda de marcher lentement, puis de se tenir de profil, et enfin de s'éloigner en lui tournant le dos. Quand il n'eut plus que la vision de sa nuque, il lui demanda de faire volte-face. Appuyé au bord de son plan de travail, il réfléchissait.

– Vous avez l'air terrifié! suggéra la juge.

Il rit à grand bruit.

– C'est que vous ne me connaissez pas. Quand je suis terrifié, je n'ouvre pas si grands les yeux! C'est pour mieux vous voir, pour appréhender l'équilibre entre votre chevelure et votre taille. Approchez. Oui, pas mal de fourches, une couleur que l'on dira approximative (Oriane émit un sourire penaud), des mèches grises, des cheveux secs et cassants. Manque de vitamines. C'est bien, il y a de quoi faire, de quoi bien faire, rectifia-t-il pour rassurer sa cliente.

Il confia Oriane à une jeune esthéticienne qui la fit asseoir sur un large fauteuil au dossier incliné, où s'emboîtait une cuvette. Oriane sentit un filet très doux d'eau tiède irriguer son cuir chevelu, puis les mains de l'esthéticienne masser lentement du milieu du crâne jusqu'aux tempes, par mouvements circulaires. Vint ensuite une friction au shampooing avant un premier rinçage délicat.

– Maintenant, dit la jeune fille, passons au dessert. Je parle de vos cheveux, évidemment. Si vous voulez la recette, je vous la laisserai quand vous partirez. On écrase une banane et deux kiwis. On ajoute du jus de citron, un mélange d'huile d'amande douce et trois cuillerées de poudre d'ortie. Il ne faut pas oublier les gouttes d'huile essentielle d'ylang-ylang. Quand le mélange a bien reposé, vous pouvez enduire chaque mèche en prenant bien soin de les masser longuement pour que le produit pénètre jusqu'aux racines.

– Ça a l'air bon, dit la juge.

– En tout cas, le parfum est exquis. Mais je vous déconseille d'en manger, à cause de la poudre d'ortie. Si vous avez des enfants, évitez de laisser traîner ça sur la table de la cuisine.

Oriane ne releva pas la remarque. D'habitude de tels propos auraient suffi pour la plonger dans le désarroi que lui inspiraient sa solitude et son ventre désespérément plat. Mais là, elle goûtait le plaisir du moment : on s'occupait d'elle. Elle avait l'impression de revenir de loin, d'un pays tout gris.

– Détendez-vous, conseilla la jeune esthéticienne. Et fermez les yeux. Je vais mettre un peu de musique. Vous préférez Brahms ou Chopin ? J'ai aussi Bach, Haendel et Lully.

« Aimez-vous Brahms ? » Qui, se demanda Oriane, posait la question dans le célèbre film ? Yves Montand ou Ingrid Bergman ?

Oriane se décida pour Bach. Des concertos italiens interprétés avec profondeur et précision par

Glenn Gould. Puis elle sentit les doigts de l'esthéticienne passer à travers sa chevelure. Elle entendit le glissement de la crème nourrissante le long de ses mèches.

Une heure passa comme un souffle. Oriane se sentait fraîche, légère. Le produit miracle avait durci. Elle retrouvait un peu de cette sensation qui l'avait projetée dans un autre univers lorsqu'elle avait sauté en parachute, soutenue par sa « gazelle ». Sauf que le cri des réacteurs était ici avantageusement remplacé par la musique de Jean-Sébastien.

– Maintenant, je vais m'occuper de votre visage, annonça l'esthéticienne. Vous allez voir, vous ressortirez d'ici requinquée, la peau hydratée, les cheveux rayonnants et la tête apaisée. Claude est connu pour ça. Ce n'est pas un coiffeur, c'est un bon docteur.

Oriane sourit.

– Voilà exactement de quoi j'ai besoin, fit-elle, d'un bon docteur qui me remette tout en place, les idées, la tête et tout le reste !

– En attendant, on va procéder à un léger gommage.

Oriane sentit les doigts délicats de l'esthéticienne suivre les lignes du front, les ailes du nez, les contours des oreilles. Son toucher sûr et délicat faisait merveille. Elle appliqua çà et là des noisettes d'exfoliant, puis frotta avec la pulpe de ses doigts, sans trop appuyer, pour affiner le grain de peau d'Oriane, lui rendre ce teint éclatant qu'elle dissimulait derrière la contagieuse grisaille de ses dossiers et de son existence dépourvue d'envie.

– La beauté est un désir avant d'être un acquis, murmura la jeune femme. Je ne parle pas de la beauté des top models, qui n'existe que sur papier glacé. Mais les femmes comme nous, les normales, avec notre charme et nos petites désespérances, nous ressemblons à ce que nous sommes à l'intérieur. Évidemment, il n'est pas mauvais de nettoyer la vitrine. Ça permet d'y voir plus clair, n'est-ce pas ?

– Sûrement, approuva Oriane, si on ne s'y prend pas trop tard.

Claude donnait la consigne à son personnel de ne jamais interroger les clientes sur leur profession, leur vie privée, leurs goûts personnels. Il voulait que les femmes venues dans son salon se sentent libres en toute chose, de parler ou non, de parler une fois puis de se taire si tel était leur désir. Oriane échappa ainsi à la sempiternelle question sur son métier. Elle se sentit du même coup très à l'aise pour se glisser avec une délectation de jeune fille dans la peau d'une midinette, se renseignant sur les produits de beauté, les lotions pour les cheveux, les crèmes antirides ou antivieillissement. Par bonheur, son esthéticienne avait réponse à tout et ne ménageait pas ses conseils.

– Vous voilà dépoussiérée, annonça la jeune femme en agitant sous son nez des cotons presque noirs.

Oriane se regarda dans un miroir loupe. Sa peau un peu rougie par le frottement semblait transformée, lissée. Elle avait la sensation que pour la première fois depuis très longtemps, la vie lui avait prodigué des caresses. L'esthéticienne lui servit un grand verre d'eau minérale à température ambiante.

– Il faut aussi irriguer l'intérieur, toujours pour l'équilibre. Maintenant, je vous laisse entre les mains de Claude. Vous avez bien de la chance. Je vous retrouverai après la coupe. Si vous avez encore un peu de temps, je vous montrerai comment décongestionner vos pieds. Je sais bien qu'ici on s'occupe avant tout de la tête, mais vous verrez qu'entre les orteils et la cervelle, il existe des circuits courts...

Oriane consulta sa montre. Dire qu'à la Galerie financière, chaque quart d'heure comptait. La charge de travail était telle qu'il lui arrivait même de décomposer son temps de cinq minutes en cinq minutes pour écrire un courrier, passer un coup de fil, vérifier un témoignage. Elle arrivait le matin avec sa liste rédigée sur un Post-it, puis barrait en rouge au fur et à mesure qu'elle accomplissait les tâches. Or elle était déjà depuis deux heures dans ce salon et elle se demandait si elle aurait le courage ou l'envie d'en sortir. Ses cheveux auburn tombant aux épaules semblaient soudain trop durs pour le visage adouci qu'elle offrait au miroir. Ce décalage n'avait pas échappé à Claude qui prépara plusieurs mèches et se mit à tailler dans un mouvement rapide, comme s'il avait prévu son coup de ciseau depuis l'arrivée d'Oriane.

À ses pieds venait de tomber sa tristesse, les mèches sans grâce qui la vieillissaient avant l'âge. Et Claude put lire dans les yeux d'Oriane l'éclat merveilleux d'une femme qui dit merci parce qu'elle se trouve belle.

Le coiffeur n'était pas homme à se vanter. S'il parlait d'une star qu'il avait reçue – et il en recevait beaucoup –, c'était pour rapporter une anecdote, un détail anodin. Jamais plus. Tandis que tombaient les cheveux d'Oriane en picotant parfois ses chevilles nues, Claude lui parla de Catherine Deneuve.

– Je me souviens de ses boucles blondes qui jonchaient le carrelage noir. On aurait dit des fils d'or. Je les ai balayés délicatement et, au moment de les jeter, elle m'a demandé de les mettre de côté. Je me suis empressé de les ranger dans un sachet. Elle voulait les brûler dans sa cheminée, à la campagne. J'ai souvent pensé à ce feu singulier, aux flammes : étaient-elles claires et intenses ?

– Rassurez-vous, fit Oriane, vous pouvez jeter ces vilains cheveux qui feraient sans doute fumer les cheminées !

– Qu'en savez-vous ? D'abord, vos cheveux ne sont pas vilains. Ils sont en friche. Quand on a la qualité de votre chevelure – ce n'est pas pour vous flatter –, on en prend soin.

Il avait parlé sans effet, avec simplicité, comme on explique à un bon élève aux résultats médiocres qu'il gâche ses talents. C'est ainsi qu'Oriane entendit ce léger reproche qui dissimulait une sympathie spontanée. Claude avait compris qu'elle s'en remettait à lui. De son côté, il l'avait jugée prête à ce travail de deuil qui consiste pour une femme à abandonner sa longue chevelure pour laisser place à une apparence nouvelle, rajeunie, libérée du passé. Claude avait coiffé assez de femmes dans sa vie pour savoir que les candidats au changement de coupe étaient souvent à la veille de bouleversements spectaculaires dans leur vie affective ou professionnelle.

Il épousseta son cou, ôta la serviette en éponge de ses épaules. Enfin Oriane put s'examiner. Un sentiment de renaissance l'envahit.

– Si vous vous plaisez, alors vous allez plaire, lui assura le coiffeur.

Elle repartit d'un bon pas. Il faisait beau. Les visites au Val-de Grâce ne commençaient pas avant le début de l'après-midi. Elle marcha un moment sans but, traquant sa silhouette dans les vitrines des magasins. Elle se demanda combien il lui restait d'argent sur son compte en banque car l'envie de changer toute sa garde-robe venait à l'instant de la gagner, une envie irrépressible, comme celle qui l'avait poussée dans le salon de coiffure pour dames du miraculeux Claude. Passant près d'une agence du Lyonnais où elle avait tenu à conserver ses habitudes bancaires malgré l'enfer qu'elle avait fait vivre à ses dirigeants – pour montrer l'exemple à la clientèle, avait-elle argumenté à l'époque –, Oriane glissa sa carte bleue dans un distributeur de billets et interrogea son compte. Il était négatif de 3 456 francs, et le 15 du mois n'était pas encore passé. Elle réfléchit un moment, décida de passer outre.

31

Quand un gros nuage de fumée noire monta dans le ciel de la capitale, près de l'Opéra, beaucoup de Parisiens eurent la même réaction : « Tiens, voilà encore le Crédit Lyonnais qui brûle ! » L'incendie du 5 mai 1996 était encore présent dans toutes les mémoires : la force, la rapidité des flammes qui avaient ravagé en quelques minutes l'immeuble classé de la grande banque publique, sur le boulevard des Italiens. Le quartier avait été entièrement bouclé, la chaussée évacuée. Sous les yeux des riverains entassés aux fenêtres, les soldats du feu avaient mené une terrible lutte. À cette occasion, on avait évoqué d'autres incendies dantesques dont on se souvenait : celui des magasins du Printemps, au début des années 20, qui avait vu un général nommé Hivert terrasser des flammes hautes comme un immeuble de dix étages. La rumeur s'était répandue dès le lendemain qu'un certain Hivert avait sauvé le Printemps...

Mais cette fois, ce n'était pas du côté des numéros pairs du boulevard que s'élevait l'épaisse fumée noire. Aussitôt alertés par le voisinage, les pompiers découvrirent que le feu était né au dernier étage d'un immeuble en renfoncement, dans un petit coude de la rue des Italiens : la Galerie financière était en train de brûler par le haut.

L'opération de secours fut rondement menée. Trois camions rouges de pompiers étaient à pied d'œuvre moins de dix minutes après l'alerte donnée par un coup de téléphone. Ils purent sans difficulté accéder au pied de l'immeuble et diriger leurs canons à eau vers la petite fenêtre d'où sortait la fumée, une sorte de « chien assis » qui vomissait un panache d'une noirceur inouïe.

– Qu'est-ce qui peut bien cramer là-dedans ? se demanda le commandant Gibert qui dirigeait les opérations.

Le gardien de l'immeuble, qui n'avait rien vu, se précipita dehors.

– Il y a du monde là-haut ? demanda le commandant.

– Personne, répondit l'homme en suffoquant. Le samedi, les bureaux sont fermés. Le juge Gaillard passe quelquefois prendre un dossier, mais je ne l'ai pas vu ce matin.

– Vous n'avez remarqué personne ?

L'homme réfléchit.

– Si, vers 10 heures, le conseiller Marchand est arrivé. Il m'a salué rapidement en me disant qu'il avait oublié quelque chose. Il est redescendu à peine une demi-heure plus tard. Depuis, je peux vous assurer que les bureaux sont déserts. Je suis seul avec mon chien Cador.

Le gardien désigna un beau chien-loup qui tournait en rond autour de son maître en émettant une sorte de petite plainte.

– Excusez, fit son maître, c'est votre uniforme : il n'est pas habitué.

La nuque renversée pour observer l'étage en feu, le commandant des pompiers essayait de comprendre comment avait pu démarrer l'incendie.

– Qu'y a-t-il, au dernier étage ?

Le gardien se gratta la tête, manifestement embarrassé.

– Vous savez, malgré les travaux de rénovation, on ne peut pas dire que les juges aient ici tout le confort et toute la place nécessaires pour faire leur boulot. On voulait libérer un peu d'espace aux étages de travail alors on a accumulé un vrai bric-à-brac dans les combles du cinquième : de vieux ordinateurs, des paperasses à n'en plus finir, du mobilier ancien, que sais-je encore.

– Je vois, soupira le gradé. Je suppose qu'il s'agit de pièces aveugles, éclairées seulement par des puits de lumière, des Vélux ou des machins de ce genre.

– Tout juste, fit le gardien admiratif. Comment avez-vous deviné ça ?

– À force de me battre contre des feux de ce genre. Quand le soleil fait loupe sur ces vitres à plat, mieux vaut ne laisser ni papiers ni vieux ordinateurs. Il suffit que ça chauffe un peu et hop, on est bon pour le grand brasier.

Le gardien hocha la tête, puis s'éloigna. La façade ruisselait des jets puissants dirigés contre le feu. Des badauds s'étaient rassemblés derrière les barrières de sécurité installées à la hauteur de la librairie Del Duca. Déjà les radios et les télévisions étaient sur place, caméras fixes et micros baladeurs.

– Dites que je ne réponds pas aux questions,

glissa le commandant Gibert à l'officier de presse qui venait le solliciter. Et surtout pas d'hypothèses farfelues ou prématurées sur le thème de l'incendie criminel. Pour l'instant, on ne sait rien du tout. La Galerie financière, ce n'est pas le Lyonnais. Sauf preuve du contraire, il n'y a pas de salle des coffres, et je doute qu'on planque les secrets de l'instruction dans les combles.

– Très bien, approuva l'officier de presse. Je vais faire patienter.

Il marqua un temps d'arrêt.

– Pas même pour le journal de 13 heures sur France 2 ? La fille est super-mignonne.

Le commandant Gibert lui envoya un regard exaspéré. L'autre n'insista pas. Une drôle d'odeur se répandait dans le quartier. Une odeur de brûlé, bien sûr. Mais pas uniquement.

– Ça sent le plastique cramé, un truc toxique, dit par talkie-walkie un des pompiers qui était monté par les escaliers jusqu'à l'entresol situé entre le quatrième et le cinquième étage. Mais on a vérifié partout. L'immeuble est réellement désert. De toute manière, je crois que personne ne réside au dernier étage.

Tout d'un coup ce fut un grand fracas. Le feu qui avait fini par manquer de place pour sortir à travers l'étroite fenêtre, jaillit à travers le toit de l'immeuble dans une formidable explosion qui provoqua un cri de surprise parmi les badauds.

– Faites évacuer toute la zone ! hurla le commandant Gibert. Je ne veux plus voir personne. Même les journalistes. Et vous autres, sanglez vos casques. On risque de ramasser un château de cartes sur la tête si le feu continue comme ça.

Le vent venait de se lever. Un vent capricieux qui rabattait la fumée vers le sol et compliquait la manœuvre en brouillant la visibilité. Le commandant, cherchant à contourner le foyer pour l'attaquer par-derrière, envoya une partie de ses hommes explorer la rue du Helder et la rue Taitbout. Ils revinrent dépités. Aucun accès n'était possible. Il fallait maintenir les canons à eau en action par l'extérieur. Mais pour toucher le cœur des flammes, il faudrait de toute façon atteindre l'étage incendié de l'intérieur. Le commandant demanda à ses hommes d'aller chercher les bouteilles à oxygène. En quelques minutes, huit soldats du feu étaient déjà harnachés comme des plongeurs sousmarins, masques sur la figure et bonbonnes respiratoires dans le dos. Ils déroulèrent plusieurs boas de toile.

– L'un de vous donnera le signal. Quand vous serez arrivés au point stratégique, on met la pression d'eau. Pas avant. Bonne chance, les gars ! cria le commandant.

Les hommes disparurent dans la cage d'escalier, traînant derrière eux leurs gigantesques fils d'Ariane de toile et de caoutchouc. On entendait de terribles craquements dans le brasier qui commençait à s'effondrer sur les étages inférieurs. Des vitres explosèrent en morceaux sous l'effet de la chaleur, avec une déflagration sourde, comme si un engin explosif avait été mis à feu.

– Les planchers et les plafonds du quatrième ont été dévorés, alerta par talkie-walkie un des pompiers engagés dans les étages.

– Je vais appeler l'hélicoptère, décida le commandant. On va prendre le feu de haut. En attendant, envoyez la pression dans les tuyaux ! cria-t-il aux hommes restés près du camion-citerne.

L'enveloppe des tuyaux claqua sous l'effet de la pression, à sa puissance maximale. Une fumée plus claire, comme de la vapeur, s'éleva bientôt. L'effet avait été immédiat, mais insuffisant. L'immeuble continuait de se consumer par la tête.

— Évidemment, soupira le commandant Gibert. Sous les toits et même dans les murs, il y a des boiseries partout. Et je ne parle pas des vieux parquets...

En quelques minutes, quatre Puma au ventre rempli d'eau s'étaient regroupés autour de la Galerie financière et tournoyaient, pareils à de gros bourdons venus butiner des fleurs empoisonnées. Le commandant se mit en contact radio avec le chef de la patrouille.

— Dites à vos acrobates de rester prudents, je ne veux pas de pertes humaines. On va pas se tuer pour des paperasses et des vieux clous, pas vrai ? Espacez les bombardements d'eau de vingt secondes, puis filez à la base. Un passage devrait suffire, on finira après avec nos tuyaux. Go !

— Entendu, fit une voix couverte d'un grésillement. Déjà les hélicos entamaient leur danse circulaire en prenant un peu de champ avant de revenir sur les lieux, sagement alignés en file indienne.

C'est le juge Gaillard qui arriva le premier. Il fut aussitôt entendu par deux officiers de police judiciaire dépêchés par le Quai des Orfèvres.

— Vous êtes bien sûr qu'il n'y avait personne ? demanda d'abord le vieux magistrat affolé. Quelqu'un est-il allé dans le bureau de la juge Casanove ? Elle vient souvent travailler le week-end.

— Rassurez-vous, lui répondit le commandant d'un ton tranquille. Nous sommes allés vérifier. Votre étage était désert. Le gardien nous l'a confirmé. Un juge est passé ce matin, mais il est reparti très vite.

Le juge Gaillard eut une expression de surprise.

— Un autre juge... Vous voulez dire... le conseiller Marchand ?

— Peut-être. Il faudra demander au gardien. S'il vous plaît, éloignez-vous un peu. Il peut tomber des braises, de là-haut, vous savez.

Le magistrat à la tignasse blanche fixa le sommet de l'immeuble dont la façade noircissait à vue d'œil, tandis que les pompiers de la patrouille volante terminaient leurs largages. L'eau tombée du ciel éclaboussait la chaussée et le juge Gaillard s'écarta, comme à regret. Il avait appelé chez Oriane mais il était tombé sur un répondeur. Pensant qu'elle était déjà en route, il n'avait pas laissé de message. Sans doute avait-elle entendu l'information à la radio, elle qui était sans cesse branchée sur France-Info. C'est pourquoi il était surpris de ne pas la voir aux côtés des pompiers. Si elle n'était pas là, c'est qu'elle était montée dans son bureau et que les flammes l'y avaient surprise ! Malgré les assurances que le troisième étage était intact, et au demeurant désert, le juge Gaillard gardait en lui un doute qui le rongeait.

Au bout de trois longues heures, les pompiers commencèrent à maîtriser le sinistre. Toutes les demi-heures, quelques hommes descendaient, à moitié asphyxiés malgré leurs masques et leurs bouteilles d'oxygène. Ils s'en débarrassaient avant de s'allonger sur des civières alignées sur le trottoir, le visage souillé, les poumons en feu, récupérant leur souffle les yeux fermés.

– C'est du plastique qui brûle, fit un des pompiers, étendu sur son lit de fortune. Des ordinateurs, des circuits électriques, et aussi des cassettes vidéo, par-dessus le marché. Il faut pas approcher sans masque. Je crois qu'un des gars a respiré des vapeurs toxiques. Deux autres l'aident à descendre. Il faut faire avancer l'ambulance.

Le commandant Gibert fit signe aux infirmiers de s'approcher. On allait évacuer certains pompiers brûlés au premier ou au deuxième degré, en même temps que leur collègue qui avait inhalé ces vapeurs nocives et se plaignait de maux de tête violents.

– Qu'y avait-il là-haut ? demanda Gibert au juge Gaillard qu'il avait rejoint sur la plate-forme du camion-citerne, un peu en retrait.

– À vrai dire, je ne sais pas exactement. J'avais obtenu qu'on nous change tout le système informatique, il y a quelques mois. Mais, par précaution, on avait conservé nos appareils anciens sous les combles.

– Et l'ensemble était sous tension ? Ça expliquerait qu'il se soit produit un court-circuit.

Le juge Gaillard hocha la tête.

– Je comprends.

Mais il s'interdit de parler au commandant des pompiers de ses doutes sur la véritable nature des objets et des documents entreposés là-haut. Il avait su qu'Oriane Casanove avait effectué une perquisition quelques jours plus tôt dans un appartement du XVIe arrondissement. C'est le conseiller Marchand qui avait « cafté », tout en se défendant de jouer les traîtres. Il voulait seulement avertir son patron que certains dossiers n'avançaient pas, pendant que le juge Casanove s'engageait sur des terrains qui ne semblaient pas prioritaires pour le moment. Le juge Gaillard était resté impassible. La démarche de Marchand lui avait déplu, lui qui s'était toujours fait une règle, depuis ses années de guerre en Algérie, de ne jamais « fayoter », pas plus auprès d'un sergent que d'un haut magistrat. Mais il avait ressenti une profonde tristesse du fait qu'Oriane ne l'ait pas mis dans la confidence. S'était-elle engagée dans une mauvaise affaire ? S'était-elle mise à le craindre ou, pire, à le négliger, à le tenir pour un *has been* qu'il n'était pas utile d'avertir ?

L'officier de police judiciaire s'approcha du commandant des pompiers.

– N'espérez pas visiter les lieux aujourd'hui,

répondit Gibert à sa demande. Quand tout sera bien éteint, nous aurons affaire à un sacré dégât des eaux.

– Normal, admit le policier. Mais je dois alerter les spécialistes du laboratoire central de la préfecture de police, ainsi que les techniciens de l'identité judiciaire. C'est la loi. Le parquet a désigné des spécialistes en matière d'incendie par imprudence, catastrophe, chantage ou menace. Cela signifie que nous devrons aussi interroger vos gars pour savoir s'ils ont remarqué des détails suspects.

Le pompier haussa légèrement les épaules et offrit un visage de grande lassitude.

– Écoutez, mes gars, pour l'instant, soit ils sont encore au feu, soit ils soufflent, soit ils sont à l'hôpital. Quant à repérer un détail dans cette boule de suie qu'est devenue l'immeuble, je doute que cela soit possible avant quelques jours.

– Bien. Et vous ? fit le policier en se tournant vers le juge Gaillard.

– Je peux simplement vous dire qu'aucun chantage, qu'aucune menace n'est arrivée jusqu'à moi. Si un de mes collaborateurs en avait reçu, il m'aurait prévenu, je pense.

Dans son for intérieur, il songeait à Oriane, et son absence le plongeait dans une inquiétude plus grande à mesure que les minutes passaient. Quand elle apparut enfin sur le lieu du grand brasier, il était presque 7 heures du soir. Les pompiers avaient déjà enroulé leurs tuyaux. Le commandant Gibert et ses hommes avaient plié bagage. Il restait seulement le juge Gaillard, persuadé qu'Oriane finirait par se montrer. Quand il la vit souriante et pimpante, il comprit qu'il s'était vraiment fourvoyé en la croyant la proie des flammes. Si elle était la proie d'un élément incandescent, c'était sans aucun doute d'un autre que le feu. Ils s'installèrent à la terrasse du café Gramont. Le juge Gaillard se demanda s'il lui parlerait de ce que Marchand lui avait dit sous le sceau du secret.

– Où étiez-vous donc ? commença-t-il à brûle-pourpoint, conscient de poser une question indiscrète.

– À l'hôpital, répondit-elle.

Son sourire avait laissé place à un masque plus grave depuis qu'elle avait vu le spectacle de la Galerie dévastée.

– J'étais allée voir un... un ami. Il est très fatigué. Nous n'avons pas écouté la radio. C'est en sortant que j'ai appris... Qui donc a pu faire ça ?

– Qui ? Vous pensez que c'est forcément l'œuvre de quelqu'un ? Le feu a pris tout en haut, dans les combles et les soupentes. Qui aurait eu intérêt à mettre le feu dans cet endroit précisément ? Le cœur de notre réseau, ce sont nos ordinateurs, nos fichiers et nos dossiers du troisième, n'est-ce pas ?

Il avait tendu une perche à Oriane, qui, à son grand regret, ne la saisit pas. Le juge ne quittait pas des yeux la jeune femme, fasciné par son nouveau visage. On aurait cru à une sœur jumelle venue des îles ou d'un paradis lointain. Il lui fit compliment pour sa nouvelle coiffure. Elle remercia puis s'enfonça dans le silence.

– On verra demain matin l'étendue des dégâts, ajouta le juge Gaillard pour dire quelque chose.

Il était trop tôt pour mesurer les conséquences de cet incendie. Fallait-il y voir un concours de circonstances, une étincelle accidentelle, les suites d'un court-circuit, comme l'avait avancé le commandant Gibert ? Ou la main d'Orsoni qui avait repris par le feu ce qui lui avait été dérobé ? Oriane y penserait plus tard. Pour l'instant, elle n'avait pas envie de partager la tristesse du bon juge Gaillard qui soudain lui pesait. Elle eut envie de le secouer, de lui dire que la vie n'était pas tout entière à la Galerie financière, qu'on pouvait sûrement être heureux loin de ces dossiers de malheur qui racontaient la corruption du siècle, le bal des ripoux, les chemins dorés de l'impunité sur lesquels ils essayaient de faire rouler les pierres de la justice. En réalité, Oriane planait sur un nuage. Il ne s'était pourtant pas passé grand-chose, cet après-midi-là, pendant que l'immeuble de la rue des Italiens s'embrasait. Elle avait réussi à faire placer Lazzano dans une chambre individuelle. Il avait repris des forces mais il avait très peu parlé. Il s'était contenté de regarder cette jeune femme métamorphosée par la grâce d'un habile figaro. Il lui avait souri avant de fondre dans une douce torpeur, mi-veille, mi-sommeil, tandis qu'Oriane restait près de lui. Il l'avait sentie qui prenait sa main, mais elle l'avait ôtée d'un geste furtif sitôt qu'il avait rouvert les yeux, comme une enfant en faute. Ils s'étaient dit « à demain », et ses simples mots avaient rebondi joyeusement dans l'esprit d'Oriane. Manière de se dire : « La vie continue et nous nous reverrons. »

« Voilà que je deviens romantique », avait remarqué la juge en quittant le Val-de-Grâce. Sous la joie qui couvait en elle, demeurait le pessimisme de qui a été pris au jeu de l'amour dans le passé, et s'y laisse reprendre malgré ce que coûte le danger d'aimer : le prix fort, évidemment.

Le juge Gaillard avait dû la trouver bien légère et, pour une fois, insouciante. Le moment était plutôt mal choisi : le jour où la boutique flambait, Oriane étincelait aussi, avec ses mèches blond et or, et son teint de satin clair.

Le soir, découvrant les images de l'incendie à la télévision, Oriane mesura la gravité de l'événement. Les commentateurs rapprochaient cette affaire de l'incendie du Lyonnais, à l'occasion duquel des archives compromettantes pour certaines activités de la banque avaient été détruites. L'envoyé spécial de LCI posait directement cette question : qui avait intérêt à voir partir en fumée certains documents entreposés au dernier étage de la Galerie financière ? Avec cette question subsidiaire : qu'y avait-il exactement de si intéressant, et pour qui, à cet endroit ?

Oriane réfléchit à la question. Sans grand succès. Bien sûr, toute sa « prise » au domicile de Shan et dans le bureau d'Orsoni, ainsi que dans sa pièce de projection, avait brûlé. Elle n'avait eu qu'un bref aperçu du contenu : factures, vidéos, lettre d'un président africain laissant penser qu'Orsoni l'avait aidé dans l'acquisition d'un somptueux appartement comme s'en offrent si souvent les grands de ce monde. À première vue, il n'y avait pas là de quoi faire un feu de joie dans un immeuble haussmannien. Pourtant, l'incendie avait bel et bien eu lieu. Il y avait donc probablement dans ces cartons une précieuse information que la juge n'avait pas eu le temps d'exploiter. Elle se demanda quelle stratégie adopter. Devait-elle communiquer à la presse ? Révéler la nature des documents qu'elle avait mis de côté à l'étage ? Bluffer en affirmant qu'elle les avait justement déplacés la veille, dans l'espoir de tendre un piège aux criminels ? Ou encore jouer franc-jeu pour éteindre la méfiance d'Orsoni et de sa bande, en minimisant la portée de l'incendie puisque ce qui avait flambé était sans intérêt. Elle penchait pour cette solution, qui aurait justifié de surcroît que les cartons aient été déposés en un lieu somme toute assez inadapté au stockage d'archives « sensibles ».

Oriane était plongée dans ces débats intérieurs quand son téléphone sonna. C'était Pinson.

– Du nouveau ? fit-il de but en blanc, sans même un bonjour.

– Oui, j'ai coupé mes cheveux, répondit Oriane, curieuse de sa réaction.

Mais, manifestement, le journaliste n'avait pas envie de marivauder. Il était redevenu le célèbre investigateur, sa réputation était en jeu : c'était à lui de donner le *la*, d'être la lumière de la presse, celui qui sait avant les autres, et mieux que les autres.

– Je suis heureux pour vous, dit-il d'une voix qui se voulait détendue mais trahissait l'agacement. Je voulais parler de...

– Je sais, je sais, coupa Oriane. Excusez-moi. Je crois, enfin, il me semble que je suis amoureuse, alors aujourd'hui, justement, ces flammes. Je suis trop bête... je vais vous dire ce que je pense, voilà...

Elle n'alla pas plus loin. Edgar Pinson avait raccroché.

32

Le conseiller Marchand ne s'était pas montré de la journée. Il s'était contenté de téléphoner au juge Gaillard pour s'enquérir des dernières nouvelles sur l'incendie.

– Vous saviez, vous, ce qu'Oriane avait fait monter là-haut ? demanda le vieux magistrat, plutôt abattu et qui ne savait plus bien à quel saint se vouer.

– Pas la moindre idée, répondit Marchand. Et croyez que je le regrette. Nous ne sommes pas si nombreux. Il est déjà difficile de coopérer entre juges européens. Si on n'y arrive pas entre résidents du même étage...

– Je sais ce que vous pensez, répondit le juge

Gaillard. Je parlerai à Mme Casanove. Elle me semble avoir la tête un peu ailleurs, en ce moment.

Marchand ne répondit rien, estimant plus habile de ne pas chercher à pousser son avantage.

– D'après le gardien de l'immeuble, vous êtes passé à la galerie ce matin.

Le conseiller s'attendait à cette question, à laquelle il répondit avec naturel, sans hésiter.

– Je voulais faire avancer l'affaire des maquillages de comptes dans les compagnies de distribution d'eau. C'est un dossier complexe. Entre nous, on ne serait pas trop de deux pour démêler l'écheveau. Je voulais m'en occuper cette semaine, mais j'ai préféré venir un jour où le téléphone ne sonne pas. Finalement je ne suis resté qu'une heure. Il faisait tellement beau dehors que, je me suis dit, flûte, tant pis pour l'eau. Ou plutôt, par association d'idées, toutes ces pages à propos d'eau, par ce chaud soleil, m'ont donné envie de boire de l'eau. Je suis allé faire un tour au Luxembourg où j'ai acheté une bouteille d'eau minérale.

– On peut dire que vous avez de la suite dans les idées et un raisonnement d'une forte logique, nota le juge Gaillard.

– C'est utile, dans notre métier !

Le magistrat lui demanda encore si rien ne lui avait paru anormal. Il rassura le responsable de la Galerie financière et prit congé. Marchand était d'humeur légère. Lucas lui avait donné rendez-vous chez Tomy, leur café fétiche du Marais. Le mauvais souvenir lié aux photos s'était dissipé, et les deux hommes avaient repris leur relation amoureuse comme si rien n'était jamais venu la gâcher. Ils burent plusieurs bières d'affilée. Marchand, bien que bordelais, ne tenait pas très bien l'alcool. Quand Lucas lui souffla dans l'oreille : « Ce doit être un spectacle terrible, ton immeuble, tu ne veux pas me montrer? », le juge refusa. Ce n'était pas le moment d'aller traîner là-bas. Il devait y avoir de la flotte partout. Non, ce ne serait pas raisonnable.

– Fais pas la chochotte, insista Lucas. On y passe rapido et puis on finit la nuit chez moi. Viens, on y va d'un coup de moto.

À la perspective de s'agripper au corps du jeune homme, puis de passer la nuit dans son lit, Marchand se leva.

– Je ne suis pas sûr qu'on puisse entrer, fit-il. Il y a peut-être des flics partout, tu sais.

– On verra bien. Allez, zou!

La moto remonta toute la rue de Rivoli. Marchand, cramponné au blouson de son ami, éprouvait la même impression d'érotisme brûlant que la première fois. Les cheveux blonds de Lucas flottaient au vent. Ils arrivèrent devant l'immeuble de la rue des Italiens. Tout était calme dans l'obscurité. Les fenêtres du bas étaient ouvertes pour faciliter la circulation de l'air. Une tenace odeur de cramé flottait dans l'air. Pour se remettre de ses émotions, le gardien et son chien s'étaient assoupis devant un programme insipide à la télévision, et le chien-loup ronflait plus fort que son maître.

– Si on passait par une fenêtre? suggéra Lucas. Ce serait tellement drôle!

– Alors pas de bruit, répondit Marchand qui sentit une soudaine excitation à pénétrer par effraction sur son lieu de travail.

Ils grimpèrent dans les étages sans allumer aucune lumière. Mais Lucas avait tout prévu: il sortit de la poche de son blouson une petite torche électrique. Au troisième étage, ils traversèrent le hall et se dirigèrent vers le bureau de Marchand. Le conseiller n'y tenait plus. Était-ce le caractère exceptionnel et insolite de la situation, ou l'obscurité, qui lui donnait un courage inhabituel et le libérait de ses tabous ? Quand ils furent dans son bureau, il enlaça le jeune homme et entreprit de déboutonner son pantalon. Lucas ne résista pas quand Marchand, jetant fiévreusement ses vêtements à terre, l'entraîna sur le parquet avec vigueur.

– Où sont les toilettes ? demanda Lucas une fois leurs ébats terminés.
– Je vais te montrer.
– Non, reste, dis-moi seulement où c'est. J'en ai pour cinq minutes, puis on repart. Ce n'était qu'un acompte. Je te promets une nuit fantastique, fit-il en plissant les yeux.

Marchand sourit d'un air rêveur.

– Sors dans le couloir. Il y a une première porte : c'est le bureau de la juge Casanove. Tu continues et, la porte suivante, dans un recoin sur la droite, c'est là.

Sorti du bureau de Marchand, Lucas se métamorphosa complètement. Ce n'était plus une petite frappe épongeant les passions d'un juge tourneboulé d'avoir viré sa cuti. C'était un technicien précis et concentré, chargé de poser sur l'installation téléphonique de la juge un émetteur radio relié à sa ligne par une petite pince crocodile. Lucas alluma sa lampe de poche et, de l'autre main, fouilla dans sa poche. Le kit était complet. Il avait souvent posé des « bretelles », des « zonzons », comme on disait chez les flics. Lui, il avait toujours fait ça pour du fric, pour se payer sa came. À une époque, il se spécialisait dans les cocus. Lucas était connu dans certains milieux pour installer des écoutes chez ceux qui avaient des doutes sur la fidélité de leur femme. Jamais dans les couples homos, ça le gênait et l'aurait amené à scier la branche sur laquelle il s'asseyait souvent. À supposer que certains amants volages trompent leur régulier avec lui, ç'aurait tout compliqué. Or il ne voulait pas d'ennuis.

Quand Orsoni lui avait passé commande pour poser des écoutes à la Galerie financière, ça l'avait amusé. Assurer un vrai boulot d'espion, c'était une promotion, une sorte de brevet de sérieux et de fiabilité. Il prenait sa tâche à cœur et voulait surtout éviter toute anicroche. Lucas enfila des gants d'électricien et pénétra dans le bureau de la juge. L'odeur de brûlé n'était pas très forte car la fenêtre avait été ouverte à deux battants. Avec le faisceau lumineux de sa lampe, il suivit du regard la ligne téléphonique. L'installation coulait le long du mur et plongeait sous une latte du parquet. Il sortit d'un sachet des micros-émetteurs HF qu'il logea délicatement à l'intérieur du combiné, c'était plus sûr. Il dévissa sans difficulté le module, puis s'assura qu'on n'entendait rien en décrochant la ligne. C'était parfait, aucun écho ne se produisait. Il s'arrangea ensuite pour que sa pince morde le câble téléphonique. Il en aiguisa les dents afin que les gaines de plastique soient bien accrochées. Sous le bureau, enfin, il colla un minuscule magnétophone à déclenchement automatique. Le tour était joué. Il avait mis moins de cinq minutes. Il referma la porte derrière lui, trouva les toilettes où il se contenta de tirer la chasse d'eau avant de revenir sur ses pas. Marchand l'attendait.

– Tu commençais déjà à me manquer, murmura le conseiller.

– Allez, on file, dit Lucas.

– C'est ça, on va dire bonsoir au gardien, tu verras, il a un chien adorable.

– Non, on ressort par la fenêtre, c'est plus drôle.

Marchand n'était pas d'humeur contrariante. Il suivit son chevalier servant et disparut avec lui dans la nuit. Décidément, c'était la journée : il n'y avait vu que du feu.

33

Lazzano ouvrit un œil, puis deux. Un rayon de soleil passait par la fenêtre et tombait à l'oblique juste sur ses pieds. Il s'étira, bâilla.

– Quel jour sommes-nous ? demanda-t-il à l'infirmière qui lui apportait son petit déjeuner.

– Dimanche, monsieur. Bon appétit. Il faut que vous mangiez. Vous avez meilleure mine, mais vous devez vous sentir encore un peu faible, n'est-ce pas ?

– Un peu, reprit Lazzano sans insister.

Il contempla le plateau que l'infirmière venait de poser sur une petite table roulante. C'était un vrai déjeuner de grand hôtel, avec du thé fumant et un pot de lait, des toasts et de la marmelade, du beurre, un jus d'orange et des croissants. Oriane avait personnellement veillé à ce qu'il soit servi copieusement et elle avait glissé une pièce à la jeune infirmière pour qu'elle fournisse les croissants et le jus d'orange. Lazzano mangea lentement, en sifflotant. La radio racontait par le détail l'incendie survenu la veille à la Galerie financière. Il y prêta une oreille attentive et envisagea aussitôt toutes sortes d'hypothèses. Il pensa que cette Oriane Casanove était gonflée, qu'elle avait du cran et de la clairvoyance. Mais n'allait-elle pas un peu vite en besogne ? Orsoni avait plusieurs tours dans son sac. Quant à M. Arthur, il ne se laisserait pas attraper comme ça. Mais Oriane savait-elle qui était Arthur ? Son déjeuner englouti, il sonna l'infirmière pour qu'elle le débarrasse de son plateau.

– Je vais faire un brin de toilette et me reposer, annonça-t-il.

Elle ferma les rideaux pour créer une pénombre propice au repos et sortit.

Dès qu'elle eut disparu, il se rendit au lavabo, se rasa et se frotta énergiquement les dents. Il examina dans la glace sa bouche sanguinolente. C'était toujours pareil depuis qu'il était enfant. Ses gencives avaient toujours abondamment saigné. C'était spectaculaire, mais indolore et sans conséquence. Quand il était pensionnaire dans un lycée de Marseille, il avait impressionné plus d'un de ses copains en jouant aux vampires, laissant couler aux commissures de ses lèvres fermées des filets de sang. C'est encore de cette manière qu'il avait pu simuler sa tentative de suicide, trois jours plus tôt, dans sa cellule de la Santé. Il avait frotté ses gencives avec frénésie et recueilli son sang à l'intérieur de son verre à dents. Ce n'était pas très ragoûtant mais le résultat s'était révélé efficace. Au petit matin, il s'était très légèrement incisé le poignet, prenant bien soin de ne pas toucher la veine. Ensuite, cela avait été pour lui un jeu d'enfant, une fois allongé sur ses draps, de verser sa « sauce rouge », comme il disait gamin à ses potes du Panier, à Marseille. C'était l'époque où tout cinéaste de passage dans la cité phocéenne était abordé par ce gamin gouailleur, qui réclamait de jouer dans leur film. S'il y avait un mort, il voulait bien tenir le rôle car il savait mourir pour de faux. Résultat : en entrant dans sa cellule, le gardien avait poussé un cri devant l'homme gémissant, les draps maculés, son poignet noir de sang séché.

Puisqu'on était dimanche, sa décision était prise : pas question de rester à l'hôpital un dimanche, *a fortiori* quand on n'est pas malade, qu'on a pris un petit déjeuner princier vous donnant toute l'énergie nécessaire pour galoper, et que, pour finir, il fait beau. Ce n'était pas très gentil pour Oriane, mais Lazzano avait son idée.

Orsoni le croyait à Londres en train de régler une affaire d'assurances du *Massilia* à la Lloyds. Autant ne pas éveiller les soupçons et s'acquitter de cette tâche, pensa-t-il. Il n'aurait pas voulu qu'on le croie entre les mains de la justice après ce qui était arrivé, la perquisition surprise dont parlaient les bulletins radio, et l'incendie qui avait suivi peu après.

Lazzano brossa ses cheveux. Il entrouvrit légèrement la porte de sa chambre, assez pour vérifier que le couloir était désert. Certains malades regardaient « Le Jour du Seigneur » à la télévision, le son porté au maximum car il s'agissait de personnes âgées. Deux infirmières faisaient des soins tout au fond. Il en profita pour dérober les vêtements de l'homme de la chambre voisine. Lazzano partit en sens inverse et se retrouva rapidement dans le hall du Val-de-Grâce. À une infirmière-chef qui s'étonnait de le voir là alors que les visites commençaient seulement en début d'après-midi, il répondit tranquillement qu'il s'était perdu : il cherchait la chapelle pour assister à l'office. Elle se radoucit et lui indiqua son chemin. Il écouta un morceau du « Notre Père », se signa négligemment, puis disparut par la sortie de la rue du Val-de-Grâce et remonta vers La Closerie des Lilas d'où il téléphona à Roissy. Il avait un avion pour Londres dans moins de deux heures. Il repassa par chez lui, puis fila vers Roissy. Il éprouvait un peu de remords à s'échapper aussi lâchement des mains d'Oriane Casanove. Il avait été ému par les demi-aveux de la jeune femme, et il avait dû admettre qu'en son for intérieur, il n'était pas insensible au charme un peu sauvage de la juge, ni à ses efforts pour gagner sa confiance, et peut-être plus encore. Mais le temps n'était pas venu de lui donner la moindre explication. Désormais, il faudrait jouer serré. Lazzano avait des comptes à régler qui ne regardaient personne. Et surtout pas la justice.

Le chauffeur de taxi le déposa porte A du terminal 2. Les horloges électroniques indiquaient 13 heures. Il se présenta au guichet British Airways pour retirer son billet. Une hôtesse lui fit savoir que le vol aurait trente minutes de retard. Il en profita pour se racheter des effets de toilette et un flacon de Chanel « Pour Monsieur », dont il s'aspergea aussitôt le visage et la nuque. C'était pour lui une manière d'éloigner les odeurs de la prison et de l'hôpital, de redevenir un homme libre et bien portant, éclatant de santé, comme il l'avait toujours été. Au kiosque à journaux, il acheta *Le Figaro*. Comme le livreur des Nouvelles Messageries arrivait juste avec des paquets du *Monde* sous ficelle, il attendit encore quelques minutes pour en prendre un exemplaire. Dans la salle d'attente, avant l'appel des voyageurs, il chercha ce qu'on disait sur l'incendie de la Galerie financière. Apparemment, les journalistes s'étaient heurtés à un mur de silence. Même Edgar Pinson restait d'une prudence inhabituelle. N'avait-il pas eu d'informations, en avait-il obtenu qu'il n'était pas en mesure de recouper ? Ou bien se laissait-il la possibilité de taper plus fort, le temps de réunir davantage d'éléments probants ?

Le Figaro publiait une grande photo de l'immeuble en flammes et des pompiers dirigeant leurs canons à eau en direction du toit. Pour l'instant, les journaux ne traitaient pas l'événement autrement qu'en fait divers.

L'embarquement commença enfin. Lazzano se procura quelques magazines « people ». Il apprit les derniers malheurs de la famille Grimaldi, les misères que lui faisait le fisc français. Une page était consacrée à l'incroyable marché conclu par le consortium Airbus aux États-Unis. Les Français avaient supplanté Boeing pour assurer le renouvellement d'une grosse partie de la flotte de la Panam. L'artisan de ce succès éclatant était Pierre Dandieu, le ministre de l'Industrie. Une photographie le montrait en gros plan, serrant la main des patrons d'Airbus et de Boeing, comme un maire entre deux mariés. Dandieu affichait un sourire éclatant de carnassier repu. Lazzano rangea le magazine dans la pochette de son siège. Il avait envie de fermer les yeux. Quand l'avion se posa à Heathrow, une brume épaisse collait aux hublots. Lazzano se réveilla en sursaut et ce voile d'ouate le plongea quelques secondes dans l'angoisse. Il se voyait revenu à la Santé ou à l'hôpital. Il n'était qu'en Angleterre... Il déboucla sa ceinture et se leva. En quittant l'appareil, il essaya mentalement de se parler en anglais pour se mettre dans le bain.

34

C'est un policier du commissariat du Ve arrondissement qui alerta la juge Casanove : Lazzano avait disparu sans laisser de trace. L'infirmière était entrée dans sa chambre un peu avant midi pour lui apporter son déjeuner. Elle avait trouvé le lit défait, un pyjama plié déposé au pied.

– Mais personne ne surveillait la chambre ? demanda Oriane atterrée.

– C'est vous-même qui nous avez demandé de ne plus assurer de tour de garde. Vous avez même dit qu'il serait libre de rentrer chez lui dès qu'il serait sur pied.

Oriane dut admettre qu'en effet telles étaient ses recommandations puisqu'elle avait fait annuler le mandat d'arrêt de Lazzano. Mais cela laissait-il le droit à ce dernier de s'enfuir de la sorte ? En fait, la jeune femme ne pestait pas après un détenu qui aurait faussé compagnie à la magistrate qu'elle était. Sa blessure, bien plus profonde, touchait son amour-propre. Oriane souffrait en amoureuse snobée plus qu'en juge trompée.

« C'est bien toujours la même chose, enragea-t-elle intérieurement. On essaie de faire des efforts, on tente de se montrer sous son jour le meilleur, et ILS vous plantent là sans crier gare. »

Une fois sa colère passée, Oriane essaya de comprendre ce qui avait pu décider Eddy Lazzano à s'enfuir. Quand elle eut épuisé ses réserves de bile et de rancœur, elle songea qu'il voulait peut-être se protéger, après avoir appris par la radio les derniers rebondissements de l'affaire. Après tout, il évoluait dans l'entourage d'Orsoni. Si le colosse corse avait eu vent de son interrogatoire par Oriane et de son incarcération, il courait un risque non négligeable, si tant est que les méthodes expéditives appliquées aux époux Leclerc puissent être employées à son encontre. Oriane en doutait. Lazzano semblait être un proche du réseau Orsoni, même si ses motivations paraissaient moins nettes qu'un simple désir d'influence et d'enrichissement personnel. Réflexion faite, Oriane commença à trembler un peu pour cet homme qui sans le savoir l'avait transfigurée. Elle se demanda même s'il n'avait pas été enlevé de force pour subir un autre interrogatoire, Orsoni voulant s'assurer qu'il n'avait rien raconté à la justice. Mais il eût fallu qu'Orsoni sache que Lazzano avait été entendu puis retenu par la juge Casanove. Et sauf fuite au sein de la Galerie financière, pareille information n'avait pas pu filtrer. Oriane se retrouvait donc à son point de départ : pourquoi Lazzano s'était-il enfui alors qu'il se savait libre, elle le lui avait confirmé la veille avant qu'il ne s'endorme ?

Par acquit de conscience, Oriane se rendit au Val-de-Grâce et s'enferma un moment dans la chambre qu'avait occupée cet homme si étrange et somme toute assez mystérieux. Elle inspecta chaque recoin et se surprit à caresser l'oreiller sur lequel il avait posé sa tête. Elle comprit qu'elle ne tirerait rien de ces lieux désespérément vides et ressortit. Le lendemain était un lundi férié. Lazzano ne possédait pas son numéro de téléphone chez elle. Il n'avait que celui de la Galerie financière. Elle resta un moment légèrement hébétée sur le trottoir menant au Val-de-Grâce, sans soupçonner que, trois heures plus tôt, Lazzano était passé exactement au même endroit pour se rendre à La Closerie des Lilas.

Oriane n'avait pas envie de rester chez elle. Elle détestait ces longs week-ends ensoleillés. Elle s'accrocha au seul univers qui la rassurait tout en la protégeant, du moins le croyait-elle : son travail. C'est pourquoi elle sauta dans un taxi et se fit conduire à l'Opéra. De là, elle se rendit à pied à l'immeuble de la rue des Italiens, après avoir acheté en chemin un panini brûlant. Le gardien et son chien étaient attablés, l'homme devant un solide haricot de mouton, le chien devant un os encore richement doté en viande et en gras.

– Il faut bien qu'on se requinque après les événements d'hier ! fit le bonhomme en apercevant la juge. Entrez donc un moment. Vous me faites pitié avec votre bout de pain. Vous prendrez bien un peu de viande, vous m'en direz des nouvelles, c'est une recette de ma femme. Et puis j'ai ouvert une bouteille de buzet qu'il me fait peine de boire tout seul. Allez, c'est sans manières, madame la juge. À la bonne franquette !

Oriane se laissa faire. Elle avait tout son temps, hélas. Et ce bonhomme lui plaisait bien. Il devait avoir l'âge que son père aurait eu s'il avait encore été en vie, et elle savait l'effet que produisaient sur elle les hommes de cette génération : elle se sentait tout de suite en confiance, sûre qu'ils ne pouvaient pas lui faire de mal.

– Vous auriez vu la tête du juge Gaillard, hier, commença le gardien en lui servant un verre de vin. Il voulait absolument que vous soyez coincée là-haut, au beau milieu de vos dossiers. Il a fallu du temps pour le convaincre que c'était impossible.

– C'est vrai, il s'est inquiété ? demanda Oriane juste pour le plaisir d'entendre le gardien lui répéter les mêmes mots, lui raconter l'insistance du juge pour que quelqu'un aille vérifier.

– Il voulait monter lui-même. On a dû l'en dissuader, avec le commandant des pompiers. C'est qu'il est infernal ! Quand il a une idée en tête, faites-moi confiance qu'il l'a pas ailleurs.

Oriane sourit. Elle vida d'un trait son verre de vin que le gardien remplit aussitôt.

– Mangez donc et jetez-moi ce panino.

– Panini, rectifia la juge machinalement.

– Oui, c'est ça, enfin de la cochonnerie pour l'estomac.

– Je vais monter dans mon bureau, décida-t-elle.

Le gardien fronça les sourcils. Il la sermonna gentiment, lui répétant les propos du commandant Gibert. Ce n'était pas prudent à cause des morceaux de plafond gorgés d'eau qui risquaient de s'effondrer sans prévenir.

– Vous auriez vu ce qu'ils ont déversé ! C'est à

peine croyable. Avec toute la flotte qu'ils ont balancée, on pourrait remplir une piscine olympique, je rigole pas, madame Oriane.

— Personne n'est revenu depuis hier? demanda-t-elle.

Le gardien réfléchit. Il fit non de la tête en agitant doucement un petit morceau de viande devant le museau de son chien.

— Pas bouger, dit-il, au pauvre animal qui couinait en remuant la queue.

Oriane lui fit une caresse.

— Personne, à part le juge Marchand, lâcha le gardien comme pour ménager son effet.

— Avant l'incendie?

— Parfaitement. Avant, mais aussi après. Le soir, il n'a pas voulu me déranger, mais il est revenu. Je crois qu'il devait être inquiet pour ses affaires. Il a l'air un peu maniaque, vous ne trouvez pas?

— Un peu, oui, approuva Oriane.

— En tout cas, il ne craint pas de monter sur une moto, ce qui me le rend sympathique. Hier soir, il est reparti à toute allure sur un bolide.

— Je ne savais pas qu'il pouvait piloter une moto, observa la juge.

— Non, il ne pilotait pas. Il était avec quelqu'un. Mais je vous dis, il n'a pas voulu déranger. La preuve, ils sont ressortis par une des portes-fenêtres sans passer par ma loge. Voilà au moins quelqu'un qui sait respecter le repos des gens.

— Moi, je repasserai par ici, lui lança Oriane. Mais que ça ne vous empêche pas de faire la sieste!

L'ascenseur était hors service. Oriane grimpa donc à pied jusqu'au troisième étage et fila droit vers son bureau. Une bande de plastique rouge et blanc avait été posée à la hauteur des premières marches menant au quatrième. Les experts viendraient sûrement dès le mardi mesurer l'étendue des dégâts et tenter de déterminer leur cause exacte. Oriane s'assura qu'aucun message n'avait été laissé sur sa boîte vocale. Elle vérifia la tonalité, puis reposa le combiné, rassurée. Ça marchait. Peut-être allait-il l'appeler, lui dire où il se trouvait, ils se seraient rejoints pour aller boire un verre ensemble ou pour se promener, pourquoi pas, ils n'avaient pas tort, les amoureux des jardins publics. Pour tuer le temps, Oriane décida de personnaliser son répondeur de bureau. Ceux qui appelaient de l'extérieur tombaient sur une voix électronique leur indiquant que la personne occupant le poste 1234 était absente, mais qu'ils pouvaient laisser un message. Elle sortit la notice et suivit les instructions pour enregistrer un message d'accueil. Il lui fallut un bon moment, car elle se trompa plusieurs fois et, quand elle eut enfin compris, elle ne fut pas satisfaite de ses premiers essais. Après avoir tapé sur « dièse » pour réécouter son annonce, elle se trouvait froide, distante, trop professionnelle. Le seul auditeur possible serait-il Lazzano ?

Elle enregistra une annonce plus douce, presque sensuelle, qu'elle effaça brutalement, prenant conscience que cet appareil correspondait à une fonction bien précise qui n'était pas Oriane amoureuse mais Mme Casanove, juge. Elle finit par trouver le ton juste et vérifia à plusieurs reprises que c'était bien ce dernier message que la bande restituait à ses interlocuteurs. Pour cela, elle se rendit dans le bureau de Marchand et composa son numéro comme si elle appelait de l'extérieur. En repartant, un objet insolite attira son regard. Sur le fauteuil de cuir, était négligemment posée une boîte de préservatifs. Elle se dit que le conseiller Marchand était vraiment un drôle de type.

Oriane resta jusqu'à 8 heures du soir. Son téléphone ne sonna pas. Le gardien lui proposa de dîner avec lui. Elle déclina l'invitation car elle avait envie d'être seule pour ne montrer à personne son envie de pleurer qui approchait avec la nuit.

35

Tout le long du week-end, Marc Terreneuve avait passé son temps à ruminer de sombres pensées que ni ses jeux avec ses enfants dans leur piscine de Saint-Nom-la-Bretèche ni sa partie dominicale de tennis avec un voisin pilote de ligne n'étaient parvenus à chasser. À quarante-trois ans, Marc Terreneuve était un des cadres supérieurs de France-Atome. Il gagnait près d'un million de francs par an, sans compter les primes pour contrats d'exportation qui, certaines années, doublaient, voire triplaient ses revenus; ainsi en 1994, quand il avait conclu à l'arraché la vente de deux centrales nucléaires à Daya Bay, en Chine méridionale. Jusqu'au bout la transaction avait manqué de capoter. Dans les six mois précédant le protocole final, Terreneuve avait fait dix-huit aller-retour Paris-Pékin. Pour ce centralien passé par HEC et diplômé des Langues O, le négoce était plus qu'un métier. C'était une passion et une jouissance mêlées, une manière de jouer gros avec le sentiment de servir l'intérêt national, comme s'il accomplissait à titre privé une mission diplomatique. Il s'agissait en l'occurrence de se montrer meilleur que les Américains tout en tenant à distance les Allemands et les Italiens. Une entreprise de bluff et de sincérité où il fallait savoir alterner souplesse et fermeté, rires et grincements de dents. Dans ces opérations éprouvantes, Terreneuve passait pour le meilleur. Les Chinois avaient eu beau l'appeler *in extremis* pour faire baisser les prix sous le point d'équilibre acceptable par France-Atome, il ne s'était pas laissé démonter. Il les avait écoutés exposer leur point de vue, puis avait suggéré de se revoir le lendemain pour donner sa réponse. La nuit durant, dans sa chambre d'hôtel, il avait envisagé les différentes manières de sortir du piège que lui tendaient ses partenaires. Quand ils s'étaient retrouvés, il avait d'abord tenu une position cassante, selon laquelle, cette fois, il ne pouvait plus consentir aucun sacrifice sous peine de perdre l'honneur aux yeux de son pays et de la société qui l'employait. Cet argument, il le savait, pouvait porter auprès des négociateurs chinois, qui avaient pour principe de ne jamais faire perdre la face à quelqu'un dont ils pourraient un jour avoir besoin. Après toute une nuit de discussion, Terreneuve avait mis sur la table une proposition qu'il avait en fait l'intention d'exprimer dès le début, mais qu'il s'était ménagée pour la fin, histoire de faire monter la tension. Il avait indiqué que, si la Chine signait le contrat en l'état, un avenant prévoirait que le deuxième réacteur serait fabriqué sur place afin d'opérer un transfert de technologie. Deux mille ouvriers chinois seraient nécessaires pour accomplir le gros-œuvre. Il avait obtenu l'accord de Pékin sur-le-champ. Par chance, la signature avait été effectuée avant la vente aux nationalistes de Taiwan de plusieurs Mirage, puis de Frégate non armées.

Quelques mois après ce joli coup qui lui avait valu une substantielle gratification, son P-DG l'avait appelé un matin dans son bureau. « Terreneuve, lui avait-il dit, je ne veux en rien diminuer votre mérite qui fut grand, et nous vous avons montré combien nous l'appréciions à sa juste mesure dans les contrats chinois. Cependant, vous vous doutez bien que tout cela n'a pu se dénouer aussi aisément, surtout à la fin, sans certaines interventions, disons politiques, que j'ai activées de ma propre initiative. Bref, si Octave Orsoni n'avait pas fait jouer ses relations dans les milieux officiels – je pense au Quai d'Orsay et à certaines officines liées au ministère de l'Industrie –, peut-être que cette belle affaire nous aurait échappé au profit des Américains ou de nos amis italiens. »

Terreneuve se demandait où son patron voulait en venir au bout de ces circonlocutions. Il n'avait jamais rencontré Orsoni, ne savait pas qui il était ni quel rôle il avait pu jouer. Il fallait en tout cas que ce fût un rôle bien discret pour que lui, Marc Terreneuve, négociateur en chef d'un contrat de vingt milliards de francs, découvrît tout à coup qu'un personnage autre que lui avait pu œuvrer dans l'ombre pour le succès du contrat. Mais le patron en arrivait au fait :

– Un juge de la brigade financière (il s'agissait à l'époque du juge Gaillard) nous soupçonne d'avoir versé plus de vingt millions de francs à Octave Orsoni par le biais de sociétés écrans, en rémunération de ses services d'intermédiaire patenté auprès des Chinois. Ces sommes auraient été retrouvées sur le compte de différents partis politiques de la majorité. Inutile de vous dire que nous devons tout démentir en bloc.

– C'est un tissu de mensonges ? avait demandé Terreneuve, mi-chèvre mi-raisin.

– Je ne dirais pas cela puisque nous sommes entre nous. Mais, officiellement, cela ne doit correspondre à aucune réalité. C'est pourquoi je vous demande de rédiger un communiqué pour soutenir que nous n'avons versé aucune commission à qui que ce soit et que ces fausses informations qui commencent à être divulguées ici et là portent un tort considérable aux intérêts de l'industrie française en Chine.

Quand Terreneuve avait insisté pour savoir si oui ou non cet Orsoni avait vraiment touché de l'argent en échange des services rendus dans ce contrat, son patron avait fini par avouer que oui, « mais c'est plus compliqué que vous ne pensez, et c'est à vous et vous seul que revient d'avoir décroché la timbale », avait répondu le P-DG de France-Atome. Curieusement, ces soupçons étaient restés sans suite, comme enfouis sous une interminable procédure dans laquelle le juge Gaillard avait perdu pas mal de forces et d'illusions. Terreneuve n'avait plus entendu parler d'Orsoni ni de commissions occultes, et le chantier chinois de Daya Bay avait vu le jour sans encombre.

Mais, depuis l'intervention spectaculaire du député Gilles Brizard à l'Assemblée nationale, et malgré la diversion faite par ses adversaires qui voulaient le compromettre avec une jeune Birmane liée à un général de la junte, le sort des centrales promises à Rangoon était menacé. Et Marc Terreneuve n'avait pas apprécié que son patron le dessaisisse du jour au lendemain de ce dossier sans lui fournir la moindre explication. Troublé par le souvenir de cette affaire Orsoni, il avait voulu en avoir le cœur net. C'est pourquoi, à la veille du long week-end, sachant son patron parti pour quelques jours à Marbella, il avait appelé sa secrétaire comme si de rien n'était. Il lui avait demandé s'il pouvait joindre M. Orsoni, histoire de vérifier si ce personnage avait une quelconque réalité. Quelle ne fut pas sa surprise quand la secrétaire lui répondit qu'il était lui aussi à Marbella, mais qu'il reviendrait mardi au bureau. Terreneuve n'en croyait pas ses oreilles.

– Au bureau ? fit-il d'une voix qui se voulait détachée, comme si tout cela était parfaitement naturel.

– Oui, répondit imprudemment la secrétaire, sans doute persuadée que Terreneuve était au courant. Son poste est le 1436. Il s'est installé au cinquante-deuxième étage, services des affaires générales. Voulez-vous que je le prévienne que vous avez cherché à le joindre ?

– Merci, non, surtout pas, avait répondu Terreneuve. Je réglerai cela moi-même. Et surtout pas une allusion à mon appel. Je ne voudrais pas l'inquiéter.

– Soyez tranquille, assura la secrétaire, qui aimait se mêler de ce qui ne la regardait pas.

Depuis qu'il avait raccroché, Terreneuve bouillait littéralement. Le big boss avait donc installé cet Orsoni au cinquante-deuxième étage, juste au-dessous de celui de la présidence. Peut-être les deux hommes communiquaient-ils par l'escalier à vis que le patron de France-Atome avait fait percer au milieu de son bureau pour accéder directement à son secrétariat et au service des études.

– Tu as l'air bien sombre, lui dit sa femme qui le regardait jouer avec son garçon de huit ans.

– Juste la fatigue. On s'est donnés à fond avec Gérard. Je me demande s'il aura du jus demain pour faire décoller son Boeing.

Terreneuve essayait de faire bonne figure, mais le cœur n'y était pas. Il eut envie d'appeler son collègue François Maréchal qui avait suivi avec lui le dossier birman depuis le début dans ses détails techniques, Terreneuve gérant la dimension financière et, croyait-il, politique. Mais il hésitait. Où mettait-il les pieds ? Il connaissait trop ces faits divers macabres où des négociateurs se retrouvaient égorgés ou noyés pour avoir été témoins de choses qu'ils n'auraient jamais dû voir ni savoir. Si

Terreneuve était audacieux en affaires, il n'avait pas l'âme d'un justicier ou d'un redresseur de torts. Il ne possédait rien de plus cher au monde que sa femme et ses deux enfants, qu'il faisait vivre dans un confort matériel dont il n'aurait jamais rêvé pour lui quand il était jeune étudiant boursier à Centrale. Issu d'un milieu modeste, il savait le prix de l'argent et continuait de croire qu'il gagnait le sien honnêtement. Ce qu'il découvrait par bribes était en train de lui montrer le contraire, et cette réalité lourde de menaces choquait sa conscience sans qu'il sût comment faire face. Il prit sa décision après le journal télévisé du soir qui avait consacré une longue séquence à l'incendie de la Galerie financière. Le nom d'Octave Orsoni n'avait pas été cité, mais il avait été question de la perquisition au domicile d'une jeune Birmane. Terreneuve attrapa l'exemplaire du *Monde* posé sur la table du salon et chercha l'ours du journal, où figuraient l'adresse et le numéro de téléphone de la rédaction. Il connaissait depuis longtemps le nom d'Edgar Pinson. Quand il était au Sénégal au titre de la coopération technique, il se régalait de ses articles sur l'aménagement du fleuve. Il ne l'avait jamais rencontré, mais se le représentait comme un type honnête et sans doute pas dupe du rôle que la France faisait jouer à ses anciennes colonies dans le blanchiment de l'argent et le financement des campagnes électorales, sous couvert d'aide et d'intérêts réciproques bien compris. À plusieurs reprises Pinson avait révélé dans les colonnes du *Monde* les réseaux des principaux barons de la politique française, de Charles Pasqua à Roland Dumas, sans oublier les jeunes loups qui attendaient la relève en embuscade, à proximité des compagnies pétrolières et des palais de marbre des dictateurs en place. Orsoni jouait évidemment sa partie dans cette fourmilière où l'on pénétrait au risque de sa vie si l'on n'était pas initié, c'est-à-dire dûment parrainé par un ancien.

Terreneuve tenta d'appeler la rédaction du journal. Un lundi, même férié, on travaille dans la presse. Au standard, on lui passa le poste d'Edgar Pinson. Mais celui-ci était absent. Terreneuve ne laissa pas de message sur sa boîte vocale. Il raccrocha et réfléchit. Puis il annonça à ses enfants qu'il devait s'enfermer un moment dans son bureau, qu'ils feraient une dernière partie de ping-pong un peu plus tard. Avant la nuit, promis.

Le cadre supérieur de France-Atome avait un à priori contre les lettres anonymes, lui qui n'avait pas été élevé dans la lâcheté. Il estima cependant qu'à ce stade il devait se montrer prudent. Il fallait déjà une grande audace pour contacter un reporter en vue afin de lui offrir sur un plateau les premiers éléments d'une affaire de corruption susceptible de faire les gros titres et d'entacher gravement la réputation de dirigeants économiques, voire politiques du pays. Il s'installa devant le clavier de son ordinateur et commença à rédiger une note à l'attention d'Edgar Pinson, « journaliste d'investigation ». Il se présentait comme un des dirigeants du groupe France-Atome, engagé dans les négociations avec la Birmanie. À ses yeux, c'était une manière de signer son envoi car le reporter n'aurait pas grand mal à l'identifier s'il se plongeait seulement dans le dossier de presse. Terreneuve avait souvent eu à répondre au nom de son groupe sur les atteintes aux droits de l'homme dans cette région, pour démentir les accusations de parlementaires européens prétendant que France-Atome aidait l'armée à décimer les rebelles. Il réfléchit quelques minutes sans écrire, puis les phrases vinrent d'un coup. Une note brève, citant des faits, rien que des faits mis les uns au bout des autres, tels qu'il en avait eu connaissance. « À vérifier », inscrivait-il par endroits, pour bien montrer au journaliste qu'il pouvait se tromper mais qui était de bonne foi. À la fin de son courrier, il établissait le lien entre la présence présumée d'Orsoni dans la tour France-Atome et un certain nombre de dépenses nouvelles affectées à un compte spécial, utilisé d'ordinaire pour les frais de réception ou de prestige. Des sommes considérables avaient été virées à certaines filiales suisses et luxembourgeoises de France-Atome, avant d'être reversées sur des références bancaires d'autres sociétés dont l'une, l'Agev, revenait le plus souvent. Bien sûr, il ignorait qui étaient le ou les destinataires de ces sommes, et si elles revenaient en France après leur périple dans les paradis fiscaux. Il alluma son imprimante et se fit deux copies papier, une pour l'envoyer, l'autre pour lui. Quand les épreuves furent sorties, il jugea préférable de détruire toute trace de ce courrier dans son disque dur. Il éteignit ensuite son ordinateur et prépara une enveloppe à l'attention d'Edgar Pinson. Dehors, le jour faiblissait. Il sortit de la maison et appela ses enfants.

– Ping-pong ! cria-t-il d'une voix légère.

Pour la première fois du week-end, il esquissa un sourire.

36

Quand elle poussa la porte de son bureau, Oriane Casanove ne put retenir un cri d'indignation. Elle appela en vain son assistante, qui s'était absentée.

Sa table de travail, le guéridon sur lequel elle posait les journaux, le dessus de son semainier et même son fauteuil étaient couverts d'énormes classeurs noirs numérotés de 1 à 40. Elle reconnut aussitôt l'affaire des abus de biens sociaux et fraudes au fisc des compagnies de gestion des eaux de la région parisienne, un dossier dont elle avait été officiellement chargée par le parquet, lequel attendait ses premières conclusions avant l'été. À son arrivée à la brigade, le juge Gaillard en avait confié une partie au conseiller Marchand, qui s'était employé à y mettre de l'ordre. Mais les implications politiques et financières étaient telles que Marchand s'était senti très vite submergé. Aussi avait-il séparé les deux aspects du problème : d'un côté, le simple contentieux avec l'État ; de l'autre, les trafics d'influence et les comptabilités occultes. Marchand s'était gardé ce dernier secteur, beaucoup moins technique et susceptible de consolider sa renommée s'il savait œuvrer. Il avait laissé à Oriane Casanove les éléments les plus ardus, les plus ingrats, qu'il s'était contenté de classer dans les quarante classeurs qui envahissaient maintenant son bureau, ne lui laissant pas même une place pour s'asseoir.

– Annie ! s'écria Oriane quand elle aperçut son assistante au bout du couloir.

– J'arrive, fit la jeune femme, essoufflée. Avec tout ce remue-ménage, ce matin, les experts qui viennent pour l'incendie, les policiers, je ne sais plus où donner de la tête, moi.

– D'où sortent tous ces dossiers ? demanda Oriane d'un ton de dogue.

Son assistante observa l'ampleur du capharnaüm.

– Ça, c'était déjà là quand je suis arrivée ce matin. Je crois que c'est M. Marchand qui...

La juge avait déjà quitté son bureau et marchait

d'un pas décidé vers celui du conseiller, où elle entra sans frapper. Il écoutait de la musique classique sur sa minichaîne stéréo en faisant brûler du papier d'Arménie afin de dissiper l'odeur de cramé qui imprégnait tout l'immeuble.

– Vous ne croyez pas qu'assez de choses ont brûlé pendant le week-end ? lui lança froidement Oriane.

Le conseiller dévisagea la juge avec un mélange d'irritation et de fascination. Il avait beau la détester, sans autre raison que sa raideur et son agressivité à son égard, il ne pouvait pas détacher son regard d'elle. Il fut littéralement séduit par l'apparence nouvelle qu'elle s'était donnée, ses cheveux raccourcis et débarrassés de leurs longues mèches, sa jupe courte de couleur vive, son parfum aussi, qui semblait l'emporter sur celui que dégageaient les feuilles de papier oriental.

– À quoi jouez-vous, Marchand ? aboya Oriane. Depuis quand me colle-t-on des dossiers jusqu'au plafond sans un mot ni une explication, en attendant que je me débrouille ? Eh bien, non, monsieur le conseiller. Ces méthodes sont indignes et inacceptables. Je vous donne une heure pour libérer mon bureau de vos classeurs.

Elle retint une allusion mordante à la boîte de préservatifs qu'elle avait vue le dimanche sur son fauteuil, car quelque chose l'avertit qu'elle ne devait pas s'engager sur ce terrain, une sorte de sixième sens inspiré par la méfiance. Oriane se dit qu'elle gardait cet avantage sur Marchand de connaître de lui, à son insu, un détail plutôt compromettant.

Quand sa place fut enfin nette, libérée par le conseiller en personne qui avait obtempéré sans résistance, la juge découvrit un pli à son nom. Elle reconnut aussitôt l'écriture de l'auteur des notes blanches expédiées du Palais-Royal. Elle ouvrit l'enveloppe kraft. C'était bien son correspondant anonyme : « Le personnel politique est mieux loti que vos services, chère madame. Si j'en crois certaines informations, les principaux partis de la majorité se sont lancés dans une frénésie immobilière à l'approche des élections présidentielles. Les libéraux, les centristes, les socio-libéraux et les socio-démocrates, tous sont sur le point de déménager ou d'acquérir de nouveaux espaces, des bureaux luxueux. Dire que le militantisme est paraît-il en chute libre, et les cotisations aussi! Alors, merci qui? Merci la Birmanie et merci le Gabon, évidemment! Si vous trouvez le bon filon, peut-être dénicherez-vous dans les meilleurs délais un immeuble... flambant neuf pour la Galerie financière. Pardonnez cet humour qui procède d'un réel et profond désenchantement. Croyez-moi sincèrement vôtre. »

Oriane relut plusieurs fois la note. Un puzzle commençait à se dessiner dans son esprit, mais il lui manquait les pièces maîtresses, à savoir les bénéficiaires de toutes ces opérations occultes où semblaient se mêler appétits d'enrichissement personnel et ambitions de pouvoir. Orsoni était sans nul doute un personnage central, mais était-il le seul ?

En feuilletant *Le Figaro* du jour, elle découvrit la photo du nouveau siège des libéraux inauguré en grande pompe avenue de Breteuil. Tous les ténors du centre droit avaient tenu à être présents. On reconnaissait les figures de Louis Duhamel, de Pierre de Brossac et de l'ancien garde des Sceaux Étienne Belorgey. Le centre gauche n'était pas en reste, puisque l'agrandissement substantiel de son territoire dans son quartier traditionnel de la rue de l'Université avait été salué par une petite fête offerte aux militants par les principaux leaders, dont Jacques Mazergue, le secrétaire général du parti, ainsi que deux ministres en exercice, le titulaire du portefeuille des Finances Marc Penot et celui de l'Industrie, Pierre Dandieu.

Pour la première fois, l'auteur de la note blanche avait laissé percer ses états d'âme. Il se disait lui-même déçu. L'était-il par l'État, par les institutions, par les hommes, ou par un homme en particulier ? Oriane sentait la présence, quoique lointaine et discrète, d'un être bienveillant. C'était lui qui l'avait mise sur la voie de Lazzano. Elle avait pensé à lui aussitôt dès qu'elle avait vu l'enveloppe sur son bureau. Allait-il lui reparler de lui, donner de ses nouvelles ? Son cœur avait réagi comme si elle avait reçu la lettre d'un amoureux ou d'un confident... Un instant, elle se demanda si l'homme de l'ombre et le commandant du *Massilia* ne formaient pas qu'une seule et même personne. L'hypothèse était osée, absurde aussi sans doute : pourquoi Lazzano aurait-il cherché à se rendre suspect aux yeux de la juge ? Tant pis, elle voulait en avoir le cœur net. Elle retrouva un document manuscrit et signé de la main de Lazzano qui figurait dans le dossier fiscal du bateau, confronta l'écriture avec celle de l'envoi du jour, puis lâcha les papiers dans un geste de dépit. Sauf à considérer que Lazzano pouvait à merveille contrefaire sa manière de former les lettres, les auteurs des deux textes étaient étrangers l'un à l'autre.

On frappa à sa porte. C'était Marchand. Au lieu de cet air de petit garçon pris en faute qu'Oriane lui avait trouvé quand elle lui avait demandé de reprendre ses cartons, il s'était composé un masque grave et pénétré, plein d'assurance.

– Ma manœuvre était sans doute maladroite et grossière, commença-t-il. Mais le problème demeure. Depuis trois semaines que j'ai pris mes fonctions, les dossiers dont je suis chargé sont ceux que vous négligez. La Galerie financière, vous le savez mieux que moi, est surchargée, dépassée. La première fois que le juge Gaillard m'a reçu, il a employé une expression que je n'ai pas oubliée : « Nous avons besoin d'un deuxième juge Casanove. » C'était un honneur pour moi et j'ai accepté. Mais aujourd'hui, je m'aperçois que malgré les heures que vous passez dans votre bureau, aucun dossier n'avance. Vous trouvez le temps de vous faire couper les cheveux – très bien d'ailleurs –, mais je me demande à quoi vous vous intéressez en dehors de cette sombre affaire Leclerc qui ne semble passionner que vous.

Oriane interrompit.

– J'ignore si vous écoutez aux portes pour apprécier ce qui me passionne ou pas. Sachez qu'avant votre arrivée, j'ai traité en deux ans plus de dossiers qu'une équipe de magistrats à plein temps, sacrifiant vacances et week-ends pour un salaire qui fait rigoler les P-DG corrompus et corrupteurs qui défilent dans mon bureau. Ce n'est pas parce que vous êtes un mec ni parce que vous avez longtemps fréquenté les vestiaires des équipes de foot que vous devez me parler comme un capitaine avant un match. Je ne reçois d'ordres et de conseils que du juge Gaillard.

– Eh bien, sachez que le juge Gaillard est inquiet pour vous. Il ne m'a pas caché qu'il vous trouvait étrange et soucieuse, ces temps-ci.

– Ça ne vous inquiéterait pas, vous, de perdre deux de vos meilleurs amis dans des circonstances dramatiques ?

Marchand ne répondit pas à la question. Il se contenta de dire qu'il aimerait une collaboration plus efficace sur le dossier des compagnies de distribution des eaux. De son côté, il avait pas mal avancé. Mais rien n'évoluerait tant que le juge Casanove n'aurait pas remis ses propres travaux. Il sortit discrètement. Il n'était pas du genre à claquer les portes.

Oriane haussa les épaules. L'odeur trop forte d'eau de toilette lui tira une grimace. Il était presque midi. Elle ouvrit grande sa fenêtre pour respirer l'air du dehors. Soudain, elle le vit. En bas de l'immeuble, il chevauchait une grosse moto, portait un casque noir, un blouson de cuir souple. Il hissa l'engin sur sa béquille et ôta son casque. Eddy Lazzano paraissait en pleine forme. Elle vit qu'il lui souriait en lui faisant signe de descendre. Elle répondit à son signal et se précipita aux toilettes, arrangea ses cheveux, se parfuma légèrement. Puis elle dévala les escaliers à toute allure et se précipita dehors. Il lui tendit un deuxième casque.

– Mettez ça, on parlera plus tard.

Elle ajusta le casque sous son menton et s'agrippa à lui. De sa fenêtre ouverte, Marchand, qui avait cru reconnaître la moto du beau Lucas, s'était levé d'un bond. Quand il avait vu la juge Casanove se précipiter en courant vers le destrier de métal, il avait compris son erreur. Il avait regardé l'engin se faufiler entre les voitures, se demandant qui pouvait le piloter aussi habilement.

37

Depuis combien de mois Oriane n'avait-elle pas vu la mer ? Arrivés en tout début d'après-midi à Cabourg – Eddy Lazzano avait garé sa moto au garage du Grand Hôtel –, ils avaient couru comme des enfants au-devant de l'eau. Elle était loin, basse, très calme, ourlée de vaguelettes. Oriane ôta ses mocassins. Elle sentit le sable sous ses pieds, le sable encore un peu frais du mois de mai. Essoufflée, elle se mit à marcher doucement, inspirant à pleins poumons, Lazzano à ses côtés. Pendant leur course, il lui avait saisi la main sans rien dire. Maintenant, il se tenait, silencieux, à un mètre d'elle. Des mouettes piaillaient bruyamment, battant des ailes dans le vent et décrivant des arcs de cercle irréguliers avant de frôler la mer en rase-mottes.

– Si on s'asseyait ? proposa Oriane.

Ils s'installèrent sur le sable humide. La jeune femme retrouvait des gestes d'enfance. Elle joua à tracer des figures et des lettres avec le doigt, puis à ôter les petits grains de mica qui s'étaient glissés entre ses orteils. Elle dénoua la veste qu'elle avait attachée à sa ceinture, puis s'allongea sur le dos, les yeux fermés. De temps en temps, elle entrouvrait les paupières pour contempler le bleu du ciel, d'une pureté translucide. Dire que deux heures plus tôt elle se battait avec d'énormes classeurs noirs qui avaient l'air de mygales géantes ! Elle repoussa cette pensée. Des promeneurs passaient au loin, seuls ou accompagnés d'un chien, le regard baissé, à la recherche d'un coquillage ou d'un souvenir. Il régnait ce jour-là une ambiance d'avant-saison. En se retournant, Oriane aperçut des hommes en bleu de travail s'affairant autour de longs piquets. Ils installaient les tentes rayées qui feraient le bonheur des estivants, les jours de grand soleil. Sur la mer, des bateaux à voiles blanches triangulaires sillonnaient les courants. Une légère houle creusait les vagues.

Assis en tailleur, Lazzano contemplait paisiblement le spectacle. Oriane croyait savoir à quoi il pensait. Fallait-il revenir sur l'épisode de la Santé ? Non. S'ils étaient là, ensemble sur cette plage, mieux valait ne pas parler du passé. Mieux valait ne parler de rien. À son tour, il s'allongea sur le dos, et Oriane ressentit un trouble réel, comme si le moment qu'elle vivait appartenait à une fiction, à une séquence d'un film de cinéma. Le réalisateur n'allait pas tarder à dire : « Coupez ! » Mais la scène ne s'arrêta pas. Lazzano se tourna doucement vers elle et lui sourit avec un étrange éclat dans le regard. Sans demander la permission ni donner la moindre explication – mais est-il nécessaire de vouloir tout expliquer ? se dit plus tard Oriane –, il l'embrassa avec une fougue surprenante pour un ancien candidat au suicide. Ils seraient restés encore longtemps dans cette position si un ballon rouge suivi d'un caniche puis d'un enfant et enfin de son papa n'avait rompu le charme. Était-ce pour se protéger ? Oriane avait pris ce baiser comme un geste en soi, un geste sans conséquence, en tout cas pour l'instant. Sur le chemin du retour, elle se tordit la cheville dans le sable et accepta sans protester que Lazzano la masse doucement. La façon dont il s'y prit n'était peut-être pas très orthodoxe puisqu'il éprouva le besoin de glisser les mains jusqu'à la naissance de ses cuisses. Mais le traitement fut efficace : la juge se sentit aussitôt mieux.

Ils trouvèrent refuge à la terrasse du Grand Hôtel, où ils choisirent une table sous la verrière, et ils assistèrent au spectacle désuet des allées et venues sur la promenade : l'air affairé ou absent, marchant lentement, les passants arboraient l'expression gourmande de gamins qui ont reconnu au milieu des embruns l'odeur sucrée des gaufres à la chantilly. Oriane se sentait plongée dans l'œuvre de Marcel Proust, que sa mère plaçait au-dessus de tout pour les résonances du temps, les liens du passé avec le présent, l'enchaînement qui lie les hommes aux autres au-delà des générations et des âges. Elle-même, Oriane, pourquoi se trouvait-elle attachée à cet Eddy Lazzano sur qui au fond elle savait si peu, mais qui lui chamboulait le cœur sitôt qu'elle pensait à lui ?

On leur servit un thé très chaud accompagné de madeleines, naturellement, ce qui fit sourire Oriane. Lazzano et elle ne s'étaient encore rien dit, rien d'important. Tout était dans les regards et les silences, dans cette manière qu'il avait de lui sourire, d'éviter toute parole qui aurait pu créer entre eux une distance, même infime. Lazzano n'était pas le Méditerranéen fort en gueule qu'Oriane avait craint de déceler lors de leur deuxième audience, quand il avait expliqué comment il avait acquis son splendide quatre-mâts. En même temps, Oriane avait été émue par les mots qu'il avait trouvés pour parler de son père. Ils avaient en commun d'avoir eu l'un et l'autre un père exceptionnel.

Peu à peu, une série de coïncidences, de détails anodins et troublants mirent la jeune femme dans une disposition d'esprit particulière, un état de grâce qu'elle n'avait plus connu depuis plus longtemps qu'elle ne pouvait le dire. D'abord, Lazzano se leva et se dirigea vers le pianiste du bar. Ils échangèrent quelques mots qu'Oriane n'entendit pas. Puis le musicien en costume noir s'approcha de son instrument, but une gorgée d'eau et se concentra au-dessus de son clavier. La musique qui s'éleva atteignit Oriane comme un message de confiance et d'amour. Le pianiste jouait les petits concertos italiens de Bach, avec une allégresse qui ne pouvait être inspirée que par un sentiment puissant.

– J'espère que ce choix vous plaît, glissa Lazzano en se rasseyant.

— Vous n'auriez pu trouver mieux...

La musique baignait la verrière d'une douce harmonie, les promeneurs qui passaient devant eux paraissaient évoluer à l'intérieur d'un aquarium. La mère d'Oriane avait raison quand elle expliquait à sa fille, dès l'enfance, la pensée de son cher Marcel : la vie est une forêt de signes. Tandis que Lazzano parlait maintenant de son père, avec une tendresse infinie, il prononça soudain un mot, ou plutôt un nom : Aubagne. La jeune femme tressaillit.

— Enfant, disait-il, mon père gardait les moutons dans les collines. Il connaissait le nom de tous les oiseaux et il braconnait les lapins et les grives comme personne. Mais son rêve, c'était la mer. Ses parents étaient trop pauvres pour l'emmener à Marseille. C'était une véritable expédition d'aller là-bas. Alors, pour voir du pays, à vingt ans il s'est engagé dans la Légion. Il y a passé huit ans, jusqu'à sa rencontre avec ma mère sur un marché de Provence, un jour de permission. La mer, il l'avait vue en long et en large, en Indochine, en Algérie, sous tous les horizons. Il a quitté l'uniforme, jugeant qu'il n'était pas nécessaire de faire la guerre pour courir les mers et les océans. Avec le petit magot qu'il s'était mis de côté, il a acheté un bateau de pêche. C'est comme ça que tout a commencé.

Oriane resta silencieuse.

— Je vous ennuie, avec ces vieilles histoires.

— Pas du tout, fit-elle avec conviction. Mais c'est troublant. Je me suis rendue à Aubagne pour la première fois il y a seulement quelques jours et voilà que vous m'en parlez aujourd'hui. C'est comme si nous avions déjà accompli un bout de chemin ensemble par le passé.

— Je ne crois pas vous avoir vue à la Santé ! s'esclaffa Lazzano.

Oriane se rembrunit.

– Excusez-moi, je plaisantais. Je ne vous en tiens pas rigueur, la preuve. Mais entre nous, vous trouvez normal que des hommes soient détenus dans ces conditions ? Nous sommes là tranquillement installés dans un endroit de rêve, et je suis très heureux d'être en votre compagnie. Mais quand je pense à ces types, qui ne sont bien sûr pas des enfants de chœur, dont la seule image que capte leur cervelle à longueur de journée est ce décor de la prison, sale, gris et angoissant, je me demande dans quel état ils peuvent sortir une fois payé leur dette à la société. Si vous voulez mon avis, ce n'est pas étonnant qu'ils réclament des comptes et se livrent à d'autres méfaits. Mais parlons d'autre chose. Que faisiez-vous à Aubagne ?

– Vous ne me croirez pas, dit la jeune femme. J'ai sauté en parachute. Enfin, je n'y étais pas pour ça. Mais à la fin du séjour, les trois magistrats venus de Paris – dont j'étais – ont eu la surprise d'être invités à un saut en tandem.

Lazzano la considéra avec surprise et admiration.

– Vous avez sauté ?

– Oui, attachée à une gazelle... Je veux dire à un jeune et très solide légionnaire aux yeux tout bleus.

Eddy Lazzano hocha la tête.

– Oui, oui, je comprends. Quand ma mère a connu mon père, ses parents lui ont dit de se méfier de son regard bleu. « Des yeux de légionnaire, on ne voit rien dedans, on ne sait pas ce qu'ils ont dans la tête, c'est comme les regards vides des statues. Attention, ma fille, passe ton chemin. » Ma mère n'a pas obéi et elle a bien fait. Ils ont été très heureux ensemble. Sous son regard bleu, mon père ne cachait que de l'amour. Pour sa femme autant que pour moi.

La voix de Lazzano s'éteignit. Puis il respira profondément.

– Si on allait sur la jetée ? Trois kilomètres dans les flots, qu'en dites-vous ?

– Je dis que je vous suis.

Ils sortirent. Comme elle se trouvait bien en compagnie de cet homme de huit ans plus âgé qu'elle. Sa présence rassurante et discrète la comblait. Elle se sentait sûre d'elle, soudain. Il ne lui avait rien dit sur sa coiffure, mais elle avait deviné à son regard qu'il n'y était pas indifférent. Quel que soit le sujet qu'il abordait, il parlait simplement, avec bon sens et parfois beaucoup d'érudition, mais toujours l'air de rien, en passant. Tout restait léger entre eux. Ils regardèrent se poser dans le sable un homme équipé d'une aile delta. Sa silhouette à contre-jour ressemblait à celle d'un oiseau.

– C'est Icare ! s'enthousiasma Lazzano.

Un coup de vent se leva. Il prit Oriane par l'épaule une seconde, puis la lâcha.

– Je pense à votre aventure à Aubagne. Vous avez eu du cran. Je ne suis pas sûr que j'aurais sauté.

– Je ne vous crois pas ! fit Oriane.

– Eh bien, c'est une manie chez vous ! Vous avez tort. Sur le plancher des vaches, sur ma moto ou en voiture, je ne crains rien, pas plus que sur l'eau. Mais en l'air, je n'ai jamais été à l'aise. Je suis Cancer ascendant Poissons, si vous voyez ce que je veux dire.

– Non, je ne connais rien à l'astrologie.

– Oh, il ne faut pas trop s'y attacher. Ni aux prédictions de toutes sortes. Par exemple, chez moi, la ligne de vie est très courte, je devrais sûrement déjà être mort. Pourtant, je sais que je vivrai très vieux. Longtemps, je me suis même cru immortel.

Oriane sourit. Lazzano avait des enthousiasmes d'enfant, un rire d'enfant, une générosité qui se lisait sur son visage lisse. La question surgit de sa bouche sans qu'elle eût le temps d'y réfléchir.

C'était sans doute mieux ainsi. Si elle y avait réfléchi, ne serait-ce qu'une seconde, sans doute ne l'aurait-elle pas posée.

– Que faites-vous avec un type comme Orsoni ? Il a à voir dans la mort de votre père ?

Lazzano marqua un silence. Ils étaient arrivés à la moitié de la jetée. La mer remontait. On entendait dans le lointain la lente houle du flot avançant vers la ville et le Grand Hôtel.

– Qui m'interroge ? reprit Lazzano. La juge Casanove ou la jeune femme qui me fait trouver la Normandie plus belle que jamais ?

Cette fois, ce fut à Oriane de rester silencieuse quelques secondes. Sa réponse, ce fut de serrer très fort la main de Lazzano.

Puis elle murmura :

– C'est une femme amoureuse.

Ils continuèrent d'avancer main dans la main. Lazzano lui fit remarquer que ce n'était pas l'endroit pour parler de choses aussi graves et elle n'insista pas, persuadée qu'il finirait par lui parler, qu'il lui en dirait peut-être plus qu'elle n'en voulait savoir. Avec la tombée du jour, une légère angoisse naissait au fond d'elle-même. Allait-il la raccompagner à Paris d'un coup de moto ? Resteraient-ils ici pour la nuit, et dans ce cas... Il y avait si longtemps. Bien sûr, Oriane avait eu des amants de passage, comme disait la chanson de Barbara, « à peine vus, sitôt disparus ». Elle se sentit gagnée par une panique qu'elle essaya de dissimuler. Mais Lazzano voyait tout, sentait tout, c'était un sorcier. Il disait parfois que l'intuition était un excès de vitesse de l'intelligence. De ce point de vue, cet homme épris de bolides ultrarapides était sans conteste d'une intelligence supérieure. Comme ils arrivaient à la porte de l'hôtel il lui demanda si elle se souvenait du film *Un homme et une femme*, de Claude Lelouch.

– Bien sûr, fit Oriane, le cœur battant, intriguée par cette référence inattendue. Qu'est-ce qui vous y fait penser ? Je l'ai vu de nombreuses fois.

Et elle se mit à fredonner des « chabadabada » que le vent lui rentrait dans la gorge. Ils rirent de bon cœur.

– J'y pense à cause de la voiture là-bas, qui fait des appels de phares. Vous vous souvenez : quand Trintignant, après une nuit de route, retrouve Anouk Aimée sur la plage, avec ses enfants, ils courent les uns vers les autres. Pour les prévenir qu'il vient d'arriver, il fait des appels de phares. C'est un moment d'une telle poésie !

– Oui, fit Oriane, je m'en souviens parfaitement. Vous c'est la moto, lui les voitures de rallye. Ça doit plaire aux hommes qui me plaisent, la vitesse.

Ils entrèrent dans le hall. On vint les débarrasser de leurs vêtements.

– Le dîner sera servi dans dix minutes, monsieur Lazzano, annonça le maître d'hôtel. Je vous ai réservé une table près de la cheminée, à côté du piano, lui glissa-t-il.

Lazzano remercia. Une grosse bougie éclairait la jolie table fleurie.

– On ne nous apporte pas de carte ? s'étonna Oriane à voix basse, après avoir observé un moment la ronde des serveurs qui s'affairaient alentour, de la salle aux cuisines.

– C'est que j'ai composé le menu moi-même, expliqua Lazzano d'un ton de conspirateur. Et si vous ne m'aviez pas entraîné pour une si longue balade...

– Oh, c'est vous qui avez voulu marcher et...

Oriane sourit, comprenant qu'il se payait gentiment sa tête.

– Laissez-moi finir, vous qui voulez toujours avoir le dernier mot. Je disais que sans cette escapade sur la jetée, j'aurais préparé moi-même le homard, j'aurais veillé à sa cuisson, j'aurais veillé à la composition du court-bouillon, et je me serais fait un plaisir de battre les œufs pour la mayonnaise.

– Ça, je vous fais confiance...

Lazzano annonça donc le menu de la soirée : homard, petits légumes, tournedos léger, le traditionnel et inévitable trou normand, sacrifice de l'homme du Sud aux usages locaux, puis sorbet maison de citron vert et de mandarine. Le tout arrosé de champagne. Oriane fit ajouter une bouteille d'eau minérale, qu'elle oublia bientôt. Quand le homard apparut sur la table, Oriane devint presque aussi rouge que lui.

– Je n'en ai jamais mangé, enfin, en vrai, avec ses pinces et sa carapace, vous comprenez.

Lazzano sourit.

– Le plaisir est encore plus grand s'il s'agit pour vous d'une première. Laissez-moi me débrouiller avec le casse-noix. Contentez-vous d'apprécier la finesse du goût et les parfums. Quand j'étais gosse, mon père m'avait appris à reconnaître les homards de nos calanques, ceux de l'Atlantique et ceux des mers froides. J'étais devenu champion, à la fin.

Comme c'était étrange et touchant, songea Oriane, cette façon qu'avait Lazzano de parler de son père à chaque occasion, comme s'il voulait coûte que coûte le garder vivant près de lui. Et cette expression, « à la fin », que signifiait-elle exactement ? À la fin de l'enfance, ou à la mort de son père ? Sans doute l'une et l'autre avaient-elles coïncidé. Oui, forcément. Fatalement.

– Tout à l'heure, reprit Lazzano qui avait fini de décortiquer le homard, je vous ai parlé du film de Lelouch.

– Oui.

— Ce n'était pas tellement à cause des appels de phares, même s'ils m'y ont fait penser aussi. Mais je ne pouvais pas les prévoir...

— Vous avez prévu quelque chose, Eddy?

Il se tortilla un peu sur son siège et prit cette mine d'enfant à qui on pardonnerait tout pour ne pas le voir malheureux. Oriane songea qu'il avait dû en faire craquer, des cœurs de femme, avec cet air si tendre qui vous forçait à l'indulgence. Et pourtant, elle se trompait car Lazzano, sous des dehors pleins d'assurance, était un être fidèle en amour — il avait aimé la même femme pendant près de vingt ans — avec l'audace des timides.

— C'est une scène vers le milieu du film, ou peut-être au début, je ne sais plus...

— Vous m'épatez, je n'aurais jamais pensé que vous étiez cinéphile.

Elle éclata de rire pour vaincre son appréhension. Qu'allait-il lui avouer?

— Trintignant et Anouk Aimée sont au restaurant, en Normandie. Deauville, je crois. Peu importe. Ils passent la commande et se dévorent des yeux. Puis tout à coup, Trintignant dit : « Le garçon a l'air triste », ou fâché, c'est terrible de ne pas avoir meilleure mémoire pour ces choses. Bref, il fait cette réflexion. « Vous croyez? » demande alors Anouk Aimée. Et Trintignant insiste : « Oui, je crois que nous n'avons pas commandé assez de choses. » Alors, Oriane, il se passe un truc extraordinaire, comme on n'en voit qu'au cinéma. Il appelle le garçon qui n'a pas l'air si triste que ça, dans mon souvenir. Le gars se penche vers lui et Trintignant lui demande, en fixant Anouk Aimée dans les yeux...

— Il lui demande?

— Il lui demande : « Garçon, avez-vous des chambres? »

Un ange passa.

– Alors voilà, reprit Lazzano. Je n'ai pas le charme de Trintignant ni le culot de Lelouch qui fait dire de telles choses à ses comédiens, sans se mouiller, planqué derrière la caméra. J'ai donc réservé deux chambres voisines, nous ne serons séparés que par une porte.

Ce fut une nuit merveilleuse pour un homme et une femme, cette nuit-là au Grand Hôtel de Cabourg. Bien sûr, la porte fut franchie, et bien d'autres limites. Oriane eut le sentiment de renaître à la vie entre les bras d'Eddy qui lui fit l'amour comme il parlait, doucement, tendrement, avec amour, tout simplement.

Elle fut soulagée quand, au milieu de la nuit, il lui avoua qu'il n'avait pas cherché pour de bon à mourir, qu'il avait aimé voir son visage penché sur lui, à l'hôpital. Jamais Oriane ne se sentit aussi heureuse d'avoir été abusée. Longtemps ils s'aimèrent, leurs baisers répondant à leurs caresses, et leurs étreintes à leurs baisers. Ils ne formaient plus soudain qu'un corps sans frontières bien précises, enlacés, noués, collés à ne plus pouvoir respirer. Sur le matin, Oriane s'écroula de sommeil, et Lazzano peu après.

Le soleil était déjà haut dans le ciel quand elle s'éveilla. Un halo de brume avait emprisonné la côte dès les premières heures du jour. Mais il s'était déchiré avec la chaleur et c'est une lumière resplendissante qui tira Oriane de son doux repos. Elle fut surprise de ne pas trouver Eddy à portée de main, lui qu'elle avait senti si près tout au long de la nuit, son souffle régulier, son corps tiède et musclé. Un regard sur la chambre lui montra qu'il n'était pas là. Elle se leva et ouvrit la porte de la salle de bains. Il restait un peu de buée sur la glace, signe qu'il avait dû prendre une douche peu de temps auparavant. Elle pensa qu'il était sûrement descendu à l'accueil pour téléphoner sans la déranger, ou prendre un café en attendant qu'elle émerge. Mais elle trouva sur sa table de chevet une enveloppe à son nom : Oriane, écrit en grandes lettres majuscules. Elle la déchira. À l'intérieur, il y avait un mot très court : « Je dois rentrer à Paris. Je vous aime, ou je t'aime, c'est comme tu, vous voulez, on n'a pas eu le temps de mettre au point ce détail. Ci-joint billet de train pour Paris en première, c'est plus confortable, non fumeur, c'est meilleur pour les baisers de plus de cinq minutes. Il y a des trains toutes les deux heures. Un chauffeur est à disposition, payé par mes soins, donc rien à lui donner que le bonjour. Chabadabientôt, Eddy. »

Le cœur d'Oriane battait à toute allure. Elle ne pouvait détacher ses yeux de ce petit morceau de papier plein de l'esprit léger de son nouvel amour. Elle sortit le billet de train de l'enveloppe et le respira, espérant trouver le parfum de son eau de toilette qui avait dû imprégner le bout de ses doigts. Puis elle se mit à pleurer, sans bien savoir si l'assaillait la tristesse du départ furtif de Lazzano ou la joie intense de l'avoir rencontré.

38

Un dimanche qu'elle rentrait d'une promenade au jardin du Luxembourg, Oriane avait vu passer devant elle des centaines de jeunes gens en rollers qui filaient à toute allure sur le boulevard Saint-Germain. Des piétons pressés et furieux avaient bien essayé de barrer la route à ces impudents que rien n'arrêtait, mais ils avaient dû attendre la fin de l'interminable défilé, puis patienter encore devant les cyclistes, avant de pouvoir aborder l'autre trottoir. Oriane, elle, avait frémi au spectacle de ces patineurs qui allaient souvent par deux, main dans la main. Il lui avait semblé humer le temps de ce long frôlement un air de liberté dans Paris, une manière d'être, de vivre et de bouger autrement. Si elle avait été plus jeune – mais était-ce vraiment une question d'âge ? –, si elle avait eu une bande de copains ou un amoureux, elle se serait volontiers lancée dans ces étonnantes traversées de Paris. Elle se souvenait que souvent, en rentrant tard de son travail, elle allumait la télévision et tombait sur le début du « Cercle de minuit », à l'époque où le générique était rythmé par les grandes enjambées glissées d'une jeune fille en rollers qui roulait la nuit dans la ville sur une chanson africaine entraînante, yé-yé-yé... Voilà à quoi elle pensait en rejoignant Edgar Pinson à son rendez-vous surprise sous le médaillon de Cimarosa, sur la façade du Palais Garnier.

Un groupe de promeneurs équipés de leurs rollers se préparaient à quitter la place de l'Opéra pour filer sur la Madeleine.

– Ce sont des débutants, observa Edgar Pinson. Il y a longtemps que vous n'avez pas patiné ?

La juge fit la moue. Des souvenirs affluèrent, du temps de sa scolarité au lycée Carnot de Limoges. Avec ses copines, elle installait des quilles de bois dans la cour, espacées chacune d'un pas, puis elles slalomaient. Elle était assez douée à ce jeu, mais rentrait souvent chez elle les genoux écorchés. Ce n'était pas vraiment un jeu de fille. Mais Oriane n'avait jamais eu de goût pour les marelles, ni pour les intrigues compliquées au centre desquelles se trouvait toujours un garçon, beau et ténébreux de préférence, un de ces inaccessibles qui brisent le cœur des filles « mieux que porcelaine de Limoges », avait prévenu sa mère. C'est cette enfant coiffée à la garçonne et portant pantalon qui revêcut un instant dans la mémoire d'Oriane, pendant que le journaliste l'aidait à fixer ses rollers.

– On va y aller doucement, dit Pinson.

– Si vous voulez qu'on parle, c'est préférable, remarqua Oriane, finalement enchantée de cette diversion qui éloignait pour un temps ses pensées de femme de marin.

Le groupe s'ébranla le long du boulevard des Capucines. Oriane prit le côté de la chaussée proche du salon de coiffure de Claude. Quand elle passa à hauteur du salon, elle se chercha dans la vitrine et adressa un salut à l'aveugle, comme si la petite vendeuse pouvait la voir. Paris était presque désert, les lampadaires brillaient de mille feux, telle la place Vendôme qu'ils atteignirent après avoir bifurqué sur leur gauche. Ils roulaient assez lentement, mais Oriane commençait à transpirer sous l'effort. Il faisait bon. Jamais elle n'aurait imaginé un journaliste aussi sérieux que Pinson au milieu de ces foules décontractées. Elle se persuada qu'elle ne devait décidément pas se fier aux apparences, elle dont c'était le métier de juger les gens.

Rue de Rivoli, la grande roue tout enguirlandée ressemblait à une immense couronne lumineuse. Cette vision lui rappela son rendez-vous avec son ami le juge Natanski.

– Bon, maintenant que je me suis mise sur mes roues, qu'avez-vous à me dire ? demanda Oriane à Pinson.

Le journaliste patinait allégrement, avec une légèreté qu'il devait à un entraînement très régulier.

– Je ne me déplace plus que comme ça à Paris, fit-il en guise de préambule. Je voulais vous sortir de votre bureau pour vous parler d'un léger doute qui s'est emparé de moi, et que l'incendie de la Galerie n'a fait qu'aggraver.

Deux filles qui se donnaient la main les dépassèrent à toute allure.

– Eh, les nanas, c'est pas la gay pride! cria en rigolant un jeune type au crâne rasé.

– Quel doute? demanda Oriane.

– J'ai reçu le témoignage d'un type haut placé à France-Atome. Il prétend qu'Orsoni est en train d'arranger à sa façon de gros contrats entre la France, la Birmanie et le Gabon, en exigeant au passage des commissions qui tombent dans les escarcelles de la classe politique française.

– Qui, en particulier?

– D'après lui, tous les partis sont mouillés, sauf peut-être l'extrême droite et les communistes, mais ça reste à vérifier. Le fric du nucléaire et du pétrole réunis, c'est un peu comme la multiplication des pains.

– Avec tout ce qui a brûlé ce week-end, je suis dans le brouillard, déplora Oriane. Mais je pense qu'Orsoni est au cœur de la toile d'araignée. Il est peut-être à l'origine de l'assassinat du juge Leclerc et de sa femme.

– Je ne crois pas, répondit Pinson. Il n'a pas intérêt à tuer ni à faire tuer. Son truc, c'est l'argent, pas le sang. En revanche, ce que je sais de lui devrait vous inciter à vous méfier de votre téléphone et des murs de votre bureau, qui ont sans doute des oreilles. Voilà pourquoi je vous ai entraînée dans cette petite promenade de santé. Vous ne le regrettez pas, j'espère?

Ils avaient descendu l'avenue George-V et filaient maintenant vers l'Alma. Le bruit des rollers sur la chaussée augmentait la sensation enivrante de la vitesse. La tour Eiffel apparut sur la droite, comme parée d'une scintillante cotte de mailles. Les halogènes des bateaux-mouches éclairaient les façades des immeubles du bord de Seine. L'air semblait aussi pur que dans une ville sans voitures. Ils roulèrent en direction du Louvre.

– Pour parler tranquillement, on va prendre le large, proposa Pinson. Je doute que les hommes d'Orsoni possèdent des micros-canons assez longs pour nous surprendre là où nous irons. Suivez-moi.

Le journaliste se déporta sur la droite et vira en direction des Invalides. Il semblait avoir ses habitudes dans un bar à vin qui ouvrait de 22 heures à l'aube, dans le quartier des Halles.

– Un rouge frais ? proposa Pinson.

– D'abord beaucoup d'eau, demanda Oriane. Après, va pour le rouge frais. Mais avec une tartine de quelque chose, un fromage.

La jeune femme était en sueur. Pinson aussi, dont le crâne brillait comme une boule de billard. Il attendit son verre ballon sans un mot, le vida et s'en fit réserver un autre dans la foulée. C'est alors seulement qu'il entama son récit.

– Orsoni, dit-il, représente à lui tout seul une partie de l'histoire coloniale de la France. Mais pas celle qu'on lit dans les manuels scolaires, si vous voyez ce que je veux dire. J'ai recherché tout ce qu'on avait sur lui aux archives du journal. Dieu merci, et je touche du bois, en plus d'un demi-siècle, nos archives n'ont jamais brûlé ni disparu, malgré nos déménagements. Je résume, sinon nous sommes là pour la nuit.

Oriane songea qu'après tout, être là ou ailleurs, seule chez elle à se désespérer d'attendre des nouvelles de Lazzano... Ce journaliste lui était sympathique. Et il savait raconter des histoires. Des histoires vraies, évidemment. C'était son métier.

– En 44, la France libre est à Brazzaville. Tout ce

qui relève d'un esprit de résistance est là-bas. Ils n'étaient pas nombreux, ceux qui suivirent l'appel du général de Gaulle en 40. Parmi eux, il y a un jeune type de seize ans, vous imaginez, seize ans. Il n'est pas allé à Londres parce qu'il a toujours séché les cours d'anglais, alors il file à Brazza. Là-bas on parle français, on aime les Français. Les femmes ne sont pas effarouchées par un petit gars si déluré, avec une belle gueule et une allure de griot malien. C'est le premier contact d'Orsoni avec l'Afrique. Et avec le renseignement. Il se débrouille avec des bouts de chandelle, mais ses informations sont solides. Il permettra à l'état-major de connaître les mouvements des troupes allemandes au Cameroun et au Bénin. Il suit de près l'Afrika Korps de Rommel. Il bidouille des appareils de radio pour capter les messages ennemis. En même temps, il recueille des informations sur les ressources énergétiques du golfe de Guinée. Des données précieuses qui lui serviront au début des années 60, quand il faudra négocier l'indépendance des anciennes colonies.

À ce moment-là, de Gaulle est revenu au pouvoir. Il se souvient bien d'Orsoni. Quand le Général favorise la création d'un grand consortium pétrolier en Afrique francophone, il pense aussitôt à lui. Pas pour le diriger. Orsoni est un homme de l'ombre. Il négocie en sous-main et n'aime pas les feux de la rampe. Les honneurs, les discours et les médailles, il les laisse aux autres, aux énarques, aux inspecteurs des finances, aux cols blancs à la peau fragile qui rosissent dès leur arrivée en Afrique et que les Noirs appellent « cochons grattés ». Pour Orsoni a sonné l'heure de la diplomatie secrète, des alliances avec les guérillas destinées à neutraliser les zones pétrolifères et permettre à la France de pomper, en contrepartie de fournitures d'armes. Marxistes ou proaméricains, castristes ou atlantistes, Orsoni ne fait pas la différence : il les aime tous à condition qu'ils le renseignent. Et Dieu sait s'ils lui en ont donné, des bons tuyaux, ses « honorables correspondants » du continent noir. Bien sûr, il se sent chez lui en Afrique. Pas mal de fonctionnaires français expatriés sont des Corses, et certains poussent même le vice à être originaires de son village près de Bonifacio, à commencer par son frangin Max. Vous voyez qu'on agit en famille. Quand il a fallu réélire le président du Gabon, c'est une équipe de Corses triés sur le volet par Orsoni qui est venue sur place truquer les résultats. Ils ont même failli se faire pincer par les observateurs internationaux dépêchés sur place : la présidence avait annoncé les résultats du premier tour alors que les urnes de la plus grande région du Gabon n'avaient pas commencé d'être dépouillées ! Ça faisait mauvais effet. Max Orsoni a été relevé de ses fonctions par le gouvernement français pour « insuffisance de son ambassade ». Il a purgé deux ans de pénitence comme ambassadeur en Albanie. Mais il a été rappelé et il prospère de nouveau à Libreville comme si de rien n'était.

Oriane écoutait attentivement.

– À votre avis, l'autre Orsoni, le nôtre, il pourrait avoir sur le tard des ambitions politiques ?

– Oui, mais indirectement. Pas à son bénéfice. Ce type est à la fois un joueur et un Pygmalion. Mais attention : un joueur qui n'aime pas perdre, je devrais dire qui ne supporte pas de perdre, et qui joue à coup sûr.

– À quoi joue-t-il ?

– Vous voulez dire sur qui ? Je n'en sais rien. Pour l'instant. Mais je vais trouver. Ce haut cadre de France-Atome, je le sens mûr pour des aveux détaillés. Ne me demandez pas son nom, je l'ignore.

Oriane commanda aussi un deuxième verre de rouge et une tartine.

– Un autre aspect de l'existence aventureuse d'Orsoni, c'est l'Extrême-Orient, reprit Pinson. C'est là que j'ai trouvé des détails assez croustillants, qui relèvent des polars sur Macao et l'enfer du jeu.

– Racontez vite, s'écria la juge Casanove. Ça devient passionnant.

– Comme vous le savez sûrement, de Gaulle a claqué la porte des institutions peu après la victoire. A commencé pour lui une longue traversée du désert qui ne devait prendre fin qu'en 1958. Orsoni a fait partie de ces soldats perdus qui sont allés en Indochine guérir leurs chagrins d'Afrique. La grandeur de la France, ils l'ont défendue, chez les Viets. Là-bas il est devenu ce qu'il allait être toute sa vie : une sorte de parrain. Un protecteur, chéri de jolies femmes, jeunes de préférence, amateur de statues, fou de paris sur tout et n'importe quoi. Je crois même avoir lu qu'il organisait des courses de tortue sous le soleil. Comme il s'occupait aussi des ventes de jus de fruits et de bière, vous imaginez s'il faisait durer les parties...

– Arrêtez, vous allez me le rendre sympathique.

– Je n'ai pourtant pas fini. Il a laissé pour mort un officier américain qui tournait un peu trop autour de sa fiancée, une fille de vingt ans qu'il avait levée dans le Saigon canaille, du côté de la rue Catina. Par chance pour lui, la donzelle était la fille d'un dignitaire du régime. On peut dire qu'à compter de ce jour, il est devenu une sorte de nabab. Il a ouvert des boîtes de nuit, deux casinos avec roulette et black-jack. Tout le monde allait chez ce Français qui tutoyait et mettait à l'aise les milords aussi bien que les putes, les petits monte-en-l'air fauchés avec les duchesses. Un drôle de type, cet Orsoni, je vous assure, un marieur-né, capable d'unir les contraires juste par défi. Et ça marchait !

Quand de Gaulle a sifflé la fin de la récré, il a quitté les Asiates avec regret. De retour en Afrique, il ne s'est pas contenté du pétrole. Ça, c'était pour le sérieux, le gros-œuvre. À côté, par nostalgie, on peut dire ça comme ça, il a ouvert des casinos. Seulement, cette fois, il visait plus grand. Car ses tables et ses jetons violets, il les a fait tourner avec du pétrodollar. Grâce à ses casinos, il a blanchi des milliards, et pas seulement du flouze africain. Il est devenu réputé dans les milieux financiers internationaux comme un blanchisseur hors pair, transformant l'argent de la came ou de la prostitution en bon fric gagné à la chance de la roulette. Ni vu ni connu. Pas vu pas pris, vous connaissez la musique. Mais dès qu'il pouvait, il allait entretenir ses amitiés en Asie. Viêt-nam, Thaïlande, Laos et, bien sûr, Birmanie.

– Nous y voilà.

– Oui, en plein. Au début, c'est le président du Gabon en personne qu'il a dépanné. Quand un homme politique français venait récolter la monnaie pour ses bonnes œuvres, c'est le casino qui avançait les mallettes. En contrepartie, Orsoni pouvait se tailler un empire toujours plus grand, ouvrir d'autres lieux de paris, les Africains sont tellement friands de tout ça... Mais pour répondre directement à votre question, je pense qu'à un certain moment ça l'a amusé de voir s'il pouvait peser sur le jeu politique en métropole. Alors il a commencé à miser sur les jeunes Turcs ou les vieilles badernes, comme on parie le dimanche sur un canasson. Il a eu une grande passion, d'après mes informations, pour Robert Auganeur, ce radical-socialiste qui voulait inventer un capitalisme à visage humain. C'était le côté gaulliste de gauche d'Orsoni. D'ailleurs, je crois qu'ils étaient amis. Mais quand Auganeur, avant les présidentielles de 81, a décidé de ne pas se présenter en critiquant la vacuité et l'indigence du monde politique, Orsoni a connu une immense déception, lui qui s'était démené sans compter pour faire sa campagne. Non seulement il lui payait ses affiches, mais on l'a même vu en coller dans les Hauts-de-Seine. Un petit papier dans la rubrique des faits divers raconte comme il fit le coup de poing, une nuit, avec les hommes de main de Le Pen.

Oriane était suspendue aux lèvres de Pinson.

– Quelle vie! Je comprends qu'Orsoni ne s'émeuve pas beaucoup de mes démarches. La perquisition rue de la Pompe l'a semble-t-il laissé de marbre, sauf si je peux prouver qu'il est à l'origine de l'incendie de la Galerie financière.

– Vous ne devez pas abandonner cette piste, fit Pinson. J'en profite pour vous mettre en garde une fois de plus. N'oubliez jamais que ce type a horreur de ne pas savoir ce qui se passe dès lors qu'on a pris place à sa table de jeu. Et vous, en allant rue de la Pompe, vous êtes entrée dans un jeu dont il se veut le seul maître. Je ne vous crois pas menacée physiquement. Mais je suis à peu près certain qu'il écoute vos conversations, y compris les appels privés. Alors soyez prudente. Et nos balades, si elles ne vous rebutent pas, sont encore plus sûres que nos appels codés. Ils sont malins, on n'apprend pas aux vieux singes à faire des grimaces.

Oriane approuva.

– À votre avis, demanda-t-elle, est-ce qu'Orsoni a déjà manifesté un intérêt pour la poésie?

La question parut dérouter le journaliste.

– La poésie? Non, je ne crois pas. Je dirais même que ce n'est pas vraiment son genre. Le *Kama sutra*, à la rigueur, quand il était plus jeune. À quoi pensez-vous?

Oriane lui raconta la tenue des « soirées poésie »

dans l'appartement de la rue de la Pompe. Pinson sourit en imaginant le vieux brigand ânonnant des bribes des *Illuminations*. Non, vraiment, même Rimbaud ne faisait pas vraiment partie des spécialités d'Orsoni, qui ne manquait pourtant pas de pittoresque.

– Attendez, fit soudain Pinson. Je me souviens que, du temps où il ne jurait que par Augagneur, Orsoni était devenu piqué de philatélie. Tout ça parce que son champion était un des animateurs du carré Marigny et militait pour le rétablissement des timbres avec surtaxe, dont il aurait versé les dividendes aux associations caritatives.

– Et alors, quel rapport avec Rimbaud ? demanda Oriane dont l'esprit commençait à s'embrumer, car il se faisait tard.

– Juste une supposition. Orsoni roule pour quelqu'un dans la classe politique. En bon braconnier, il a tendu plusieurs collets. Mais il sait qu'un de ses pièges est plus prometteur que les autres, il sait qu'il tient là un bon client. Peut-être le champion du moment est-il un amateur de Rimbaud. J'ai une idée : récemment, à l'Assemblée nationale, les députés ont organisé un débat sur *Tintin*, ceux qui étaient pour, ceux qui étaient contre, ceux qui le voyaient à droite ou à gauche. Si j'organisais un petit sondage sur Rimbaud, on pourrait peut-être approcher du but.

Cette fois, c'est la juge qui mit le holà à l'enthousiasme soudain du journaliste pour son idée.

– Si ces gens sont si fins que vous le dites, et je veux bien croire qu'ils le sont, ce sera gros comme une maison, cette histoire de Rimbaud. Attendons et ouvrons l'œil. J'aurai peut-être bientôt du nouveau à ce sujet.

– Alors, cette fois, tenez-moi au courant pour que je puisse écrire un papier plus informé que sur l'incendie.

Une dernière question taraudait Oriane. Autant elle n'avait pas osé la poser au juge Gaillard, dans l'après-midi, autant elle se sentait poussée à la poser à Edgar Pinson.

– Eddy Lazzano, ça vous dit quelque chose ?

Il parut fouiller dans sa mémoire.

– L'ancien champion de vitesse, le recordman du Castelet ? lança-t-il avec autant d'admiration que les jeunes parlant des héros de l'équipe de France de foot.

– Oui, lui dit Oriane qui avait d'un coup changé de visage à sa seule évocation. Pensez-vous qu'il soit de mèche avec Orsoni ou avec son commanditaire ?

– Rien ne permet de le croire, répondit posément Pinson. Je sais qu'il a eu des ennuis à propos de son bateau, le *Massilia*, mais il semble que tout soit rentré dans l'ordre. Je me trompe ?

– Non, c'est bien ça.

Oriane souffla intérieurement. Si Edgar Pinson, informé comme il l'était, n'avait rien à dire sur Eddy, elle pouvait sûrement avoir confiance.

– J'oubliais, fit Pinson au moment de prendre congé.

– Oui ? murmura Oriane inquiète à l'idée qu'il puisse revenir sur un détail accablant à propos de Lazzano.

– Vos lunettes. Sincèrement, vous devriez changer les montures. Elles mangent votre visage comme de gros hublots de transatlantiques. Je serais vous...

Il disparut dans la première lueur du jour. Oriane ôta ses rollers et demanda un taxi. En essuyant les verres de ses lunettes avec son mouchoir, elle pensa qu'Edgar Pinson savait regarder les femmes.

39

L'appartement de la rue de la Pompe brillait de tous ses feux. On avait changé les ampoules mortes dans les lustres aux pampilles de cristal. Des bûches de chêne brûlaient dans les vastes cheminées. Il régnait une atmosphère de fête chez la belle Birmane qui avait vite effacé de son souvenir son passage à la Galerie financière. Elle s'était même inquiétée du sort de la juge Casanove en apprenant qu'un incendie avait ravagé les locaux. Orsoni l'avait cependant dissuadée d'écrire un mot de sympathie à Oriane. Cette soirée de poésie s'annonçait le mieux du monde. Eddy Lazzano était arrivé dans les premiers, avec un immense bouquet de lis et d'arums pour la maîtresse de maison.

– Trois jours à Londres, et Paris vous semble un paradis! déclara-t-il à la cantonade pendant qu'Orsoni se servait un whisky.

Le vieux Corse tendit un verre à Lazzano avec le sourire tranquille de qui voit rentrer au bercail un de ses rejetons. Les deux hommes ne savaient plus à quand remontait leur amitié, mais elle était solide et sincère, bâtie sur des piliers sains, l'amour du soleil et du Sud, le goût du risque, des défis et du jeu, de la vitesse aussi. Orsoni appréciait chez Lazzano sa façon d'arranger les coups sans faire de vagues. Il aimait sa discrétion et sa pudeur blessée, ne lui posait jamais de questions sur sa vie, se contentant de le prendre comme il était. Quant à Lazzano, il nourrissait pour le Corse une véritable admiration mâtinée de méfiance. Il savait le bonhomme rancunier autant que généreux : mieux valait compter parmi ses amis. Il l'avait toujours mis sur des affaires intéressantes et pas trop malhonnêtes, où jamais il n'avait été question de s'aider d'une arme.

Shan et Suy s'activaient de la cuisine au salon d'apparat. Des visiteurs sonnèrent. Un Africain de grande taille se présenta sur le seuil, avec trois ravissantes femmes vêtues de boubous traditionnels et chatoyants. Lazzano demanda à Shan de qui il s'agissait. La belle Birmane lui fit signe qu'elle n'en savait rien, que c'était Octave qui avait eu l'idée de les convier à leur soirée poésie. M. Arthur, chuchota-t-elle, avait insisté pour qu'elles soient présentes.

– Si M. Arthur a voulu..., approuva Lazzano d'un air entendu.

Octave Orsoni fit les présentations. Les créatures venaient tout droit de Dakar où elles travaillaient dans la mode, les tissus imprimés, les huiles essentielles. Elles dégageaient d'ailleurs un parfum délicieux pour lequel elles furent dûment félicitées.

– Arthur les a rencontrées hier chez l'ambassadeur du Sénégal. Il voulait leur faire partager un peu de nos coutumes poétiques, précisa Orsoni. N'est-ce pas, mesdemoiselles ?

Elles fondirent en sourires, puis Shan servit des coupes de champagne.

– Arthur a demandé qu'on commence sans lui. Il sera là vers 22 heures, ça nous laisse le temps de faire connaissance.

Lazzano s'aperçut que l'homme qui chaperonnait les trois belles avait déjà disparu. Tour à tour elles demandèrent à passer aux toilettes, et chacune revint habillée à l'occidentale – bimbos provocantes aux décolletés ravageurs. Orsoni manqua de s'étouffer.

– Ce n'est plus une soirée de poésie qui s'annonce, s'exclama-t-il ravi, c'est purement et simplement de la magie !

Les deux Birmanes semblaient goûter modérément ce happening sensuel, en particulier Suy qui jetait à Orsoni des regards noirs.

Le cérémonial de ces soirées poétiques était assez bien réglé. Le principe général était d'éviter toute précipitation, toute manœuvre vulgaire et directe qui aurait ôté le charme du lent parcours vers les plaisirs. On commençait à boire et à manger en récitant quelques poèmes. Certains en savaient par cœur, qu'ils ressortaient à chaque occasion. D'autres avaient le goût d'en apprendre de nouveaux. Ceux dont la mémoire était peu exercée se contentaient de brèves lectures. Arthur, lui, avait tous les droits, et Orsoni l'avait voulu ainsi, car telle était sa fantaisie. Il arrivait à l'improviste, toujours à la nuit tombée, habillé en poète provençal, affublé de sa cape, de son écharpe rouge et de son chapeau à large bord. Avec lui, la soirée s'accélérait toujours un peu. Son oreille de poète, avec le temps, s'était blasée plus vite que son corps friand de sensations toujours nouvelles. Et, ce soir-là, la nouveauté venait d'Afrique.

Orsoni se mit à raconter quelques aventures anciennes vécues sur le fleuve Sénégal, qui déclenchèrent l'hilarité ou la nostalgie de ses belles convives. Elles allumèrent des cigarettes et s'enfoncèrent dans les profonds fauteuils de cuir, dans des positions lascives et peu farouches qui laissaient augurer du meilleur.

Pour plaire aux invités, Shan s'était procuré un disque de chansons africaines. Elle hésita d'abord à allumer la chaîne stéréo, mais, en jeune femme obéissante et disciplinée, elle céda sans états d'âme. Dans les baffles puissants disposés aux quatre coins du salon, on entendit jaillir des sons inconnus dans les beaux appartements du XVIe arrondissement de

Paris, des balafons, des harmonicas, des percussions sourdes. Les Sénégalaises se mirent spontanément à danser sur l'air entraînant et joyeux d'Alpha Blondy qui chantait : « Sweet, sweet, Fanta Diallo, oh, oh. » Elles firent venir dans leur ronde Octave Orsoni, se mettant à trois pour l'extirper de son fauteuil. Lazzano se laissa entraîner un peu à contrecœur. Il n'avait jamais su danser, et trouvait toujours vaguement ridicule de devoir se trémousser en affichant un sourire de circonstance. Il régnait une chaude ambiance quand Arthur apparut enfin. Il avait même dû sonner plusieurs fois avant qu'une des Birmanes aille ouvrir la porte. Son entrée en scène ne passa pas inaperçue. Il embrassa les trois jeunes Noires comme s'il les connaissait de longue date, puis déposa sa cape et son chapeau. Lazzano, qui ne manquait jamais de l'observer, remarqua aussitôt ses traits tirés, comme s'il s'obligeait à paraître détendu. Mais l'homme avait de la ressource et ses coups de fouet étaient spectaculaires. En quelques minutes, après deux coupes de champagne, il s'était mis au diapason de la soirée. Lazzano avait souvent regardé faire ce séducteur hors pair qui courtisait, envoyait compliments et mots gentils, puis, insensiblement, aventurait une main sur une épaule, effleurait un sein, caressait négligemment une cuisse il est vrai déjà offerte. C'était du grand art, un exercice raffiné où la poésie des mots rejoignait celle des mains. Comme le disait parfois Orsoni en riant : Arthur était un homme capable de joindre le geste à la parole.

Vint le moment de la soirée où sur un simple clin d'œil des mâles dominants, les petites Birmanes baissaient la lumière des lustres grâce aux variateurs. En règle générale, les « nouvelles proies » étaient consommées de préférence par Arthur qui manifestait un appétit éblouissant. Shan ne dédaignait pas se joindre à ces jeux, car la poésie de cet expert en caresses la touchait. Orsoni, lui, ne dédaignait pas les chairs nouvelles, mais depuis que Suy avait installé ses pénates rue de le la Pompe, il avait trouvé « chaussure à son pied » et lui restait fidèle à sa manière, ne faisant l'amour qu'avec Shan dans les positions triangulaires qu'il affectionnait particulièrement.

Quand les choses furent bien engagées, Lazzano se retira dans la salle de jeu où il mit de la musique, des cantates de Bach. Il avait tenu à se montrer rue de la Pompe pour n'éveiller aucun soupçon après son absence et glisser à Orsoni et Arthur que tout allait bien pour le bateau, qu'ils pourraient en user à leur guise l'été suivant en Méditerranée, sans risque d'être arraisonnés par les garde-côtes.

Il se reposait quand la porte de la salle de jeu s'ouvrit. C'était Suy, l'air perdu et triste.

– Tu es seule ? Où est Shan ? demanda-t-il.

– Avec Arthur, répondit la jeune femme.

– Pourquoi ne restes-tu pas avec eux ?

– Ce soir, je n'ai pas envie. Octave, il est avec une Africaine, je ne veux pas me mélanger, fit-elle avec dépit.

Elle avait apporté un plateau avec deux tasses de thé. Ils burent en silence. Suy s'assit sur le tapis, aux pieds de Lazzano, prenant appui sur un énorme pouf.

– Ne sois pas triste, il te reviendra bientôt, Octave. Ce soir, il s'amuse un peu. Il aura oublié dès demain. Tu sais bien qu'il aime jouer.

La jeune femme hocha la tête sans paraître convaincue.

– Il ne me prend plus très souvent, dit-elle soudain avec une innocence déconcertante.

– Tu veux dire qu'il ne te fait plus l'amour ?
Elle réfléchit.

– Si, mais je crois qu'il a moins envie.

– Tu sais, coupa Lazzano en réprimant un sourire, une belle femme comme toi et un vieil homme comme lui... Il veut s'économiser.

Mais la petite n'avait pas l'esprit à plaisanter. Manifestement, elle en avait gros sur le cœur.

– Ici, il n'y en a que pour Shan. Parce que c'est l'aînée, qu'elle est plus belle que moi, enfin, c'est ce que pensent les hommes. M. Octave, je croyais que je lui plaisais vraiment. Maintenant je ne suis pas sûre. Et je ne comprends pas ce qu'il fait, ni Arthur non plus. Quelquefois on est tranquilles, et puis tout d'un coup il faut partir.

Lazzano dressa l'oreille.

– Partir ? Mais où ?

– Je me souviens, il y a plusieurs semaines. C'était le début de l'après-midi. M. Octave, il aime bien me caresser sur le canapé, après le déjeuner. Ma sœur Shan était sortie. On était tous les deux. On était bien. Quelqu'un a sonné. Octave s'est levé, je me suis rhabillée. C'était un type à moto, il avait son casque sur la tête. Il paraissait très content. J'ai entendu qu'il disait : « Tout s'est bien passé. La femme n'avait aucune chance. J'ai les docs. » Je ne savais pas de quoi il parlait. Il a donné un paquet à Octave et il est reparti. Je l'ai entendu qui dévalait les escaliers.

– Et tu as vu ce que contenait le paquet ? demanda Lazzano soudain très attentif.

– Non, il a fallu partir immédiatement. Octave m'a dit qu'une soirée était prévue le soir même chez Arthur dans sa maison de campagne.

– Où ça ?

– Je crois qu'il en a plusieurs, mais pour me faire peur, Octave n'arrêtait pas de dire qu'on allait dans la maison de Landru. Un tueur de femmes, je crois ?

Lazzano comprit qu'ils s'étaient rendus à Gambais où Arthur possédait en effet une vieille demeure, mais qui fort heureusement n'avait pas abrité les célèbres atrocités. Par dérision, Orsoni parlait souvent de la maison de Landru.

– Et vous avez fait la fête ? demanda Lazzano.

– Non. Je me souviens qu'Octave a remis le paquet à Arthur, qui est allé aussitôt le ranger dans sa bibliothèque. Tout était prêt pour la « partie ». Ils attendaient encore des filles, je crois. Mais, après un coup de téléphone, Arthur a annoncé que malheureusement on l'appelait à Paris. On est tous repartis. Sur la route du retour, Octave a allumé la radio. On parlait d'un nouveau gouvernement. Je me suis dit qu'Arthur était sûrement journaliste.

Lazzano ne chercha pas à en savoir davantage. Il essayait de reconstituer le film des événements. Si les choses s'étaient déroulées comme il le supposait après l'étonnant témoignage de la petite Birmane, il tenait là une piste solide susceptible d'intéresser la juge Casanove. Laissant Suy à son cafard, il nota qu'il n'était jamais bon de délaisser une belle jeune femme : ces fleurs-là sont fragiles, on peut les cueillir d'un rien. Sans lever le petit doigt, il avait obtenu davantage qu'en plusieurs années de présence dans l'entourage du mystérieux Arthur.

Lazzano prit discrètement congé. Dans le grand salon d'apparat très faiblement éclairé, s'agitaient des ombres souples et languides comme des lianes. L'Afrique avait pris possession des lieux.

40

L'odeur de brûlé commençait à se dissiper dans les locaux de la Galerie financière. Oriane passait beaucoup de temps à sa fenêtre, rôdant comme un lion en cage avec l'espoir qu'Eddy Lazzano finirait par apparaître. Elle retrouvait ses superstitions de petite fille attendant le prince charmant. Elle fermait les yeux, comptait jusqu'à dix, puis les rouvrait, chaque fois déçue, mais n'en recommençait pas moins, se traitant de sotte et de midinette. C'était plus fort qu'elle. Il était un peu plus de 4 heures de l'après-midi quand elle se leva encore une fois, s'approcha des vitres et y colla son front. Que penserait le juge Gaillard s'il entrait dans son bureau, ou ce sournois de Marchand ? Elle ferma les yeux, compta. Les rouvrit. Cette fois, elle poussa un cri de victoire. C'était si incroyable qu'elle se pinça. Mais non, elle ne rêvait pas : il était là. Avec un plaisir immense, elle le regarda hisser sa moto sur sa béquille, ôter doucement son casque, puis se tourner dans sa direction. Comment savait-il qu'elle était là précisément à l'attendre. Était-ce cela, la magie de l'amour ? Elle lui fit un signe auquel, par prudence, il ne répondit pas de façon ostensible. Elle y vit comme une réserve et se dépêcha d'en avoir le cœur net. Sans tarder elle quitta les lieux, essayant de ne pas courir. Ils se regardèrent intensément.

– Pas ici, fit-il doucement, alors qu'Oriane s'avançait pour l'embrasser. Filons vite.

Elle passa un casque et le bolide démarra. Au premier feu il se gara à droite et ôta son casque. Elle l'imita. Leur baiser fut la garantie que rien n'avait changé dans son cœur depuis Cabourg, et la promesse d'autres amours.

– Où allons-nous ? demanda Oriane.
– Chez Arthur, répliqua Lazzano en souriant.
– Quel Arthur ? Je ne connais pas d'Arthur.
– Peu importe, de toute façon il ne sera pas là.
– Je ne comprends rien ! cria la juge pendant que la moto prenait de la vitesse.

En guise de réponse, Lazzano éclata de rire.

Ils quittèrent Paris par Boulogne et empruntèrent la route à quatre voies à la hauteur de Suresnes. Elle était encore peu encombrée. Lazzano avait une conduite sûre. Il ne penchait pas trop dans les virages, Oriane le lui avait demandé. Elle sentit son corps vibrer des tressautements du moteur mêlés à sa propre émotion. Enfin elle le tenait de nouveau. Il portait une tenue très sport, un jean clair et un tee-shirt bleu sous son blouson de cuir souple. Oriane remarqua à l'arrière de la moto un porte-bagages. Ils dépassèrent un champ d'aviation, puis l'engin gravit une pente qui marquait la sortie de la voie rapide. Lazzano longea une bretelle et ils se retrouvèrent au milieu des champs. Passé un carrefour, il ralentit, s'arrêta. Ils avaient roulé à peine quarante minutes. D'après ses informations, Arthur était en voyage pour trois jours au Benelux. Sa maison était fermée, mais pas inaccessible. À son avis, ce serait un jeu d'enfant de pénétrer dans cette immense propriété d'une centaine d'hectares, à la recherche des documents. Mais avant, il devait avertir la juge de ses intentions. Par honnêteté à son égard. Et aussi parce qu'il l'entraînait ni plus ni moins dans un délit d'effraction.

– Qu'es-tu en train de tramer ? demanda Oriane.

Elle hésitait un peu à le tutoyer après plusieurs jours de séparation depuis l'escapade à Cabourg, dont elle continuait de mettre en doute la réalité tangible, malgré le souvenir précis qu'elle en gardait.

– Est-ce que tu veux toujours confondre les assassins de Leclerc et de sa femme ?

– Quelle question ! Bien sûr que je veux. Et par tous les moyens.

Lazzano sauta sur la perche qu'elle lui tendait involontairement.

– Y compris des moyens illégaux ?

Oriane fronça les sourcils et son regard sombre eut des reflets violets.

– Maintenant, tu dois m'expliquer.

Il pointa du doigt un mur de taille moyenne hérissé de tessons de bouteille, à trois cents mètres d'eux.

– Nous sommes au pied du mur, fit-il avec un petit sourire ironique. Si tu me suis, tu entreras avec moi dans la maison d'un type qui est sûrement mouillé dans ce double assassinat. Évidemment, il ne nous attend pas à bras ouverts. Je dirais même qu'on s'introduira chez lui sans son autorisation.

Oriane commençait à comprendre.

– Qui est cet Arthur ?

Lazzano la fixa dans les yeux, mais ne répondit rien. Il avait vu comment elle avait mené la perquisition tambour battant chez la jeune Birmane. Il avait vu aussi comment elle pouvait expédier quelqu'un en prison sans s'embarrasser de procédures. Mais, avec Arthur, ce serait une autre paire de manches, et Lazzano le savait. Ce personnage fantasque était aussi un animal d'une espèce protégée, une sorte d'intouchable de la République et des affaires. À ce titre, on ne pouvait rien contre lui, sauf à le confondre par des preuves irréfutables. Et ces preuves – Lazzano le savait depuis son entretien nocturne si fécond avec Suy –, ces preuves étaient de l'autre côté de ce grand mur en aileron de requin, quelque part dans une sublime bibliothèque.

– Je ne peux pas te dire qui est Arthur, finit-il par répondre. Ce n'est pas pour jouer les cachottiers. Mais je crois que ce serait dangereux. J'ai peur que, si je te révèle qui est cet homme, tu ne lui tombes dessus demain matin au saut du lit et qu'il réagisse en se débarrassant de toi, comme il le fait de tous ceux qui se dressent sur sa route.

– C'est une façon de me dire que tu tiens à moi, puisque tu veux me protéger de mes excès ? demanda Oriane sèchement.

– Exactement, répondit Lazzano, avec une désarmante sincérité.

– Dans ce cas, décida Oriane, je veux bien. Mais il faudra m'affranchir tôt ou tard, d'accord ?

– Ce sera toujours assez tôt.

Ils repartirent en longeant le mur jusqu'à un chemin bordé d'arbres. Lazzano dissimula sa moto sous des fourrés. Il reconnut tout de suite la brèche qu'il avait repérée peu de temps auparavant, à l'occasion d'une chasse sur les terres d'Arthur. L'homme était un piètre fusil, ce qui expliquait sûrement l'abondance de gibier dans son domaine. Il utilisait la chasse comme un moyen de communication, une occasion d'entretenir son réseau. Ils s'engouffrèrent dans la brèche. Lazzano avait tendu la main à Oriane, qui ne la lâcha plus. Une belle et majestueuse demeure en meulière se tenait devant eux, coiffée d'un immense toit de chaume.

– Tu es sûr qu'il n'y a personne, ni chien ni gardien ?

– Sûr et certain.

La porte de l'entrée principale en haut du perron était fermée à clé, et la plupart des volets du rez-de-chaussée clos. Mais Lazzano avait suffisamment allumé de feux dans la cheminée de la grande bibliothèque pour savoir que la cabane à bois menait à un petit couloir reliant l'intérieur de la maison, et qui débouchait directement dans la fameuse salle aux milliers de livres.

Des sentiments divers et contradictoires tenaillaient la juge. D'abord le plaisir immense, presque suffocant, de se trouver là, seule avec l'homme qui lui faisait déborder le cœur. Et puis le sens du devoir qui la poussait à aborder la situation d'un œil professionnel, à scruter, à découvrir ce qu'on lui cachait. En temps normal, elle menait ses perquisitions en bonne et due forme, avec mandat, commission rogatoire, escouade de policiers armés, susceptibles, le cas échéant, de la protéger physiquement. Là, elle n'avait pas assuré sa sécurité. Elle d'ordinaire si méticuleuse, si soucieuse de régler le moindre détail d'une intervention, elle se présentait avec sa petite jupe en vichy et ses talons hauts qui claquaient sur les dalles comme un soir de bal, exposée à tous les dangers en pensant n'en courir aucun, puisqu'elle tenait la main de Lazzano. Une seconde elle s'imagina les titres des journaux si on devait retrouver leurs corps enlacés et ensanglantés. Mais elle chassa vite cette pensée morbide. Ils étaient bien vivants et la pièce aux livres s'ouvrait devant eux.

C'était une salle très haute de plafond, encadrée par deux immenses cheminées, répliques de celles de la rue de la Pompe. Les deux murs latéraux étaient tapissés de rayonnages en bois sombre, sans doute de l'acajou, qui grimpaient jusqu'aux moulures. On accédait aux dernières étagères en empruntant une échelle de cuivre accrochée à de petites rampes métalliques fixées à mi-hauteur des bibliothèques.

– Si les documents sont dans cette maison, ils sont cachés ici, affirma Lazzano.

– Comment peux-tu le savoir ? D'ailleurs, ton Arthur a pu revenir les chercher, ou les rapporter à Paris, et pourquoi pas les détruire ? Pas mal de choses prennent feu ou disparaissent, en ce moment.

Lazzano fit non de la tête et commença à effleurer la tranche des ouvrages à sa portée du bout des doigts. Oriane découvrit bientôt que tous ces livres, anciens ou récents, de tout format et dans toutes les langues, ne parlaient que d'une chose, ou plutôt d'une œuvre : celle d'Arthur Rimbaud.

– Tu comprends pourquoi on l'appelle Arthur, maintenant ?

Elle n'avait jamais vu ça. Une telle fascination. Une telle obsession.

– Il achète et fait acheter tout ce qui circule sur le marché à propos du poète, y compris des lettres autographes. Récemment il s'est fait souffler le manuscrit d'*Une saison en enfer*. Il enrageait. Il a multiplié les propositions à l'acquéreur. Mais je crois que le type n'a pas marché. Il était encore plus fou de Rimbaud.

Oriane était confondue.

– Mais où chercher ? Ils peuvent être partout, ces documents !

Lazzano réfléchissait. Il regarda sa montre.

– Nous avons tout notre temps, et je sais où se trouvent le jambon et le pinard. Voyons, je propose un pari.

Oriane reconnut le joueur, l'homme de défi et de vitesse. L'homme qu'elle aimait.

Lazzano observa longuement la position de l'échelle.

– Supposons qu'il ait grimpé là-haut pour planquer le paquet. Je vais regarder s'il y a de la poussière sur la rampe, cela voudrait dire qu'elle n'a pas servi depuis quelque temps.

Il gravit les échelons et passa son doigt le long de la rampe métallique. Il le retira tout gris : le test était concluant. Elle n'avait pas été déplacée récemment. D'après le récit de la jeune Birmane, Arthur n'avait pas eu beaucoup de temps pour dissimuler les papiers, puisqu'ils étaient repartis presque aussitôt. Lazzano décida de s'attaquer aux volumes encyclopédiques et fit passer à Oriane plus d'une trentaine de ces sommes d'érudition rimbaldienne. Sans succès. Lassés d'avaler de la poussière, ils firent une pause. Tandis qu'Oriane ouvrait la fenêtre, ce qui lui rappela que quelques heures plus tôt, à la Galerie financière, dans la même posture, elle guettait l'arrivée d'un motard, Lazzano s'éclipsa pour revenir avec une bouteille de médoc juste débouchée, deux verres tulipes et un bon morceau de jambon cru. Ils reprirent des forces et scrutèrent les murs.

– Si on doit remuer tout ça, il nous faut quinze jours de congé et l'assurance que le propriétaire est retenu au bout du monde, fit observer Oriane.

Lazzano ne répondit pas. Son regard s'était fixé sur une autre rangée d'encyclopédies, au-dessus de la place laissée vide par la première série.

– C'est curieux, fit-il, ce sont les mêmes que celles qu'on a enlevées, sauf les trois du milieu. Les volumes ont l'air plus épais.

Il remonta sur l'échelle et tenta de les attraper. Mais il n'était pas assez grand, même sur le dernier échelon. Il songea tout à coup qu'Arthur le dépassait de presque dix centimètres. Lui devait les atteindre sans difficulté. Il redescendit.

– Et si on tapissait le sol d'encyclopédies, on pourrait poser l'échelle dessus ? suggéra Oriane. Je maintiendrai les montants pendant que tu grimpes.

– Je vois qu'un juge peut faire un excellent cambrioleur, se réjouit Lazzano.

Il ne remonta pas pour rien au dernier échelon. Les trois encyclopédies étaient en réalité des trompe-l'œil. Il s'agissait de classeurs déguisés en beaux livres, qui contenaient toutes sortes de papiers. Lazzano s'empara de la totalité et ils ne furent pas longs à tout ranger. Il était à peine 7 heures du soir. Après avoir fait disparaître vin et jambon, ils repartirent comme ils étaient venus. Lazzano logea les documents dans la petite malle arrière, puis lança son bolide. Moins d'une heure plus tard, ils fêtaient leur succès à la Maison Fournaise, un restaurant des bords de Seine, qui ne possédait pas de chambres.

– Je dois repartir tout à l'heure, fit Eddy pendant le dîner. Mais je reviendrai très vite.

Oriane éprouva une immense déception, mais elle sut se ressaisir pour offrir son plus beau visage.

– Il est tout de même remarquable d'audace, cet Arthur. Il aurait pu mettre ses documents à l'abri dans un coffre, mais non, ce joueur de haut vol préfère toujours prendre des risques. Comme si aucune réussite n'était valable à ses yeux si elle n'était précédée d'un frisson de danger. Je vais éplucher ces documents toute la nuit. Après, ils seront à toi.

– Mais pourquoi ne pas le faire ensemble ? demanda la juge.

– Parce que je tiens à toi vivante, répondit-il.

Ils ne revinrent plus sur le sujet. La nuit tombait sur la maison des impressionnistes. À la première fraîcheur, Lazzano raccompagna Oriane jusque devant chez elle et s'assura qu'elle rentrait bien. Puis il fila seul avec ses mystères.

41

Après le décès de sa femme, Lazzano avait vendu l'appartement où ils avaient vécu heureux de longues années, dans le quartier Montorgueil. Le Méridional avait trouvé dans ces rues colorées et vivantes, d'où montaient les voix des marchands, un peu de la magie marseillaise, le sens de l'exagération sur la qualité des tomates ou la fraîcheur du poisson. Depuis presque une année, il habitait derrière les jardins du Luxembourg, dans la petite rue Servandoni, un grand studio très clair qui donnait sur une cour fleurie. Chaque jour il passait une heure à marcher dans l'allée des reines.

Il s'attardait dans le coin des joueurs de pétanque, puis retrouvait son regard de gosse pour suivre l'évolution des petits bateaux à voile que des enfants armés de longs bâtons poussaient sur le bassin. Lui-même possédait un quatre-mâts miniature téléguidé, une réduction à l'échelle du *Massilia*, qu'il avait fait fabriquer chez un artisan de Marseille. Cette embarcation somptueuse faisait la joie des gamins, mais aussi celle des adultes, et même des canards qui nageaient dans le sillage de ce qu'ils prenaient peut-être pour une sorte de grand cygne blanc. Sur le pont de ce *Massilia* en modèle réduit, une trappe rectangulaire avait été prévue pour accéder à la salle des machines, à savoir un système insubmersible de piles et de circuits électriques. Lazzano avait fait découper cette ouverture à la largeur de sa main droite, qu'il avait longue et très fine. C'est là que le soir de leur « cambriolage », en rentrant chez lui, il glissa l'enveloppe des fameux documents concernant le juge Leclerc, après l'avoir au préalable enrobée d'un film de plastique. Le lendemain matin, il sortit tranquillement de chez lui et se rendit à la cahute où étaient entreposés les jolis voiliers loués aux enfants pour dix-huit francs de l'heure. Il avait sympathisé depuis quelque temps avec Camille, une étudiante en pharmacie qui se faisait un peu d'argent en s'occupant de cette flotte multicolore.

Elle était tombée littéralement sous le charme de Lazzano et de son *Massilia*. Il le lui avait confié plusieurs fois pour qu'elle le fasse naviguer. Elle en prenait le plus grand soin. Ce matin-là, il rejoignit Camille, face au bassin du Luxembourg.

– Mademoiselle, bien le bonjour. Je vous amène de la visite !

Et il tendit son fier bateau à la jeune fille radieuse.

– Il peut aller sur l'eau, mais pas trop. Prenez-en bien soin.

– Vous pouvez me faire confiance, j'y veillerai comme à la prunelle de mes yeux.

Lazzano repartit d'un pas tranquille, enfourcha sa moto et disparut.

Pendant ce temps, Oriane Casanove avait repris son interminable guet à la fenêtre de son bureau. Quand elle regardait le boulevard, c'était bien sûr la silhouette de son motard qu'elle voyait. Mais elle ne pouvait effacer de son esprit l'image atroce des dernières souffrances d'Isabelle Leclerc, le contraste violent du sang écarlate sur son tailleur si blanc. D'après ses informations, la police avait longuement interrogé le gardien de l'immeuble présent le jour de l'incendie, ainsi que le conseiller Marchand. Celui-ci avait été assez confus sur les motifs de sa présence ce matin-là. Mais on n'avait rien trouvé à lui reprocher, et il était sorti de l'interrogatoire sans qu'aucune charge lui soit imputée. Le policier avait quand même remarqué qu'il manifestait une certaine fébrilité pendant un interrogatoire de simple routine. Marchand avait expliqué que c'était pareil : dès qu'il rencontrait un médecin, il se croyait malade.

Là, c'était plus fort que lui, il s'était mis dans la peau d'un coupable. En tout état de cause, l'enquête tournait en rond et aucun élément tangible ne permettait de pencher en faveur d'une hypothèse plutôt qu'une autre. Le dernier étage avait brûlé si complètement, l'effet de serre avait été si fort qu'il ne restait rien d'exploitable par les pompiers et la police scientifique : aucune trace de pas, aucune empreinte, pas plus que des reliquats d'explosifs ou de carburant.

Le téléphone sonna dans le bureau d'Oriane. À son insu, le petit magnétophone posé la nuit de l'incendie par Lucas se mit en route. C'était Le Balc'h. Elle n'eut pas le temps de lui dire qu'il valait mieux ne pas parler de choses trop précises. À peine avait-elle décroché que le policier lui lança avec enthousiasme :

– Ça y est ! Lazzano, je l'ai vu chez la Birmane.

Oriane raccrocha brutalement, le cœur en capilotade. La sonnerie retentit de nouveau.

– Eh, vous me faites des blagues ou quoi ? C'est moi, Le Balc'h !

– Je vous ai reconnu. Montez me voir, dit-elle à voix basse, comme si toutes les oreilles invisibles de ses quatre murs étaient en alerte.

En attendant de le voir paraître à sa porte, Oriane réfléchissait : que faisait Le Balc'h rue de la Pompe ? Elle l'avait relevé de sa mission huit jours plus tôt, estimant qu'il avait bien travaillé sur ce coup. Il lui donna lui-même l'explication en arrivant.

– L'autre fois, souvenez-vous, j'étais ici même. Vous m'avez tendu la photo d'Eddy Lazzano en me demandant si je l'avais déjà aperçu parmi les visiteurs de la Birmane. Je vous ai répondu par la négative mais au fond de moi subsistait un doute. Eh bien, je l'ai résolu pas plus tard qu'avant-hier soir. Il est même arrivé le premier. Un bel homme, très distingué, une classe naturelle. Il était à moto. Il a gardé une allure de champion, sur sa bécane.

Oriane ne broncha pas.

– Il était seul ? demanda-t-elle d'un ton détaché.

– Oui. Et il a été le premier à repartir, seul aussi.

– Il vous a vu ?

– Non, je ne crois pas. Je n'étais pas dans son périmètre immédiat.

– Merci, Le Balc'h, fit Oriane pensive. J'apprécie ce que vous avez fait. Mais un conseil, évitez d'utiliser ma ligne pour me donner des détails là-dessus. Et surtout ne prononcez pas de nom, on ne sait jamais.

Le jeune policier pâlit.

– Vraiment ? Quel idiot je fais ! Vous croyez que pour Lazzano...

– Non, ne vous inquiétez pas, Lazzano ne risque rien. Il se croit immortel, ou presque.

– Il doit avoir raison, s'enthousiasma soudain Le Balc'h. S'il devait être mort, ce serait fait depuis longtemps, casse-cou comme il l'est sur sa moto !

Oriane sourit. Chaque fois qu'il était question de Lazzano, son cœur semblait doubler de volume. Elle se remit au travail sur son ordinateur et inonda d'e-mails ses confrères de Genève, du Luxembourg et de Monaco, sans grand résultat. Il lui parut que chez les voisins immédiats de la France, la justice était en vacances. La Galerie financière était une spécialité parisienne qui tardait à faire des émules au sein de l'Union européenne. Elle se demandait combien de patrons corrompus il faudrait encore jeter en prison pour que sa mission soit considérée d'utilité publique, et non comme la croisade d'une femme frustrée et minablement payée. Lazzano avait raison : elle n'avait pas encore tapé assez haut, assez fort. En relisant une note blanche émanant de son mystérieux épistolier du Palais-Royal, elle prit conscience que sa notoriété était franchement surfaite, comparée à ses résultats réels. Combien de puissants, de personnalités riches et célèbres, qui faisaient les couvertures des magazines, avaient trébuché dans son cabinet ? Beaucoup, mais pas encore assez. Et combien avaient reçu des peines méritées, non assorties de sursis, accompagnées d'amendes suffisantes pour les dissuader de toucher à de l'argent frauduleux ? Aucun. Non, aucun. Tous s'en étaient tirés. Tous étaient sortis de prison. Le maximum obtenu, c'était trois mois de tôle pour le P-DG d'une grande entreprise de bâtiment, avant que ses salariés, à la suite d'une manifestation devant la Chancellerie, n'obtiennent sa libération anticipée. « Il est plus utile dehors, il assure des emplois », avait argumenté le ministre, allant à l'encontre d'une décision de sa propre justice. Les petits, eux, payaient jusqu'au bout.

Personne ne venait les libérer sur caution, personne ne versait cinquante millions de francs lourds pour leur épargner la prison. C'est sur ceux-là qu'Oriane s'était acharnée depuis sa prise de fonctions, mais ils n'étaient que menu fretin, pitoyables victimes d'un système où l'impunité était de mise. Elle essaya de se remémorer ce qu'elle avait appris de la bouche de Pinson à propos d'Orsoni, puis elle écrivit sur une feuille blanche les différentes hypothèses possibles sur la disparition des époux Leclerc. Son papier se couvrit de flèches, de chiffres et de petits diagrammes incompréhensibles pour un autre qu'elle. Elle inscrivit aussi le prénom d'Arthur sans savoir où le placer au milieu de cet échiquier sanglant où les fous semblaient plus fiables que les rois.

42

C'était un carton de grande taille, glissé dans une enveloppe de papier crème très luxueux. Il arriva un matin par la poste au domicile d'Oriane. Son nom à l'encre noire était d'une écriture stylisée très élégante, avec une jolie boucle sur le O de son prénom. Dans la boîte aux lettres, elle le remarqua aussitôt au milieu des journaux gratuits, des prospectus publicitaires et de ses factures. Elle décida finalement de remonter chez elle, peu pressée de retourner à ses dossiers qui finissaient par la déprimer : elle en avait assez de disséquer par le menu les turpitudes financières des uns et des autres, leur malhonnêteté ordinaire et les mœurs corrompues à tous les échelons de la démocratie française. Oriane s'installa dans son salon et mit la radio. Puis, avec le coupe-papier d'ébène posé sur son bureau, elle ouvrit précautionneusement la belle enveloppe. Le carton qu'elle en tira la figea d'étonnement. Il s'agissait d'une invitation très officielle, et personnelle, du président de la République pour une soirée à l'Élysée, le vendredi suivant, à 21 heures précises. La manifestation se voulait simple – tenue de ville pour les hommes, tailleur ou robe de cocktail pour les dames. En lettres dorées et en relief, on lisait : « À l'occasion de la signature du plus important contrat aéronautique entre le consortium Airbus et la compagnie américaine Panam, le président de la République française prie (et là étaient écrits le prénom et le nom d'Oriane) de bien vouloir assister à la soirée prévue dans les grands salons de l'Élysée. » Suivaient la date et la formule « r.s.v.p. ».

Oriane resta un moment interdite, hébétée. Était-ce une farce ? Dans ce cas, elle était grandiose. Qui pouvait bien l'avoir conviée à pareil événement ? Elle chercha dans sa mémoire la relation professionnelle qui aurait pu expliquer qu'elle figurât sur les listes d'invités de la Présidence, mais elle eut beau se creuser la cervelle, elle ne trouva personne.

Son premier réflexe fut de bondir vers sa penderie pour inspecter l'état de sa garde-robe. À part son ensemble noir qui lui durcissait la silhouette, elle n'avait pas grand-chose à se mettre pour une telle invitation qui, si le temps le permettait, débuterait sans doute dans les jardins du palais. Il lui manquait la garde-robe d'une femme à la fois chic et décontractée, qui aime les tenues colorées et coupées pour mettre en valeur ses formes au lieu de les cacher. Cet examen la laissa un peu morose, d'autant qu'à sa connaissance, elle n'avait pas sur son compte en banque de quoi s'offrir des merveilles. Après tout, il n'était pas nécessaire d'être richement parée. Une petite robe légère suffirait, rehaussée par le collier de perles qu'elle tenait de sa grand-mère. Elle repasserait au salon de Claude pour « rafraîchir » sa coupe et l'ajuster. Restaient les lunettes.

Oriane se planta devant l'armoire à glace de sa chambre. Évidemment, fit-elle avec un peu de dépit dans la voix.

Elle soupira, puis sortit. Elle se souvenait que, lors de sa promenade en rollers avec Edgar Pinson, ils étaient passés devant la longue devanture d'un opticien, sous les arcades de la rue de Rivoli, qui proposait des milliers de modèles différents. Elle s'y fit déposer en taxi. À peine entrée, elle ne sut plus où donner de la tête. Des quantités de miroirs démultipliaient les angles de vision et elle eut l'impression étrange d'être sous le feu d'innombrables regards vides. Elle déambula d'un endroit à l'autre du show-room, pendant que des opticiens, hommes et femmes tous vêtus de la même veste rouge à cravate verte, s'employaient à satisfaire une clientèle qui leur faisait déballer d'innombrables modèles.

Oriane s'approcha d'un faux arbre en mousse, sur le faux tronc duquel étaient accrochées des lunettes de forme carrée, d'autres triangulaires, d'autres pareilles à des meurtrières horizontales, très étirées. La jeune femme savait qu'il était temps pour elle de changer ses grosses montures sombres. Depuis qu'elle avait coupé ses cheveux, la disproportion était presque ridicule. Oriane ressemblait à ces personnages de bande dessinée dont les lunettes mangent tout le visage. La photo de son permis de conduire montrait un visage lisse, serein. Le cliché remontait si loin dans sa jeunesse... Depuis, les lunettes qu'elle voulait abandonner lui avaient servi de protection, de masque derrière lequel elle croyait pouvoir se cacher. C'était son obsession : ne pas être vue.

Un homme aimable, impeccablement coiffé, vint à sa rencontre.

– Vous paraissez perdue ! fit-il avec un grand sourire.

Oriane le dévisagea. Il ne portait pas la veste rouge des vendeurs du magasin.

– Je serais bien incapable de choisir ce qui m'ira, dit-elle avec une moue d'impuissance.

– Je comprends, répondit l'homme. La mode change tout le temps. Maintenant que les lunettes sont devenues des accessoires au même titre que les bijoux, on ne sait plus si les clients veulent d'abord voir ou être vus. Figurez-vous que certains acceptent de réduire leur champ visuel du tiers, voire de moitié, pour le plaisir de porter des lunettes fantaisistes.

Oriane sourit.

– Mais vous leur vendez bien ce qu'ils demandent !

– Certes, acquiesça-t-il. Mais vous savez, comme disait la grande Mlle Chanel, la mode, c'est ce qui se démode.

Elle l'avait suivi à son bureau, un espace aéré, aux murs tout blancs et étonnamment nus.

Il avait un appareil qui ressemblait à un ordinateur d'antan, muni d'un grand écran.

– Plutôt que de vouloir adapter un visage à un modèle préfabriqué, expliqua-t-il, je fais le contraire. Je mémorise le visage grâce à la machine que vous voyez devant vous, puis j'invente des lunettes sur mesure à l'aide de l'intelligence artificielle. Vous voulez essayer ?

Prise de court, Oriane se laissa tenter et s'assit face à l'écran, comme pour une séance de Photomaton.

– Je vais vous prendre en gros plan, expliqua l'opticien. Ensuite, je placerai sur votre visage photographié des montures virtuelles.

– Et si je choisis une paire de lunettes que je vois à l'écran, il vous faudra combien de temps pour les préparer ?

– Quarante-huit heures au plus. D'ailleurs, vous pouvez repartir avec la photo de vous sur laquelle j'aurai surimposé des montures. Comme ça, vous rentrez chez vous tranquillement, vous réfléchissez, vous montrez le cliché à votre mari...

– Oui, bien sûr, à mon mari, répéta machinalement Oriane.

Sa pensée courut aussitôt vers Lazzano. Se marier ? Et pourquoi pas ? Ils visiteraient les boutiques, choisiraient leurs témoins, passeraient leur lune de miel à bord du *Massilia*...

Ses pensées s'interrompirent car l'opticien venait de faire le noir total. Il prit une photo numérique de son visage à l'aide d'un Kodak 200, dont les données furent aussitôt transmises à l'unité centrale. Celle-ci définit les contours fondamentaux du visage puis en détermina les points cardinaux, du front au menton et d'une tempe à l'autre. L'homme appuya ensuite sur une touche pour maquiller légèrement la peau, puis donna un peu de lumière dans le studio et proposa à Oriane une liste de soixante mots imprimée sur un carton.

– Maintenant, précisa-t-il, vous allez en choisir trois.

Elle lut : simple, léger, pur, sophistiqué, solide, insolite, coloré, gai, sérieux, discret, etc. Il la laissa réfléchir.

– C'est drôle, fit-elle, les trois premiers adjectifs me conviennent parfaitement, j'aurais aussi volontiers ajouté « coloré », quitte à renoncer à « pur ».

– Bien, bien, approuva-t-il.

Il rentra les données dans l'ordinateur qui se mit au travail.

Au bout de quelques minutes, quatre photos d'Oriane s'affichèrent à l'écran, proposant quatre montures différentes. Oriane s'observa en silence. Ce n'était plus elle, mais une femme d'allure plus jeune. Elle écarta une proposition qui lui donnait l'air d'une adolescente attardée. Une autre lui sembla trop agressive. Elle trouva en revanche la troisième et la quatrième formidables.

L'opticien élimina les deux modèles récusés puis agrandit les deux préférés.

– À votre avis ? lui demanda Oriane, cherchant son regard.

– Je n'ai pas d'avis. C'est vous qui devez me donner le vôtre.

– Alors celle-ci, décida-t-elle en montrant le cliché de gauche.

Elle y portait des montures très fines de carbone vert tendre qui laissaient les ailes du nez en contact direct avec le verre. Des verres assez larges et ronds adoucissaient son visage un peu anguleux.

L'homme eut l'air satisfait.

– Vous pouvez les avoir pour quand ?

Il réfléchit.

– Portez-vous des verres progressifs ?

– Non.

– Alors repassez dans trois heures, le temps de bâtir la monture et de tailler les verres. Ce sera prêt.

Dehors, Oriane téléphona à la Galerie financière pour prévenir qu'elle arriverait seulement en début d'après-midi. Elle ne donna aucune explication. Depuis son entretien avec Edgar Pinson, elle se sentait moins à l'aise dans l'enceinte du bureau, surveillée à son insu, et cette impression la poussait à multiplier les absences imprévues. Oriane remarqua qu'à cette hauteur de la rue de Rivoli, elle était tout près du palais de l'Élysée. Comme un coureur de fond reconnaît le parcours de son épreuve, elle marcha jusqu'à la Concorde, passa devant l'hôtel Crillon et remonta la petite rue de l'Élysée avec ses maisons de style anglais. Puis elle passa sur le trottoir opposé à l'entrée de la Présidence et aperçut le gravier de la cour d'honneur qu'un jardinier s'occupait à ratisser. Elle revint ensuite sur ses pas et alla s'installer chez Angelina, où elle commanda un chocolat chaud et mousseux. Dans cette atmosphère feutrée, où le silence n'était troublé que par le tintement des petites cuillers sur les soucoupes, elle se transporta à Cabourg, au Grand Hôtel de Cabourg. Eddy lui manquait. Elle eut un pincement au cœur, l'inverse était-il vrai ?

Ces documents dérobés chez Arthur, quand allait-il les lui fournir ? N'était-ce pas étonnant qu'il n'ait plus donné signe de vie ? Elle songea que, s'il lui arrivait quelque chose, elle ne serait pas prévenue. Le sentiment la gagna de nouveau de vouloir se marier, d'être ensemble, de ne plus se quitter, jamais. Elle avait bien un numéro de téléphone, mais c'était celui de son bureau près de la Bourse, où il n'était jamais. Il laissait un répondeur branché, dont le message d'accueil semblait si ancien qu'elle se demandait s'il lui arrivait encore de l'écouter. Elle avait essayé une fois d'enregistrer quelques mots. La bande s'était interrompue, comme si elle était déjà surchargée de vieux messages non effacés.

À l'heure dite, Oriane se présenta au magasin d'optique. Ses lunettes étaient prêtes, accompagnées de produits nettoyants et d'une petite serviette en peau de chamois. Elle les chaussa délicatement, se regarda avec appréhension. La réalité allait-elle ressembler au virtuel ? Oui, mais en mieux. À cette seconde précise, elle aurait aimé que quelqu'un lui dise qu'elle était belle. Elle l'aurait cru.

43

La moto de Lucas filait à toute allure en direction de l'autoroute de l'Ouest. Accroché au blouson du jeune homme, le conseiller Marchand essayait de comprendre pourquoi on lui avait demandé de se rendre d'urgence dans une maison de Gambais où l'attendaient Octave Orsoni, Shan et Suy.

Depuis son dernier entretien avec Orsoni, Marchand s'était montré assez efficace. Il avait réussi à détourner la juge de son enquête sur la disparition des Leclerc en la harcelant sur des dossiers importants qui concernaient directement le contentieux financier. Ravalant son arrogance, il avait joué les humbles et les maladroits, expliquant à Oriane qu'elle seule pouvait démêler de tels imbroglios. Sa conscience professionnelle avait dicté une conduite loyale à Oriane, qui s'était déchiré les yeux des soirées entières sur des données comptables évidemment truquées, mais avec tellement de brio qu'il fallait se livrer à des exploits intellectuels pour lever le lièvre. Marchand avait noté autant qu'il le pouvait les allées et venues de la juge, ses retards, ses rendez-vous manqués, ses absences. Mais il n'avait pas relevé son départ précipité, le jour où elle avait rejoint Lazzano sur sa moto pour filer à Cabourg.

Lucas gara son engin à l'entrée de la propriété. Les deux hommes sonnèrent. Un homme en costume sombre ouvrit. Il était grand, foncé de peau, n'avait pas l'air commode et répondait au prénom d'Ange. Marchand ne l'avait jamais vu. Rien d'étonnant : Ange vivait l'essentiel de l'année sur la Riviera, entre Nice et San Remo, quand il n'était pas dans son village corse d'où Orsoni l'avait tiré jadis de l'ennui et d'une certaine nonchalance. La dernière fois qu'il était venu à Paris, c'était pour l'affaire Leclerc. S'il appartenait à la famille des anges, c'était dans la catégorie exterminateurs. Tel était ce personnage lugubre dont Marchand croisa sans joie le regard.

À voir les mines fermées qui l'attendaient à Gambais, il comprit que, cette fois, il devrait jouer serré. À ce stade, chaque détail comptait.

– Entrez, dépêchez-vous, fit Orsoni en voyant la silhouette du magistrat.

Marchand arrangea ses cheveux aplatis par le casque et suivit Orsoni dans la grande bibliothèque, là où Lazzano et Oriane avaient œuvré. Les deux sœurs Shan et Suy étaient assises dans un canapé de velours. Visiblement, Suy avait pleuré. Shan essayait de la réconforter. Avant l'arrivée de Marchand, en effet, Orsoni avait cuisiné les jeunes femmes. Il s'était souvenu que le jour où il avait apporté les documents à Arthur, Suy était là. D'abord, elle avait nié avoir parlé à quiconque de cet épisode. Mais Orsoni n'était pas homme à laisser la vérité lui échapper, surtout dans son cercle privé. Il avait giflé Suy avec une telle violence que Shan s'était interposée en criant. À son tour, elle avait reçu une claque sonore. C'est Shan qui, au milieu des larmes, avait convaincu sa jeune sœur de parler. Et, à la grande surprise d'Orsoni, Suy avait raconté comment, le soir où les Africaines étaient venues, prise de cafard, elle avait raconté à Eddy Lazzano leur départ précipité à Gambais après le passage d'un motard et le dépôt d'un paquet pour M. Arthur.

En écoutant son récit saccadé, interrompu de reniflements, Orsoni avait eu le sentiment de recevoir un coup de couteau dans le dos. Non pas de la part de cette petite qui ne savait pas bien ce qu'elle racontait. Mais de la part de Lazzano, qu'il considérait un peu comme un fils, ou un jeune frère, en tout cas quelqu'un de son sang et de sa race. Octave ne voulait pas admettre une telle réalité, et c'est pourquoi il avait fait appeler de toute urgence Marchand à Gambais. La découverte du vol remontait au matin. M. Arthur, qui avait dû partir pour quelques jours en Afrique, avait finalement demandé à Orsoni de détruire ces documents compromettants, craignant que la juge Casanove, qui progressait à grands pas, finisse par remonter à lui ou du moins par nourrir de sérieux soupçons. Sitôt monté à l'échelle de cuivre, Orsoni avait compris que quelque chose d'anormal s'était passé. Les trompe-l'œil étaient anormalement légers. Il fallait tirer cette affaire au clair avant le lendemain, date du retour de M. Arthur et de la grande réception à l'Élysée à laquelle il était convié.

— N'avez-vous rien remarqué d'anormal dans le comportement de la juge Casanove ? demanda le géant corse à Marchand.

Marchand énuméra un certain nombre d'absences d'Oriane, notamment toute la matinée de la veille.

— Elle est revenue au bureau avec de nouvelles lunettes, raconta le conseiller. Quelques jours plus tôt, elle s'était fait couper les cheveux. On dirait qu'elle cherche à plaire à quelqu'un. Voyez-vous, j'ai l'impression qu'elle lâche un peu l'affaire qui vous préoccupe pour s'intéresser de plus près à ses toilettes et à son apparence. Voilà qui devrait vous rassurer.

Orsoni marmonna entre ses dents.

— Rien d'autre ?

— Je ne crois pas, dit-il mollement.

— Je veux tout savoir sur cette juge, cria Orsoni qui n'aimait ni qu'on lui résiste, ni les manières de femmelettes, Shan et Suy en savaient quelque chose.

– Je crois que la juge Casanove a un petit ami, reprit enfin Marchand.

– Vous l'avez vu ?

– D'assez loin. Il possède une grosse bécane, un peu comme celle de Lucas. D'ailleurs, la première fois que je l'ai vu, confia-t-il en rougissant légèrement, j'ai cru que c'était Lucas. La même carrosserie, le réservoir couleur grenadine. Mais, quand il a enlevé son casque, j'ai vu que ce n'était pas lui.

Marchand pensait réellement que ces détails étaient sans importance. La juge Casanove avait bien le droit de vivre sa vie de femme. Ce n'est pas sur ce terrain qu'il serait allé lui chercher des noises, et c'est pourquoi il avait hésité avant d'évoquer cette escapade.

– Qu'est-ce qui vous fait penser qu'il s'agit d'un « amoureux » ? demanda Orsoni.

– Je l'ai vue courir vers lui. Je l'avais déjà entendue dévaler l'escalier à toute allure, trois minutes plus tôt. Elle d'ordinaire discrète, qui peut traverser les couloirs sans que vous entendiez rien, un vrai chat, on aurait dit qu'elle allait manquer son train. C'était d'ailleurs curieux car, lui, il l'attendait tranquillement, debout à côté de son engin. Il paraissait avoir tout son temps alors qu'elle, elle avait vraiment le feu aux fesses, pardonnez-moi l'expression.

Le Corse semblait de plus en plus intéressé. Deux profondes rides verticales s'étaient creusées entre ses sourcils, signe d'une réelle perplexité.

– Vous pouvez me le décrire, ce motard ?

– Je vous l'ai dit, il était assez loin et, à la différence de la juge Casanove, je recule sans cesse le moment de changer mes lunettes.

– Vous portez des lunettes ?

– À vrai dire, j'en ai mais je ne les mets pas.

Orsoni le regarda d'un drôle d'air.

– Vous lui donnez quel âge, à son chevalier servant ?

– Dans les quarante-cinq ans, mais bien bâti, sportif. Une tête assez classique, cheveux poivre et sel, peau mate, un front assez large, pour ce que j'ai pu en voir.

Une idée folle était en train de germer dans l'esprit échauffé d'Orsoni : que ce faux frère de Lazzano, non content d'avoir habilement confessé Suy, soit devenu le confident de la juge Casanove. Mais l'hypothèse lui parut trop énorme et il ne voulut pas s'y attarder. Un détail devait lui échapper, pensait-il, qui laverait Eddy de tout soupçon.

Bien sûr, Orsoni avait entendu à plusieurs reprises Arthur s'inquiéter de ses activités réelles. Le roi des soirées de poésie trouvait Lazzano plutôt renfermé, assez peu joyeux drille, avec un regard dur qui semblait sans cesse juger ses contemporains. Orsoni avait toujours pris sa défense, soulignant sa loyauté en mille occasions, rappelant qu'il avait perdu sa femme récemment, que cette épreuve l'avait marqué. Les aurait-il tous trompés à ce point ? La dernière fois qu'ils avaient parlé de la juge Casanove, Lazzano avait fait le récit de son audition à propos du *Massilia*. Il en était revenu serein, décontracté, mais assez mal disposé vis-à-vis de cette juge en jupons dont il avait avoué ne pas apprécier les manières directes, « assez peu féminines », avait-il souligné. Qu'il fût devenu l'amant d'Oriane Casanove était aux yeux d'Orsoni inconcevable.

En revanche, il avait écouté la bande espion posée par Lucas dans le combiné téléphonique de la juge. La petite phrase du policier Le Balc'h sur

Lazzano ne lui avait pas échappé, à plusieurs titres. D'abord, il avait eu la conviction que, si Lazzano ne s'intéressait pas à elle, elle s'intéressait à lui pour qu'un collaborateur, sûrement un policier, pensait-il à juste titre, l'informe de sa présence rue de la Pompe. Ensuite, c'est précisément ce détail : Lazzano était rue de la Pompe, qui conforta Orsoni dans son idée que la juge, contrairement à ce qu'affirmait Marchand, n'avait pas lâché le morceau. La preuve : même après la perquisition, l'immeuble était encore surveillé. Orsoni ne pouvait pas deviner que Le Balc'h avait agi de sa propre initiative. Enfin, la manière dont la juge Casanove avait abrégé la conversation – on entendait nettement sur la bande qu'elle avait raccroché précipitamment, pendant que la voix d'homme parlait encore –, ce geste brutal, donc, laissait penser qu'elle se méfiait de son téléphone, comme si on l'avait avertie qu'elle pouvait être sur écoute. Cela faisait beaucoup.

Shan et Suy avaient suivi la conversation sans broncher. Shan, selon ses habitudes serviles, partit préparer du thé. Suy demeura prostrée dans le canapé de velours.

– Ange ! cria Orsoni.

Le type au regard sombre arriva sur-le-champ.

– Oui, patron ?

– Va dans l'auto et prend la serviette rouge, dans la boîte à gants.

Le cerbère s'exécuta. Il revint avec l'objet demandé, qu'il tendit à son maître comme un chien fidèle et obéissant rapporte un morceau de bois en attendant sa récompense. Orsoni sortit de la chemise plusieurs photos. Il y en avait une en noir et blanc d'Eddy Lazzano chevauchant sa moto au bord d'une piscine. Il la tendit à Marchand.

– Ça vous dit quelque chose ?

Le conseiller l'examina attentivement, puis la rendit au parrain corse.

– La moto, c'est possible. Mais je serais plus affirmatif si elle était en couleurs. Quant au type, franchement je n'en sais rien. C'est peut-être lui, mais je ne le jurerais pas. Quoique...

Il regarda de nouveau le cliché.

– Non, je ne veux pas m'avancer. Et puis je n'aimerais pas commettre une injustice.

Orsoni rangea le document et le rendit à Ange. Avant de donner congé à Marchand, que Lucas attendait dehors, il lui posa une dernière question.

– Vous êtes certain que personne ne vous soupçonne, à propos de l'incendie ?

Cette fois, Marchand se garda bien de dire que le policier du Quai des Orfèvres avait trouvé bizarres ses hésitations et sa confusion pour expliquer les motifs de sa présence ce matin-là à la Galerie financière. De toute façon, il était ressorti libre et rien n'avait transpiré de son entretien.

– Je suis tranquille de ce côté-là. Les fumigènes que vous m'aviez fait remettre ont bien fonctionné, avec l'effet retard de trois heures, comme prévu. Personne n'a pu sérieusement me mettre en difficulté, dès lors que j'avais quitté les lieux longtemps avant le déclenchement du feu.

– Et le soir, avec Lucas ?

– C'était encore mieux : le gardien et son chien faisaient un concours de ronflement !

– Vous êtes formel : il n'y avait pas de cassette vidéo avec l'affiche du film *Fais-moi tout*.

Marchand réprima un sourire.

– Je vous jure. Si je l'avais vue, je l'aurais prise. Mais, pour être franc, je ne pense pas que cette cassette soit entre les mains de la juge. Je crois que je m'en serais aperçu. Si elle contient de la dynamite, elle l'aurait fait exploser d'une manière ou d'une autre.

– Mais alors, qui peut l'avoir prise? Elle n'est plus rue de la Pompe.

Marchand fit un signe d'impuissance.

– Ouvrez l'œil, lui recommanda Orsoni. Et les oreilles aussi. Maintenant filez.

Le conseiller se leva et partit sans demander son reste. Il se dirigea tout droit en direction de la moto de Lucas qui tournait déjà. Il évita le regard de l'exterminateur et enfonça voluptueusement ses mains dans les poches de blouson du jeune motard.

44

Depuis ses débuts dans la presse, au début des années 80, Edgar Pinson avait le plus souvent fait la preuve de son flair hors pair. Il était l'un de ces rares journalistes capables de mettre leur intuition au service d'une connaissance incomparable des rouages du système politique et des réseaux financiers régissant dans l'ombre les lois de l'économie dite libérale. Jamais le libéralisme, en France, n'avait été autant étatisé, et Edgar Pinson était passé maître dans l'art de débusquer les interventions de la puissance publique, même les plus discrètes, dans la conclusion des grands marchés dont la France pouvait s'enorgueillir. Bien sûr, il lui était parfois arrivé de se fourvoyer, comme ces chiens de chasse qui, victimes d'une lubie passagère, se laissent entraîner sur une mauvaise piste et qui, au lieu de répondre aux injonctions de leur maître, s'obstinent dans leur erreur. À cette différence près que Pinson ne se reconnaissait pas de maître. S'il se trompait de chemin, il devait à sa seule lucidité de revenir en arrière. Sa direction lui faisait une confiance aveugle depuis qu'il avait enchaîné les scoops retentissants sur les affaires de délits d'initiés mettant en cause des personnalités proches du gouvernement. Son tableau de chasse était bien rempli, puisque le scandale de la Garantie immobilière, les pots-de-vin versés dans la construction de plusieurs tours de la Défense, les trafics d'influence autour du tunnel sous la Manche et du tunnel du Mont-Blanc avaient tous été révélés au grand jour par lui. Sans oublier quelques délits financiers de droit commun que les pouvoirs publics avaient classés sous l'étiquette « secret-défense » et dont Pinson avait montré qu'ils ne cachaient aucun secret lié à la sécurité du pays, mais plutôt des manœuvres à fin d'enrichissement individuel.

Un ministre libéral et deux gérants de sociétés de sous-traitance pour l'aérospatiale avaient fait les frais des investigations précises du journaliste. Pinson était enfin assez familier des méthodes des services secrets et de la police pour avoir tissé dans ces maisons opaques quelques liens aussi solides qu'invisibles. Seules ses victimes, lisant sous sa plume certaines informations d'une précision ravageuse, devinaient à leur grand dam qu'il avait bénéficié de fuites insensées au cœur même des institutions.

Moyennant quoi, il arrivait que Pinson soit manipulé à son insu et se fasse abuser, au moins dans un premier temps, avant de reconnaître son erreur et de se montrer encore plus cinglant envers ceux qui avaient cru pouvoir se jouer impunément de sa bonne foi.

À sa manière, Pinson et Oriane Casanove étaient les deux côtés d'une même médaille, symbolisant le sens civique du devoir, de la justice et du bien.

Quand le journaliste reçut un appel codé sur son

téléphone portable par le biais de la messagerie écrite (le bref texte affiché sur le petit écran carré de son téléphone disait seulement : « Vivement dimanche »), il comprit qu'un de ses vieux contacts des RG avait quelque chose d'important à lui communiquer. Abel, c'était son nom de guerre, suivait d'assez près les formations politiques de la droite parlementaire, dont deux membres avaient obtenu un siège au gouvernement de centre gauche, moyennant un soutien appuyé lors de différents débats législatifs sur la Sécurité sociale et sur l'immigration, qui tenaient à cœur au Premier ministre. C'est ainsi que Charles Dubuisson avait obtenu un ministère de plein exercice, celui de l'Énergie, et Jacques-Henri Bérot le secrétariat d'État au Commerce et à l'Industrie.

« Vivement dimanche » était un code qu'Abel avait trouvé au moment où Pinson enquêtait tous azimuts sur une affaire de fausse monnaie à destination du Moyen-Orient. Plusieurs responsables politiques français avaient été mêlés à cette sombre histoire. À cette époque, François Truffaut venait de sortir son film *Vivement dimanche* et Abel, qui se piquait de cinéma, avait adopté ce titre pour fixer ses rendez-vous à Pinson. Le message signifiait concrètement que les deux hommes devaient se retrouver le dimanche matin suivant le message à l'embarcadère des bateaux-mouches, pas sur le pont de l'Alma, mais plus haut sur la Seine, quai de Montebello, à la hauteur de Notre-Dame. Là, ils montaient à bord d'un bateau bleu, le premier de la journée, à 10 heures du matin. Généralement, il s'agissait du *Jeanne-Moreau*, toujours en référence au cinéma et à la chanson « Le tourbillon de la vie », qu'elle interprétait dans *Jules et Jim*, autre film de Truffaut : quand on s'est revus, quand on s'est reconnus... Abel avait de la suite dans les idées...

Les deux hommes ne s'étaient plus rencontrés depuis presque deux ans. Ils avaient parfois communiqué par petites notes non signées ou par brefs coups de téléphone. Mais cette fois, le motif semblait plus sérieux car le policier des RG proposait un rendez-vous à Pinson.

Comme toujours en mai, les touristes étrangers prenaient d'assaut les quais de Seine. Dans un anonymat parfait, Abel et Pinson pouvaient parler à visage découvert sans risquer d'être repérés. Seul un réflexe d'ancien militaire poussait l'agent de renseignements à lever la tête chaque fois qu'ils passaient sous un des ponts de Paris, redoutant parmi les badauds qui regardaient passer les bateaux-mouches un éventuel photographe indiscret. Il faut dire qu'Abel avait le sens de la comédie. Il se composait un look à la Bogart qui le signalait à l'attention des passionnés de films noirs, avec son feutre mou et sa gabardine grise dont il se contentait d'ôter la doublure de coton quand arrivaient les beaux jours. Il portait un pantalon de tweed clair et des chaussures noires ferrées aux pointes et aux talons. Lorsque Pinson l'aperçut, calé sur un siège orange du bateau-mouche, à la dernière rangée du pont avant, Abel peinait sur une grille de mots croisés. En approchant du policier, le journaliste constata qu'il s'agissait de ceux du *Monde*.

– Vous n'avez pas un tuyau? demanda Abel sans lever les yeux. J'ai parié avec ma femme que j'aurai trouvé toutes les définitions avant ce soir, mais je suis mal parti. « Aime le papier bleu et la chicane » : j'ai beau tourner dans tous les sens, je ne vois pas.

– Combien de lettres? demanda le journaliste feignant de jouer le jeu.

– Pleine colonne : douze horizontal. J'ai bien pensé à Oriane Casanove mais ça ne tient pas, c'est trop long, fit-il d'un air narquois.

Pinson resta impassible et avoua son ignorance.

– Vous ne pourriez pas passer au journal ? La solution sera forcément dans l'édition de demain. Qu'est-ce que ça coûte d'aller regarder une morasse ?

– Et de faire une copie de la grille corrigée, tant que vous y êtes ! s'esclaffa le reporter.

– Pourquoi pas ? lança Abel sérieusement.

– Vous êtes mûr pour les délits d'initié, Abel. À force de surveiller les malfrats en col blanc, deviendriez-vous comme eux, combines et compagnie ?

– Non, mais je vais y songer, répondit Abel avec un rire franc.

Il plia son journal dans la poche de sa gabardine et posa ses mains sur ses genoux. Le bateau-mouche avait largué les amarres. Il était maintenant à la hauteur de la Conciergerie, là où Marie-Antoinette...

– Voyez, Pinson, commença Abel pour entrer dans le vif du sujet, on a tranché la tête à ces souverains, pour obtenir quoi à la place ? Des petits rois qui se gobergent dans les palais en ajoutant « République française » sur les colonnades du XVIIIe siècle et sur les papiers à en-tête. Le rêve de ceux qui n'y sont pas, c'est d'utiliser tous les moyens possibles pour se faire élire, pour se faire aimer. En fait, la course au pouvoir est une course à l'amour. On veut être champion du monde de l'amour. Mais l'amour, la popularité, ça se paye, comprenez-vous. J'en connais qui sont prêts à payer très cher pour obtenir l'amour suprême du peuple.

Pinson était habitué aux manières d'Abel. Ses phrases fleuries pouvaient agacer quand on était pressé. C'est sans doute la raison pour laquelle le policier donnait ses rendez-vous le dimanche matin, quand on a le temps devant soi.

– Donc, coupa le reporter, dites-moi qui est l'amoureux transi de la République, ces temps-ci.

– Minute. Laissez-moi vous amener sur la voie. Nos hommes politiques n'ont plus qu'une obsession : leur âge. À votre avis, pourquoi le président a-t-il finalement cédé sur le quinquennat ? Réponse simple ; l'idée d'avoir soixante-dix-sept ans à la fin d'un deuxième mandat le disqualifie. Deux ans de moins, c'est toujours ça. L'amour en politique devient une affaire de jeunesse relative. Maintenant, regardez le parti libéral chrétien. Leur leader historique, Jean Bayard, vient de fêter ses soixante et onze ans. Dans deux ans, soixante-treize, dans neuf ans, quatre-vingts. Vous me suivez ?

– Pas complètement.

– Je poursuis. N'hésitez pas à m'interrompre si l'inspiration vous vient ou si vous avez une solution pour mes mots croisés. Qui est le mieux placé derrière Bayard, dans ce parti qui a le vent en poupe si l'on en croit les dernières législatives partielles en Vendée et dans le Médoc ? Réponse : Charles Dubuisson, cinquante-six ans, député bien élu depuis seize ans dans sa région champenoise, belle gueule, femme saine, plein d'enfants, comme tout bon chrétien, pas plus de maîtresses que les autres, mais avec légèrement plus de goût.

– Il va se présenter ? s'étonna Pinson.

– Tout est en route. J'ai assisté à des réunions à l'Assemblée où étaient présents ses lieutenants. Ils affichent une mine réjouie et légèrement supérieure, comme en état de grâce divine. Je crois qu'ils ont récemment touché un pactole. Ils ont loué des bureaux dans le quartier du Bon Marché, non loin du Lutétia. Un immeuble entièrement refait à neuf, avec cheminées, moulures et parquet ciré, vous voyez le genre.

– Ils ont gagné au Loto ? demanda Pinson, soudain curieux d'en savoir plus.

– Mieux que ça. Il semble que Dubuisson s'est gagné l'amitié d'Octave Orsoni. Vous me suivez ?

Pour accompagner ses propos, Abel sortit d'une enveloppe blanche deux photos Polaroïd. On y voyait les deux hommes en grande conversation, Orsoni la main sur l'épaule de Dubuisson, offrant à l'objectif des airs réjouis de larrons en foire.

Pinson examina attentivement les clichés.

– Ce sont des photos que vous avez prises ?

– Oui, qualité artistique faible, j'en conviens. C'était il y a dix jours au ministère de l'Énergie. Une petite réception donnée en l'honneur des relations franco-birmanes. Depuis l'éclat du député Gilles Brizard, les choses se sont apparemment arrangées en sous-main. Dubuisson s'est montré extrêmement chaleureux avec la délégation d'officiels qui avait fait le déplacement depuis Rangoon.

– Mais personne n'a parlé de ce mini-sommet ? fit Pinson intrigué.

– Bien sûr que non. L'opinion n'est pas encore prête à voir nos responsables taper sur le ventre des représentants d'une dictature. Aucun journaliste n'était présent. Si j'ai pu prendre deux photos, c'était pour avoir Orsoni et Dubuisson, pas les Birmans. Elles pourraient être prises n'importe où. Mais moi, je sais que tout cela scelle une réconciliation. Inutile de vous dire qu'il y a de gros sous derrière.

L'information que le policier venait d'apporter à Pinson sur un plateau paraissait presque trop belle. Ainsi une réunion discrète, sinon secrète, s'était tenue dans un salon du ministère de l'Énergie à l'insu de l'opinion, montrant Orsoni et le ministre Dubuisson en plein retour d'affection, sous le regard rasséréné de responsables birmans qu'on avait dû tranquilliser à propos de la fourniture de leurs centrales nucléaires. Par ailleurs, et cela serait facile à Pinson de le vérifier, le parti libéral chrétien de Dubuisson avait reçu une manne inespérée pour faire campagne derrière son « jeune » champion.

– Qu'en dites-vous ? fit Abel tout sourire.

– Je dis que ça va faire des étincelles si je réussis à connecter tous les fils de cette affaire. Par exemple, établir le lien entre ces arrangements inavouables et la mort du juge Leclerc à Libreville, un juge qui probablement en savait trop.

Abel hocha la tête.

– Là-dessus, mon cher, vous êtes sûrement plus avancé que moi. Ma compétence, c'est ce qui se dit et ce que je vois dans le microcosme des partis de centre droit. La haute diplomatie, je n'y connais pas grand-chose. En revanche, quand un hippopotame du calibre d'Orsoni vient dans notre marigot, je ne peux que le remarquer, et vous le signaler.

– Merci, approuva Pinson.

Le policier semblait réfléchir à autre chose.

– Un problème ? demanda Pinson, pendant que les touristes s'étaient tous levés pour photographier la tour Eiffel.

– Leclerc, à Libreville... C'est sa femme qui a été accidentée l'autre semaine devant la Galerie financière ?

– Exact. Elle venait me voir. Elle croyait que le journal était encore aux Italiens.

– Elle n'allait pas au bureau de la juge Casanove ? Elles étaient amies, je crois.

– Je sais. Mais à cette heure-là, c'est avec moi qu'elle avait rendez-vous.

– Bien. J'y pense : au petit pince-fesses du ministère de l'Énergie, il y avait aussi deux Africains très distingués, assez râblés, en costume impeccablement coupé. Je crois qu'il s'agissait de Gabonais. Je me souviens qu'à un moment donné, ils ont formé un petit groupe pour une palabre informelle, eux, les Birmans, Orsoni et Dubuisson.

Quand le bateau-mouche revint à son point d'attache, une autre file de touristes attendaient le prochain départ. Chacun partit de son côté. Au moment de se quitter, Abel se rapprocha de Pinson.

– J'oubliais, lui souffla-t-il. J'ai fait envoyer à la juge Casanove un carton d'invitation pour la soirée à l'Élysée. Le Président veut remercier les forces vives de la France qui gagne, les champions de l'économie, à la suite du contrat mirifique conclu par Airbus avec la Panam. J'ai pensé que si elle a l'œil, elle pourra voir des choses intéressantes. Et je crois qu'elle l'a, si je me fie à ce que je lis sur elle.

– Sans doute, sans doute, répéta Pinson. Vous permettez que je la mette un peu au parfum avant ?

– Ah, vous voyez que vous y venez, vous aussi, aux délits d'initié. Faites comme vous le sentez. Et n'oubliez pas ma grille de mots croisés.

Abel disparut dans la foule des promeneurs. Pinson s'installa dans le premier café venu pour noircir plusieurs pages d'un carnet de notes. Persuadé de tenir une information capitale, il en oublia quelques règles élémentaires de logique, comme celle qu'on peut lire devant les passages à niveau : un train peut en cacher un autre.

45

Oriane avait eu la prudence de n'avertir personne de sa soirée élyséenne. C'est seulement quelques heures avant le grand événement qu'un signe d'Edgar Pinson lui fit comprendre le sens de cette invitation.

– M'obliger à faire du roller alors que je dois être ce soir à l'Élysée, protesta la juge. Si je me casse la jambe, ce sera votre faute.

Pinson sourit.

– Allons, doucement, alors, je ne voudrais pour rien au monde être la cause d'une frustration qui vous rendrait encore plus sévère à l'égard de la gent humaine, et des messieurs en particulier.

– Qui vous dit que je suis sévère avec les messieurs ?

– D'après ce que je lis des témoignages de vos « victimes », qui se souviennent durement de vos interrogatoires.

Oriane haussa les épaules.

– Ces gens-là parlent trop à l'extérieur et pas assez avec moi. On dirait qu'ils se font un titre de gloire d'avoir été entendus par moi en audience. C'est tout juste s'ils ne sont pas traités par vos confrères des médias comme des héros victimes d'une méchante juge qui les a harcelés. Où m'entraînez-vous ? ajouta-t-elle.

– Sur une piste, répondit Pinson. Mais il faut que nous atterrissions quelque part. Que dites-vous du marché aux fleurs, vers le quai des Orfèvres ?

– Si ça peut vous rendre bavard...

Ils stoppèrent sur un banc face aux marchands d'oiseaux bariolés, de lapins nains et d'hermines blanches.

– Je vous verrais bien avec une hermine au cou, suggéra Pinson qui semblait pour une fois d'humeur primesautière.

À se croire en passe d'élucider le dossier Leclerc, avec toutes ses conséquences politico-financières, il redoublait d'impatience et d'énergie. Quand ils eurent repris leur souffle, le journaliste raconta sans citer sa source policière – la règle numéro un était de se méfier de tout le monde, y compris de ceux à qui on a donné sa confiance –, les événements qu'il avait appris de la bouche d'Abel. Tout y passa : la réception au ministère de l'Énergie, la manne mystérieuse reçue par le courant politique de Dubuisson, la présence des Birmans et, semblait-il, de personnalités gabonaises. Enfin, il sortit de sa veste les deux Polaroïd montrant Orsoni et le ministre de l'Énergie en conversation complice.

– Je vous conseille de l'avoir à l'œil, celui-ci, fit le journaliste en désignant Dubuisson.

– D'après vous, c'est notre homme, le maillon manquant entre les sommets de notre triangle ?

– Possible, concéda Pinson, sans certitude. C'est pourquoi je vous ai fait inviter ce soir. J'ai de bons amis au service de presse du « Château ».

– C'est donc vous ? s'exclama Oriane, à la fois surprise et un peu déçue.

En son for intérieur, elle avait voulu y voir un signe de Lazzano. Lui qui connaissait tout le monde, il n'aurait sans doute eu aucun mal à obtenir un carton de l'Élysée. Le journaliste assuma son mensonge. L'important était qu'elle y soit et qu'elle se montre attentive à tout, y compris aux réactions dues à sa présence. Le nouveau look d'Oriane plaisait beaucoup au journaliste, et il lui adressa un compliment pour ses nouvelles lunettes. Il craignait cependant que tant de bouleversements sur ce visage ne la fassent pas reconnaître par les invités du Président. La photo de la juge Casanove était souvent publiée à la une des quotidiens et parfois des magazines, mais elle ne se ressemblait plus vraiment, maintenant qu'elle portait les cheveux beaucoup plus courts et des montures radicalement tendance. Or Pinson espérait qu'on la remarquerait, que certains s'étonneraient de la voir là, s'inquiéteraient même.

– N'hésitez pas à serrer des mains et à vous présenter : je suis la juge Casanove, de la Galerie financière, vous m'en direz des nouvelles ! conseilla Pinson. Sinon, vous risquez de vous ennuyer. N'hésitez pas à les provoquer un peu, ils adorent ça, au fond, nos politiques.

Oriane acquiesça tout en songeant qu'elle serait bien incapable de se mettre en avant dans une manifestation de ce genre. Elle retint cependant le conseil du journaliste. Si ça peut servir, songea-t-elle. Évidemment, malgré les « ravalements de façade », comme elle le disait quelquefois sans indulgence, auxquels elle avait procédé, elle ne se sentait pas très sûre d'elle, de sa séduction, de l'attrait qu'elle pouvait exercer sur les gens de la « haute » qu'elle pensait croiser à l'Élysée. Les dés étaient cependant jetés : elle irait et ouvrirait l'œil, foi d'Oriane. Pinson pouvait dormir tranquille, elle tâcherait de récolter pour lui des « impressions chargées de sens », comme il le lui avait demandé.

Après leur échange sur un banc du marché aux fleurs, ils avaient roulé dans l'île de la Cité avant de se séparer à la hauteur du Palais de justice. En passant devant l'escalier monumental, Oriane se dit qu'il existait sans doute de nombreuses façons de rendre la justice ou de ne pas la rendre, c'est-à-dire de la garder pour soi, en égoïste. Elle aurait pu renoncer à cette recherche, continuer à traquer les délinquants du fisc derrière son ordinateur et faire comme si Alexandre et Isabelle Leclerc avaient été victimes de regrettables accidents. Mais elle se devait d'aller jusqu'au bout, d'élucider les mystères de leur mort, même si au passage l'idéal qui avait si longtemps été le sien d'être au service d'un État intègre et sans tache, si cet idéal en prenait un coup. Elle se fit une raison : l'Élysée n'était peut-être pas le lieu choisi pour y promener l'hermine blanche de la justice.

De retour chez elle, Oriane se fit couler un bain moussant. Elle resta un bon moment allongée les yeux fermés dans sa baignoire, respirant voluptueusement les onguents parfumés au thé vert qu'elle avait généreusement dispersés sous le jet d'eau chaude. Puis elle se lava les cheveux avec un shampooing revitalisant, rinça abondamment et s'enroula dans un peignoir. Devant la glace, elle se força à se tenir droite, gonfla sa poitrine, ses seins impeccables de rondeur laiteuse qu'elle parfuma de Shalimar, comme son cou et le lobe de ses oreilles. Ensuite, elle glissa dans son habit de conquérante. Cette soirée à l'Élysée constituerait un test de séduction. Elle verrait bien si les hommes distingués tombaient dans ses filets de chasseresse qui veut se prouver que oui, son pouvoir est intact, qu'elle est désirable, qu'on peut être séduit par son apparence avant d'être charmé par son esprit. Dans une boutique des boulevards, elle avait opté pour une robe légère et très chic, jeune d'allure, un rien effrontée, tout en restant d'une coupe assez classique. Une robe portefeuille sans manches, en toile de spi orange doublée de jersey de coton. Elle avait renoncé à ses bottes cavalières, leur préférant finalement une paire de sandales bijoux qu'elle avait achetée chez un chausseur de la Madeleine. L'ensemble était rehaussé par une ceinture noire en cuir, seule concession à son ancien goût du noir. Elle était superbe.

Quand elle fut prête, elle s'enfonça un moment dans son canapé, attendant elle ne savait quoi. Elle s'était légèrement maquillée, avait vérifié le contenu de son sac à main. Elle aurait soudain voulu qu'au lieu de la réception à l'Élysée, un motard casqué et souriant modifiât brusquement ses plans pour l'emmener dans un coin secret connu de lui seul. Mais elle chassa cette idée et commanda un taxi. Il ne fallait pas faire attendre un chef de l'État, même le chef d'un État vermoulu.

46

Si loin qu'elle eût des souvenirs, Oriane Casanove n'avait guère eu l'occasion de participer à des fastes princiers où tout, jusqu'au moindre détail, ruisselle de richesse facile, où le beau est si naturel qu'il semble là depuis des temps immémoriaux et qu'il est inutile d'en vouloir critiquer l'irrespirable perfection, son aspect désuet et clinquant à la fois.

La jeune femme se rappelait certaines réceptions à la préfecture du Limousin, où son père, en jaquette et chapeau huit-reflets, la prenait à ses côtés comme demoiselle d'honneur. Mais à Limoges, les excès se limitaient aux débauches de porcelaine et à l'imposant volume des tapisseries représentant scènes de chasse et exploits de divinités grecques. À l'Élysée où elle venait d'arriver dans le pas de trois gardes républicains en tenue d'apparat, qui lui firent contourner la cour gravillonnée pour emprunter un chemin de bitume tracé en demi-cercle, chaque perspective était une trouvaille d'architecte et de décorateur spécialement conçue pour étourdir le regard.

Comme le temps le permettait, la réception se tenait dans le jardin d'hiver du palais, dont la verrière avait été entièrement ouverte afin d'y laisser entrer le soleil finissant et l'air printanier. Plusieurs dizaines de tables rondes aux nappes blanches damassées avaient été dressées, colorées en leur centre par des bouquets de fleurs odorantes qui évoquaient la France du Sud, celle des garrigues et des bords de mer.

Près de deux cents personnes étaient attendues, essentiellement des invités du Président et du Premier ministre, ainsi que quelques heureux élus dont la présence sur les listes tenait à un certain talent à se rendre indispensables dans ce genre d'occasion, sportifs méritants, professeurs bien placés pour postuler à l'Académie, journalistes courtisans.

Invitée d'une puissance occulte, Oriane apparaissait dans cet aréopage comme une fleur rare, inhabituelle, dépourvue des tics propres aux habitués – ne regarder les convives qu'à la dérobée pour tenter de les reconnaître, négocier discrètement avec le protocole pour être placé à la table d'untel, lire d'avance le menu en dérobant un carton imprimé glissé sous une serviette... Et si, chaque année, plusieurs centaines de couverts d'argent disparaissaient, le personnel de l'Élysée savait que ces raouts où venaient se goberger des gens fort honorables n'allaient pas sans quelques larcins, car les esprits un peu faibles ou influençables enrageaient de ne pouvoir emporter chez eux, une fois la fête terminée, un écho de cette féerie républicaine.

Les lustres en cristal de Bohême brillaient de tous leurs feux, jetant sur les invités une lumière assez crue qui les transformait, surtout les femmes pomponnées, en comédiens de théâtre quand la scène vient de s'illuminer, juste après les trois coups, au lever du rideau. Un orchestre placé près de la serre ouverte interprétait des pièces de Mozart, tandis qu'on commençait à servir les coupes d'un champagne frappé sorti de la cave du palais. Soudain une voix ferme s'éleva : « Monsieur le président de la République », et un silence total se fit. Il apparut, souriant, dans un costume crème, précédé de quatre gardes en noir. Oriane se rappela les paroles de son père : depuis qu'on a coupé la tête aux aristos, on ne rêve que de rois et de particules. Sous les ors de la République, la jeune juge frémit de voir si près d'elle le monarque républicain qui serrait des mains avec chaleur, pendant que ses invités reculaient d'un pas, comme devant Louis XIV dans la salle des miroirs de Versailles.

Le chef de l'État prononça une brève allocution devant un micro installé par un membre du protocole ganté de blanc. Le Président voulait, dans une formule simple, « remercier la France d'être la France », c'est-à-dire capable à la fois de combattre sans fatalisme et d'accepter la défaite quand la concurrence s'est imposée à la loyale. Il mêla aux images sportives quelques métaphores orientales dont il avait le secret, en particulier sur la noblesse des sumos dont l'art de l'esquive et la grandeur des sentiments comptent au moins autant que la masse et le poids de muscles qu'ils jettent dans le combat face à l'adversaire. Oriane ne saisit pas toutes les subtilités d'un discours qu'elle jugea surtout destiné aux mâles conquérants, mais, sur le visage des ministres entourant le Président comme des convives debout devant lui, se lisait la preuve que ces paroles dispensaient un charme puissant, qu'on appelle parfois talent politique. Une armée de serveurs et majordomes s'activaient discrètement autour des tables. Puis ce fut l'heure de porter le premier toast en l'honneur du gouvernement qui avait mené à terme la difficile négociation avec la Panam. Airbus était une vitrine de la France, d'autant plus précieuse depuis l'accident tragique du Concorde dont la chute près de Roissy venait d'ébranler une certaine idée du gaullisme triomphant des années 60.

– Cet avion est une bombe volante, entendit Oriane dans son voisinage. Rendez-vous compte que le kérosène est stocké dans les ailes, entre les rangées de passagers !

La formation musicale avait repris son concert

en sourdine, tandis qu'un air léger entrait dans le jardin d'hiver. En vertu du protocole, le Président fut servi le premier, puis le chef du gouvernement et les ministres. Les invités virent aussitôt leurs assiettes se remplir d'une féerie rose et beige – des darioles de foie gras à la salade de langoustines, cependant que le sommelier annonçait le service d'un chassagne-montrachet 1982. Les convives qui partageaient la table d'Oriane appartenaient à un univers qui ne lui était guère familier : celui des conseillers de cabinet, souvent de jeunes énarques au teint de papier mâché qui parlaient par sous-entendus et s'adressaient des sourires de connivence. Un club fermé, au langage codé. Ils ne citaient les personnalités que par leur prénom, critiquaient la température du vin, tellement meilleure à la réception offerte la semaine précédente en l'honneur de l'émir du Koweït, comparaient les avantages des *duty free* de Dubaï, Caracas et Miami, avec la désinvolture de l'habitude. Par chance pour Oriane, son voisin était un jeune conseiller réservé et très courtois, dont elle apprit au détour de la conversation qu'il travaillait depuis trois mois seulement au ministère de l'Énergie. Il lui désigna « son » ministre, ne manqua pas d'en faire l'éloge. Un éloge appliqué de premier communiant à qui vient d'être révélée la parole de Dieu, encore trop tendre pour savoir que la foi ne se mesure pas aux fastes ostentatoires des grandes cérémonies religieuses. Parfois, le ministre Dubuisson apparaissait nettement dans le champ de vision d'Oriane. Elle comprenait pourquoi son jeune conseiller le vénérait comme un collégien un champion de foot ou une star de cinéma. C'était un homme racé, très élégant, au port droit mais dénué de raideur, au sourire magnétique, qui semblait habitué à briser les résistances, d'où qu'elles viennent.

Il était entouré de deux très belles femmes apprêtées comme des sapins de Noël et d'un homme corpulent qui mastiquait avec autorité ses langoustines.

– Savez-vous qui se trouve à gauche de « votre ministre » ? demanda Oriane.

Le conseiller leva le nez.

– Parfaitement, dit-il avec la satisfaction de montrer qu'il connaissait lui aussi du monde dans ce dîner de *happy few*. Il s'agit d'Octave Orsoni, un roi du pétrole, à sa façon. C'est la vieille école de l'énergie : l'Afrique, l'Asie, le gaullisme de réseau. Un ancien protégé de Foyart. Nous lui devons beaucoup.

– Pour les contrats Airbus-Panam ? fit ingénument la juge.

– Je ne crois pas, quoique, avec ce monsieur, il faille s'attendre à tout. Il connaît du monde dans la plupart des pays qui comptent. Et c'est un malin. Tenez, nous avons été mis en difficulté par l'opposition à propos des programmes nucléaires birmans. Eh bien, il est en train de nous dénouer tout ça avec une maestria qui fait rougir les beaux parleurs du Quai d'Orsay.

On venait de servir une selle d'agneau de pré-salé en persillade, accompagnée d'une mousseline des bois, et les aides-sommeliers présentèrent de table en table un château rauzan-gassies 1979, qui, à l'image des dames de l'assistance, se présentait dans sa plus belle robe. Oriane huma son assiette avec ravissement. Les verres et l'argenterie scintillaient comme les pampilles de cristal des lustres, au-dessus d'elle. Évidemment, elle avait cherché sans trop y croire la présence d'Eddy Lazzano. Si Orsoni était là, pourquoi Eddy, lui, n'avait-il pas été invité ? Peut-être avait-il eu un empêchement. Mais quel genre d'empêchement ? Depuis qu'ils avaient dérobé les documents chez cet « Arthur », Oriane se demandait où se terrait l'homme de son cœur. En tout cas, pas à l'Élysée.

En regardant Dubuisson, ou plutôt en l'examinant, en scrutant son visage, ses manières, Oriane essayait de se faire une opinion, et même une conviction. Se pouvait-il qu'avec cette franchise désarmante dans les yeux, on puisse par goût du pouvoir se compromettre au point d'éliminer des gens tenus pour gênants ? La juge n'avait pas oublié les propos d'Edgar Pinson. Elle avait vu les photos du ministre en compagnie d'Orsoni. Tout semblait cohérent, évident, et pourtant elle n'accrochait pas à cette thèse. Pour Pinson, elle avait le mérite de respecter l'idée qu'il se faisait encore, malgré les déceptions des années 80 et 90, des lignes de partage entre la droite et la gauche. À ses yeux, seuls des hommes de droite pouvaient collaborer avec un régime bafouant les droits de l'homme. Or c'était précisément Dubuisson, transfuge d'un parti modéré, qui avait apparemment mené la danse sur le dossier birman, cornaqué par ce malin d'Orsoni qui pour une messe aurait eu Paris et sans la moindre morale arraché un contrat juteux, le tout au nom de la « Realpolitik » et du dieu dollar.

Si Pinson se tient à cette thèse, il a forcément ses raisons, songea Oriane, qui ne détachait plus son regard de lui.

Personne à sa table ne paraissait avoir reconnu la juge. Personne n'eut l'indélicatesse de lui demander qui elle était ou avec quel ministre ou puissant industriel elle travaillait. La question ne se posait pas, puisqu'elle figurait parmi les invités de la réception. Elle mit ce manque de curiosité sur le compte d'une indifférence ordinaire à l'égard des femmes, et s'en félicita, car aurait-elle osé dire à ces messieurs bien mis qu'elle enquêtait sur leurs délits d'argent et la légalité de leurs contrats avec l'étranger ?

– Le gouvernement est-il bien représenté ? demanda encore Oriane au jeune conseiller qui la trouvait manifestement fort à son goût.

– Vous ne reconnaissez pas les ministres présents ? Ils sont tous à la table présidentielle.

Et il se lança dans un petit exposé plein d'esprit et d'une dérision dénuée de méchanceté, digne synthèse du *Who's who* et de la rubrique people dans *Gala*.

– Je vous ai montré mon ministre. À la droite du Président, vous avez le patron du Quai d'Orsay, Louis de Margerie. Si vous l'aviez connu il y a trois ans, quand il n'était pas au gouvernement, il était chauve comme mes genoux. Il a réussi ses implants et, à mon avis, le Président l'a placé auprès de lui pour lui extorquer la recette.

Il marqua une pause pour voir si Oriane goûtait son humour. Le sourire de la jeune femme l'encouragea à poursuivre.

– Toujours à droite du Président, le ministre de l'Économie et des Finances, Marc Penot, accompagné de son épouse qu'on appelle la « grande argentière » car elle a fait mettre de l'argenterie à toutes les huisseries des appartements privés de Bercy. Penot, lui, est un type simple. Regardez son costume un peu tirebouchonné, et il n'a pas trouvé mieux à se mettre que du gris souris. Sa femme, je suis sûr que si on éteignait tous les lustres, elle brillerait encore.

Oriane rit franchement. Elle ne toucha pas aux fromages mais sentit son appétit renaître quand apparut une nougatine glacée aux pêches de vigne. Les coupes à champagne furent remplies d'un Mumm de cramant, dans lequel elle trempa délicatement les lèvres. Le conseiller l'imita, puis reprit la présentation de sa galerie de portraits.

– Immédiatement à gauche du Président, l'homme à l'honneur ce soir, Jérôme Bertillac, notre ministre des Transports. Lui aussi est un négociateur-né, bien que diplômé de l'Ena. Il a fait du théâtre dans sa jeunesse, ça l'aide à parler et à convaincre. À côté de lui, notre ministre des Armées, Robert Ménard. Je me demande si en cas de guerre il aurait toujours cet air ahuri qui le caractérise à l'instant où je vous parle. Les militaires l'aiment bien à cause de ça. À côté, quelques sous-ministres, du Commerce et de l'Artisanat, de la Jeunesse, de la Culture. Leur ambition, c'est de se faire remarquer du Président. Mais avec sa majorité complexe, le Président ne sait jamais exactement qui est qui parmi ces types qui n'assistent jamais au Conseil des ministres. D'où quiproquos, froissements de susceptibilités... À la moindre occasion, ces sans-grade tâchent de briller en racontant une histoire amusante. Un seul but : que le Président rie et réclame le nom de cet inconnu si spirituel.

– Et celui qui se tient au bout de la table présidentielle et dont on ne distingue pas très bien le visage ? demanda Oriane.

– Près de la très jolie Pervenche Perier, une descendante du bon Casimir ?

– Celui qui fume un long cigare en regardant au plafond.

– Ah oui, je l'oubliais, celui-là. C'est Dandieu, le ministre de l'Industrie, Pierre Dandieu. Tel que vous le voyez là, il s'ennuie à mourir et n'attend qu'une chose : que le Président pose sa serviette pour donner le signal du départ.

– Il n'aime pas les fêtes ?

– Si, mais pas celles données par les autres. Les siennes, rue de Grenelle, sont réputées. Il en organise de somptueuses, où on ne compte pas les jolies femmes – comme vous, risqua le conseiller.

Oriane rosit et le remercia en levant sa coupe de champagne. Quelques mignardises accompagnèrent le café.

Quand le chef de l'État donna le signal de la fin des festivités, les convives se levèrent et lentement se dirigèrent vers la salle des fêtes, où ils reprirent leurs manteaux, achevant leurs conversations sur le perron de l'Élysée. Des éclairages illuminaient la cour d'honneur. Des gardes républicains veillaient. Il était un peu moins d'une heure du matin. Commença un ballet de voitures sombres. Oriane, qui s'était fait déposer en taxi, se dirigea vers la sortie et resta un long moment à observer les convives qui se dispersaient. Elle fut parmi les derniers à franchir le porche. Une borne en acier surgit de terre, signe que plus aucune voiture ne passerait. Oriane se retrouva seule rue du Faubourg-Saint-Honoré, grisée par cette étonnante soirée. Non qu'elle fût spécialement impressionnable. Mais si rares avaient été les occasions, ces dernières années, de passer ne fût-ce que quelques heures loin de ses dossiers ardus, empêtrée qu'elle était dans ces affaires qui manquaient de poésie, de cette gratuité, de cette légèreté – pour ne pas dire futilité – que doit par moments prendre la vie pour être précisément vivable. Oriane avait en tête une chanson de Johnny : « J'ai oublié de vivre »... Voilà que soudain elle se sentait bouger, respirer, elle sentait un amour caché au fond d'elle, elle se sentait vivre.

Une moto déboucha au coin de la Concorde au moment où Oriane allait se jeter dans un taxi. Son cœur manqua d'exploser. Cette fois il était là, son chevalier casqué. Comment savait-il qu'elle était allée dîner à l'Élysée ? Il ne manquerait pas plus tard de le lui dire, mais, pour l'instant, il lui demanda seulement de s'accrocher à sa taille, car la nuit était déjà bien entamée et il avait envie d'elle.

47

Quand le jour filtra dans sa chambre située sur la cour, Oriane ouvrit un œil et se tourna sur le côté : 8 heures n'avaient pas encore sonné. Elle tira le double rideau pour rétablir un peu d'obscurité dans la chambre. À quelques centimètres d'elle, allongé sur le ventre, les bras enfoncés sous l'oreiller, Eddy dormait. Elle remarqua que son visage était plus jeune dans le sommeil. Ils avaient fait l'amour comme deux fauves, passionnément, avec une douce violence qui s'était achevée dans l'apaisement des sens, leurs corps unis, épuisés et heureux. Eddy soupira. Oriane parcourut son dos de baisers, par petites touches de ses lèvres humides sur sa peau et Lazzano, les yeux grands ouverts maintenant, lui sourit. Jamais Oriane ne s'était abandonnée si pleinement au plaisir. Le corps de cet homme solide et sensuel allongé sous elle était source d'une inépuisable émotion qui l'électrisait jusqu'à la faire trembler. Ils s'assoupirent de nouveau.

Le carillon de l'église orthodoxe, toute proche, sonnait les heures. C'est ainsi qu'après les douze coups de midi, ils finirent par se lever. C'était le week-end. Les rares bruits de la rue parvenaient feutrés à travers le double vitrage. Lazzano fut le premier à se servir de la salle de bains. Tout en préparant des jus de fruits, du café et des toasts grillés, Oriane entendait le jet de la douche. Elle pensa à la sensation qu'elle avait éprouvée le jour où David, le fils d'Alexandre et Isabelle Leclerc, était resté chez elle une journée. Elle se souvenait de l'immense désarroi qui l'avait saisie devant sa solitude de femme condamnée aux réveils froids, aux gestes quotidiens sans écho, à la tristesse des déjeuners pris sans un mot, égayés par les flashs à la radio ou les jeux télévisés. Quand Lazzano sortit de la salle de bains en criant : « J'ai une faim de loup ! », Oriane eut presque les larmes aux yeux de ce bonheur enfin arrivé jusqu'à elle.

Ils s'installèrent dans la cuisine, face à face ; elle souriait, lui la dévisageait avec une douce gravité.

– Il faut que je te parle des documents qu'on a trouvés chez Arthur, commença-t-il, comme s'il voulait se débarrasser d'une corvée avant d'entamer le beau week-end qu'il avait projeté de passer avec elle. Je préfère qu'on en parle maintenant, parce que tu vas vite remplir un petit sac et on file dans ma maison de l'île de Ré.

– L'île de Ré ! s'exclama Oriane. Mais tu ne m'en as jamais parlé ! Je te croyais méditerranéen.

Lazzano acquiesça.

– Oui, par mon père. Ma mère, elle, est née près du phare des Baleines, du côté d'Ars-en-Ré. J'ai gardé la maison de famille, une maison charentaise toute simple : un étage, des murs blancs et des volets bleu ciel, des roses trémières tout autour et la mer avec ses rouleaux. Je suis sûr que ça va te plaire. Mais finissons-en avec ces papiers.

– Tu as raison, approuva Oriane, qui se voyait déjà roulant vers le soleil et cette île de l'Atlantique dont elle avait souvent entendu parler.

– Ne t'attends pas à trouver dans ces paperasses de quoi confondre les assassins de tes amis. Il s'agit de pièces très importantes qui prouvent sans doute aucun la corruption d'un certain nombre de responsables économiques et politiques français, de mèche avec les autorités birmanes et la présidence gabonaise, plus quelques intermédiaires dont le nom n'apparaît pas de façon explicite. Tout est clair, mais tout est codé. Les relations d'intérêt apparaissent nettement dans les mouvements de capitaux dont le juge Leclerc avait identifié les trajectoires précises, jusqu'aux comptes numérotés de certains protagonistes, et non des moindres. Tu ne seras pas surprise d'apprendre que notre ami Orsoni est mouillé jusqu'au cou dans ces opérations illicites. Mais il reste à élucider à quoi correspondent les nombreuses sociétés écrans bénéficiaires de virements faramineux en provenance soit de Rangoon, soit de Libreville. Une chose est désormais sûre à mes yeux : l'Agev dont Orsoni est le gérant, avec son fondé de pouvoir luxembourgeois, n'est qu'une coquille vide. Les sommes versées sur ses comptes, tous domiciliés dans des paradis fiscaux, de Nauru à Panamá en passant par le Grand-Duché, l'île de Man et Monaco, toutes ces sommes sont ensuite réparties en cascades sur des comptes de particuliers ainsi que vers des officines de souscriptions électorales embrassant l'essentiel de la classe politique parlementaire.

– Possèdes-tu le mode d'emploi ? s'inquiéta Oriane.

Le visage de Lazzano s'assombrit.

– Le mode d'emploi, comme tu dis, je le connais depuis le début. Ça fait vingt ans que je le connais. Il me manquait juste les preuves. Ces preuves, je les détiens, du moins une bonne partie. Mais je ne suis pas en mesure de tout déchiffrer. Avec ce que nous avons pris, il y a de quoi mettre Orsoni à l'ombre jusqu'à la fin de ses jours. Mais ce n'est pas Orsoni qui m'intéresse.

Oriane le fixa.

– C'est qui, alors ? L'homme politique qui se tient derrière lui et tire les ficelles ?

Lazzano ne répondit pas.

– Tu peux me faire confiance, insista Oriane avec tendresse. Nous avons à la brigade les moyens d'identifier un certain nombre de sociétés écrans. Tu dois absolument me remettre ces papiers. Je mènerai l'enquête discrètement.

Lazzano fit « non » de la tête.

– C'est trop dangereux. Je te les donnerai, n'aie crainte, mais pas avant d'avoir vérifié quelques points. Si c'est ce que je crois, tu auras pas mal de pain sur la planche pour épingler les coupables. Surtout le principal, celui qui tire les ficelles, comme tu dis.

À tout hasard, Oriane jeta dans la conversation le nom de Dubuisson. Lazzano ne releva pas, et la juge y vit un signe que Pinson avait peut-être tapé juste. Si l'hypothèse avait été farfelue, pensait-elle, Lazzano l'aurait écartée d'un geste agacé. Le silence s'installa soudain. Eddy descendit acheter les journaux et rapporta *L'Équipe* et le gros *Figaro* du week-end, dont il détacha pour la jeune femme le numéro de *Madame Figaro*. Pendant ce temps, Oriane avait préparé un sac léger où elle avait fourré un jean, un pull et un sweat-shirt, de la lingerie de rechange, un petit échantillon de Shalimar et son étui à lunettes. Par coquetterie toute neuve, elle essayait de ne pas porter ses verres systématiquement en présence d'Eddy, mais cette prouesse un peu stupide la plongeait dans d'épouvantables maux de tête qu'elle soignait à coups de doubles cachets d'aspirine.

– Cet Arthur, chez qui nous sommes allés l'autre jour, tu peux me dire qui c'est ? finit par demander Oriane, juste comme ils partaient.

De nouveau, le visage de Lazzano se ferma.

– Pas encore. Je veux que tu agisses librement. C'est un homme malin, terriblement rusé et adroit, qui bénéficie de mille protections tant en France qu'à l'étranger. À sa manière, c'est un intouchable.

– Mais nous l'avons touché, puisque nous lui avons dérobé ses documents.

– Exact. Tu sais qu'un animal blessé peut se révéler d'une méchanceté inattendue. Alors méfiance. Ceux qui se sont trouvés sur son chemin jusqu'à présent ne sont plus là pour en parler.

Oriane approuva, dépitée de rester sur sa faim. Mais le week-end commençait à peine. Elle saurait trouver les mots ou les gestes pour ouvrir cette porte secrète que Lazzano gardait fermée, une porte qui lui paraissait moins dangereuse que terriblement douloureuse.

48

C'était une petite maison, telle que l'avait décrite Lazzano, protégée du vent par une haie de tamaris. L'intérieur était chaulé, les murs dépouillés ; la pièce principale donnait sur un minuscule jardin de curé orienté plein sud, planté d'espèces odorantes. Une treille laissait passer la lumière et le vent du soir. Sitôt arrivés après une chaude journée de voyage, ils restèrent un long moment allongés sur des méridiennes, à respirer les senteurs sucrées du jardin, pendant que la mer, à moins de trois cents mètres, déposait ses vagues de marée montante sur les rochers de nacre et d'ocre. Lazzano avait laissé sa moto rue des Carmes. Ils avaient fait le voyage en TGV dans une voiture de première classe. Oriane prenait rarement la première classe, et c'était toujours une fête pour elle de s'installer dans le siège de velours rayé, avec la petite loupiote orange posée sur la tablette individuelle. Ils avaient très peu parlé pendant le voyage, récupérant de leur nuit d'amour et se préparant aux suivantes ; leur esprit vagabondait, léger, à travers l'espace et le temps, entre Paris et La Rochelle, entre hier et demain. À la gare monumentale de La Rochelle, une voiture de location les attendait. Ils avaient roulé doucement jusqu'au pont de l'île de Ré, après un détour sur le port de plaisance des Minimes où Lazzano avait confié à Oriane qu'il rêvait d'amarrer son *Massilia*. « Les vraies merveilles de la navigation sont ici, avait-il expliqué : le *Charente-Maritime*, la *Calypso* de Cousteau, l'*Hermione* de Lafayette qu'on reconstruit à Rochefort. Ne manque plus que mon quatre-mâts ! »

Avant d'atteindre la petite maison de Lazzano, ils avaient longé le fier d'Ars, cette anse de terre s'aventurant entre mer et marais. Des mouettes les avaient accueillis à grands cris perçants, tandis que les hérons arpentaient les marais. Puis Lazzano était passé chez un marayeur de ses amis, Cristóbal Guillermo, un émigré chilien qui s'était établi dans l'île à l'époque de la dictature et ne l'avait plus quittée. C'est lui qui avait veillé sur sa mère dans les dernières années, jusqu'à son décès, et Eddy le considérait avec l'affection qu'on réserve à un frère aîné, sinon à un père. Une papier-maïs éteinte vissée au bec, qu'il rallumait quand il y pensait, les dents jaune et noir comme un habit d'abeille, Cristóbal était une figure de cette pointe de Ré. Il parlait peu car son regard disait tout. Selon les instructions de Lazzano, il avait mis de côté un plateau somptueux de coquillages, d'huîtres, de tourteaux et de langoustines encore tièdes dans leur corset rose. Il y avait aussi quantité de bigorneaux, de pétoncles et de crevettes grises qu'ils commencèrent à grignoter avec du pain bis tartiné de beurre salé.

– Tu me montres le reste de la maison ? demanda Oriane.

– Vos souhaits sont des ordres, fit Lazzano en se dressant comme un jeune homme, parfaitement dispos après sa longue sieste ferroviaire.

Si elle paraissait petite d'extérieur, la maison familiale d'Eddy offrait en réalité des volumes spacieux et clairs. La pièce du bas se prolongeait par une chambre aux murs épais donnant sur le jardin parfumé. « La chambre de maman », fit Lazzano, et cette manière qu'il eut de dire « maman » toucha Oriane au-delà de ce qu'elle aurait pu imaginer. Tout bel homme qu'il était, sûr de lui et entreprenant, Eddy, en prononçant ce mot, avait révélé à quel point il était resté un fils, à présent orphelin de père et de mère, mais propriétaire de leurs souvenirs dispersés comme cendres entre Marseille et Ré.

À la chambre maternelle était accolée une jolie salle de bains dont une lucarne percée côté ouest donnait sur un décor bleu sans cesse en mouvement : la mer des Baleines, que le phare du même nom balisait de son trait vertical, immobile et serein, son jet de lumière qui, jour et nuit, guidait les hommes en mer vers le chemin du retour. Souvent, Lazzano et Cristóbal Guillermo se retrouvaient là, le vieux Chilien pour rêver d'un hypothétique retour au pays natal laissé loin derrière les vagues, sur un petit port non loin de Valparaíso, Eddy pour imaginer la course d'un quatre-mâts sur l'océan dansant.

À l'étage, Oriane eut la surprise de découvrir une chambre de poupée, des dizaines de poupées de chiffon alignées sur un lit de coin.

– C'était devenu la passion de ma mère, vers la

fin. Tous les enfants du pays sont venus ici au moins une fois regarder sa collection de poupées. Elle concevait elle-même les modèles sur du papier à dessin, puis les réalisait en achetant des étoffes et des tissus sur le marché du jeudi. Elles sont à toi, si tu veux.

Oriane se sentit transportée dans un univers de petite fille, Alice dans une maison des merveilles, tout à coup attirée par les jeux de l'enfance, les sensations innocentes et délicieuses des fillettes se construisant un monde à leur image dans les greniers oubliés.

– Je peux ? fit-elle en tendant la main vers une magnifique poupée de laine qui portait capeline et chapeau à volants, bas rouges et souliers dorés.

C'était une petite paysanne endimanchée, on pouvait imaginer qu'elle partait au bal du village et que sans doute elle allait retrouver un amoureux.

– Bien sûr, encouragea Lazzano, prends-la, maman aurait été heureuse qu'elle te plaise. Je crois que c'était une de ses préférées.

Oriane hésita. C'est Lazzano qui prit la poupée et la plaça contre la poitrine de la jeune femme, comme un cadeau d'enfant, une promesse d'enfant, aussi. Oriane resta quelques secondes immobile, submergée par une émotion profonde et incontrôlable, plus forte que tout. Elle eut la sensation d'une marée haute qui soudain l'avait envahie pour ne plus jamais se retirer.

Ils redescendirent dans le jardin. Un dernier soleil expédiait sur le mur de la maison le meilleur de sa lumière funèbre, l'éclat final avant la chute, une féerie orangée qui glissait à travers les nuages de beau temps déployés dans le ciel clair, telles des jalousies. Cette image, qui était venue à l'esprit d'Oriane, tandis qu'elle admirait les lointains, la fit tressaillir. Depuis qu'elle avait rencontré Eddy, elle ne cessait d'être déroutée par ses apparitions flamboyantes suivies de ses disparitions – elle n'osait dire ses fuites – tout aussi spectaculaires.

Cette manière d'être là puis de s'évaporer avait introduit dans leur relation un caractère imprévisible au charme certain, mais non dénué d'inquiétude. Oriane avait toujours aimé contrôler les situations, y compris dans sa vie privée. Et, là, l'essentiel lui échappait. Rassurée sur la conduite de Lazzano lors des soirées « poétiques » de la rue de la Pompe, elle n'éprouvait pas de sentiment de méfiance ou de jalousie vis-à-vis d'une rivale cachée. Et là, dans ce sanctuaire maternel, Oriane se sentait comme apaisée. C'était comme si Lazzano avait choisi de la présenter à sa mère, et cette poupée qu'elle serrait maintenant contre son cœur était un cadeau de bienvenue. Bienvenue dans sa maison, bienvenue dans sa vie qu'ils allaient désormais conjuguer au pluriel de leurs destins communs.

Cette nuit-là, dans la chambre du bas, ils ne firent pas l'amour. L'air iodé entrait par la fenêtre que Lazzano avait laissée ouverte. Il raconta comment sa mère s'était installée ici après la mort brutale de son père. Cette maison avait été celle d'un cousin. Avec sa part d'héritage et les fonds tirés de la vente de la société paternelle, sa mère avait racheté la petite bicoque pour pas cher. Dans les années 70, l'île de Ré n'était pas encore prisée comme aujourd'hui, expliqua Lazzano. Mme Soleil ayant même prédit un raz de marée, pas mal de continentaux s'étaient dépêchés de déguerpir. Le pont n'existait pas. On était tributaire d'un bac qui assurait de lentes rotations entre l'embarcadère de Port-Neuf et Rivedoux.

– Tu as des photos de ton père ? coupa soudain Oriane.

Elle n'avait pas manqué de noter que le récit de

Lazzano évitait comme un récif l'évocation de cet homme qui à coup sûr avait marqué son existence et décidé de ses choix d'adulte. Il hésita.

– Je crois que ma mère gardait un album dans le tiroir du bahut, dans la grande pièce à côté.

– Je peux aller le chercher ?

– Si tu veux.

Oriane sortit de la chambre et reparut rapidement, portant un de ces gros classeurs où les photos collées sont protégées par une feuille de papier pelure semi-transparent. Une odeur de renfermé monta aux narines de la jeune femme tandis qu'elle tournait les pages en silence. Lazzano avait allumé une lampe de chevet et un photophore de terre cuite dont le vent pénétrant par bouffées faisait trembler la flamme. Il ne disait rien non plus, comme s'il découvrait tout à coup une vie qui avait été la sienne et dont il n'avait plus pris de nouvelles depuis la disparition des principaux protagonistes. Dans cet album aux couleurs passées, il était encore un petit garçon blond et bouclé qui regardait son père comme on dévisage un dieu, à côté de sa mère qui, sur ces clichés, semblait être la plus heureuse des femmes dans la compagnie de ses deux amours.

Une photo frappa particulièrement Oriane : un homme sur le pont d'un bateau, un « sardinier », précisa aussitôt Lazzano. Une photo en noir et blanc qui remontait aux années 60, prise dans le port de Marseille. L'homme au sourire étincelant portait des vêtements de mer et un tablier noué sur les reins.

– C'est incroyable, fit Oriane. Littéralement incroyable.

– Je sais, répondit Lazzano d'une voix étranglée.

Manifestement, il n'avait pas vu cette photo depuis longtemps. Peut-être même la découvrait-il, à en juger par l'émotion qu'exprimait son visage. La date inscrite de la fine écriture de sa mère lui permit un rapide calcul. Sur la photo, son père avait quarante-deux ans, l'âge de Lazzano aujourd'hui. Ce n'était plus son père qui souriait sous ses yeux mais un autre lui-même, un frère et même un jumeau. La ressemblance était si forte, si troublante, si terrible, qu'Oriane ferma brusquement l'album et prit la tête d'Eddy dans ses mains pour l'embrasser comme on étreint un rescapé de la noyade.

C'est le cri des mouettes qui les tira du sommeil. Ils s'étaient endormis l'un contre l'autre, Eddy serrant Oriane par la taille comme le fait le passager d'une moto accroché au pilote. Il sentait contre sa poitrine le dos lisse de la jeune femme, et sous ses mains son ventre brûlant que chaque respiration animait. Ils écoutaient le silence du dehors ; les mouettes s'étaient éloignées. On n'entendait pas la mer, sans doute retirée au loin. La veille, Oriane avait remarqué qu'il n'y avait pas de téléphone. Elle n'avait pas vu non plus de télévision ni de poste de radio. Seulement une chaîne stéréo. Et des livres, des romans de Pierre Loti, d'Henri de Monfreid, les fameux *Secrets de la mer Rouge*, des livres de cuisine aussi. C'est ici que Lazzano se réfugiait pour réapprendre à vivre quand ceux qu'il aimait, et même son épouse, avaient été précipités de l'autre côté.

– Ma mère et ma femme ne s'entendaient pas bien, dit tout à coup Lazzano.

Oriane ne lui avait rien demandé. Mais il avait peut-être envie de chasser le moindre doute dans l'esprit de la jeune femme.

– Hélène n'est jamais venue ici. J'y descendais seul, du vivant de maman. Et après sa mort, j'ai continué. Hélène disait que, même disparue, ma mère serait toujours là comme un reproche permanent.

– Quel reproche ?
– D'avoir pris son fils, pardi !

Oriane ne l'avoua pas à Eddy, mais elle l'avait senti en arrivant : elle était la première à venir ici. Elle ne voulait pas paraître ignorer l'existence de sa femme. Mais au fond d'elle, la confidence de l'homme qu'elle aimait la renforça dans sa conviction que leurs vies n'allaient plus faire qu'une.

Le temps avait filé trop vite. Le dimanche passa comme un souffle. Il était déjà presque l'heure de refermer les volets de la maison pour regagner La Rochelle et rendre la voiture de location. Oriane, qui pensait au juge Leclerc, tenta d'engager la conversation sur le sujet.

Lazzano, une fois encore, n'avait pas envie de parler. Il n'oubliait pas qu'Oriane n'était pas seulement la femme qui lui redonnait goût à l'existence. C'était aussi une magistrate, et pas n'importe quelle magistrate : la juge Oriane Casanove, de la Galerie financière du parquet de Paris, qui n'hésitait pas à harceler les patrons en délicatesse avec les règles de la comptabilité ou les hommes d'affaires un peu troubles. Il savait de quoi il parlait. Oriane, elle, ignorait qu'en suivant les pistes de l'amitié qui la liaient aux Leclerc, elle était tombée sur un terrain miné, celui de la vengeance. Encore Lazzano avait-il sous-estimé le pouvoir de déduction de la jeune femme. Il s'en rendit compte, sur la route de la gare, aux questions qu'elle lui posa, tandis que s'éloignaient le phare des Baleines, le ravissant village d'Ars et les cris des mouettes.

– Ton père, c'était vraiment un suicide ? demanda-t-elle avec hésitation, craignant de le heurter.

Il ne répondit pas aussitôt.

– Si je dis ça, reprit-elle sur un ton où ne perçait ni excuse ni gêne, si je dis ça, c'est à cause de la détermination que tu as manifestée pour récupérer ces documents. Je te revois, l'autre jour, dans la maison de cet Arthur. Tu étais comme un animal sauvage à la recherche de sa proie. Tu furetais, reniflais, tournais en rond ; quelque chose d'animal vibrait en toi. Je ne t'avais jamais connu ce visage et, sur le coup, j'ai pensé que l'homme que ces documents allaient confondre était un ennemi à toi, un ennemi personnel. Vendredi soir, quand tu m'as avoué que ces documents n'étaient pas aussi exploitables et convaincants que tu l'espérais, j'ai lu plus que de la déception dans tes yeux. Plutôt de la colère, un sentiment d'impuissance contre lequel tu luttais visiblement. Et hier, en découvrant le visage de ton père sur une photo ancienne, j'ai compris que, si quelqu'un était responsable de sa mort, et si ce quelqu'un était encore vivant, alors tu n'aurais de cesse de le traquer jusqu'à le faire payer.

Elle s'arrêta. Lazzano avait insensiblement accéléré. Soudain, il se gara sur le bas-côté et, pour toute réponse, attira la jeune femme contre lui en la serrant de toutes ses forces. Elle ne l'aurait pas juré, mais il lui sembla que, pendant quelques secondes, il avait pleuré. Quand il redémarra, il prit la main d'Oriane qu'il ne lâcha plus, passant les vitesses avec la main gauche, volant lâché.

– Mon père s'est suicidé, finit-il par prononcer. Mais tu as raison, il ne se serait pas planté un couteau dans le cœur si « Arthur » ne lui avait pas montré le chemin du désespoir en piétinant son honneur.

Ce fut tout ce qu'il concéda. C'était déjà beaucoup. Ils se turent jusqu'au train et, une fois installés dans leurs sièges, l'un à côté de l'autre, ils s'endormirent dans un même apaisement, celui du fardeau partagé et de la confiance conquise.

49

Ange Massini avait passé un excellent dimanche à Paris. Après une nuit à l'hôtel Raphaël aux frais du débonnaire Octave, il s'était offert la Tour d'Argent, admirant la vue panoramique sur Notre-Dame et les quais de Seine. Il avait profité de l'intermède entre le filet de turbot à la mousse de saumon et le vol-au-vent de cailles aux raisins muscats pour adresser une prière discrète mais fervente à Marie. En bon Corse qui savait où étaient ses devoirs, il n'avait pu frôler d'aussi près les tours dressées vers le ciel de la cathédrale dédiée à la mère du Christ sans songer à lui adresser ses plus pieuses pensées qui, croyait-il, sauraient l'absoudre des mauvaises actions dont il s'était rendu ou se rendrait encore coupable. Il avait ensuite visité le tombeau de Napoléon aux Invalides avant de découvrir, dans la salle des antiquités égyptiennes du Louvre, les trésors rapportés par « son » Empereur.

Chaque fois qu'on le mettait sur une affaire délicate, Ange avait besoin d'assouvir ses besoins sexuels avec une inconnue. Il trouvait dans l'acte de chair une source d'apaisement et d'énergie qui lui donnait, le moment venu, tout le sang-froid et la lucidité nécessaires à la réussite de l'opération. C'est pourquoi, vers 5 heures du soir, il retrouva une « relation » d'Orsoni chez elle, dans un hôtel particulier de Neuilly. La dame qui le reçut était blonde, souriante et dûment prévenue de l'arrivée de ce fougueux jeune homme. Elle lui indiqua une chambre où l'attendait une créature consentante qui ne portait pas de sous-vêtements sous sa jupe fendue, ni de soutien-gorge sous sa veste de cuir croisée. Elle prit l'initiative de lui enlever veston et chemise, et, sans avoir prononcé un mot, elle s'agenouilla devant lui pour entamer une fellation avec un art témoignant d'une longue expérience. Puis elle se renversa en arrière sur le lit, encore habillée, et le prit d'autorité entre ses cuisses pour l'entraîner dans une séance tumultueuse où seul comptait le résultat : étreinte physique intense, excitante et brève. Ange repartit comme il était venu, évitant soigneusement de se laver après la séance rondement menée, préférant garder sur lui les effluves de cette chair d'emprunt comme pour se prémunir contre d'autres odeurs moins plaisantes. Ange était un tireur d'élite. Il pouvait abattre un homme en pleine tête à cent mètres. Quand il avait eu sa ration d'amour, quand son excitation sexuelle était passée, sa main ne tremblait pas. Il faisait mouche à tous les coups. Cette fois-ci, Orsoni ne lui avait donné aucune consigne précise. Il lui avait simplement demandé de rester à Gambais jusqu'au retour d'Arthur.

Ce dernier lui expliquerait lui-même la nature de sa mission. Il était rare qu'Arthur ne mette pas Orsoni complètement dans la confidence. C'était cependant un privilège qu'il se réservait parfois pour manifester au parrain corse qu'en dernier ressort le chef, c'était lui. À son retour de l'étranger, Arthur avait donc trouvé Ange dans son salon de Gambais. Il lui avait chaleureusement serré la main avant de l'affranchir. Ange avait paru satisfait des conditions. La tâche ne lui paraissait pas très difficile. Il avait en revanche manifesté sa surprise du procédé. Mais Arthur avait insisté. Il lui avait remis en main propre une arme blanche très effilée ainsi qu'une paire de gants en veau adhérant parfaitement au manche du couteau. Évidemment, Ange n'avait posé aucune question. Si tel était le bon plaisir du commanditaire – un homme si charmant, si distingué, si gentleman –, il n'avait aucune raison de contrarier ses desiderata. D'autant que la mission était honnêtement rémunérée, tous frais payés bien sûr, de la Tour d'Argent au lit de la belle amazone.

Il faisait tout juste nuit quand un taxi déposa le couple dans la petite rue des Carmes. Oriane ayant envie de se dégourdir un peu les jambes, ils montèrent en direction du Panthéon d'où filtrait un halo bleuté. Ils se tenaient la main et parlaient à voix basse. Lazzano remerciait encore une fois Oriane d'être ce qu'elle était, et la jeune femme lui renvoyait ses mots pour lui dire combien elle se sentait heureuse, et chanceuse aussi.

– Je dois repartir ce soir. Demain, je te le promets, tu auras les documents. Je te dirai où je les ai déposés. En sécurité, rassure-toi.

Ils rebroussèrent chemin d'un pas plus rapide. Il faisait un peu frais et Oriane n'était pas très couverte. Ange aurait pu attendre que Lazzano fût seul. Mais il se souvenait des paroles d'Arthur : s'il est avec une femme (et Arthur savait bien de quelle femme il pouvait s'agir), arrangez-vous pour lui faire peur, vous trouverez bien un moyen.

Ange glissa sur son visage un bas, qui laissait une fente bien nette à la place des yeux. Il coiffa sa tête d'un chapeau, remonta la fermeture Éclair de son blouson d'aviateur et enfonça ses mains dans ses poches. La doublure de sa poche droite était percée, de manière à laisser la place à la pointe effilée du couteau. Quand il arriva à la hauteur du couple, épaules rentrées, visage baissé, Lazzano et Oriane étaient sur le point de se dire au revoir, sans se douter que le mot adieu était exactement approprié. Ange, avec une diabolique précision, enfonça son couteau dans le cœur, comme un torero donne l'estocade finale qui terrasse le taureau. Lazzano s'effondra sans crier, tant le coup avait été rapide et violent. Oriane poussa un hurlement : un poignard au manche nacré venait de crever le cœur de son amour. Ange avait déjà disparu sur sa moto qui l'attendait au ralenti, vingt mètres plus bas, face au magasin de spiritueux. Quand la police arriva sur les lieux, Lazzano s'était vidé de son sang sur la chaussée. Oriane garda la vision du couteau maudit qu'un médecin retirait de la poitrine du mort. Un policier aux mains protégées par des gants en plastique le rangea à l'intérieur d'une boîte stérile.

— Une drôle d'arme, fit-il en examinant le manche blanc nacré, d'une épaisseur inhabituelle, et la lame coupante des deux côtés.

— C'est curieux, en effet, remarqua le médecin. On dirait un couteau de marin. Vous savez, ces couteaux qu'on utilise chez les mareyeurs pour déglacer le poisson.

Oriane perdit connaissance et s'affala sur le trottoir.

50

— Elle a ouvert les yeux, fit une voix soulagée. Laissons-la reprendre ses esprits.

C'était une voix familière. En tout cas, Oriane se

dit confusément qu'elle la connaissait. Une voix douce et ferme à la fois, une voix d'autorité, paternelle, chaude et protectrice, une voix comme elle avait besoin d'en entendre après ce long sommeil qui semblait avoir duré l'éternité, au moins toute une vie. Il lui fallut remonter du plus profond de sa conscience pour éprouver de nouveau cette douleur qui l'avait terrassée la veille au soir dans la rue. Mais moins aiguë, comme amortie par cette voix qui l'accueillait à son réveil d'une inconscience forcée, dont l'aiguille plantée dans sa chair, reliée à une solution liquide, indiquait les origines médicales. Une sorte d'obligation thérapeutique qui lui avait été faite de dormir pour atténuer la violence du choc qu'elle avait subi. Son corps était indemne : l'agresseur l'avait négligé. Mais tout son être était meurtri en profondeur, dans les replis de son âme et au plus secret de son cœur.

Cette voix, c'était celle du juge Gaillard, son providentiel patron. Elle allait poser cette question toute simple : « Où suis-je ? » mais les mots lui restèrent sur les lèvres. Son regard s'habituait déjà à la semi-obscurité. Peu à peu, elle reconnaissait son intérieur, les meubles de sa salle de séjour, le tableau de son père fait par un artiste de Limoges, la table de sa salle à manger qui lui avait toujours paru trop grande pour une femme seule qui recevait si peu.

– Quel jour sommes nous ? finit-elle par murmurer.

À côté du juge se tenait une jeune femme dont le visage lui était inconnu. Oriane fronça les sourcils.

– Je suis Hélène, votre infirmière, madame. Tout va bien. Vous avez seulement besoin de repos.

Oriane tourna son regard vers son patron.

– C'est arrivé hier soir, fit-il, préférant jouer cartes sur table.

Elle ne demanda rien de plus. Elle avait tout vu de ses yeux. Aucun miracle n'avait pu se produire depuis qu'elle avait perdu connaissance. On l'avait allongée sur le canapé-lit du salon. Quelqu'un l'avait déshabillée, puis mise en chemise de nuit : peut-être l'infirmière, songea-t-elle.

– J'ai demandé au policier chargé de l'enquête de vous laisser tranquille deux ou trois jours, reprit le juge. D'ici là, je vous conseille de vous reposer. Le médecin est prêt à vous arrêter le temps qu'il faudra. Et puis, si je peux me permettre, lâchez cette affaire Leclerc, Oriane. Elle me semble trop dangereuse. Et je ne suis pas sûr qu'elle soit de votre ressort, si vous voyez ce que je veux dire.

Il avait parlé sans hausser le ton, avec cette bienveillance qu'elle lui connaissait depuis toujours. Mais elle avait senti derrière la douceur de la voix une grande fermeté. Qui lui avait dit qu'elle s'était « commise d'office » sur ce dossier, dont la plupart des aspects échappaient a priori à la compétence de la Galerie financière ?

Son patron précéda sa question, comme s'il avait deviné les pensées de la jeune femme.

– Marchand m'a encore fait part de ses inquiétudes. Je crois qu'il est sincère quand il se fait du souci pour vous. À son avis, ce dossier ne sent pas bon. Ce qui est arrivé lui donne raison. Je sais bien que les Leclerc étaient vos amis. Mais ils ne vous auraient pas demandé de risquer votre vie même pour élucider une affaire les concernant, vous ne croyez pas ?

Oriane ne croyait rien. Assommée, elle détourna le regard. Elle ne voulait plus voir son patron, ni le supplice chinois du goutte-à-goutte qui se mêlait à son sang. Elle ferma les yeux et aussitôt parut le visage de Lazzano : un visage souriant, détendu, un visage qui la regardait avec insistance, tendresse et un peu d'espièglerie. Il parlait, en tout cas ses lèvres remuaient, mais elle n'entendait pas les sons qui restaient de sa bouche. Lui avait-il dit quelque chose avant de s'effondrer ? Ou après, gisant sur le trottoir ? Non, elle était certaine qu'il n'avait pas parlé. Mais les documents ? Ces fameuses preuves pour lesquelles trois personnes déjà avaient perdu la vie ? Oriane sentit les larmes monter, sa gorge se nouer, sans savoir si c'était de rage ou de chagrin.

Le juge Gaillard s'apprêta à quitter l'appartement, en partie rassuré. Il savait qu'Oriane l'écoutait toujours, ou presque. Après les événements de la veille, elle ne s'obstinerait pas à vouloir jouer les justiciers face à un adversaire qui paraissait bien trop fort, bien trop organisé, qui accomplissait ses crimes avec tant de précision et d'audace. Au moment où il passait la porte, Oriane se dressa sur ses coudes et lui lança :

– Il serait temps de m'affecter des gardes du corps, vous ne croyez pas ?

Le vieux magistrat sursauta.

– Des gardes du corps ? Mais pour quoi faire ? L'affaire se tassera si vous l'abandonnez. Occupez-vous donc de ces patrons qui pillent l'État, ce sera moins risqué et plus gratifiant pour vous, croyez-moi.

Oriane leva les yeux au ciel. Elle aurait voulu que l'infirmière lui ôtât sa perfusion – des vitamines, lui avait précisé Hélène –, mais celle-ci était sortie un moment.

– Ne comptez pas sur moi pour renoncer à cette affaire. Je vais bien, j'ai toute ma tête et je sens que je ne suis pas loin de trouver des preuves accablantes.

– Contre qui, grands dieux ! s'affola le juge.

Oriane avait repris des couleurs. Le sang circulait de nouveau dans ses veines sous pression.

– Justement, je ne sais pas encore contre qui. Mais je le saurai, croyez-moi.

– Alors tenez-moi au courant de vos faits et gestes, insista le juge Gaillard. Mettez-moi dans le coup, je vous en prie. C'est même une obligation de votre part. Vous connaissez le règlement.

Le magistrat ne manqua pas de remarquer l'hésitation d'Oriane.

– Je veux bien vous mettre dans le coup, répondit-elle enfin. Mais à une condition.

– Laquelle? grommela le vieux bonhomme qu'on avait peu habitué, par le passé, à entendre pareil langage.

– Pas un mot à Marchand. Et de votre côté, ne croyez pas à tout ce qu'il vous raconte sur moi. Je ne fais rien de mal ni d'illégal.

– Vous êtes sûre?

– Absolument, mentit la juge.

Gaillard réfléchit.

– Entendu, Oriane. Dès que vous serez sur pied, nous parlerons. Je vous promets que Marchand n'en saura rien. Vous avez des doutes à son sujet?

– Pas de doutes. La certitude que c'est un faux jeton et je déteste ça.

Il embrassa affectueusement la joue d'Oriane.

– Et pour mes gardes du corps? reprit-elle.

– Je ferai le nécessaire.

Un très léger sourire vint égayer le visage de la juge. Sitôt Gaillard sorti, elle débrancha la perfusion et ferma sa porte à clé.

Tant pis pour l'infirmière. Ça lui fera des vacances, se dit Oriane.

Puis elle composa un numéro de téléphone. En reconnaissant sa voix, son interlocuteur parut ébahi.

– Non, dit-elle, pas de rollers ce soir. Le lieu habituel à l'heure habituelle. J'y serai.

Elle raccrocha. Visiblement, la presse n'était pas

au courant qu'elle se tenait auprès de Lazzano au moment du meurtre. Pour une fois, elle pourrait en apprendre au grand Pinson.

51

Une boîte d'antidépresseurs dans son sac à main, ses fidèles lunettes noires sur le nez en dépit de l'obscurité, Oriane Casanove sortit dans la rue sitôt que le taxi G7 qu'elle avait demandé dix minutes plus tôt se gara devant son immeuble. Elle appréhendait l'instant où il lui faudrait passer précisément là où s'était produit le drame. Un trait de craie délimitait le site et un policier surveillait discrètement cette partie de la rue des Carmes. À sa propre surprise, la jeune femme encaissa le choc. Elle s'efforçait de récapituler tout ce qu'elle savait depuis le début.

Manifestement, le vol des documents gênait l'homme qui se cachait derrière le prénom d'Arthur, au point de le pousser à tuer, ou à faire tuer, sans états d'âme, chaque fois qu'il se sentait menacé de près. Dans le cas de Lazzano, Oriane avait compris que cet homme qu'elle aimait tant – comment se résoudre à conjuguer ce verbe au passé ? Eddy lui semblait encore tellement vivant –, cet homme ne s'était glissé dans la galaxie d'Arthur que pour assouvir une vengeance personnelle. Mais son ennemi avait été plus rapide, flairant le danger que lui faisait courir l'ancien champion de vitesse, pour une fois pris à son propre jeu. Arthur avait tiré le premier. C'était une leçon. Face à lui, il fallait aller vite, comprendre vite, agir vite.

Jamais par le passé Oriane ne s'était trouvée menacée physiquement. Il lui était arrivé de recevoir des menaces anonymes, par courrier ou au téléphone, ou même d'être prise à partie dans l'enceinte de son bureau par des hommes d'affaires exaspérés par ses méthodes inflexibles. Mais à force de défrayer la chronique (« Vous effrayez la chronique », lui répétait parfois son patron avec malice), elle s'était constitué une manière de protection médiatique. Si certains de ses confrères dont le nom n'avait jamais l'honneur d'un communiqué d'agence ne se gênaient pas en privé pour critiquer un prestige médiatique immérité, Oriane Casanove, elle, considérait que le cercle de feu qui illuminait son visage en faisait un symbole intouchable, une incarnation de la justice dans sa fonction la plus légitime : la traque aux requins de la finance, aux puissants qui se jouent des règles et des lois, laissant aux obscurs l'obligation d'être honnêtes. Dans une société où l'impôt était censé rétablir une certaine équité entre les citoyens, la multiplication des lieux de blanchiment d'argent et d'évasion fiscale utilisés par ces mafieux en col blanc était un défi à la morale de solidarité dont elle se sentait dépositaire – comme autrefois son père qui défendait les paumés qu'un larcin menaçait de peines démesurées, de longues peines et d'autant d'années de haine à purger derrière les barreaux.

L'air était doux dans Paris. Oriane entrouvrit la fenêtre arrière du taxi. À un feu rouge, près des Halles, elle frémit : une moto venait de se porter à sa hauteur. Un homme casqué tourna la tête vers elle. Son regard demeurait insaisissable. Le motard porta une main à sa poche. Oriane sentit son sang se figer. Mais c'était pour sortir un téléphone portable qu'il éteignit aussitôt. Au feu vert, il redémarra en trombe et disparut dans la nuit. Oriane poussa un soupir de soulagement, mais pour la première fois de sa vie, elle s'aperçut qu'elle avait eu peur. Le taxi l'arrêta devant la librairie Del Duca dont la vitrine était entièrement consacrée aux gros romans policiers du printemps, Minette Walters et Patricia Cornwell en tête ; il n'était question dans les titres que de meurtres, de mystères, d'affaires et de grands secrets. Oriane ne s'arrêta pas et gagna l'immeuble de la brigade financière, fit un signe rapide devant la loge du gardien et se précipita dans les escaliers pour ne pas avoir à attendre l'ascenseur. Le gardien n'aurait pas manqué d'en profiter pour venir bavarder, or ce n'était pas le moment. En pénétrant dans son bureau, elle se raidit. Tout lui parlait de Lazzano. Sa table de travail qu'elle avait orientée face à la fenêtre pour mieux guetter sa moto, les affaires qu'elle avait laissées éparpillées sur son sous-main la dernière fois qu'il était passé la prendre. Elle avait tout lâché précipitamment pour le suivre. Elle se revit dévalant les escaliers, aussi légère qu'elle se sentait maintenant lourde, atrocement pesante. Heureusement, se dit-elle, qu'elle n'avait laissé traîner aucune photo d'Eddy, pas même celle qu'elle avait trouvée dans son dossier et qu'elle avait été un moment tentée de conserver sur elle. Sa déontologie l'en avait empêchée. Elle se félicita tristement de respecter si scrupuleusement les conventions, d'être au fond d'elle-même si « comme il faut ». Pourtant Lazzano avait commencé à bouleverser ses certitudes : ne l'avait-il pas entraînée dans l'illégalité en allant dérober les fameux documents ? Justement, où étaient-ils ? Aucun indice. Pas le moindre petit début de piste. Et cette fois, elle était seule. Terriblement seule.

En attendant l'arrivée d'Edgar Pinson, Oriane

réfléchissait à sa condition de femme, une fois de plus flouée par l'existence. Ce n'était pourtant pas son genre de s'appesantir sur son sort et son malheur. Mais elle devait reconnaître, avec la lucidité dont elle savait faire preuve, que sa métamorphose physique, sa nouvelle coupe de cheveux, ses habits légers, son parfum de jeune femme cherchant à plaire sinon à séduire, jusqu'à ses lunettes new look, tout cela tournait au désastre. Elle se sentait comme veuve sans avoir jamais connu les joies de la vie à deux, les projets communs, les voyages lointains, la naissance d'un enfant. Elle était frustrée de vie quotidienne. Les couples qu'elle connaissait se plaignaient souvent de l'usure qui s'installe avec le défilé des jours succédant aux jours et aux nuits, quand l'amour se fait moins pressant et quelquefois oppressant, étouffant, décevant. Tant pis, elle aurait voulu connaître cet amour-là avec Eddy, jusqu'au bout, et elle se retrouvait condamnée à le désirer à perpétuité avec la certitude désespérante qu'il ne reviendrait plus.

Edgar Pinson se tenait droit devant elle depuis une bonne minute, mais le regard d'Oriane, figé dans une sorte d'au-delà, n'avait pas enregistré la présence du reporter.

– Je vous prends en flagrant délit de réflexion, fit-il gentiment.

Oriane reprit ses esprits et un sourire se dessina sur ses lèvres. S'il avait pu lire dans les pensées de la jeune femme, le journaliste aurait été surpris de savoir que ses qualités professionnelles intéressaient moins Oriane Casanove, à cette seconde précise, que les conseils qu'il lui avait prodigués. C'est lui qui lui avait expliqué franchement ce qui lui manquait pour accrocher le regard d'un homme, et elle lui serait toujours reconnaissante pour ces paroles si généreuses dont il avait été capable – lui que l'on devinait fermé à double tour, peu enclin à laisser deviner le moindre détail de sa vie privée et encore moins de ses élans amoureux, s'il en avait.

– J'étais ce week-end avec Eddy Lazzano. Je l'aimais et nous allions vivre ensemble. Ils l'ont tué sous mes yeux, devant chez moi.

Edgar Pinson en tomba sur une chaise. Lui qui savait toujours quelle question poser, et quand la poser, restait interdit. Oriane baissa les yeux. Les antidépresseurs marchaient à merveille. Elle sentait son angoisse très loin, comme étrangère, et son chagrin plus proche mais maîtrisé. C'était sûr : elle ne fondrait pas en larmes. Elle avait l'impression d'être dopée. Comme les athlètes qui repoussent les limites de la douleur ; qui fournissent des efforts inouïs sans avoir conscience de souffrir, puisque leur corps est maintenu dans une sorte d'état second au risque que le cœur lâche. Oriane ressentait l'impression d'être tout à coup au-delà de la douleur. Son corps dominait l'épreuve. Quant à son cœur, elle ne craignait rien, il avait cessé de battre pour quelqu'un, ce qui revenait à cesser de battre tout court.

S'il devait vraiment s'arrêter, il ne ferait que mettre un terme à une illusion de vie car, depuis vingt-quatre heures, elle était convaincue d'avoir laissé l'essentiel d'elle-même auprès du cadavre d'un homme ensanglanté qui avait tout emporté avec lui : amour, espoir et envie du lendemain.

– Vos cheveux, ce parfum, les robes..., c'était pour lui ? demanda lentement le journaliste.

Sans rompre le silence, Oriane fit « oui » de la tête.

– Vous ne voulez pas me raconter... je veux dire... avant-hier ?

La juge hocha la tête.

– Pourquoi croyez-vous que je vous ai demandé de venir ici ce soir ?

Pinson sourit et sortit son carnet de notes.

– Non, n'écrivez rien. On ne sait jamais. Si vous êtes la prochaine cible, il ne faut pas qu'ils trouvent trace de ce que je vous aurai dit ce soir.

En d'autres circonstances, le journaliste aurait moqué l'excès de prudence de la juge. Mais là, l'ambiance n'était pas à la détente ni à la plaisanterie. Il rangea son carnet sans un mot et se prépara à écouter. Oriane n'oublia rien, aucun détail important : le vol des documents dans la maison de Gambais, la certitude de Lazzano que les Leclerc avaient identifié un gigantesque réseau de corruption, susceptible de compromettre de grosses pointures du monde politique. Elle décrivit la maison de Gambais. Pinson lui demanda des détails supplémentaires sur le dénommé « Arthur », écoutant les explications, le front plissé. Quand la juge affirma que Lazzano avait un compte à régler avec Arthur mais qu'Arthur l'avait pris de vitesse, le journaliste parut contrarié. Oriane, qui avait remarqué sa perplexité, marqua une pause.

– Quelque chose ne va pas ?

– Oui, répondit Pinson. Je crois que je fais fausse route avec Dubuisson. Plus j'ai de renseignements sur le personnage, plus je m'aperçois qu'il n'a pas l'envergure du prétendu Arthur. Dubuisson est un ambitieux sans doute capable de coups tordus, mais je l'imagine mal en serial killer, même par procuration. En vous écoutant, je me dis qu'il y a quelque chose de fou derrière ces meurtres, et quand je dis « quelque chose », je pense « quelqu'un ».

– Cela signifie que vous pensez à quelqu'un de particulier.

Le journaliste eut une expression d'impuissance.

– Malheureusement non. C'est terrible, mais tout ce que vous m'avez dit – la maison de Gambais, les soirées de poésie –, ça ne m'inspire rien. Les sources que j'ai dans le milieu politique ne m'ont été jusqu'à présent d'aucun secours. Je ne vois qu'une solution pour l'instant : suivre la piste Orsoni, le serrer au plus près, tenter d'identifier toutes ses actions financières, ses virements, l'activité de ses sociétés écrans. S'il sert de prête-nom ici ou là, on doit forcément remonter à son commanditaire. Et je serais surpris que ce dernier apparaisse sous le nom d'Arthur.

Oriane parut déçue par les propos du reporter : allait-il baisser les bras ? Avait-il peur ? Ou la prenait-il pour une folle sans oser le lui dire ?

– Je crois que vous avez besoin de repos, glissa-t-il délicatement à Oriane.

Celle-ci explosa d'une soudaine colère, teintée de désespoir.

– Évidemment que j'ai besoin de repos, monsieur le journaliste ! Mais croyez-vous que je puisse décemment me reposer alors que trois êtres chers ont perdu la vie ? Je dois élucider cette affaire avant que d'autres crimes ne se produisent, y compris sur ma propre personne. Si vous êtes fatigué, prenez des vacances et fichez-moi la paix, je me débrouillerai seule. Après tout, j'ai toujours été seule dans la vie pour les grandes occasions. Ce ne sera pas la première fois et...

– Je vous en prie, Oriane, calmez-vous, je ne voulais pas vous froisser. Je dis seulement que pour être d'attaque demain, vous feriez mieux de rentrer. Si vous voulez, je vous dépose, je suis venu en voiture. Et, sans vouloir en rajouter dans la parano, je crois qu'il est temps que je vous montre mon passage secret.

Ces paroles eurent pour effet de calmer Oriane.

– Pardonnez-moi, Edgar, je ne sais plus où j'en suis et, du coup, je m'en prends à la seule personne qui m'accorde sa confiance depuis le début de cette sale histoire. Vous croyez donc que le moment est venu, pour le passage ?

Le journaliste prit soin de peser ses mots.

– Je serais plus tranquille, c'est tout. Mais rien ne dit que vous aurez un jour à l'emprunter. Prenez ça pour une nouvelle marque de confiance plus que pour un signal d'alerte.

– Dans ces conditions, allons-y.

La juge éteignit les lumières de son bureau après avoir vaguement rangé quelques papiers et emporté une boîte de comprimés. Le journaliste lui déconseilla ses lunettes noires. Elle les releva dans ses cheveux et lui emboîta le pas. Au premier étage, au lieu de continuer par l'escalier vers le rez-de-chaussée, ils gagnèrent les toilettes situées au début du couloir.

– Désolé, il faut passer par le côté hommes, j'ignorais que ce passage servirait un jour à une femme.

Il y avait un renfoncement ; Pinson poussa sur la paroi d'un panneau en bois, qui pivota sans un bruit.

– Vous me conduisez dans un placard à balais ? demanda Oriane, un peu inquiète, d'autant que l'obscurité était totale.

– À première vue, oui. Mais il faut compter huit pas tout droit et six sur la gauche pour tomber sur un autre panneau de bois qui débouche dans d'autres toilettes pour hommes.

– C'est bien compliqué, fit sèchement Oriane.

– L'intérêt, répondit Pinson sans relever le ton de la juge, c'est que vous êtes dans les toilettes du parking public de la rue du Helder, de l'autre côté du pâté d'immeubles. Je peux vous dire qu'un soir, les sbires du Front national m'ont attendu des heures à mon bureau. J'avais laissé la lampe allumée. Quand ils ont fini par comprendre que je les avais eus, j'étais dans mon lit depuis longtemps.

Ils sortirent par l'entresol du parking.

— Là, vous avez le choix, soit de sortir à l'air libre en suivant le chemin des autos, soit de prendre l'escalier sur votre droite, il y a une quinzaine de marches. Moi, je garais toujours ma voiture à ce niveau et je repartais comme Zorro sur son cheval. Montre en main, depuis votre bureau, le trajet nous a pris à peine deux minutes, et on n'est pas allés vite. Justement, la Fiat, là, c'est la mienne. Je vous dépose ?

Oriane accepta. Sur le tableau de bord, un exemplaire du journal du jour exposait un drôle de titre en manchette. « Les exploits d'Alexandre le Grand, huit ans, au cross de Malmaison ».

— Vous faites dans la jeunesse et les sports, maintenant ? s'étonna la juge.

Pinson sourit.

— C'est une fausse une. Je l'ai fait réaliser à l'atelier pour mon fils. Il a gagné le cross dimanche et il s'est étonné que le courrier des Hauts-de-Seine n'en ait pas dit un mot. Alors je le console comme je peux.

— Je vois, fit Oriane attendrie, et que ce vrai-faux numéro laissait songeuse.

Le journaliste démarra en trombe, pleins phares. Tous deux ignoraient que ce soir-là, un homme à moto attendait rue des Italiens la sortie d'une juge devenue gênante.

52

La sommet de la tour France-Atome baignait dans une brume cotonneuse qui masquait la vue panoramique. Marc Terreneuve n'aimait guère cette impression de flotter en altitude, et le grand vent qui soufflait ce matin-là augmentait son anxiété en donnant l'impression d'un léger tangage. Au quarante-cinquième étage, on sentait les rafales. Moins cependant qu'au cinquante-deuxième, là où Orsoni était censé s'occuper des affaires générales que Terreneuve avait rebaptisées affaires très spéciales. Il se consolait comme il pouvait en se disant que, là-haut, ils devaient avoir le mal de mer. Cette ambiance de cockpit lui rappela les vols qu'il avait effectués régulièrement quatre années durant vers la Birmanie, lui qui n'aimait rien tant que le plancher des vaches. Terreneuve détestait l'avion, à vrai dire, les décollages étaient pour lui une véritable hantise, et le crash du Concorde à Gonesse n'avait fait qu'accroître ses angoisses rétrospectives.

Dommage que le grand oiseau ne partait pas pour Rangoon avec cet Orsoni de malheur à bord, s'était-il surpris à penser, pour regretter aussitôt pareille idée.

Depuis que son patron l'avait dessaisi du dossier birman, il n'en finissait pas de remâcher sa rancœur et fomentait de sombres stratégies pour donner un grand coup de pied dans la fourmilière. Sa lettre « anonyme » au journaliste Edgar Pinson constituait un premier pas, mais insuffisant, il le savait bien. Dans les jours suivant son envoi, il avait lu plus attentivement *Le Monde* et les pages « affaires ». Rien n'avait été publié, et il finissait par se demander si la presse était elle aussi complice.

Cependant, avec si peu de preuves, on pourrait difficilement lancer des accusations sans risquer la poursuite en diffamation. Terreneuve devait aller plus loin, mais comment ? D'après ses informations, Orsoni s'était envolé vers la Birmanie trois jours plus tôt pour un séjour d'une semaine. Il avait appris cette nouvelle par hasard, en se rendant au service voyages de la société. Une secrétaire était venue réclamer trois billets au nom du parrain corse et de deux femmes aux noms birmans. Dire que lui, en plus de quarante déplacements, n'avait pu emmener une seule fois son épouse, même en classe économique ! Le cadre supérieur était revenu dans son bureau blême de rage impuissante et, depuis, il rêvait de vengeance.

L'occasion se présenta, par ce matin de brume et d'idées noires, sous la forme d'un banal coup de téléphone en provenance d'une succursale parisienne de la Banque de l'Europe dont une partie de la salle des coffres avait été submergée la veille par un dégât des eaux d'origine encore inconnue. Cette banque, dont le siège central était situé au Luxembourg, gérait de nombreux comptes de sociétés civiles immobilières réparties à travers l'ensemble de l'Union européenne, des Highlands à Madrid. Ainsi comptait-elle parmi ses clients une société, l'Agev, dont les comptes servaient pour l'essentiel de relais à des virements en cascades vers différentes firmes anonymes. Un seul destinataire était nommément identifié. Il s'agissait d'une certaine Odile de Saint-Angel, domiciliée rue Legendre, à Paris XVIIe. Depuis plusieurs semaines, le compte de cette cliente était directement alimenté par la comptabilité de France-Atome. Une jeune femme se présentait régulièrement au guichet parisien de la Banque de l'Europe, demandait des espèces qu'elle déposait ensuite dans un coffre, avec le reçu portant la date et le montant retiré. À cause de l'inondation, le coffre d'Odile de Saint-Angel avait apparemment subi quelques avaries sans gravité, qui ne devaient en principe occasionner aucun dommage, compte tenu de l'étanchéité du blindage. Mais la direction, qui voulait s'assurer que tout était bien en ordre, cherchait en vain à contacter sa cliente. Au Luxembourg, les responsables parisiens de l'agence avaient obtenu pour seul renseignement que le compte de Mme de Saint-Angel était alimenté par France-Atome. Donc, croyant bien faire, un fondé de pouvoir avait appelé la société industrielle pour demander si on connaissait le numéro de téléphone de cette cliente bien silencieuse. On était en milieu de semaine, entre le week-end et la perspective d'un pont. Les effectifs étaient en nombre réduit, plusieurs responsables du groupe ayant profité du beau temps pour aller faire un tour à la campagne, histoire de prendre un avant-goût des vacances. Son patron parti, Terreneuve assurait une sorte de permanence. C'est ainsi que l'appel de la Banque de l'Europe, après avoir passé plusieurs aiguillages infructueux à la direction financière où l'on refusa de répondre, aboutit sur son poste.

Croyant au départ à la vulgaire démarche commerciale d'un agent zélé, Terreneuve manqua de raccrocher, estimant qu'il n'avait pas de temps à perdre. Mais quand son interlocuteur, après s'être présenté, lui expliqua qu'il gérait les comptes de sociétés dont les liquidités provenaient de son groupe, en particulier de la direction des affaires générales, il redoubla d'attention. Était-ce un signe de la providence ? Pour vérifier les propos du banquier, il lui demanda les références exactes du compte de cette Odile de Saint-Angel, puis, feignant d'aller vérifier, se fit communiquer les versements effectués au cours des dernières semaines.

– Je regrette, dit enfin Terreneuve, je ne suis pas en mesure de vous donner les coordonnées personnelles de Mme de Saint-Angel, c'est une décision qui relève directement de notre directeur général actuellement en mission. Mais je lui communiquerai par fax votre demande et je ne doute pas qu'il répondra dans les plus brefs délais. Merci beaucoup de nous avoir alertés.

Au bout du fil, le banquier était décontenancé.

– Qui est à l'appareil ? lança-t-il à tout hasard.

– Octave Orsoni, répondit Terreneuve.

Et il raccrocha.

Plusieurs minutes il demeura immobile, la tête bouillonnante, l'œil fixé sur ce nom qu'il venait de découvrir – Odile de Saint-Angel – et sur les montants faramineux que cette dame recevait de France-Atome.

Avec ça, songea-t-il, on doit pouvoir s'acheter Versailles en moins d'un an...

Terreneuve bascula son poste sur celui du secrétariat d'Orsoni au cas où le type de Banque de l'Europe reviendrait à la charge pour demander des explications. Après tout, il pouvait nier avoir reçu le moindre appel de cet établissement, et il se disait que ni Orsoni ni son patron n'auraient intérêt à faire état d'une affaire pouvant se révéler fort embarrassante.

Terreneuve regarda sa montre. Presque midi. Il composa le numéro de téléphone du *Monde* : aussitôt une voix de femme lui répondit. Il remarqua qu'ici, au moins, on ne laissait pas le téléphone sonner, dans le vide.

– Edgar Pinson, s'il vous plaît.

Cette fois, la voix était grave et enfumée.

— Pinson, j'écoute.

Terreneuve se sentit parcouru d'un frisson, comme s'il entrait soudain dans une autre histoire. Lui revint à l'esprit le film *Les Hommes du Président,* qu'il avait vu et revu dans sa jeunesse, et les rendez-vous fixés par « Gorge profonde » dans un parking de Washington. Des questions toutes bêtes surgissaient : le poste du journaliste était-il équipé d'un magnétophone pour enregistrer les conversations ? Pouvait-il, comme la police, localiser un appel en trente ou quarante secondes ? Pour des raisons évidentes de confidentialité, les appels passés de la tour de la Défense étaient masqués. Sur les mouchards des interlocuteurs ne s'affichaient que des étoiles ou le mot générique « réseau ».

Le responsable de France-Atome se lança.

— Je vous appelle de la Défense. Le courrier sur les affaires birmanes, c'est moi qui...

— OK. Je vous écoute, répondit Pinson d'une voix habituée à recueillir les confidences. À moins que vous ne préfériez qu'on se voie...

— Non. Inutile. Voilà, ne me demandez pas comment je l'ai eue. Mais j'ai une piste à vous donner. Vous devriez vous intéresser au compte d'une certaine Odile de Saint-Angel, à la succursale parisienne de la Banque de l'Europe. Apparemment, elle a tapé dans l'œil d'Orsoni qui la couvre de centaines de milliers de francs, le tout aux frais de ma société, après un détour par le Luxembourg. Ça vous suffit ?

— Il faut voir, lâcha Pinson. Rien d'autre ?

— Pour l'instant, non.

— Je me mets sur cette voie. Merci. Vous ne voulez pas me laisser un numéro de portable ?

Terreneuve hésita. Il lisait assez les journaux pour avoir compris que les morts du juge Leclerc et de Lazzano, sans parler de celle « accidentelle » de l'épouse du magistrat, n'étaient pas sans lien avec le dossier birman. Mieux valait éviter que des mains prêtes à tuer ne trouvent ses coordonnées, à défaut de son nom, dans les papiers d'un journaliste d'investigation réputé à travers toute l'Europe.

– Je ne préfère pas. Pas maintenant. Vous allez chercher cette femme ?

– Chercher, non. Trouver.

Et Pinson raccrocha.

Terreneuve resta un moment, combiné en main, à écouter la sonnerie saccadée du téléphone qui résonnait comme une alarme. La chance avait peut-être tourné.

53

Le conseiller Marchand avait gardé de son éducation chez les frères jésuites de Caudéran – un quartier huppé de Bordeaux – une sorte de culpabilité permanente pour chaque mauvaise action qu'il avait pu commettre, même s'il était seul à la connaître. C'est pourquoi, ce matin-là, il baissa les yeux lorsque, arrivant à la Galerie financière, il croisa la juge Casanove, le visage fermé, barré par ses lunettes noires. Il s'empressa de lui demander de ses nouvelles avec des mines affectées qui alertèrent Oriane : elle n'avait jamais envisagé le conseiller de cette façon-là. La juge venait peut-être de déceler une homosexualité retenue, mais finalement repérable à mille petits signes. Cependant, elle ignorait que cette récente découverte de lui-même avait conduit Marchand à d'inavouables compromissions.

— J'espère que vous allez bientôt prendre du repos, reprit le conseiller, dérouté par le visage de la juge dont il cherchait vainement le regard derrière les verres obscurs.

— C'est vous qui me souhaitez du repos! fit mine de s'étonner Oriane. Il paraît pourtant que vous vous plaignez de mon manque de travail, et, si j'en crois certains propos du patron, je crois que vous vous intéressez d'un peu trop près à mes activités. Alors un conseil, monsieur le conseiller, fit-elle sur le mode ironique : occupez-vous de vos fesses et fichez-moi la paix.

Marchand rougit comme une tomate. Oriane n'avait pas choisi au hasard cette expression. Mue par l'intuition, elle avait saisi au vol une occasion de mettre Marchand dans l'embarras sur un terrain privé, et son sous-entendu avait tinté aux oreilles de l'homme comme une menace.

Est-elle au courant? s'était immédiatement demandé le magistrat. Il n'en aurait pas fallu beaucoup pour qu'il rejoigne Oriane dans son bureau et lui avoue ses turpitudes et leurs conséquences. Mais la jeune femme ne poussa pas son avantage, trop préoccupée par sa propre enquête. Marchand se garda toutefois de la provoquer de nouveau en lui reprochant l'insuffisante progression des dossiers au contentieux. Oriane venait de gagner un sursis de tranquillité.

Depuis quelque temps, elle n'avait rien reçu de son mystérieux et discret correspondant du Palais-Royal, qui l'avait mise sur la piste de la jeune Birmane, puis lui avait indiqué le rôle possible de Lazzano dans cette affaire. Quand elle aperçut le pli sur son bureau, elle ne put s'empêcher de tressaillir. Elle se rendait compte que, si elle n'avait pas procédé à une audition serrée d'Eddy à la suite de cette dénonciation, rien ne serait sans doute arrivé entre eux : ni son séjour à la Santé, ni sa fausse tentative de suicide, ni ces jours merveilleux où ils s'étaient épris l'un de l'autre. D'une certaine façon, l'homme qui se tenait dans l'ombre du Palais-Royal, en pointant le doigt sur Eddy, les avait rapprochés. Mais il s'était fourvoyé en le soupçonnant d'avoir participé au meurtre d'Isabelle Leclerc. C'est pourquoi Oriane fut complètement déroutée par la note blanche qu'elle venait de décacheter et dont elle prenait connaissance : « Lazzano était mon ami. Un ami très cher, écrivait l'auteur des lignes une fois de plus non signées. J'ai des choses importantes à vous dire. Retrouvez-moi dans deux jours au café Florant, en face de la colonnade du Louvre. Prenez une table en extérieur. Je vous y rejoindrai aux environs de 18 heures. Je connais votre visage. C'est moi qui vous aborderai. »

Oriane n'aimait pas l'idée d'attendre quelqu'un qui la reconnaîtrait sans qu'elle puisse elle-même savoir à qui elle aurait affaire. Aucun indice ne lui permettait d'imaginer l'individu : était-il jeune ou pas, grand ou petit ? Après tout, s'agissait-il nécessairement d'un homme ? À la réflexion, elle conclut que oui. Une femme aurait agi différemment, avec moins de formalisme. Il y avait quelque chose de fondamentalement masculin dans la démarche de cet inconnu, et d'un peu suranné. Il s'agissait probablement d'un homme d'un certain âge, peut-être un haut fonctionnaire, puisque les envois réguliers en provenance du Palais-Royal étaient frappés du sceau prestigieux d'une institution bicentenaire, le Conseil d'État. Autant qu'elle s'en souvienne, Oriane n'avait jamais rencontré de conseiller d'État, et les maîtres des requêtes restaient à ses yeux des êtres abstraits qu'elle avait vaguement croisés pendant ses années de droit, lorsque les enseignants de droit administratif les faisaient plancher, elle et ses condisciples, sur les grands arrêts du Conseil d'État. À cette époque, Oriane croyait encore en l'État, à la force du droit, aux grands préceptes fondés sur l'idée que, pour éviter de subir la loi du plus fort, il faut donner force au droit. Faire en sorte que ce qui est juste soit fort, c'était une belle idée, un admirable credo pour une étudiante élevée dans le respect des normes et dans le précepte « nul n'est censé ignorer la loi », brandi par l'autorité paternelle. « *Dura lex, sed lex* » : chez les Casanove, on ne plaisantait pas avec ça, et le Conseil d'État apparaissait comme l'arbitre suprême. Il symbolisait l'État intègre, juste et puissant, tirant son autorité du fait, précisément, qu'il était juste, équitable, respectable. Hélas, Oriane ne l'ignorait pas, l'État devenait de plus en plus partial, défendant moins l'intérêt général que des factions influentes et, pire, abritait de véritables meurtriers honorablement connus. Oriane Casanove se demanda soudain, en relisant la note blanche pour la troisième fois, si son expéditeur était un homme intègre, un illuminé ou un tueur lui ouvrant la piste de ses propres méfaits.

Elle en était là de ses pensées confuses quand son téléphone portable bipa. Ce n'était pas un appel, seulement un message écrit que venait de lui adresser Edgar Pinson. Depuis que le journaliste avait appris que même les portables pouvaient faire l'objet d'écoutes secrètes, il avait opté pour ce genre de communication pour fixer ses rendez-vous avec Oriane ou lui transmettre de brèves informations. Elle appuya sur la touche « OK » et put lire : « Qui est Odile de Saint-Angel (suit). Touche argent France-Atome via Orsoni (suit). Compte à Banque de l'Europe, Paris (fin). » Oriane nota le contenu de l'envoi sur une feuille volante et, comme convenu avec le journaliste, effaça aussitôt le message. Odile de Saint-Angel ? Ce nom ne lui disait rien du tout. D'ailleurs, elle n'avait jamais eu de contact avec la Banque de l'Europe. Pinson était-il de nouveau sur une mauvaise piste ? La juge ne savait plus quoi penser. Elle était à bout de forces. Rien ne semblait vouloir se clarifier. Elle prit une feuille de papier et tenta de résumer l'affaire depuis le début, en notant des noms et des flèches, comme les jeux qu'on trouve dans les magazines de télévision. Tout tournait autour d'Arthur, ça, c'était clair. Mais qui était-il pour déclencher la mort de qui l'approchait de trop près ? Et qui était cette Odile de Saint-Angel payée par Orsoni ? Une maîtresse d'Arthur ? Sa protégée ? Une habituée de la rue de la Pompe ? Comme elle n'arrivait à rien, Oriane déchira ses gribouillis et alluma son ordinateur, se connecta sur le web et lança un moteur de recherche sur la Banque de l'Europe. Elle nota les références du siège au Luxembourg. Le site de l'établissement de crédit était sobre, presque austère. Curieusement, le sigle de la BDE était inscrit sur la coque d'un grand navire à voile, un peu comme le « *Fluctuat nec mergitur* » de la Ville de Paris. Oriane ne réagit pas aussitôt. Mais, au moment où elle déconnectait, elle reçut comme une image subliminale. Un bateau à Paris, un voilier du Luxembourg. Elle se souvint tout à coup d'une réponse énigmatique de Lazzano quand, pour la énième fois, à leur retour de l'île de Ré, elle lui avait demandé où il avait caché les documents du juge Leclerc. « Dans un bateau du Luxembourg ! » lui avait-il répondu avec un sourire un peu las.

Elle avait haussé les épaules en le priant d'arrêter ses plaisanteries, mais il avait paru regretter d'en avoir déjà trop dit. Là, une partie du voile, ou de la voile, se levait. La succursale de la Banque de l'Europe à Paris se trouvait rue de Tournon, à deux pas des jardins du Luxembourg. À deux pas des bassins où de jeunes enfants insouciants manœuvraient de jolis bateaux à voile.

Oriane savait à quoi elle occuperait sa matinée du lendemain.

54

Ange Massini n'était pas du genre à poser des questions en dehors du cadre strict de ses contrats. Qui, quand, où, à la rigueur comment, telles étaient ses seules préoccupations lorsque Octave Orsoni le convoquait à Paris. Il avait bien remarqué que, depuis quelque temps, on le demandait plus souvent dans la capitale. La fois dernière, pour Lazzano, la commande avait été directement passée par M. Arthur. Ange n'avait pas cherché à savoir pourquoi, ni ce qu'en avait pensé Orsoni. Il savait les deux hommes proches, mais en affaires comme dans les histoires de famille, mieux valait se tenir à bonne distance. Le tout était de faire son travail et d'être payé pour ça. Comme on le disait au cinéma, chacun avait ses raisons.

Orsoni avait fixé rendez-vous à Ange Massini à l'appartement de la rue de la Pompe. Il trouva Octave fatigué, les traits marqués par le voyage en avion. Il était arrivé la veille de Birmanie en compagnie des deux jeunes sœurs. Si quelque chose semblait contrarier Orsoni, ce n'est pas à son porteflingue qu'il s'en ouvrirait, Ange dut accepter le régime sec : pas de Tour d'Argent ni de petite femme. Juste un objectif à atteindre à cinquante mètres, un homme d'un certain âge portant beau dans son costume sombre à fines rayures : ainsi apparaissait-il sur le cliché tendu par Octave.

– Qui est-ce ? demanda le tueur.

– T'occupe. Tu le liquides d'ici après-demain et on n'en parle plus. Un tuyau : tu le trouveras en fin de journée au golf de Poissy. Il marche lentement. Tu auras tout ton temps au trou numéro sept, il y a un énorme bosquet. Tu as le choix des armes, le fusil à lunette me semble approprié.

– Parfait, répondit Massini, je préfère ça au couteau à glace.

Orsoni ne comprit pas immédiatement l'allusion.

– Tu te sers d'un couteau ?

– En principe jamais. Mais, pour Lazzano, M. Arthur y tenait, je ne sais pas pourquoi.

Une expression de profond dégoût passa fugitivement sur le visage d'Orsoni. Il fallait l'œil d'un professionnel pour le remarquer. Ange avait vu. Rien ne lui échappait, surtout de si près.

– Ça ne va pas ? demanda-t-il à son mécène.

– Si, répliqua Orsoni sur un ton qui excluait la discussion. C'est la fatigue, ces putains d'avions font un bruit du diable, et les sept heures de décalage. Je n'ai plus vingt ans, moi, tu comprends, ils sont marrants...

Le tueur ignorait à qui le vieil Octave reprochait soudain les cadences infernales auxquelles il était soumis.

Ange disparut comme il était venu, après avoir glissé l'enveloppe contenant la photo de sa prochaine victime dans la poche intérieure de sa veste. Orsoni était toujours assis sur le grand canapé de velours grenat dans le salon d'apparat. Suy sortit nue de la douche et vint se frotter à lui comme un chat, mais il n'était pas d'humeur à minauder. Il la repoussa sans ménagement et retourna à ses pensées. Pourquoi Arthur avait-il fait exécuter Lazzano pendant que lui-même était à Rangoon? Sans doute Lazzano n'était-il pas blanc-bleu dans toute cette affaire, mais de là à l'éliminer... Tous les réseaux constitués après guerre avaient commencé à chuter à partir du moment où des querelles internes les avait déchirés. Octave le savait d'expérience. Cette exécution d'un des leurs, même justifiée, ne présageait rien de bon, et il se promettait de le faire savoir à Arthur. Comme un souci n'arrive jamais seul, Orsoni avait été réveillé tôt le matin par un appel de la succursale parisienne de la Banque de l'Europe. Un certain Jean-Hugues Lecœur, fondé de pouvoir, l'avait informé en phrases emberlificotées que la salle des coffres avait connu quelques avaries sans gravité et – il regrettait de le poursuivre chez lui – il attendait pourtant sa réponse à l'entretien téléphonique qu'ils avaient eu ensemble trois jours plus tôt. Orsoni n'y comprenait rien. Il eut beau répéter qu'à cette date, il se trouvait en Birmanie, le banquier lui soutenait qu'ils s'étaient parlé à propos des versements effectués sur le compte de Mlle Odile de Saint-Angel.

– Qui vous a dit que c'était à moi que vous parliez? avait crié Orsoni.

– Mais vous-même, avait répliqué Lecœur comme s'il le prenait pour un fou.

– Mais puisque je vous dis que je n'étais même pas en France!

Après un silence, le banquier avait alors émis l'hypothèse que quelqu'un avait pu se faire passer pour lui, ce qui, insistait-il, n'était pas de très bon goût, compte tenu de la confidentialité de l'échange. Orsoni finit par comprendre qu'une personne de France-Atome avait été mise au courant des versements effectués sur le compte d'une jeune femme qui n'était autre que la nièce d'Arthur, et il se demanda si, à soixante-douze ans, il n'était pas en train de livrer le combat de trop.

Autre chose le tracassait. Orsoni avait reçu un petit mot assez sec de Charles Boutin, le patron des Cimenteries de l'Ouest. À deux reprises déjà, le bonhomme avait évité la prison en versant des cautions rondelettes – un million de francs la première fois, trois millions et demi la seconde. Les chèques certifiés produits par Boutin devant les services administratifs de la Galerie financière avaient été aussitôt encaissés, puis virés sur les comptes *ad hoc* de la Caisse des dépôts et consignations. À l'époque, Orsoni avait rassuré son ami Boutin : l'Agev devait lui verser de la main à la main des sommes équivalentes aux cautions, à condition de taire les obscurs trafics de fausses devises et de fausses factures. Mais, cette fois, les cimenteries battaient de l'aile et Boutin exigeait les sommes. Sinon, écrivait-il, je raconte tout à la petite Casanove et je me récupère en droits d'auteur en vendant un projet de confession publique. Orsoni n'avait pas besoin d'un tel chantage en ce moment. L'argent existait pour calmer Boutin, mais depuis quelques semaines, la gourmandise d'Arthur augmentait : il ne rêvait plus que présidence de la République et achetait ce qu'il fallait de soutiens politiques dans la majorité pour rallier les suffrages internes. Comble de tout : il avait levé une « petite fille » de vingt-trois ans qu'il avait installée à grands frais dans un loft des quais de Seine. Il la couvrait de bijoux et de robes de haute couture qui mettaient en valeur son anatomie d'amazone. Bref, les ciments coulaient parce que le dandy poète filait le parfait amour alors que son épouse se morfondait dans une clinique du sommeil des Yvelines, à cinquante mille francs la semaine.

Après l'exécution du contrat confié à Ange, Orsoni était bien décidé à avoir une conversation avec Arthur. Il essaya de se détendre un peu en sirotant un whisky. Quand Suy reparut dans sa parfaite nudité, le vieil Octave lui fit signe de s'approcher, et elle se laissa voluptueusement lutiner par le gros nounours qui ne tarda pas à amortir son décalage horaire entre les seins tièdes de la jeune femme. Il oublia momentanément cet idiot de la Banque de l'Europe, le compte de la demoiselle de Saint-Angel et les menaces de Charles Boutin qu'il aurait volontiers coulé vif dans une chape de béton. Caresser une peau soyeuse et jeune pensa-t-il, c'est le comble du luxe quand on a épuisé tous les désirs de puissance.

Pendant ce temps, Ange Massini trouvait le même repos des sens dans une maison de Neuilly où on le connaissait pour ses pourboires munificents. L'ange de la mort avait besoin de chair fraîche. Deux heures plus tard, sur le green de Poissy, un homme allait sombrer définitivement au fond d'un tout petit trou. Et ce coup de silencieux ferait tant de bruit que le conseiller d'État Ursule du Maurier verrait sa dernière chute immortalisée sur les premières pages en couleurs des magazines à sensation. Quand Oriane Casanove se présenta à son rendez-vous du Florant, deux jours plus tard en fin de journée, il n'y eut personne pour la reconnaître. Son rendez-vous lui avait posé un lapin. Il avait une bonne excuse. Un ange exterminateur avait eu sa peau.

55

La journée avait commencé de manière étrange pour la juge Casanove. Le matin, elle avait eu l'impression de retomber en enfance. C'était un mercredi. Il faisait un temps superbe au Luxembourg et les pelouses étaient envahies de bambins jouant à se poursuivre sous le regard de leurs mères ou de leurs nourrices rassemblées sur les bancs et les chaises de fer des allées. Dès son arrivée à Paris, Oriane était souvent venue là, accompagnant ses amies qui poussaient lentement leur progéniture endormie dans leurs landaus, sous les immenses chênes en face de l'Observatoire, ou à proximité des bacs à sable devant l'orangerie. Les enfants avaient grandi, et Oriane ne revenait pas au jardin sans un serrement de cœur, avec le sentiment que sa solitude s'aggravait, en raison de ce vide qu'elle ressentait si vivement : elle n'était pas femme parce qu'elle n'était pas mère. Les cris des petits, autour d'elle, devenaient chaque fois plus douloureux, comme accusateurs.

Oriane se souvenait très précisément des promenades au Luxembourg avec Isabelle Leclerc, du temps où le couple était encore en France. David n'avait que trois ans. Plusieurs fois elle l'avait accompagné aux représentations du Guignol, et elle avait ri de bon cœur, avec les autres spectateurs en culottes courtes, devant le spectacle du gendarme bêta rossé par le facétieux Guignol. Si Isabelle lui laissait David un après-midi, elle se trouvait à l'aise au milieu de cette jeunesse, jouant à merveille le rôle de maman, engageant facilement la conversation avec de vraies mères, ou avec des pères précautionneux qui hésitaient à lire leur journal pendant que leur rejeton s'essayait au toboggan ou aux chevaux à ressort.

En traversant le Luxembourg, ce matin-là, Oriane eut l'impression bizarre que le temps n'avait pas passé, qu'elle avait encore vingt ans, comme ces professeurs qui ne se voient pas vieillir à force de rencontrer année après année les mêmes visages juvéniles. Un moment, la juge s'attarda devant l'exposition géante des photos de la terre vue du ciel prises par Yann Arthus-Bertrand. Des prises de vues magnifiques de forêts et de lagons, de champs de coton et de tapis étalés sur le sable égayaient les abords austères et pompeux du Sénat, d'incroyables paysages faits par la main de l'homme et pourtant d'apparence naturelle. Oriane songea qu'elle aurait aimé prendre de la hauteur elle aussi, regarder la vie d'en haut, comme pour mieux se protéger des dangers, mais aussi pour mieux comprendre, et peut-être mieux accepter, les faiblesses humaines. Elle se savait dure et intraitable quand il s'agissait de droit, et cette raideur avait sans doute débordé sur sa vie intime. À force de juger les autres, et de les « préjuger », elle s'était mise en situation d'être jugée à son tour, et le résultat n'était guère flatteur. Elle se dirigea vers le grand bassin rond, après avoir foulé pieds nus l'immense carte du monde déployée par l'IGN sur un parterre de bois aggloméré – une fillette blonde dormait sur la mer du Labrador et deux Américains cherchaient avec les doigts de pied la ville de San Antonio –, et elle se promit qu'une fois cette affaire élucidée, elle s'en irait loin et longtemps pour se retrouver elle-même, faute de retrouver l'homme qu'elle aimait.

Elle ne savait pas exactement ce qu'elle cherchait. Pour le trouver, il aurait fallu que les petits bateaux du Luxembourg soient tous lâchés sur leur eau ronde et calme. Or le bassin était désert, sinon quelques canards minuscules nés de la dernière couvée et deux ou trois poissons-chats débonnaires qui çà et là ouvraient une gueule crochue à la surface pour gober un morceau de pain mouillé dans un bâillement communicatif. L'horloge du Sénat marquait 10 h 45. Avec l'arrivée des beaux jours, les questeurs régissant l'activité du jardin avaient donné l'autorisation de sortir les palmiers en pots de l'orangerie. Quatre des plus feuillus étaient installés autour du bassin. Dans l'ombre de l'un d'eux, la petite cahute des loueurs de bateaux indiquait sur un panonceau de bois que l'aventure commençait le matin à 11 heures. Oriane n'avait plus longtemps à attendre. Elle tira une chaise de fer et s'installa sous le doux soleil de mai. Un garde donna un coup strident de son sifflet à roulette. Deux garnements jaillirent d'un buisson. Des relents d'enfance imprégnaient l'esprit d'Oriane. Bientôt, une jeune femme s'approcha de la cahute et introduisit une petite clé dans le cadenas qui fermait la porte aux trésors. D'un geste exercé qui témoignait de nombreux matins passés à le répéter, elle sortit un présentoir à étages rempli de fiers navires aux voiles numérotées. Aussitôt se produisit un attroupement d'enfants, avec cris et piaillements. La marchande d'aventure – ainsi que l'appela un père – distribua embarcations et baguettes de buis. Les premiers candidats à la navigation s'égaillèrent alentour du bassin, poussant vigoureusement leurs esquifs et soufflant d'importance pour relayer le vent un peu faible. La jeune femme était débordée. Enfin, elle s'apprêtait à s'asseoir en ouvrant une revue médicale lorsque Oriane s'approcha d'elle, rassurée par cette lecture. Sans doute s'agissait-il d'une étudiante assurant une ou deux heures de travail le matin pour se faire un peu d'argent. Elle dévisagea Oriane avec une discrète surprise, cherchant du regard l'enfant qui, croyait-elle, devait l'accompagner. Aucune tête blonde ne parut à proximité. La juge s'assura que personne ne les dérangerait et aborda sans détour la jeune fille.

– Je suis Oriane Casanove, magistrate à la Galerie financière. Je suis, enfin, j'étais une amie d'Eddy Lazzano.

En entendant prononcer ce mot, la jeune femme exprima une inquiétude et un intérêt manifestes.

– Vous étiez ?
– Eddy est mort, lâcha Oriane.

Et de dire ces mots, ce fut comme s'il mourait de nouveau sous ses yeux. Elle se contrôla cependant et tenta de reprendre le cours de son propos. Mais la jeune femme, blême, se laissa tomber sur sa chaise.

– Ça alors, murmura-t-elle, la voix blanche. C'est vrai que je ne l'ai pas vu tous ces jours-ci.

– Il venait souvent ? s'étonna Oriane.

– Oui, souvent. Il faisait la joie des enfants. Il possédait un magnifique voilier, le modèle réduit d'un vrai bateau, le sien je crois. Une pure merveille. D'ailleurs...

Mais elle s'arrêta net.

– Vous êtes juge ? Alors... Comment est-ce arrivé ? Il a été tué ?

– Oui, fit Oriane sobrement. Écoutez-moi, mademoiselle, je...

– Je m'appelle Camille. Je suis étudiante en pharmacie. M. Lazzano m'avait prise en amitié. Il me disait que lui aussi aurait aimé faire des études, mais il avait quitté l'école à quatorze ans pour travailler avec son père, sur un bateau, justement.

Oriane se sentit curieusement jalouse des confidences sur sa vie qu'Eddy avait pu faire à une autre, mais elle chassa aussitôt ce sentiment. Lazzano était un Méridional, un homme qui aimait la conversation pour la conversation, sans arrière-pensée. Et il avait plutôt bien choisi avec cette Camille qui attirait à elle des grappes d'enfants et devait réserver à ses histoires un accueil des plus enthousiaste.

— Dites-moi, demanda Camille en fixant bien Oriane dans les yeux, Lazzano, ce n'était pas un pourri, n'est-ce pas ? Si je vous demande ça, c'est à cause, enfin... Je ne savais pas bien ce qu'il faisait, il était toujours très bien habillé, mais simplement. J'avais l'impression qu'il avait de l'argent, que ce n'était pas un problème pour lui. Je me souviens qu'une fois, il m'avait demandé combien je gagnais en tenant le stand des voiliers. Quand je lui avais dit le montant, il l'avait trouvé ridicule. Il m'avait proposé de gagner bien plus en travaillant pour lui, mais j'avais refusé. Je suis sûre qu'il voulait seulement m'aider à financer mes dernières années de pharmacie.

— Il vous avait parlé de sa femme ? demanda Oriane.

— Non. Une fois, dans la conversation, j'avais compris qu'il était veuf. Mais ce n'était pas un dragueur, si vous voyez ce que je veux dire. Il ne m'a jamais proposé de dîner ou autre chose. Il était à la fois expansif et réservé. Finalement, il ne déparait pas parmi tous ces enfants. À sa manière, c'était aussi un enfant, un grand enfant.

Oriane sentit monter les larmes. Elle songea que Camille avait peut-être fait fausse route en s'orientant vers la vie d'officine. Elle se révélait fine psychologue et, sans le savoir, avait percé l'essentiel d'Eddy Lazzano.

— Je ne peux rien vous dire de mon enquête, continua Oriane sur le ton le plus professionnel possible. Cela pourrait être dangereux pour vous si l'on vous savait mêlée, même de loin, à mes investigations. Sachez qu'Eddy, je veux dire M. Lazzano, était sûrement un type bien, avec ses mystères et ses parts d'ombre, comme chacun de nous, mais ce n'est pas moi qui ternirai la belle image qu'il vous a laissée de lui.

La juge s'interrompit et, machinalement, porta un regard circulaire autour du bassin et jusqu'aux bancs et aux chaises disposés devant les parterres de fleurs. Rien ne clochait dans le décor. Pas de personnage dissimulé derrière son journal, rien qui aurait pu évoquer la présence d'un tueur ou simplement d'un homme à ses trousses. Plus tard, elle se dirait qu'elle avait encore à apprendre dans l'art de la filature et de la dissimulation. Elle sortit de son sac ses lunettes de soleil et les ajusta sur son nez.

— J'ai quelque chose de précis à vous demander, dit Oriane une fois son inspection terminée. Voulez-vous voir ma carte de magistrate?

— Non, je sais qui vous êtes. Je vous reconnais, maintenant. Sans vos lunettes noires, j'aurais hésité. Mais là, c'est bien vous, je vous ai vue dans *Elle*, récemment, un article qui donnait de vous une image très « dans le vent », et plutôt sympathique pour une juge.

Oriane ne releva pas la restriction.

— Un jour, commença-t-elle, Eddy Lazzano m'a parlé de son bateau du Luxembourg. Au début, j'ai cru à une blague. Je me suis dit justement qu'il me menait en bateau. Jusqu'au jour où je me suis souvenue qu'il existait bel et bien des bateaux en modèles réduits dans les jardins du Luxembourg.

Camille hésita. La dernière fois qu'elle avait vu

Lazzano, il lui avait confié son superbe voilier miniature en lui recommandant d'en prendre bien soin et de ne le laisser à personne. Elle, et elle seule, pouvait le manœuvrer sur le bassin, si l'envie lui en prenait. Mais avec parcimonie et pas les jours d'affluence. Surtout, il lui avait fait promettre de le garder rangé dans son cagibi de bois, à l'écart des autres embarcations locatives. En réalité, cet « oiseau blanc » était devenu la mascotte de Camille. Un peu égoïstement, elle pensa que si elle le remettait à la juge, cet objet précieux et rare, qui semblait susciter les convoitises, ne serait plus vraiment à elle.

– Il est... enfin, je veux dire, M. Lazzano, vous êtes sûre qu'il n'est pas en voyage ou...

– Il a été assassiné sous mes yeux, répondit précipitamment Oriane Casanove.

– Mon Dieu... Excusez-moi, j'aurais dû comprendre, pardon, répéta Camille.

– Ce n'est rien. J'ai besoin d'examiner son bateau. Je suis sûre que vous l'avez, ici ou chez vous. Je me trompe ?

– Non. Il est là. Venez. Passez sous la tablette du comptoir, nous serons plus tranquilles à l'intérieur.

Comme dans les minithéâtres de marionnettes, le stand aux petits voiliers était un miracle d'ingéniosité. Oriane découvrit tout le bric-à-brac que pouvait contenir cette guérite améliorée, avec ses étagères escamotables, ses niches et ses recoins. Un panneau était réservé aux voiles multicolores, un autre aux coques. Les gaules destinées au guidage des bateaux reposaient à la verticale contre les parois de droite, fixées comme des cannes de billard. Au plafond pendaient de fines cordelettes et de petites pièces de rechange, mâts, vis à tête plate, anneaux métalliques. Camille alluma une applique et un jet de lumière illumina un coin resté sombre, à mi-hauteur. Sur un présentoir se tenait la magnifique réduction d'un quatre-mâts. En bleu nuit se détachant sur la coque blanche, on pouvait lire *Massilia*. Il avait près d'un mètre d'envergure mais, dans les mains, pesait comme une plume.

– M. Lazzano m'avait expliqué qu'il l'avait fait construire à l'échelle exacte de l'original, toute proportion gardée, évidemment.

Oriane n'écoutait plus. Un instant, elle se trouva replongée dans cette rêverie qui l'avait gagnée la première fois qu'Eddy, tranquillement installé dans son bureau de la Galerie financière, lui avait décrit cette merveille. Tout y était en miniature : le salon panoramique, la salle de danse, le bureau, l'escalier à vis, les salles de bains aux robinetteries dorées... Il avait même poussé le sens du détail et du jeu jusqu'à se représenter lui-même, en habit de yachtman avec un polo bleu et blanc aux couleurs du bateau, jumelles dans une main et l'autre dans la poche de son pantalon – une attitude décontractée mais si caractéristique qu'Oriane se demandait qui avait pu, avec si peu de matière, le restituer avec autant de précision et de fidélité.

– C'est troublant, n'est-ce pas ? interrogea Camille.

Oriane répondit d'un petit signe de tête. À son tour elle éprouva le besoin d'être assise.

– On va ouvrir, suggéra la jeune femme. On commence à manquer d'air, là-dedans.

Quand elle eut repris ses esprits, la juge considéra le modèle réduit.

– Même à cette taille, il est impressionnant, fit-elle.

– C'est dire l'effet que doit produire le vrai! approuva Camille, se retenant de demander si Oriane était déjà montée à bord. Cette dernière souleva la maquette, examina le dessous de la coque, puis les flancs. Les lamelles de bois étaient impeccablement emboîtées, sans doute collées. Aucune vis n'avait été utilisée. Celui qui avait conçu cette petite merveille était un menuisier chevronné doublé d'un charpentier de marine hors pair. L'assemblage était parfait. Dans une autre situation, Oriane n'aurait eu aucune hésitation. Elle aurait emporté l'objet et l'aurait fait désosser sans vergogne, avec l'obstination rageuse des « stups » quand ils mettent la main sur un bel emballage dissimulant de la poudre mortelle, du crack ou de l'ecstasy.

– Je peux vous demander ce que vous cherchez exactement ? risqua Camille.

– Je ne préfère pas, répliqua Oriane sans sécheresse, mais fermement, un sourire aux lèvres.

Camille n'insista pas. Elle s'était résignée à voir partir le *Massilia* autrement que par voie d'eau.

– En revanche, continua Oriane, j'aimerais que vous m'aidiez à l'emballer. Je voudrais sortir d'ici discrètement sans créer une émeute d'enfants.

Lazzano avait tout prévu. Camille sortit une mallette de taille somme toute assez modeste. Elle savait comment plier les quatre mâts sans les endommager, afin de donner à l'embarcation la forme d'un long obus. Elle escamota aussi l'étrave en expliquant à Oriane comment la replacer.

– Un jour, je vous expliquerai tout, promit la juge en sortant.

Tristement, Camille la regarda s'éloigner. Deux enfants accoururent vers elle pour réclamer le 6 et le 17, les deux derniers « numéros » qui lui restaient. Devant l'emplacement laissé vide par la maquette du *Massilia*, elle éprouva une forte sensation de manque et, sans bien savoir pourquoi, songea qu'elle n'aurait pas aimé être à la place d'Oriane Casanove.

56

Le policier Le Balc'h vivait dans une de ces tours géantes de la place d'Italie qui, passé le vingtième étage, offraient une vue splendide sur Paris. Aux beaux jours, il profitait des terrasses et du solarium, et surtout de la piscine du vingt-huitième étage qui attirait les beautés de l'immeuble. Depuis deux jours qu'il était en récupération, il passait du bon temps à bronzer avant l'été, tout en s'offrant des séances de cinéma en chaîne dans le complexe situé au pied de chez lui – des salles immenses avec dolby stéréo et écrans géants où il se régalait des derniers films des studios de Hollywood, des superproductions internationales à grand spectacle. Mais cet après-midi-là, devant le ciel soudain couvert et jugeant que les nouveaux films à l'affiche ne valaient pas le déplacement, il choisit de rester chez lui. C'est ainsi que dans la pile des cassettes qu'il n'avait encore jamais visionnées, il tomba sur l'une d'elles dont il avait presque oublié la présence chez lui. Le titre était évocateur : *Fais-moi tout*. Effectivement, il s'était comporté comme un gamin le jour de la perquisition rue de la Pompe en emportant ce butin dissimulé dans la poche de son pardessus, comme un vulgaire mateur. Son geste avait été plus fort que lui : il n'avait pas réfléchi. Jamais de sa vie il n'avait vu de film pornographique. Il savait par ouï-dire que tout cela ne valait pas grand-chose, mais ce n'est pas à Carantec, chez les Bretons dévots de sa famille, qu'on l'aurait laissé se rincer l'œil. La garde morale veillait à l'abri des hauts clochers, et si le X circulait là-bas comme partout, c'était sous le manteau et loin des soutanes. C'est pourquoi Le Balc'h, incollable sur quantités de visages de gens sérieux, n'aurait pas su reconnaître l'expression d'une fille en extase. Il avait bien connu quelques flirts et une expérience sexuelle avec une lointaine cousine établie à Paris. Mais tout s'était passé dans l'obscurité la plus totale. Il se souvenait de paroles, de murmures et de gémissements, de soupirs et du cri final. Aucune image ne s'était cependant imprimée en lui. Il glissa la cassette dans la fente de son magnétoscope, espérant combler rapidement cette lacune. « Mieux vaut tard que jamais », se dit-il en s'enfonçant dans son canapé face à la télévision. Quelle ne fut pas sa surprise lorsque, au lieu du générique, s'inscrivit sur son écran l'image déformée d'un homme assis à son bureau, vêtu d'une veste grise et d'une chemise blanche, la cravate négligemment nouée, pas très bien rasé, l'air épuisé, les cheveux en bataille et le regard sombre. Manifestement, *Fais-moi tout* commençait plutôt soft. L'image était de surcroît imparfaite, sautait souvent, ou se déformait, grossissant ou rapetissant le tronc du « comédien », tout en donnant à sa voix des accents variant du grave au suraigu.

« Je suis le juge Alexandre Leclerc, en poste au Gabon depuis l'automne 1998. Les documents qui accompagnent cet enregistrement effectué à mon domicile de Libreville sont la preuve que certains de nos dirigeants parmi les plus en vue sont impliqués dans divers trafics d'influence mettant en cause, volontairement ou à leur corps défendant, le gotha de notre industrie et de nos établissements de crédit. Les documents que je détiens sont évidemment codés. Mon intervention en vidéo est en réalité un décodage qui ne doit être utilisé qu'au cas où il me serait arrivé malheur. »

Puis le juge attrapait une liasse de feuilles volantes et se lançait dans une revue de détail en explicitant les principaux passages. La bande était exceptionnellement longue, deux cent quarante minutes, et Le Balc'h s'efforça de suivre jusqu'au bout les explications, tentant de comprendre exactement de quoi il s'agissait. Mais il dut se rendre à l'évidence : sans les documents dont il était question, ce commentaire était impénétrable, à la limite de l'ésotérisme pour le non-initié. Il était question de l'Agev, d'Orsoni, d'un poète maudit, de différentes officines bancaires, du paiement de plusieurs cautions d'hommes d'affaires éminents par des sociétés écrans, toutes liées à l'Agev, montants considérables. Les termes « junte birmane » revenaient souvent. Suivaient des exemples de transactions financières triangulaires dont le maître d'œuvre était ce même Orsoni, lequel semblait dévoué corps et âme à celui que Leclerc appelait tout simplement le « maudit ».

– Décidément, j'ai tiré le gros lot, soupira Le Balc'h. Je vais passer pour qui si je rapporte ça à Oriane, la mine enfarinée, en prétendant que c'était resté dans mes affaires sans que je m'en aperçoive... Elle va me rire au nez, ça c'est la version optimiste. Je dirais plutôt qu'elle va me passer un savon et me demander ce qui m'a pris d'emporter cette pièce maîtresse du dossier chez moi. Évidemment, je pourrais dire que c'est par inadvertance, mais elle n'en croirait rien. Telle que je la connais, elle va me prendre pour un pervers ou un frustré du sexe qui a besoin de cochonneries pour suppléer le dur célibat du jeune mâle...

Le Balc'h rembobina la bande et se mit à réfléchir. S'il ne la donnait pas à Oriane, ce serait pire encore, se dit-il. Ce dossier déclenchait la mort, qui ne cessait de frapper. Peut-être détenait-il là une occasion unique de faire éclater la vérité, à condition que la juge, de son côté, ait mis la main sur les fichus documents dont il était question.

Il se projeta de nouveau le début de la cassette, où le juge Leclerc se présentait. Celui-ci donnait l'impression d'un homme au bout du rouleau, de santé fragile, les mains perpétuellement agitées. Il paraissait inquiet, parlait d'une voix presque inaudible, comme s'il craignait que la caméra qui le filmait, tout en étant la sienne, pût être aux mains de ses ennemis.

Il était 6 heures du soir juste passées. Le Balc'h composa le numéro de la juge. Elle n'était pas à la Galerie financière. Son portable était branché sur messagerie. Il lui signala qu'il viendrait dans la soirée à son bureau, sans préciser le motif, indiquant juste la date et l'heure, pour éviter toute confusion. Puis il se repassa encore le début de la cassette. C'était la première fois qu'il s'exerçait à apprendre le visage d'un mort.

57

Du Luxembourg, Oriane était allée directement chez elle rue des Carmes. Elle ne tenait pas à éveiller l'attention en se présentant à la Galerie financière avec ce long coffret de bois patiné qui enfermait le trésor de Lazzano et sans doute celui du juge Leclerc : des trésors mortels. C'était l'heure des informations. Elle alluma la télévision et partit dans la cuisine se préparer une salade avec un pamplemousse pressé. La marche depuis les jardins lui avait creusé l'appétit et donné soif. Le journal de la mi-journée était presque entièrement consacré au football. Elle se rappela que Lazzano s'était proposé de l'emmener au parc des Princes. Décidément, soupira-t-elle, il ne fait pas bon avoir la mémoire des détails quand on a été amoureux. La désillusion n'était que plus cruelle chaque fois qu'ils se rappelaient à votre souvenir de façon sournoise et inattendue, sans crier gare, au détour d'une phrase anodine, d'une image ou d'un reportage sur le petit écran.

Oriane déblaya la table basse du salon et y déposa l'étui de bois, fit jouer les charnières, attrapa précautionneusement les deux extrémités du navire et le sortit de sa gangue. L'intérieur de l'écrin, elle ne l'avait pas vu dans la guérite du jardin, était tapissé de coussinets en velours. Elle passa son doigt sur la peinture vernie de la coque. Il ne lui fut pas difficile de rétablir les mâts dans leur position verticale. Ce *Massilia* était une véritable merveille. Chaque détail avait été pensé, réglé au millimètre comme un instrument de concert. Mais la partition qu'Oriane s'apprêtait à lui demander était d'un genre spécial. Saurait-elle percer son secret sans avoir recours aux grands moyens ? Elle pensa à cette aventure de Tintin, probablement *Le Secret de la licorne*, où les héros d'Hergé étaient aux prises avec un très vieux parchemin dont plusieurs morceaux avaient été disséminés dans trois maquettes de vaisseaux. A priori, sa tâche était plus simple. Le puzzle devait être entier à l'intérieur de ce petit *Massilia*. Mais où ?

Elle s'enfonça dans son canapé, les genoux relevés sous le menton, et resta plusieurs minutes à l'observer en silence. S'interdisant de divaguer sur les voyages en amoureux qu'elle aurait pu, qu'elle aurait dû effectuer à bord du véritable *Massilia*, elle s'obligea à regarder attentivement et à réfléchir. Si la maquette avait été réalisée à l'image du modèle original, on devait pouvoir accéder à la cave à vins, aux chambres et aux salles de bains dont on apercevait l'intérieur ouvragé à travers de petits hublots ovales d'à peine deux centimètres, répartis le long de la ligne de flottaison. Elle passa délicatement le doigt sur chacun d'eux, en exerçant une légère pression avec l'espoir qu'ils s'ouvriraient, mais rien ne se produisit. Si les documents étaient protégés par un film imperméable – Lazzano avait forcément pris cette précaution puisque le modèle réduit était amené à naviguer –, ils pouvaient être glissés au plus profond de la cale, vers la quille. Un examen minutieux des dessous du bel objet s'avéra cependant infructueux. Refusant de s'énerver, Oriane se leva pour aller chercher une cigarette dans sa chambre, puis resta un moment debout, à regarder le bateau d'en haut. C'est de là que vint la solution. D'abord, elle ne pensa à rien de précis. Elle se remémorait les photos aériennes d'Arthus-Bertrand qu'elle avait contemplées le matin même devant le Sénat. Vus d'avion, les paysages révélaient leur vérité, les fractures, les traces de cicatrices dans un ensemble paraissant à première vue, à hauteur d'homme, complètement homogène. Au milieu du pont, sur le parquet luisant de bois blond, Oriane vit se découper un rectangle bien délimité, comme une trappe sans poignée ni charnières, un rectangle presque imperceptible comme une géométrie subliminale inscrite dans le fil du bois. Elle trouva dans un tiroir un couteau à fine lame, le minuscule Opinel de son père, un numéro un, exemplaire très rare connu des seuls fumeurs de pipe qui, un temps, l'utilisèrent pour curer le fond de culot encalminé de tabac. Elle le prit d'un air triomphal et s'approcha du point précis qu'elle avait repéré. Il lui fallut un moment pour le retrouver, car il échappait à l'œil. Il fallait être très attentif pour repérer l'infime grossissement des rainures sur une surface d'à peine dix centimètres carrés. Elle déplia la lame, tourna la virole de sécurité puis, un bout de langue tiré, retenant sa respiration comme lorsque, enfant, elle jouait au Mikado sur le parquet de sa chambre, elle souleva délicatement la plaquette de bois. Celle-ci résista un peu, mais Oriane réussit à la déplacer verticalement d'un ou deux millimètres sur un coin du rectangle. Elle répéta l'opération aux trois autres coins. Le dernier coup, la plaquette céda et glissa, laissant entrevoir un trou aussi noir qu'un cachot. Elle attrapa une lampe de poche et dirigea le faisceau lumineux vers ce royaume d'ombre enfoui sous ce bateau si blanc. Elle ne vit d'abord qu'un morceau de tissu qu'elle attrapa avec une pince à épiler : c'était un jeu de voiles complet, qu'elle tira l'une après l'autre, de quoi équiper les quatre mâts de nouveaux gréements s'ils essuyaient une tempête sur le bassin du Luxembourg. Depuis le coup de vent du 27 décembre 1999, les marins même d'eau douce savaient que rien n'était impossible dans le registre des catastrophes. Mais voilà qu'Oriane touchait au but : le jet de lumière s'arrêta sur une enveloppe étanche, bleu marine. Elle ôta les bagues de sa main gauche – sa main la moins forte, la moins musclée – et tenta de l'introduire par l'orifice. Mais elle eut beau comprimer sa paume, il manquait un bon centimètre pour passer. Elle pensa à s'enduire les doigts de savon mais renonça, elle ne parviendrait pas à ses fins ainsi. Le pli semblait volumineux et bien tassé. La pince à épiler n'aurait aucune prise. Finalement, elle s'en tira avec une pince-monseigneur dont elle régla le bec à la plus grande largeur pour mieux se mouvoir à l'intérieur de la coque. Ainsi, elle réussit à attraper le rebord de l'enveloppe étanche puis à la tirer vers elle et ressentit brusquement la joie des petites filles les jours de fête, quand l'objet convoité d'une pêche à la ligne s'est miraculeusement accroché à leur hameçon de fortune.

Le cœur battant, Oriane décacheta l'enveloppe de plastique et se retrouva en présence d'une liasse touffue de relevés imprimés, couverts de chiffres qui lui parurent inextricables. Surmontant sa déception, elle feuilleta plus attentivement les papiers qui semblaient avoir été souvent compulsés, pliés, déplacés. Des traces de doigts apparaissaient sur certains, d'autres avaient été chiffonnés, puis déplissés. C'étaient toujours des colonnes de chiffres, des noms de personnes inconnues, des noms de sociétés, des sigles qui ne lui disaient rien, avec des dates et des origines : Rangoon, Libreville. L'ensemble était tapé à la machine ou provenait d'une imprimante d'ordinateur. Mais des éléments avaient été ajoutés à la main, d'une écriture qu'elle aurait été incapable d'identifier. Tout cela valait-il la mort violente d'au moins trois personnes ?

– Bon, se dit Oriane en inspirant profondément, la liasse de feuillets posée à côté d'elle. Gardons la tête froide. Il faut examiner ces documents à tête reposée. En attendant, on m'attend au café Florant.

La juge appela un taxi. Moins de vingt minutes plus tard, elle était face à la colonnade du Louvre, attendant que quelqu'un la reconnaisse. Mais Ange Massini était passé par là, et Oriane, au bout d'une heure et demie et de trois cafés, décida de regagner son bureau. Il ne devait plus rester personne à la Galerie financière. C'était le moment qu'elle préférait. En interrogeant son répondeur, elle avait entendu le message de Le Balc'h. Les documents du petit *Massilia* dans son sac à main, elle fila en direction du boulevard des Italiens.

Une longue nuit commençait.

58

Ursule du Maurier était ce qu'il est convenu d'appeler un grand commis de l'État. À soixante-deux ans, cet énarque affable, passionné de sport mécanique, avait acquis une expérience unique dans le domaine des restructurations industrielles opérées au début des années 80 sous la houlette des pouvoirs publics. Les chantiers navals, la sidérurgie, les houillères, ces secteurs lourds de la substance économique nationale devaient à son bon sens, doublé d'une humanité rare chez les hauts fonctionnaires de son rang, de n'avoir pas été davantage saignés par les lois libérales qui commençaient à souffler sur l'Europe. Malgré de massives suppressions d'emplois, il avait réussi à bâtir des plans de reconversion pour les plus jeunes menacés de chômage, tout en négociant habilement des facilités de retraite anticipée pour les plus anciens. Repéré pour ses talents de conciliateur, Ursule du Maurier avait souvent été détaché du Conseil d'État pour diriger des cellules de crise, jouer le « M. Houillères de Lorraine » ou le « M. Chantiers de l'Atlantique », et la bonhomie qui se lisait sur sa face joviale faisait merveille dans les conflits les plus tendus. Malgré ses costumes stricts qu'égayait un éternel nœud papillon dont il choisissait la couleur avec soin et goût, il était, au fil des années, devenu le symbole d'un État plus proche des préoccupations des salariés, aimé des syndicats, apprécié des patrons et bien vu des pouvoirs, de droite ou de gauche. C'est ainsi qu'au cours de sa longue carrière, commencée dans un tribunal administratif de l'Algérois, il avait tâté à plusieurs reprises du cabinet ministériel, dans les bureaux feutrés puis high tech du ministère de l'Industrie. On murmurait qu'à chaque passation de pouvoirs entre un « sortant » et un « entrant », le premier soufflait au second le nom d'Ursule du Maurier comme un joker infaillible en cas d'alerte chaude sur le front des restructurations. Autant dire que ce personnage attachant autant que discret était aimé, pour ne pas dire populaire, mais d'une popularité qu'il voulait sans tapage. Il s'esquivait toujours devant les journalistes, attribuant ses propres mérites à d'autres, et préférant toujours renvoyer la lumière sur ses supérieurs, ministres, directeurs de cabinet, ou sur les syndicalistes « très compréhensifs ». Il ne fallait pas compter sur lui pour obtenir une interview, encore moins pour s'exposer aux questions plus personnelles des médias. Ursule du Maurier ne se plaisait que dans l'ombre. Son nom était rarement imprimé dans les journaux, et il ne tenait pas à se laisser photographier. Trop de ses « éminents collègues », comme il disait avec un brin d'ironie, s'étaient laissé piéger au jeu de l'État spectacle, et pour rien au monde il n'aurait remis en cause sa tranquillité pour apparaître dans les « En forme » du *Point* ou les échos confidentiels des pages économiques des magazines. On lui prêtait une liaison secrète avec une femme dont le mari était haut placé dans les allées du pouvoir, mais si quelques rares journalistes croyaient savoir de qui il s'agissait – encore n'étaient-ils pas d'accord entre eux –, ils respectaient la vie privée d'Ursule du Maurier au point que rien ne filtra jamais des réunions en petit comité, à l'heure des blagues et des potins, dans les salles de rédaction parisiennes.

C'est pourquoi sa présence *post mortem* dans les premières pages des journaux et dans les magazines de fin de semaine avait quelque chose d'incongru et d'indélicat, comme si sa mort mystérieuse et brutale avait justifié qu'on levât soudain un voile sur sa vie, sans pour autant rien élucider. Trois clichés avaient fait le tour des rédactions. Trois clichés qui barraient les unes des plus grands quotidiens nationaux, tandis que *Match* les publiait en couleurs. L'un d'eux, le plus connu, montrait le conseiller d'État au sortir d'une très longue nuit de négociation à Longwy, en 1979. Les traits tirés mais le regard vif et presque joyeux, son nœud papillon en bataille, la veste froissée de son costume, tout indiquait que la partie avait été rude. Mais peu lui importait : cette nuit-là, il avait sauvé du licenciement sec et de l'indemnisation au lance-pierres plus de vingt mille ouvriers du bassin minier. L'œil bleu ciel d'Ursule du Maurier contrastait avec celui, plus sombre, du patron des Houillères – un collègue de promotion à l'Ena. La quarantaine pleine de charme, ce dandy un peu joufflu venait de montrer que la loi de l'économie n'était pas nécessairement une fatalité, qu'un homme vaut toujours quelque chose contre les ravages des machines et les massacres de la reconversion individuelle. Une autre photo était plus personnelle, plus intime, quoique prise à l'occasion d'un événement public : l'épreuve motocycliste du Bol d'or. D'après la légende, ce document remontait au début des années 80. Il était le seul des trois à n'être pas en couleurs dans *Paris Match*. On voyait un homme de corpulence moyenne, le même œil vif que sur le cliché de Longwy, le même sourire, la chevelure plus serrée, moins de rondeur. Mais au lieu du costume-nœud papillon, il avait passé pour l'occasion un blouson de cuir qui donnait un petit air canaille du meilleur effet à ce visage très sage d'adolescent prolongé. À côté de lui figurait le vainqueur de l'édition du Bol d'or dans la catégorie 200 cm³, un certain Eddy Lazzano, souriant lui aussi à l'objectif. Les deux hommes semblaient unis par une complicité qui allait au-delà des péripéties aventureuses du circuit. Ursule du Maurier tenait son ami Lazzano par l'épaule dans un geste ample et plein d'admirative affection. Visiblement, ces deux-là s'entendaient très bien.

C'est cette photo qu'Oriane découvrit en premier une fois assise à son bureau. Quelqu'un – mais qui ? – avait déposé le dernier numéro de *Match* près de sa lampe, ouvert à la double page consacrée à la mort du conseiller d'État, sous le titre : « Qui en voulait à Ursule ? » La légende de trois lignes expliquait : « Ursule du Maurier n'était pas un énarque compassé, mais un fou de vitesse et d'exploits sportifs, comme en témoigne l'amitié qui le liait à Eddy Lazzano, l'ancien champion du Bol d'or reconverti plus tard dans les affaires. » Oriane ne parvenait pas à détacher son regard de ce visage surgi d'un autre temps, d'un temps où Eddy était jeune, très beau, et vivant, surtout vivant. Comme elle aurait voulu sauter à pieds joints dans l'univers de cette photographie, remonter le temps d'un coup de baguette magique, prendre la place de cet Ursule du Maurier, dans la même position de camaraderie, et poursuivre cette vie figée en noir et blanc, désormais interrompue pour de bon. Mais il n'y avait qu'au cinéma ou dans les contes de fées qu'on pouvait ranimer les héros par un simple baiser. Cette photo sous ses yeux, Oriane le savait trop, c'était la vie qui était passée, trop vite, et à jamais. Elle ne put contenir plus longtemps une sourde douleur qui éclata sur son visage tourmenté en larmes silencieuses, grosses comme des perles, un chagrin de petite fille qui a perdu rêves et illusions, et doit se consoler avec le seul souvenir des jours heureux, si brefs qu'ils en paraissent irréels. Elle était le bras de la justice, mais son bras soudain cherchait à étreindre un amour enfui et ne se sentait plus la force de lutter contre un adversaire visiblement plus fort, le crime qui rôdait comme un loup, c'est-à-dire masqué.

Et puis il y avait ce troisième cliché, pris quelques jours plus tôt sur le green impeccablement entretenu d'un golf de la région parisienne. Ce corps avachi, replié sur lui-même dans une position de pantin désarticulé, ce n'était pas une tenue pour un conseiller d'État, même un peu fantaisiste. Mais il avait une excuse : il était mort, et la balle qu'il avait prise dans le front avait percé un trou qu'on n'était pas près d'oublier de mémoire de golfeur, un coup parfait tiré à plus de cent mètres, arrivé en plein entre deux rides blanches, comme une note fatale sur la partition de la vie. L'œil embué par les larmes qui s'échappaient malgré elle de sources souterraines et inépuisables, Oriane ne distinguait pas chaque détail de la photo. Elle ne percevait, floue et liquide, qu'une énorme surface verte, parfaite, une sorte de bonheur dans le pré, si elle n'avait été entachée par ce corps désarticulé, la tête souillée d'un sang macabre. La photo n'était pas signée. La légende portait en gras cette mention : « Le dormeur du val ».

Le Balc'h n'était toujours pas arrivé dans l'immeuble désert de la Galerie financière. Soudain, prise d'une violente nausée, Oriane se leva précipitamment et se dirigea vers les toilettes. À peine arrivée devant le grand lavabo, elle vomit tripes et boyaux, si fort qu'elle crut rendre l'âme en même temps. Puis elle fit couler de l'eau tiède et se nettoya le visage, la commissure des lèvres. Deux minutes plus tard, il n'en paraissait plus rien, n'était ce teint pâle qui lui donnait l'air d'un Pierrot lunaire, forcément triste. La minuterie des toilettes s'éteignit, laissant la juge dans l'obscurité. Elle faillit jurer, mais hormis le fait qu'elle n'en avait pas la force, elle se souvint qu'elle avait elle-même demandé qu'on installât des minuteries dans les lieux d'aisances : toujours ce souci d'économie, cette vertu dont elle voulait que l'État, en chacune de ses émanations, et même les plus prosaïques, se fasse le modèle. Elle allait appuyer sur le bouton lorsqu'un bruit de pas dans le couloir lui fit tendre l'oreille. Était-ce Le Balc'h qui arrivait ? Elle entrouvrit la porte et, à sa grande surprise, elle ne vit pas une, mais deux silhouettes qui approchaient, leur ombre portée se dessinant sur les murs. Oriane retint son souffle. Par chance, elle n'avait pas eu le temps de déclencher le sèche-mains automatique dont le ronflement aigu aurait attiré l'attention. Et grâce à la minuterie éteinte, aucun rai de lumière ne sortait des toilettes pour femmes. Au bout du couloir, en revanche, son bureau était resté éclairé. Une lueur lui parvenait lointaine, de derrière sa porte vitrée. La juge s'avança prudemment et vit deux hommes qui arrivaient à pas feutrés, la démarche souple, l'un de forte corpulence, l'autre plus petit, deux envoyés du malheur. Comment étaient-ils entrés ? Avaient-ils trompé la vigilance du gardien ? Oriane n'en croyait pas ses yeux. Ils se dirigeaient tout droit vers son bureau. Elle songea que ses documents étaient restés là-bas, dans une chemise posée bien en évidence près de *Match*. Ses visiteurs du soir n'auraient qu'à tendre la main. La jeune femme enrageait. Puis un autre sentiment l'envahit tout à coup, irrépressible : deux hommes s'aventurant la nuit dans les bureaux de la Galerie financière : il fallait une solide motivation, sans doute une complicité de l'intérieur – elle pensa aussitôt au conseiller Marchand ; il fallait aussi être payé très cher pour prendre le risque. Autant de suppositions qui lui firent entrevoir l'espace d'une seconde la réelle intention de ces oiseaux de nuit, une intention meurtrière. Ils n'étaient pas venus pour voler les documents. Ils étaient là pour elle, pour la tuer. Son sang se glaça. La peur, encore elle, venait une nouvelle fois cogner à ses tempes.

– Tant pis pour les documents, murmura-t-elle dans un sursaut vital.

Ces obscurs papiers avaient coûté la vie de plusieurs personnes. Elle ne voulait pas prolonger la liste. Elle prit à la main ses chaussures à talons et traversa le couloir jusqu'aux escaliers de service. Les deux hommes étaient entrés dans son bureau. Ils en ressortiraient sans doute très vite, une fois les documents en main. Il n'y avait pas une seconde à perdre. Elle ouvrit la porte coupe-feu en ayant soin de retenir sa fermeture à ressorts qui n'aurait pas manqué de résonner comme un tambour. Puis, prenant ses jambes à son cou, elle dévala les deux étages qui la séparaient des toilettes pour hommes du premier, là où s'escamotait la cloison du placard à balais permettant de rejoindre le parking du Helder. Mais, arrivée sur le palier, elle marqua soudain un arrêt. Une idée venait de la paralyser tout net : « Si les deux hommes ont emprunté le même passage que moi, se dit-elle, peut-être un troisième attend-il en bas, au parking, dans une voiture prête à démarrer. »

Elle resta interdite quelques secondes, ne sachant plus que faire. Devait-elle remonter dans son bureau ? Ses visiteurs s'apprêtaient sûrement à quitter les lieux. Mais en remontant, elle risquait de tomber sur eux...

Elle pataugeait dans ses pensées quand le mécanisme de l'ascenseur se mit en branle. Sans réfléchir, elle se dirigea à tâtons vers les toilettes pour hommes et, sans rien allumer, tenta de repérer l'ouverture que lui avait montrée Edgar Pinson. Le soir de la visite guidée, le journaliste avait avec lui une lampe électrique. Oriane n'avait rien de tel, pas même un briquet. Elle réussit cependant à faire jouer le panneau, s'avança dans le noir du tunnel puis remit le panneau en place. Visiblement, il n'avait pas été touché depuis l'autre fois. Cette constatation rassura un peu la juge : on ne viendrait pas l'attendre dans cette souricière.

Les deux mains jetées en avant comme un somnambule, elle entama le parcours d'une trentaine de mètres qui la séparait de l'autre ouverture, dans le parking du Helder. Il était temps. Elle perçut quelque part dans l'immeuble, assourdi par les cloisons et les murs qui la séparaient des escaliers, un bruit de cavalcade, des pas rapprochés et trépidants, deux hommes à ses trousses. Oui, c'était bien ça, la mort aux trousses. Jamais chemin ne lui avait paru si long, si périlleux, semé d'embûches et de pièges. Elle transpirait, le souffle coupé, entendait son cœur résonner dans sa poitrine. Deux ou trois fois elle manqua de tomber, heurtant des morceaux de bois encombrant le sol. Et chaque contact avec ces objets invisibles lui faisait lâcher de petits cris de surprise et de frayeur. Ses yeux commençaient à s'habituer à cette nuit de catacombes. Elle se souvenait qu'à un moment donné le trajet souterrain formait un coude. Passé la bifurcation à gauche, la sortie n'était plus très loin. De nouveau elle stoppa brusquement. Elle n'entendait plus rien en provenance de l'immeuble. Mais, à quelques mètres d'elle, un moteur tournait. Puis une lumière vive, sans doute les phares d'une automobile, s'inscrivit dans un cadre au-dessus de sa tête. Elle eut le temps d'apercevoir une bouche grillagée, sans doute un trou d'aération. Puis le son du moteur s'éloigna, et la lueur disparut. Elle touchait au but. Oriane respira profondément, mais l'air chargé de poussière la fit tousser. Instinctivement, elle plaqua ses mains sur sa bouche afin d'étouffer ses quintes, puis resta encore un moment le souffle suspendu, à l'affût d'un guetteur invisible. Quand tout fut rentré dans l'ordre, elle manœuvra le panneau de métal, dernier obstacle avant la liberté. Avec Edgar Pinson, elle avait répété le geste. Il fallait donner une pression franche du plat de la main, au centre de la porte dépourvue de poignée. Mais quelque chose résistait. Avait-on condamné cette issue ? Quelqu'un poussait-il derrière ? Devrait-elle rebrousser chemin au risque de se jeter dans la gueule du loup ? Cette idée lui redonna l'énergie de pousser de toutes ses forces. Et, miracle, le panneau finit par bouger. Oriane comprit ce qui lui interdisait le passage. Une petite armoire métallique avait été installée là. Heureusement, les pieds n'étaient pas fixés au sol, et la juge put la déplacer centimètre par centimètre, jusqu'à se frayer un espace large comme sa taille. Elle avait gardé une ligne de jeune fille, idéal pour échapper à un destin funeste. Elle quitta rapidement les lieux sans un regard, dans la glace des toilettes, pour son visage de chat écorché et fila à toute vitesse, le cœur au bord des lèvres. La tête lui tournait.

Quand elle fut enfin à l'air libre, elle s'immobilisa un moment, hagarde. Elle avait perdu ses dernières forces dans l'effort qu'elle avait dû faire pour pousser l'armoire. Elle s'avança au bord du trottoir de la rue du Helder, espérant qu'un taxi passe. Ce fut seulement alors qu'elle prit vraiment conscience du danger auquel elle venait d'échapper. Elle avait froid. Sa veste de cuir était restée dans son bureau, comme son sac à main avec son porte-monnaie. Pétrifiée, elle regarda s'avancer vers elle un groupe de joyeux fêtards qui arrosaient, à ce qu'elle crut comprendre, la victoire d'une équipe de rugbymen du Sud-Ouest. C'est le moment qu'elle choisit pour s'évanouir.

59

La clinique du sommeil des Ibis accueillait toutes sortes de patients qui avaient en commun d'être exténués par une vie trépidante et qui, un beau jour, au beau milieu d'un déjeuner ou sur la voie publique, en famille ou au bureau, voyaient soudain leur énergie les abandonner. Les médecins accourus à leur chevet notaient en général les mêmes symptômes : une tension dangereusement basse, une tendance à mélanger les choses et un teint de cadavre. Dans ces cas-là, une solution s'imposait : dormir, dormir profondément, d'un sommeil artificiel mais réparateur, vital même, car les malades en situation de surmenage extrême étaient parfois amenés dans leur conduite inconsciente à des comportements suicidaires, comme si la mort, cette sœur jumelle du sommeil, devait leur garantir un repos radical.

C'est ainsi qu'Oriane, une fois ramassée sur la chaussée de la rue du Helder et conduite aux urgences de l'Hôtel-Dieu, fut très vite orientée vers la clinique des Ibis. L'interne de garde avait écouté les propos décousus de la juge parlant de tueurs masqués portant un loup sur les yeux, d'un golfeur qui en avait visé un autre à la tête pour réaliser son « dix-neuvième trou », bref, tout cela était apparu suffisamment incohérent pour justifier un repos forcé. D'autant que le juge Gaillard, aussitôt alerté par les services de l'hôpital, avait raconté sobrement mais avec précision les circonstances dans lesquelles Oriane avait connu un premier malaise, après l'agression mortelle de Lazzano.

La très réputée clinique du sommeil des Ibis, dans l'ouest parisien, accueillait dans l'anonymat le plus strict des stars du show-biz, des personnages politiques en vue, des industriels surmenés, des écrivains dépressifs, toutes sortes d'anonymes aussi dont l'état justifiait la mise au vert, à condition que leur compte en banque soit suffisamment approvisionné pour pouvoir acquitter les frais d'hospitalisation qui dépassaient huit mille francs par jour. Le juge Gaillard n'avait pas hésité à faire bénéficier Oriane d'un tel traitement de faveur. Non seulement elle l'avait mérité, mais le montant des cautions qu'elle avait récupérées pour le compte de la justice était tel qu'il suffisait d'une infime partie de ces fonds pour lui faire retrouver la santé. C'est du moins ce que s'était dit son patron en signant l'ordre d'admission et le chèque couvrant la première semaine de séjour.

Cette semaine-là, Oriane la passa seule dans une chambre maintenue dans une semi-pénombre, à dormir près de vingt heures sur vingt-quatre. Chaque début d'après-midi, on la laissait reprendre légèrement conscience. Elle s'alimentait un peu, faisait un brin de toilette. Une infirmière restait auprès d'elle, la rassurait, lui expliquait qu'elle était très fatiguée, au bord de l'épuisement, et qu'elle avait juste besoin de dormir. Oriane, sans paraître écouter, enregistrait chaque parole qui lui était adressée. Elle ne disait rien, se contentait de regarder l'infirmière et parfois de lui sourire. Puis une posologie bien dosée l'entraînait de nouveau dans le sommeil et les rêves qu'elle faisait n'appartenaient qu'à elle.

Au bout de huit jours à ce régime, par un après-midi ensoleillé – même si le soleil était tenu à bonne distance derrière des jalousies réglées de façon à filtrer l'essentiel de la lumière –, Oriane demanda quel jour on était.

– Nous sommes le 14 septembre, répondit l'infirmière, qui nota avec satisfaction que la jeune femme offrait un visage paisible et reposé, aux traits à peine gonflés par l'excès de sommeil.

– Le 14 septembre ! s'exclama Oriane avec une vivacité inattendue. Mais je suis ici depuis...

– Une bonne semaine. Et vous allez beaucoup mieux. Je crois que, dès demain, vous pourrez sortir un peu dans le parc.

– Le parc ?

L'infirmière se leva et fit pivoter les bandes horizontales des persiennes. Aussitôt apparut le vert tendre des pelouses soigneusement tondues, le vert profond des bosquets et des hautes frondaisons qui cachaient les grilles de la propriété. En se redressant sur ses coudes, la juge remarqua une pièce d'eau, des massifs de fleurs, notamment des volubilis bleus comme il y en avait tant dans le jardin de son père, à Limoges. Tout de suite, elle se sentit bien dans cet endroit qui n'avait rien d'un hôpital. Elle demanda si quelqu'un était venu la voir.

– Non, fit l'infirmière. Vous avez reçu plusieurs appels, essentiellement des collègues, mais nous leur avons interdit les visites pour le moment. Les noms de ces personnes ont été notés au standard. Je vous les apporterai plus tard. En attendant, vous allez redormir. Nous verrons demain. Bon repos.

La juge Casanove entama donc sa deuxième

semaine à la clinique des Ibis. La verte vision du parc l'avait ramenée à la dernière image qui l'avait impressionnée avant son malaise : celle, publiée par *Paris Match*, du cadavre du conseiller d'État Ursule du Maurier affalé sur l'herbe d'un golf.

Le lendemain, comme promis, l'infirmière lui apporta la liste de ses appels. Le juge Gaillard avait pris des nouvelles à trois reprises, mais attendait les instructions du Dr Girard avant de se présenter à la clinique des Ibis. Médecin-chef de cet hôpital pas comme les autres, le Dr Éric Girard était assez sévère sur les visites. Il avait vu trop de ses patients rechuter à force de transformer leur chambre en salon mondain sitôt qu'ils avaient ressenti des forces nouvelles. La politique de la maison était donc assez stricte : on limitait les visites à une heure tous les deux jours.

Oriane avait aussi reçu un appel du policier Le Balc'h, un autre d'un collègue de la brigade. Elle fut déçue de ne pas voir inscrit le nom d'Edgar Pinson, mais il ne savait sans doute pas où elle se trouvait. Et, s'il savait, il n'avait pas dû vouloir prendre le risque de laisser son nom.

– Une autre personne a appelé, mais n'a pas laissé de message, dit encore l'infirmière, comme pour conforter Oriane dans ses pensées.

– Un homme ?

– Oui, je crois.

L'infirmière – très jeune, à peine vingt-cinq ans – s'appelait Delphine. Oriane appréciait sa douceur et la sûreté de ses gestes quand elle lui posait des perfusions. La jeune femme trouvait chaque fois la veine sans hésiter et les bras d'Oriane ne portaient aucune contusion, aucun bleu. Delphine semblait en admiration devant la juge, quoique se gardant bien de lui poser la moindre question sur ses activités.

Il fallut encore quelques jours à Oriane avant de reconstituer les heures dramatiques qui avaient précédé son malaise rue du Helder, malaise dont elle n'avait gardé aucun souvenir. Le juge Gaillard avait fait passer à Oriane l'ouvrage qu'il avait trouvé chez elle sur sa table de chevet. C'était un volume commenté des œuvres d'Arthur Rimbaud, complété par une riche bibliographie. Après sa visite chez Arthur à Gambais, qui lui avait donné une idée littéraire, Oriane l'avait acheté quelques jours plus tôt chez un soldeur des quais de Seine. L'ouvrage remontait à plusieurs années, mais sa belle reliure rouge et or lui donnait un aspect chaleureux et confortable, comme un vieux fauteuil de cuir chauffé par les flammes d'un feu de bois. Les premiers jours, Oriane ne l'avait pas emporté au parc, car Delphine ne s'éloignait jamais d'elle. Elle lui faisait prendre place dans un fauteuil roulant qu'elle poussait dans un petit jardin. Malgré ses protestations, Oriane ne devait bouger ni de son siège, ni du périmètre fleuri.

– Chaque chose en son temps, murmurait gentiment Delphine. Vous aurez assez tôt fait de galoper à travers tout Paris !

Oriane se laissait aller à la somnolence, offrant son visage aux caresses d'un vent tiède qui lui rappelait l'enfance.

Un de ces après-midi, Delphine l'installa à l'ombre d'un saule pleureur, à quelques mètres du point d'eau. Une autre femme se tenait à proximité, recroquevillée elle aussi dans son fauteuil roulant qu'elle manœuvrait seule. Oriane vérifia qu'aucune infirmière n'était là pour la chaperonner. Elle en fit la remarque à sa garde-malade.

– Je préférerais être à votre place qu'à la sienne, dit Delphine à voix basse.

– Pourquoi ? demanda Oriane intriguée.

– Je ne devrais pas vous le dire, alors promettez-moi de ne rien répéter. Le Dr Girard n'aime pas que l'on parle des autres malades. Ici, l'anonymat est une règle absolue. D'ailleurs, je ne sais pas moi-même de qui il s'agit. Je sais seulement qu'elle s'appelle Diane et que son mari est un personnage politique très important. Il ne vient jamais la voir. Depuis six mois qu'elle est ici, il ne s'est pas montré une fois.

– Ça se lit sur son visage. Quelle tristesse ! renchérit la juge.

Delphine releva la tête à son tour.

– Oui. Mais je crois qu'il vient de lui arriver un autre coup dur. Un ami lui rendait visite tous les jours. Le Dr Girard avait accepté une dérogation pour cet homme adorable qui venait toujours avec des fleurs et des paroles aimables. Quand il repartait, elle semblait métamorphosée.

– Lui aussi s'est lassé ?

L'infirmière hésita. Elle regarda autour d'elle. Ses cheveux gris retombant sur son visage, Diane dormait.

– Oh et puis zut, lâcha Delphine, je vous le dis, mais motus. Après tout, vous êtes une magistrate. Figurez-vous que ce monsieur ne vient plus depuis une semaine. D'après ce qu'on dit parmi le personnel soignant, il serait mort.

– Crise cardiaque ?

– Pire, chuchota Delphine. Il aurait été assassiné. Et Diane ne s'en remet pas. Elle ne s'en remettra pas, c'est sûr. Chaque après-midi, quand ma collègue frappe à sa porte, elle demande : « C'est toi, Ursule ? » Ursule, vous parlez d'un nom.

Toute l'attention d'Oriane se focalisa soudain sur la malheureuse effondrée dans son fauteuil roulant.

– Au début, ça nous faisait rigoler, poursuivait Delphine, mais maintenant, on la plaint, avec ses « Ursule ».

– Rentrons, fit brusquement Oriane.
– Vous êtes fatiguée ? s'étonna l'infirmière.
– Oui, je voudrais me reposer.

Delphine s'exécuta et, les trois jours suivants, elle supprima les sorties de l'après-midi. Elle regrettait de lui avoir parlé des malheurs de Diane. « Quelle bête je fais ! » se fustigea-t-elle, craignant d'avoir provoqué chez Oriane la crainte de rester des mois à la clinique du sommeil, oubliée de tous. Mais cette légère rechute ne dura pas. Dès le début de la semaine suivante, la juge était d'attaque.

De nouveau reposée, l'air serein, elle piaffait de retourner dehors.

– Mais cette fois, pas chez les convalescents. Amenez-moi là-bas, fit-elle en montrant à Delphine un banc tout blanc au fond du parc, au milieu d'une clairière.

– Sur le banc du réveil ? demanda l'infirmière surprise.

– Je ne sais pas si c'est le banc du réveil, mais moi, je veux aller m'asseoir dessus, insista Oriane.

– Je ne vous promets rien. Il faut que je demande au Dr Girard.

Le lendemain après-midi, Oriane eut satisfaction.

– Vous avez de la chance, lui dit gaiement l'infirmière. On voit qu'ils ne veulent plus vous garder très longtemps ici. Vous pouvez rester deux heures là-bas. Vous pourrez même rester absolument seule. Je dois m'occuper de Diane, aujourd'hui. Ma collègue a posé un jour de congé.

– Dans ce cas, j'emporte de la lecture, triompha Oriane en attrapant son volume de Rimbaud.

L'infirmière poussa la juge jusqu'au banc promis, à la lisière du parc. C'était un endroit calme et bien ensoleillé, festonné de grands arbres et de massifs de fleurs. On y arrivait par un petit sentier de cailloux blancs semé de roses. Oriane était sensible à cet environnement chatoyant. Une fois seule sur le « banc du réveil » – celui où l'on conduit pour la première fois les malades sortant d'un long sommeil, lui avait expliqué Delphine –, bien assise et négligeant son fauteuil roulant vide, Oriane contempla longuement ce paysage harmonieux. Ce n'est qu'au bout d'un long moment qu'elle se plongea dans les *Illuminations*. Elle commença par la fin, comme elle le faisait quand elle prenait connaissance d'un journal, et laissa son regard déambuler sur la longue bibliographie qui concluait l'ouvrage. Soudain son œil s'arrêta. Tout s'était figé, comme si elle avait reçu un choc sur la tête, mais un choc salutaire, une sorte d'illumination, précisément. Elle referma l'ouvrage, le rouvrit à la page qui lui avait causé une telle surprise. Non, elle n'avait pas rêvé.

Quand, deux heures plus tard, Delphine revint la chercher, elle nota que le visage d'Oriane avait changé de couleur. Le rouge lui était monté aux joues, comme à ces chercheurs fiévreux qui après avoir consacré des heures d'efforts à débusquer la solution, la voient tout à coup apparaître, servie sur le plateau d'un hasard inespéré, un hasard qui ne touche de sa grâce que les esprits déjà préparés de longtemps à le recevoir et à le reconnaître.

Une heure après, le Dr Éric Girard signait une décharge et laissait partir Oriane Casanove en promettant de ne rien dire de son départ avant quarante-huit heures. Preuve que les soudaines convictions de la juge avaient emporté tout sur leur passage, y compris la prudence légendaire du directeur des Ibis.

60

La nuit tombait à peine lorsqu'une femme aux mains gantées de blanc appuya sur l'interphone du 96, rue de la Pompe.

– Je viens pour la soirée poésie, fit-elle sans décliner son identité.

Habituée à ces visiteuses surprises, Shan ouvrit la porte sans hésiter, puis retourna à ses occupations. Pour une fois, Arthur était arrivé le premier, le teint hâlé par quelques jours passés en Toscane avec l'une de ses récentes conquêtes. Orsoni l'avait suivi de quelques dizaines de minutes. Ils étaient tranquillement installés dans le grand salon d'apparat en compagnie des jeunes Birmanes dont ils comptaient bien s'attirer ce soir-là toutes les grâces. En réalité, ils n'attendaient personne d'autre. Les compères avaient retrouvé leur complicité d'antan. Arthur avait expliqué à Orsoni les motifs impérieux qui l'avaient conduit à l'élimination de Lazzano, « pour son plus grand regret », il avait employé les termes de « trahison » et de « manquement à l'honneur », et ces mots avaient pesé de tout leur poids dans l'esprit du colosse corse. Malgré les renseignements donnés par le conseiller Marchand, les tueurs lancés à la recherche de la juge Casanove n'avaient pu lui régler son compte dans les locaux de la Galerie financière. Mais, outre que cet assassinat prémédité relevait de la seule initiative d'Arthur – Orsoni, aux yeux de l'homme à Facel-Vega, était trop sentimental... –, les deux compères savaient Oriane sous tranquillisants dans une clinique du sommeil de la région parisienne. « Tant qu'elle dort, on peut dormir nous aussi sur nos deux oreilles », avait dépêché Arthur en riant. Sans prévenir Octave, il avait dépêché un de ses tueurs d'élite derrière les grilles de ladite clinique, non loin du banc de réveil. Le tireur n'attendait plus que les ordres de son supérieur, qui avait arrêté l'instant fatal au lendemain après-midi, lors de ce qu'il croyait être la prochaine sortie de la juge sous les frondaisons du parc. Aussi les deux hommes restèrent-ils interdits quand Shan et Suy conduisirent jusqu'à eux une jeune femme bariolée comme un arlequin. Outre ses gants blancs, elle portait un élégant béret vert posé de biais sur sa tête. Elle ne manquait pas d'allure avec son justaucorps noir et sa jupe rouge vif, le visage lisse et un peu pâle, seulement rehaussé par deux boucles d'oreilles en lapis-lazuli.

Shan et Suy s'apprêtaient à sortir.

– Non, pas vous, fit l'étrange visiteuse à Suy. Avec vous, nous sommes au complet, dit-elle de manière énigmatique.

Orsoni jeta un regard inquiet à Arthur, qui avait brusquement perdu de sa superbe, mais conservait son sourire, avec dans les yeux l'éclat de férocité qu'il montrait quand il se sentait menacé. Devant lui se tenait la juge Oriane Casanove.

– Je suis venue pour la soirée poésie, commença-t-elle crânement, j'espère ne pas arriver trop tard.

– Mais comment êtes-vous..., balbutia Orsoni.

– Laisse, Octave, coupa Arthur. Ce soir, nous ne sommes pas d'humeur poétique. On pourrait plutôt s'essayer à quelques comptes pour enfants, par exemple, « La chèvre de M. Seguin ». Je rebaptiserais volontiers cette bluette « La chèvre du juge Gaillard ».

– Je ne suis pas du genre à me jeter dans la gueule du loup sans ménager mes arrières, fit Oriane, laissant planer une vague menace.

Elle marqua une pause, le temps de fixer son

interlocuteur avec froideur. Arthur portait sa cape noire et un foulard rouge au cou. Il tenait son chapeau de feutre en main et s'en servait de temps à autre comme d'un éventail.

– Je suis au courant des habitudes de la maison, annonça Oriane sèchement. C'est pourquoi j'ai appris par cœur un poème d'un célèbre Arthur. J'aimerais que vous m'écoutiez sans m'interrompre.

La juge avait rajusté son béret vert. Sans perdre de vue son auditoire, elle pria de nouveau Suy de ne pas s'éloigner.

– « Voyelles », dit-elle d'une voix solennelle.

A noir, E blanc, I rouge, U vert, O bleu : voyelles,
Je dirai quelque jour vos naissances latentes :
A, noir corset velu des mouches éclatantes
Qui bombinent autour des puanteurs cruelles.

Dès ces premiers vers, elle avait tourné son regard vers Arthur comme on fixe sur une cible le canon d'une arme à plusieurs coups, tous mortels. Celui-ci s'efforça de sourire, mais il avait desserré le nœud de sa cravate et un peu de sueur perlait à son front. La voix d'Oriane montait sous les hauts plafonds du salon d'apparat, et la gueule béante des cheminées vides semblait lui donner un écho aussi puissant qu'inattendu.

– *Golfes d'ombres* poursuivit la juge, *E, candeurs*
         [*des vapeurs et des tentes,*
    Lances des glaciers fiers, rois blancs, frissons
         [*d'ombelles ;*
    I, pourpres, sang craché – et là encore, son œil se posa en vrille sur l'homme – [*rire des lèvres belles*

> *Dans la colère ou les ivresses pénitentes;*
> *U, cycles, vibrements divins des mers virides,*
> *Paix des pâtis semés d'animaux, paix des rides*
> *Que l'alchimie imprime aux grands fronts*
>   [*studieux;*
> *Ô, suprême clairon plein des strideurs étranges,*
> *Silences traversés des Mondes et des Anges;*
> *Ô l'Oméga, rayon violet de Ses yeux!*

Elle se tut et se rassit. Il s'ensuivit un bref silence.

– Bel effort de mémoire, fit Arthur en battant doucement dans ses mains, invitant Orsoni et Suy à l'imiter.

Un léger crépitement se propagea jusqu'aux oreilles de la juge, qui salua son auditoire.

– Je parlerais de déduction plus que de mémoire, fit alors Oriane.

– Que voulez-vous dire ? demanda Arthur.

Orsoni semblait tombé de la lune.

– Je crois qu'une petite explication de texte s'impose, décréta Oriane.

Et cette fois-ci, elle eut nettement la sensation de voir blêmir l'homme à la cape.

– *A noir*, monsieur, A comme Alexandre Leclerc, mon ami, ce magistrat qui avait démasqué vos arrangements et vos combines entre la Birmanie et le Gabon, noir comme ce collier de chanvre qu'un esprit pervers a fait pendre au cou de son cadavre, *mouches éclatantes, puanteurs cruelles*... Non, Suy, restez, je ne fais que commencer, et à nous deux nous sommes au complet, répéta Oriane de façon tout aussi mystérieuse que la première fois. Je continue ? demanda la juge à Arthur dont l'œil brillait comme enivré par ce qu'il entendait.

Deux intelligences s'affrontaient, se mesuraient, se jaugeaient, aux prises dans l'éternel combat du mal et du bien.

– *A noir*, reprit-elle. Qu'avait-il trouvé de si noir, mon cher Alexandre, qui vous autorisait à ruiner sa réputation, lui qui aimait sa femme et ses enfants plus que tout au monde, et aussi la justice ? Il m'a fallu du temps pour comprendre. Je dois reconnaître que vous m'avez donné du fil à retordre, « monsieur Arthur ». D'abord, il manquait des documents – deux pièces numérotées – dans le dossier constitué, je suppose sur votre intervention, par le Quai d'Orsay. Des courriers diffamatoires le faisaient passer pour pédophile et homosexuel. Son suicide a pu être présenté comme une évidence. Une contre-enquête m'a permis d'établir qu'il n'avait pas mis fin à ses jours, mais qu'on l'avait bel et bien assassiné. Je suis en possession de témoignages irréfutables. Les pièces manquantes, j'ai ensuite compris qu'elles avaient été soustraites au dossier pour une raison simple : votre nom y était mentionné en toutes lettres. Pas celui d'Arthur. Je parle du vrai, celui du notable connu, de l'homme politique en vue, du...

– Vous semblez bien sûre de vous, interrompit Arthur. Ces pièces, vous les avez vues ?

– Mieux que cela, monsieur. Elles sont en ma possession.

Oriane vit qu'elle avait ébranlé l'homme qui tentait depuis le début de faire bonne figure. Elle se dispensa de lui dire comment elle avait obtenu les fameux documents numérotés manquants dans le dossier d'Alexandre Leclerc au Quai d'Orsay. Il s'agissait de deux courriers expédiés par Leclerc à ses supérieurs, dans lesquels il révélait le pot aux roses et désignait nommément le chef d'orchestre de cette vaste machination électorale et financière. Comme Edgar Pinson, qui se les était procurés auprès d'un contact sûr dans la diplomatie, elle savait protéger ses sources.

– Admettons, fit Arthur en haussant les épaules. Quoi d'autre ?

– Oh, riposta Oriane, il est temps de renoncer à cette condescendance, il arrive toujours un moment où les masques tombent, même les mieux accrochés, et je crois que ce moment est venu. Alexandre avait été en poste à Rangoon. Très peu de temps, mais manifestement assez pour identifier de drôles de trafics initiés par la France, sous couvert d'aide au développement et de coopération industrielle. De gros contrats, des sommes colossales. Et des commissions faramineuses pour ceux qui savaient mettre de l'huile dans les rouages au moment opportun. Dans ce domaine, monsieur Arthur, vous ne faites pas dans la poésie. J'ignore si Alexandre Leclerc savait quel homme vous étiez, avant. J'ignore même s'il connaissait votre visage. Il avait dû lire votre nom dans les journaux, comme tout le monde. Mais quand il a compris que cette entreprise de corruption remontait jusqu'à vous, je suis sûre qu'il a redoublé d'énergie pour réunir les éléments susceptibles de vous confondre. À ses yeux, un représentant de l'État se devait d'être une sorte de saint laïc, un modèle de vertu et d'abnégation. Pour lui, les hommes arrivés à votre niveau de responsabilité ne pouvaient être qu'irréprochables, transparents comme de l'eau de roche. Votre opacité et vos agissements d'escroc ont dû le révolter. C'était un idéaliste, Alexandre Leclerc. Il serait allé jusqu'au bout et vous l'avez senti. C'est pourquoi vous l'avez fait éliminer quand vous avez eu connaissance des courriers qu'il avait fait parvenir à Paris. Des magistrats de votre bord, sans doute stipendiés par vous, les auront étouffés...

– Qu'ai-je donc fait de si répréhensible ? interrogea Arthur en plissant les yeux, sans paraître nier les accusations proférées par Oriane.

Le récit semblait soudain le passionner, comme s'il s'agissait d'un autre que lui.

– J'y viendrai, ne soyez pas impatient. Les documents qu'il avait rassemblés, et pour lesquels il est mort dans de terribles souffrances, étaient difficilement exploitables par une personne non avertie. Et pour cause : sauf pour quelques secondes mains dont vous aviez sciemment laissé les noms intacts – des noms en *o* et en *i*, c'est ce que je me suis laissé dire, fit Oriane en regardant Orsoni –, à part ces noms que vous abandonnez à un éventuel limier, tout était codé. J'entends par là que vous vous êtes livré à un petit jeu d'une habileté inouïe, mais qui a pourtant fini par vous perdre.

Pour la première fois dans l'œil d'Arthur, Oriane crut déceler une pulsion meurtrière.

– J'ignore par quels canaux le juge Leclerc s'était procuré ces documents. Il m'arrive de me demander si vous ne les aviez pas mis volontairement sous son nez, sachant qu'il se doutait de quelque chose, afin de le provoquer. Vous vous sentiez tellement plus intelligent, tellement au-dessus de tout. Vous n'imaginiez pas qu'un juge de base dépaysé sous les tropiques pourrait rivaliser avec votre finesse érudite. D'autant que vous êtes trop malin pour l'avoir mis sur la voie sans brouiller les pistes. La plupart des noms qui figuraient sur les listes en sa possession avaient curieusement été amputés de quelques lettres, toujours le même type de lettres : des voyelles. Or qu'est-ce qu'un patronyme sans voyelles ? Un son illisible et imprononçable. Un casse-tête sans fin. Des milliers de combinaisons possibles. Pour vous, cela donnait DND, vous parlez d'une trouvaille ! Et pourtant, Leclerc trouva. Là, malchance pour vous, un grain de sable dans la belle mécanique. J'ai appris que le conseiller Ursule du Maurier a effectué une mission en Birmanie il y a deux ans, à l'époque où Leclerc était en poste là-bas. C'est ainsi que le magistrat loyal et courageux a compris que vous, Pierre Dandieu, ministre de l'Industrie, candidat à l'élection présidentielle et leader du centre gauche, étiez aussi un affairiste sans scrupule capable de signer des contrats avec des États voyous pour satisfaire votre soif de pouvoir et d'argent. Il ignorait toutefois que vous iriez jusqu'à verser le sang de quiconque se dresserait sur votre route.

Orsoni voulut intervenir mais Arthur lui fit signe de se taire.

– Laissons cette dame aller au bout de son roman, fit-il avec morgue.

Jamais, dans cet appartement de la rue de la Pompe, on ne l'avait appelé autrement qu'Arthur. Il le fit remarquer à la juge en soulignant qu'il n'aimait guère les fautes de goût. Oriane prit bonne note mais n'en continua pas moins son irréfutable démonstration.

– Bien des industriels français ont participé à votre combine, monsieur Arthur, reprit la juge. Ceux à qui vous faisiez miroiter les incroyables débouchés birmans versaient sur des comptes bancaires gérés par vos proches des commissions en francs et en dollars, pour lesquels vous établissiez des reçus. Leurs noms apparaissaient tronqués, et ce sont ces reçus qui sont arrivés entre les mains d'Alexandre Leclerc. Au début, il n'y a pas compris grand-chose. Mais quand un jour Ursule du Maurier lui a parlé de vos passions rimbaldiennes, tout s'est éclairé. D'autant que le conseiller d'État connaissait les noms des protagonistes. Ce fut alors un jeu d'enfant. Quand Du Maurier disait : Charles Boutin, des Cimenteries de l'Ouest, Alexandre se reportait à ce borborygme : Chrls Btn, et le tour était joué. Quand il a compris, le magistrat s'est essayé à la même méthode sur d'autres personnages en vue du régime, des hommes qui pouvaient vous être utiles. Eux n'apparaissaient pas sur les reçus, mais sur une liste de bénéficiaires des commissions. Vous étiez passé maître dans l'art de la redistribution. Les industriels payaient pour la Birmanie. Vous utilisiez leurs fonds pour corrompre tous azimuts, des journalistes de télévision, des élus, des hauts fonctionnaires et même des policiers, des magistrats aussi, je l'ai dit. Quant aux responsables gabonais, ils acceptaient de financer les travaux en Birmanie en contrepartie d'une protection assurée en cas de victoire à la présidentielle du fidèle et reconnaissant Arthur.

– Poursuivez, fit l'intéressé. Vous commencez à être vraiment drôle.

– À vous voir, on ne dirait pas, rétorqua Oriane. Je n'aime pas cette manière dont vous me regardez. Je sais de quoi vous êtes capable. Pousser la perversité jusqu'à choisir la mort de vos victimes en fonction d'une voyelle et d'une couleur... Vos manières me font froid dans le dos. *A noir*, A comme Alexandre, une corde de chanvre au cou comme un collier mortuaire.

Un silence envahit le grand salon, un silence qui n'en finissait plus.

Puis Oriane reprit sa litanie. Gravement. Fermement. Le drame se jouait de nouveau. Comme si, en le tirant de l'ombre, elle le vivait une deuxième fois.

– *I rouge*, dit-elle d'une voix rauque. Et là, je revois ces éclats de sang sur le corsage blanc d'Isabelle Leclerc, mortellement blessée par une auto lancée par vos tueurs sur le boulevard des Italiens, *sang craché, rire des lèvres belles*. Comme je vous déteste d'avoir semé la mort là où j'avais tant de sentiment, tant d'amour. Évidemment, avec les documents qu'elle avait entre les mains, l'héritage explosif des investigations de feu son mari, elle ne pouvait pas finir autrement, ma pauvre Isabelle, face à un fou de votre espèce. Quand vous l'avez éliminée, ces documents allaient parler. Edgar Pinson n'aurait pas mis longtemps à comprendre, surtout avec les explications détaillées fournies un peu plus tard par la fausse cassette d'un film pornographique.

À ces mots, Orsoni sursauta. Oriane vit le regard ébahi que Dandieu venait de lui lancer.

– M. Orsoni ne vous dit pas tout, surtout quand il perd une pièce compromettante, ironisa la juge, mais passons, je continue.

De nouveau, le silence. On aurait entendu une mouche voler.

– *E blanc*, E comme Eddy Lazzano, ce n'était pas difficile de trouver, monsieur le ministre, n'en déplaise à votre machiavélisme esthétique et meurtrier, *les lances des glaciers fiers* lui ont bien troué le cœur, maudit couteau à déglacer le poisson, avec son manche d'ivoire et ses lames tranchantes. Pour ce crime-là, Arthur de malheur, je ne vous lâcherai jamais. Ce n'est pas la petite juge méprisable à vos yeux qui vous parle, c'est la femme qui aimait Eddy Lazzano, qui aimait son visage, sa peau, son sourire, son corps et ses mains, c'est une femme amoureuse dont vous avez crucifié l'amour. Aucune femme ne vous le pardonnerait. Vous paierez aussi pour ça.

– Mais Eddy avait volé Arthur, enfin je veux dire le ministre, risqua Orsoni comme pour faire oublier la référence à la fameuse cassette dont il avait caché la disparition.

— On vous a mal informé, monsieur Orsoni, répliqua sèchement Oriane. Quand on vous raconte une histoire, vous devriez exiger qu'on la commence au début. M. Arthur non plus ne vous disait pas tout...

— C'est-à-dire ? demanda le Corse intrigué.

Il ne fallut pas trois minutes à Oriane pour expliquer comment Dandieu avait autrefois poussé à la faillite le père de Lazzano, lequel s'était suicidé avec un couteau à déglacer le poisson.

— Drôle de coïncidence, vous ne trouvez pas ?

Orsoni restait abasourdi. Arthur ne bougeait plus, figé au fond de son fauteuil.

Suy aurait tout donné pour sortir, mais Oriane la tenait en respect au bout de son regard assombri.

— Lazzano vous haïssait, monsieur Arthur. Il préparait sa revanche, avec méthode et patience. Il s'était faufilé dans votre entourage, avait gagné votre confiance. Sa faconde et son entregent, ses manières discrètes, son efficacité en affaires, ses relations hétéroclites, tout cela vous avait séduit. Vous pensiez par-dessus le marché racheter une part de ciel en prenant sous votre aile, et généreusement, semble-t-il, le fils de votre première victime, une victime de jeunesse, du temps où vous vous voyiez en businessman carnassier, malhonnête et cynique, n'hésitant pas à répandre la rumeur la plus vile pour éliminer les concurrents gênants. Vous ne saviez pas qu'Eddy était au courant de ce que vous aviez fait endurer à son père ? Alors, je ne serai pas venue ici pour rien. Cela s'appelle une nouvelle, monsieur le ministre, une mauvaise nouvelle. Il était à deux doigts de vous confondre. Il aurait ainsi lavé l'affront fait à son père. Une dette d'honneur, mais ce mot ne vous dit rien. Si peu que vous l'avez lâchement fait assassiner sous mes yeux par un motard masqué dont le meilleur ami, c'est curieux, est un jeune homme qu'on a vu parfois au pied de l'immeuble de la Galerie financière, attendant le conseiller Marchand. Voyez, il m'arrive de comprendre vite quand on me laisse dormir.

Elle marqua un arrêt, puis enchaîna.

– C'est fou ce que ce Lucas est bavard quand on lui met la lumière dans les yeux. Une sorte de showman, le besoin de faire son numéro, sans doute.

Les deux hommes paraissaient hébétés. Orsoni voulut vérifier les dires de la juge en appelant Lucas sur son portable, mais elle l'en dissuada.

– Vous imaginez bien que c'est un policier qui répondra...

Il reposa son appareil. Oriane reprit le fil du poème.

– *U*, dit-elle en soupirant. Je vous laisse compléter ?

– Non, allez-y, je vous écoute, répondit Arthur, comme fasciné par le propos de la jeune femme qui, à mesure qu'il se clarifiait, précipitait pourtant sa perte.

– *U vert*, U comme Ursule du Maurier tombé au champ d'honneur, je veux dire sur le green d'un golf. Un coup de maître, un trou discret mais ô combien efficace, apportant *la paix des rides que l'alchimie imprime aux grands fronts studieux*. Un arrêt fatal pour notre conseiller d'État. Oh, ce n'est pas qu'il savait trop de choses, au début. Mais il avait pas mal côtoyé Lazzano. C'est même Eddy qui lui avait ouvert les yeux sur vos méthodes. Ursule, il ne jurait que par vous, avant. Vous l'aviez utilisé au ministère de l'Industrie. Il vous avait arrangé pas mal d'affaires délicates avec les syndicats. Mais il était aussi l'amant de votre femme, et cela vous déplaisait. Vous ne vouliez plus de cette pauvre Diane que j'ai vue en loques à la clinique du sommeil, seule à en mourir, mais la rejeter ne signifiait pas que vous acceptiez de la laisser à un autre, et surtout pas au gentil Ursule. C'est drôle, monsieur Dandieu, comme vous n'aimez guère que des êtres vous échappent. S'ils s'affranchissent de votre emprise, vous les rassemblez dans la mort, comme des perles dans un collier, ou des voyelles en couleur, *a, e, i, u.* Venons-en à la lettre O.

Oriane reprit son souffle. Elle avait parlé d'un trait, vite, très vite.

– Là, fit-elle perfidement, on dirait que vous avez balancé entre deux O. Si nous étions dans un jeu-concours, je proposerais deux solutions. Le O d'Octave, ce bon Octave Orsoni qui en sait tellement sur votre compte, au point d'en savoir trop. Quand vous avez conçu votre plan rimbaldien, je n'étais pas en lice. Le O dans la mire, c'était celui de votre fidèle Octave, ingrat que vous êtes. Mais il me semble que ces derniers temps, vous avez changé votre fusil d'épaule. J'étais devenue votre cible, monsieur Dandieu. *O, l'oméga, rayon violet de ses yeux.*

Elle se tut. Puis prononça ces mots :

– Assassin. Vous êtes un assassin.

Elle avait parlé d'une voix très basse, ne lâchant pas une seconde Dandieu du regard, tandis que de drôles de sentiments semblaient traverser l'esprit d'Orsoni.

Dandieu semblait sonné comme un boxeur KO. Il avait perdu. Le masque était tombé. Quant à Orsoni, il s'était levé et s'avançait d'un air menaçant vers Dandieu.

– Vous vouliez m'éliminer, c'est ça ? Elle a raison, le O de la liste, c'était moi !

Jamais Octave Orsoni n'avait appris de poésie par cœur, mais celle-là lui restait au fond de la gorge.

– Pas de geste brusque ! cria Oriane à Orsoni qui

avait saisi Arthur par le haut de sa cape. L'immeuble est cerné de policiers.

– Vous êtes bien imprudente de déranger la maréchaussée pour si peu, laissa tomber Dandieu. Qui croira cette fable ? Pour l'heure, sachez que je suis intouchable.

– Ce n'est pas ce que disent les journaux du soir, répliqua Oriane en lui tendant la dernière édition du *Monde*.

Sur cinq colonnes à la une, un titre en gras donnait cette information : « La justice enquête sur les activités occultes du ministre Dandieu ».

Il lui prit l'exemplaire des mains dans un geste de stupeur.

– Mais c'est impossible, s'étrangla « Arthur ». J'ai acheté le journal cet après-midi, il ne disait rien de tout cela.

– Vous n'avez pas acheté l'édition de 17 heures, fit la juge imperturbable.

Il parcourut l'article qui l'accablait, un article signé Edgar Pinson. Maintenant, Oriane le tenait.

Dès sa sortie de la clinique du sommeil, elle avait eu trois entretiens stratégiques. Le premier avec le policier Le Balc'h qui lui avait remis la cassette où le juge Leclerc explicitait par le menu les turpitudes financières de Dandieu. Le magistrat Leclerc était arrivé à la conclusion que le ministre de l'Industrie avait mis à profit sa connaissance privilégiée des « grands travaux » de la France à l'étranger pour faire monter les enchères entre les différents acteurs. Aux entrepreneurs hexagonaux, il assurait une part du gâteau, variable selon le montant de leurs contributions occultes. Aux clients de la France, il faisait miroiter des usines clés en main, des barrages et des centrales électriques moyennant de substantiels pots-de-vin dont la trace se perdait dans un maquis difficilement intelligible de sociétés écrans. Néanmoins, il existait une faille dans cet ensemble quasi opaque : outre la disparition des voyelles, Dandieu avait multiplié les indices rimbaldiens : plusieurs sociétés écrans portaient le nom d'Aden ou de Harar, ou encore de Bardey, référence à la Bardey et Cie, une société de négoce de café et de peaux pour le compte de laquelle le célèbre poète avait travaillé en Abyssinie. Dans cette cassette, le juge Leclerc dévoilait ainsi avec méthode le mode d'emploi à première vue abscons des documents en sa possession. Mais son commentaire n'était pas moins intéressant. Il expliquait en effet comment Dandieu avait opéré de façon systématique, se créant des obligés dans tous les secteurs névralgiques de la haute administration, de l'industrie et de la magistrature. Leurs noms n'apparaissaient qu'à travers leurs squelettes de consonnes laissés comme autant d'énigmes. Mais une fois les noms complétés, on avait le gotha de tout ce qui comptait de puissants prétendument intègres au sommet de l'État et des affaires. Ursule du Maurier avait raison : la pourriture gagnait les institutions par la tête.

Après cette séance fructueuse d'éclaircissements, Oriane avait aussitôt alerté le juge Gaillard, en lui recommandant de ne signaler à personne, et surtout pas au conseiller Marchand, sa sortie de clinique. Devant les preuves irréfutables de la compromission du ministre, Gaillard avait mis en branle dans la plus grande discrétion un dispositif policier qui s'était déployé avec la tombée de la nuit dans le quartier de la rue de la Pompe.

Le Balc'h avait transmis à Oriane une observation perspicace qu'il avait faite et qui ne pouvait manquer de l'intéresser. Il se trouvait que le motard blond qui venait régulièrement rue de la Pompe voir Orsoni, et parfois même monter la garde devant l'immeuble, ce jeune « gros bras », donc, venait aussi régulièrement embarquer le conseiller Marchand devant la Galerie financière. Le Balc'h avait vite compris la nature de leurs relations ; Oriane, quant à elle, saisit encore plus vite comment Marchand avait pu basculer, perdu par son désir.

Dès la fin de la matinée précédente, le beau Lucas avait été discrètement appréhendé alors qu'il attendait le conseiller Marchand. Ce dernier avait lui aussi été présenté devant la police judiciaire. Il n'avait pas attendu une confrontation avec Lucas pour passer des aveux complets accompagnés de sanglots d'enfant, de demandes de pardon. Une réflexion puérile l'avait même conduit à implorer la discrétion pour que ni sa femme ni ses enfants ne soient mis au courant de ses turpitudes.

Enfin, Oriane avait demandé à Edgar Pinson de la rejoindre au café de la Paix. Elle se souvenait que le reporter avait fait confectionner pour son fils Alexandre une fausse une du journal. Elle lui demanda d'user de ce subterfuge pour confondre Dandieu. Pinson avait accepté et, à 16 heures, il était venu lui porter en personne le vrai-faux *Monde* accusant le ministre en révélant le détail de ses crimes. Il avait profité de cette occasion pour informer la juge du fruit de son enquête sur une certaine Odile de Saint-Angel. Celle-ci n'était autre que la nièce du ministre Pierre Dandieu.

– Bien joué, fit alors « Arthur » sur un ton soudain plus courtois, presque complice, comme si Oriane l'avait rejoint sur un sommet inaccessible au commun, réservé aux rares *happy few* capables de subtilité. Mais comment avez-vous pu remonter à moi ? demanda-t-il avec un brin d'admiration perplexe. C'est la cassette *post mortem* du juge de Libreville ?

Oriane ne lui refusa pas l'explication qui l'intéressait tant. Il en aurait presque oublié que cette brillante démonstration, puisqu'il la corroborait par son attitude, venait de le condamner.

– Non, quand j'ai compris, elle n'était pas en ma possession. Mais c'est bien Arthur qui vous a perdu, monsieur. Je possède un exemplaire ancien des œuvres de Rimbaud, commentées et annotées par plusieurs universitaires. Il y a deux jours, comme je le feuilletais tranquillement dans le parc de la clinique, je suis tombée sur la bibliographie en fin d'ouvrage.

Dandieu venait de comprendre.

– Et vous avez vu mon nom..., fit-il, bêtement flatté.

– Parmi les livres de référence cités, il y avait celui-ci : *Vouloir être Rimbaud*, par Pierre Dandieu, Gallimard, 1968. Tout s'est assemblé dans ma tête. Je m'étais beaucoup reposée. Les idées et les images se sont associées comme dans un rêve. Le poème des voyelles, les couleurs des meurtres, les prénoms des victimes et votre nom à vous qui aviez voulu être Rimbaud...

– Oh, cela n'a pas duré longtemps. J'ai arrêté d'écrire des poèmes à dix-huit ans. Quand l'illustre Arthur a cassé sa plume, il s'est lancé dans les affaires, je veux dire les trafics d'armes et d'esclaves. À ma manière je l'ai imité...

– D'une certaine manière, l'élève a dépassé le maître, persifla Oriane.

– J'apprécie cet hommage de la vertu au vice, grimaça Dandieu.

– Un assassin, vous êtes un assassin, répéta encore Oriane, comme si tous les crimes de Dandieu lui étaient subitement apparus dans toute leur brutalité. Pourtant..., fit la juge.

Elle laissa cette parole en suspens. Trop d'images

et de pensées convergeaient vers son esprit au moment de dire son fait au ministre Dandieu.

— ... Pourtant, vous n'aviez sans doute pas besoin de cette comédie morbide pour parvenir à vos fins.

— Qu'en savez-vous ? demanda Dandieu intrigué.

— Je le sais, se borna à répondre Oriane. Puis, sur son insistance, elle finit par se lancer.

— Regardez-vous, monsieur le ministre. Depuis que vous êtes né, vous plaisez. Vous n'avez aucun effort à faire pour cela, c'est toute l'injustice de la grâce et du talent, et aussi de la beauté, du sens inné de la séduction qui va de pair chez certains avec l'intelligence, l'esprit de finesse, le sens de la repartie, de la place de chacun et de chaque chose.

— Vous me flattez, se rengorgea Dandieu.

— Je n'ai pas le cœur à vous flatter, répondit Oriane sur un ton coupant. Je dresse juste le constat amer que la plus diabolique des perversions peut toucher des âmes bien nées à qui la voie de la réussite semble tracée d'emblée. Dans les années 70, vous avez fait fortune en développant la chaîne du froid pour la filière des pêcheries industrielles, ce fut votre premier jackpot et votre premier coup bas. Le père Lazzano n'est plus là pour en témoigner, pas plus que son fils Eddy qui a payé le change de votre rancune héréditaire. Dès cette époque, vous êtes devenu le symbole d'une France conquérante, remportant des marchés d'exportation. À Marseille, vous avez même ouvert une des premières écoles de commerce centrées sur l'apprentissage de la parole, du verbe roi, du verbe hypnotique destiné à convaincre avant tout. Vous avez déployé un sens de la persuasion sans pareil pour vous faire reconnaître par l'establishment, vous, qui comme Lazzano, n'étiez qu'un fils de poissonnier.

— Mon père était courtier en poisson de chalut,

corrigea Dandieu quelque peu piqué par l'intervention d'Oriane.

– Très bien, courtier en poisson. On a apprécié votre maestria en affaires. Nul ne se doutait que déjà vos victoires se payaient de l'écrasement de vos concurrents. J'ai retrouvé des archives tout au long de mon enquête. Cela est aujourd'hui oublié, mais si je vous cite les noms de l'entreprise Maréchal, des établissements Urbain de Grasse, de Parmentier père et fils à Biot.

Dandieu fronça les sourcils.

– À la bonne heure! persifla Oriane, vous avez tout de même un peu de mémoire. Oui, toutes ces entreprises que vous avez coulées en obtenant des monopoles de vente. Leur disparition vous a permis de devenir un vrai seigneur, sur la Côte. Et, pas fous, les vieux caciques du centre gauche vous ont repéré. Pensez donc, un jeune loup au discours social, qui se vantait de pouvoir éradiquer le chômage dans toute une région si on consommait ses produits, il y avait là de quoi faire sensation. On vous a vu en photo dans *Nice-Matin* au côté d'un ministre de l'Industrie du premier gouvernement Mauroy, avec votre mèche, blonde encore, qui vous valait tant de succès féminins, si j'en crois la rumeur et le regard de vos admiratrices sur un de ces clichés. Le ministre de l'Industrie se doutait-il qu'un jour, vous occuperiez son fauteuil? En moins de vingt ans, vous avez fait du clientélisme un art poétique, si vous me permettez de parler ainsi. Vous avez fait rimer amitié et complicité, ambition et corruption, vous servant de l'une pour nourrir l'autre. On vous a vu bombardé secrétaire général du parti de la gauche libérale, puis chargé de mission auprès du Premier ministre sur les reconversions industrielles. Il est vrai que vous aviez épousé une belle et délicate jeune femme, Diane de Vibrac, dont le père Charles avait été neuf fois ministre sous deux républiques, la IVe et la Ve. Cela aidait, d'autant qu'il n'était pas sans influence sur les dirigeants du moment, tant il avait été utile, dans un passé encore récent, pour raccommoder d'improbables majorités. Puis, on vous a vu en compagnie des patrons du plus grand institut de sondage quand votre nom était encore quasi inconnu. Comme par enchantement, de bonnes fées vous ont promu en lançant votre image tout en testant votre popularité auprès d'échantillons de la population dits représentatifs. Permettez-moi de sourire, car votre popularité nationale m'a paru bien vite acquise. Quand le Premier ministre a formé un nouveau gouvernement, il était devenu naturel qu'il vous y nommât. Puis vous êtes devenu au fil des mois un candidat sérieux à la présidentielle. Voilà pourquoi je me demande, au fond, quel besoin vous aviez d'éliminer quelques gêneurs qui avaient subodoré vos trafics entre la Birmanie et le Gabon. Vous teniez tant de monde entre vos mains par toutes ces relations féodales fondées sur l'argent, les commissions occultes, les virements bancaires, les protections réciproques... Aviez-vous besoin de cette vieille baderne d'Orsoni et de ses petites frappes tirées du milieu ?

Dandieu haussa les épaules tandis que le colosse corse protestait sans y croire, tant ce qu'il avait entendu l'avait suffoqué.

– Vous oubliez une dimension, et cela ne me surprend pas venant de vous, déclara le ministre en faisant planer sur Oriane un regard faussement détaché.

– Laquelle, s'il vous plaît ?

– Le plaisir, madame. C'est une notion qui n'entre pas dans le calcul de la richesse des nations, le PNB l'occulte et aussi la balance commerciale.

Le plaisir, oui. Adolescent, j'éprouvais une sensation de plénitude lorsque je réussissais un bon mot. Maintenant, j'éprouve la même chose devant un bon mort.

Le sang d'Oriane se glaça. Dandieu s'était fait menaçant à son tour. Il était temps que la mascarade s'achève avant qu'elle ne reprenne sur un mode macabre. Oriane sortit un téléphone portable de son sac à main et se contenta d'appuyer sur une touche. Au signal, la police pénétra dans l'immeuble, les armes à la main. Il y eut des bruits de pas, des coups dans la porte d'entrée. Ni Shan ni Suy, obéissant aux ordres de Dandieu, ne bougèrent. Orsoni semblait mortifié.

– On est sans cesse dérangé, déplora Dandieu, qui voulait aller au bout de son explication, dût-il la poursuivre derrière les barreaux. Le juge Leclerc avait compris la règle du jeu que j'étais seul à connaître. Cela m'a contrarié. Vous trouvez cela infantile, n'est-ce pas?

– Non, criminel, lâcha Oriane.

– À propos, fit-il en se laissant entraîner par deux hommes en uniforme, pourquoi avez-vous tenu à la présence de Suy?

La juge triomphait.

– L'esthète que vous êtes n'a donc rien vu?

– À vrai dire...

– Je vais vous aider. Dans Oriane, il y a un *o*, un *i*, un *a*, et un *e*. Si vous ajoutez le *u* et le *y* de Suy, vous avez le compte des voyelles de l'alphabet.

Un sourire de ravissement illumina le visage du meurtrier Dandieu.

Une fois ce beau monde embarqué pour le quai des Orfèvres, Oriane resta un moment seule dans le grand salon d'apparat. Elle essaya de deviner où se tenait Lazzano quand il venait là, dans quel fauteuil il s'asseyait, sur quels tableaux il avait posé ses yeux. Puis elle se leva d'un bond et partit sans se retourner. Dehors, la vie continuait.

Elle marcha sans but, droit devant elle. Cette fois, c'était fini. Un frisson passait dans les frondaisons des vieux tilleuls du château de la Muette. Oriane respira l'air parfumé de cette soirée printanière. Au fond d'elle venait de s'apaiser un terrible tumulte. Ses pas l'avaient menée en direction de la Seine, près de la maison de la Radio qui, déjà, devait annoncer la nouvelle. Un ministre de la République venait d'être emmené par la police. En contrebas se détachait la silhouette immobile de la statue de la Liberté que les faisceaux halogènes d'un bateau-mouche illuminaient à bout portant. Oriane y vit un signe : la lumière avait été faite sur tous ces crimes, et la liberté, sa liberté, était au bout de cette lumière aussi crue que cruelle. Viendrait ensuite pour elle le temps de l'ombre et du deuil, de tous les deuils des êtres qu'elle avait aimés, et qu'elle allait enfin venger.

Oriane naviguait dans ses pensées quand une auto s'arrêta à sa hauteur. C'était le juge Léopold Gaillard qui l'avait rejointe. Il ouvrit la portière du passager et lui fit signe de monter.

– On peut dire que vous avez fait du bon travail, lui lança-t-il avec admiration. Un sacré bon travail.

Elle ne répondit rien, mais se sentit tout à coup sereine. Elle avait connu le doute et la colère, les excès qui naissent des passions blessées. Elle s'était même mise en marge de la loi pour faire payer ceux qui avaient piétiné son idéal et ensanglanté ses sentiments. Elle en était arrivée à douter de tout, y compris de son bon droit.

Pour la première fois de sa vie, elle voyait défiler dans sa mémoire des visages, tous les visages des hommes qu'elle avait envoyés en détention – petits commerçants ayant forcé sur les frais généraux, hommes d'affaires qui avaient commis quelques indélicatesses, petits comptables « voleurs ». Elle réalisait qu'elle avait agi avec une extrême violence en les ayant privés de liberté, tant son idée de la justice avait été loin de la réalité. Elle savait maintenant que ceux qui faisaient les lois ne se les appliquaient pas à eux-mêmes. C'étaient les vrais puissants, les intouchables, les seigneurs d'un temps moderne. Leurs délits ne se limitaient pas à quelques millions de francs, mais atteignaient des milliards de dollars. Comme une mafia, ils truquaient tout; ils étaient contre la société, contre les citoyens. Ce n'étaient pas des lampistes, mais des gouvernants accolés à des empires financiers et industriels. Elle venait d'en faire tomber un. Elle avait ouvert la boîte de Pandore. C'était à eux, et à eux seuls, qu'elle s'attaquerait désormais.

Maintenant, elle était redevenue elle-même. Une juge. La juge.

Du même auteur :

MONEY (Denoël, 1980).
CASH (Denoël, 1981), Prix du Livre de l'été 1981.
FORTUNE (Denoël, 1982).
LE ROI VERT (Édition° 1/Stock, 1983).
POPOV (Édition° 1/Olivier Orban, 1984).
CIMBALLI, DUEL À DALLAS (Édition° 1, 1985).
HANNAH (Édition° 1/Stock, 1985).
L'IMPÉRATRICE (Édition° 1/Stock, 1986).
LA FEMME PRESSÉE (Édition° 1/Stock, 1987).
KATE (Édition° 1/Stock, 1988).
LES ROUTES DE PÉKIN (Édition° 1/Stock, 1989).
CARTEL (Édition° 1/Stock, 1990).
TANTZOR (Édition° 1/Stock, 1991).
LES RICHES (Olivier Orban, 1991).
BERLIN (Édition° 1, 1992).
L'ENFANT DES SEPT MERS (Stock, 1993).
SOLEILS ROUGES (Stock, 1994).
LE RÉGIME SULITZER (Michel Lafon, 1994).
LAISSEZ-NOUS RÉUSSIR ! (Stock/Michel Lafon, 1994).
TÊTE DE DIABLE (Stock, 1995).
LES MAÎTRES DE LA VIE (Stock, 1995).
LE COMPLOT DES ANGES (Stock, 1996).
SUCCÈS DE FEMMES (Plon, 1996).
LE MERCENAIRE DU DIABLE (Stock, 1997).
LA CONFESSION DE DINA WINTER (Stock, 1997).
LA FEMME D'AFFAIRES (Stock, 1998).
DANS LE CERCLE SACRÉ (Stock, 1999).

Composition réalisée par EURONUMÉRIQUE

Imprimé en France sur Presse Offset par

BRODARD & TAUPIN

GROUPE CPI

La Flèche (Sarthe).
N° d'imprimeur : 10417– Dépôt légal Édit. 18032-01/2002
LIBRAIRIE GÉNÉRALE FRANÇAISE - 43, quai de Grenelle - 75015 Paris.

ISBN : 2 - 253 - 15211 - 0   ⊕ 31/5211/3